रवीन्द्रनाथ टैगोर की सर्वश्रेष्ठ कहानियाँ

रवीन्द्रनाथ टैगोर

Swan Books

प्रकाशक : स्वान बुक्स
पता : 4760-61, 23, अंसारी रोड
दरियागंज, नई दिल्ली -110002
फ़ोन: 9810675061
व्हाट्सएप नंबर: +91 7011309851

ईमेल: swanbooks@yahoo.com

रवीन्द्रनाथ टैगोर की सर्वश्रेष्ठ कहानियाँ
रवीन्द्रनाथ टैगोर

ISBN : 978-93-7049-902-7

संस्करण :2025

विषय सूची

कवि और कविता

राजमहल के सामने बहुत भीड़ लगी हुई थी। एक नवयुवक संन्यासी बीन पर प्रेमनाग अलाप रहा था। उसका मीठा स्वर गूँज रहा था तथा उसके मुख पर दया और सहृदयता के भाव जाहिर हो रहे थे। स्वर के उतार-चढ़ाव और बीन की झंकार दोनों ने मिलकर काफी ही आनन्दप्रद स्थिति पैदा कर रखी थी। दर्शक झूम-झूमकर आनन्द ले रहे थे।

गाना समाप्त हुआ तो दर्शक चौंक उठे। रुपये-पैसे की बारिश होने लगी। एक-एक करके लोगों की भीड़ छंटने लगी। नवयुवक संन्यासी ने सामने पड़े हुए रुपये-पैसों को बड़े गौर से देखा और आप-ही-आप मुस्करा दिया। उसने बिखरे हुए धन को इकट्ठा किया और फिर उसे ठोकर मारकर बिखरा दिया। इसके पश्चात बीन उठाकर एक ओर चल दिया।

राजकुमारी माया ने भी उस नवयुवक संन्यासी का गीत सुना था। दर्शक प्रतिदिन वहाँ आते और संन्यासी को न पाकर मायूस हो वापस चले जाते थे। राजकुमारी माया भी प्रतिदिन राजमहल के सामने देखती और घंटों देखती रही। जब रात का अंधकार सभी जगह अपना आधिपत्य जमा लेता तो राजकुमारी खिड़की के अन्दर से उठती। उठने से पहले वह सबसे पहले एक निराशाजनक करुणामय आह खींचा करती थी।

इसी तरह दिन, हफ्ते और महीने गुजर गए। साल खत्म हो गया, परन्तु युक्ति संन्यासी फिर दिखाई नहीं दिया। जो आदमी उसकी तलाश में आया करते थे, धीरे-धरे उन्होंने वहाँ आना छोड़ दिया। वे उस घटना को भूल गये, लेकिन राजकुमारी माया...राजकुमारी माया उस युवक संन्यासी को हृदय से न भुला सकी। उसकी आँखों में हर पल उसका चित्र फिरता। होते-होते उसने भी गाने का रियाज किया। वह प्रतिदिन अपने बाग में जाती और गाने का आभास करती। जिस समय रात की नीरवता में सोहनी के गीत की लय गूँजती तो सुनने वाले मन्त्र-मुग्ध हो जाते।

राजकवि अनंगशेखर नौजवान था। उसकी कविता असरदार और जोरदार होती थी।

जिस दरबार में अपनी कविता गीत के साथ पढ़कर सुनाता तो सुनने वालों पर मादकता की लहर दौड़ जाती, शून्यता का राज्य चारों ओर होता। राजकुमारी माया को कविता से प्यार था। शायद वह भी अनंगशेखर की कविता सुनने के लिए विशेषतौर से दरबार में आ जाती थी।

राजकुमारी की उपस्थिति में अनंगशेखर की जुबान लड़खड़ा जाती। वह ज्ञान शून्य-सा खोया-खोया हो जाता, लेकिन इसके साथ ही उसकी भावनाएँ जागृत हो जाती। वह झूम-झूमकर उपमा और उदाहरणों को सामने रखता। सुनने वाले अनुरक्त हो जाते। राजकुमारी के दिल में भी प्यार की नदी तरंगें लेने लगती। उसको अनंगशेखर से कुछ प्रेम अनुभव होता, किन्तु तुरन्त ही उसकी आँखें खुल जातीं और युवक संन्यासी का चित्र उसके सामने तैरने लगता। ऐसे मौके पर उसकी आँखों से आँसू छलकने लगते। अनंगशेखर आँसूभरी आँखों पर दृष्टि डालता तो स्वयं भी आँसुओं के प्रवाह में बहने लगता। उस समय वह हथियार डाल देता और अपनी जुबान से आप ही कहता- "मैं अपनी हार मान चुका हूँ।"

कवि अपनी धुन में मस्त था। चारों ओर प्रसन्नता और आनन्द दृष्टिगोचर होता था। वह अपने ख्यालों में इतना मग्न था जैसे प्रकृति के चल में रंगरेलियाँ मना रहा हो।

अचानक वह चौंक पड़ा। उसने आँखें फाड़कर अपने चारों ओर दृष्टि डाली और फिर एक लम्बी साँस ली। सामने एक कागज पड़ा हुआ था। उस पर कुछ पंक्तियाँ लिखी हुई थी। रात्रि का अँधेरा फैलता जा रहा था। वह वापस हुआ।

राजमहल निकट था और उससे मिला हुआ बाग था। अनंगशेखर बेकाबू हो गया। राजकुमारी की तलाश उसको बरबस ही बाग के अन्दर ले गई।

चन्द्रमा की किरणें जलस्रोत की लहरों से अठखेलियाँ कर रही थीं, प्रत्येक दिशा में जूही और मालती की खुशबू बिखरी हुई थी, कवि आनन्दप्रद नजरों को देखने में तल्लीन हो गया। डर और शंका ने उसे आ दबाया। वह आगे कदम न उठा सका। पास ही एक घना पेड़ था। उसकी छाया में खड़े होकर वह बगीचे के बाहर का आनन्द हासिल करने लगा। इसी बीच में हवा का एक मधुर झोंका आया। उसने अपने बदन में एक कम्पन महसूस किया। इसके पश्चात बगीचे से एक मधुर स्वर आ, कोई गा रहा था। वह अपने आपे में न था, कुछ खो-सा गया। मालूम नहीं इस स्थिति में वह कितनी देर खड़ा रहा? जिस समय वह होश में आया, तो देखा कोई निकट खड़ा है। सहसा चौंक उठा, उसके सामने राजकुमारी माया खड़ी थी।

अनंगशेखर का शीश नीचा हो गया। राजकुमारी ने मुस्कराते हुए होंठों से पूछा- "अनंगशेखर, तुम यहाँ किसलिए आए?"

कवि ने सिर उठाया, फिर कुछ शर्माते हुए राजकुमारी की ओर देखा, फिर भी मुँह से कुछ नहीं कहा :

राजकुमारी ने कहा- "तुम यहाँ क्यों आये?"

इस बार कवि ने हिम्मत से काम लिया। हाथ में जो खत था वह राजकुमार को दे दिया। राजकुमारी ने कविता पढ़ी। उस कविता को अपने निकट रखना चाहा, किन्तु वह छूटकर हाथ से गिर गई। राजकुमारी तीर की प्रकार वहाँ से चली गई। अब कवि से बर्दाश्त न हो सका, वह ज्ञान-शून्य होकर चिल्ला पड़ा- "माया, माया!"

मगर अब माया कहाँ थी।

राजदरबार में एक आदमी आया, दरबारी चिल्ला उठे- "अरे, यह तो बही संन्यासी है जो उस रोज राजमहल के सामने गा रहा था।"

राजू ने पता किया- "यह युवक कौन है?"

युवक ने जवाब दिया- "महाराज, मैं एक कवि हूँ।"

राजकुमारी उस युवक को देखते ही चौंक पड़ी।

राजकवि ने भी उस युवक पर दृष्टि डाली, मुँह फक हो गया। पास ही एक व्यक्ति बैठा था, उसने कहा- "नहीं! यह तो एक भिखारी है।"

राजकवि बोल उठा- "नहीं, उसकी बेइज्जती मत करो, वह एक कवि है।" एकाएक चारों ओर सन्नाटा छा गया। महाराज ने उस युवक से कहा- "कोई अपनी कविता सुनाओ।"

युवक आगे बढ़ा, उसने राजकुमारी को तथा राजकुमारी ने उसको देखा। स्वाभिमान महसूस करते हुए उसने पग आग बढ़ाये।

राजकवि ने भी यह हालत देखी तो उसके मुँह पर हवाइयाँ उड़ने लगीं।

युवक ने अपनी कविता सुनानी आरम्भ की। प्रत्येक चरण पर वाह-वाह की ध्वनियाँ गूँजने लगीं, किसी ने ऐसी कविता आज तक नहीं सुनी थी।

युवक का मुख स्वाभिमान और प्रसन्नता से दमक उठा। वह मस्त हाथी की भाँति झूमता हुआ आया तथा अपनी जगह पर बैठ गया। उसने एक बार फिर राजकुमारी की ओर देखा और इसके पश्चात राजकवि की ओर।

महाराज ने राजकवि से बताया- "तुम भी अपनी कविता सुनाओ।"

अनंगशेखर चेतना शून्य-सा बैठा था। उसके मुँह पर निराशा तथा असफलता की झलक जाहिर हो रही थी।

महाराजा फिर बोले- "अनंगशेखर किस चिन्ता में डूबे हुए हो? क्या इस युवक कवि का जवाब तुमसे नहीं बन पड़ेगा?"

यह बेइज्जती कवि के लिए बर्दाश्त से बाहर थी। उसकी आँखें लाल हो गयीं, वह अपने स्थान से उठा और आगे बढ़ा। उस वक्त उसके कदम डगमगा रहे थे। आगे पहुँचकर वह रुका, दिल खोलकर उसने अपनी काव्य-प्रतिभा का प्रदर्शन किया। चारों ओर शून्यता और ज्ञान-शून्यता छा गयी, श्रोता मूर्ति से बनकर रह गये। इसके पश्चात राजकवि खामोश हो गया। एक बार उसने चारों ओर दृष्टिपात किया। उस वक्त राजकुमारी का मुख पीला था। उस युवक का घमण्ड टूट चुका था। धीरे-धीरे सब दरबारी नींद से चौंके, चारों तरफ़ 'धन्य है', 'धन्य है' की आवाज गूँजी।

महाराज ने राजसिंहासन से उठकर कवि को दिल से लगा लिया। कवि की यह आख़िरी जीत थी।

महाराज ने निवेदन किया- "अनंग! माँगो क्या माँगते हो? जो माँगोगे दिया जायेगा।"

राजकवि कुछ देर तक सोचता रहा। इसके पश्चात उसने कहा- "महाराज, मुझे और कुछ नहीं चाहिए। मैं केवल राजकुमारी का इच्छुक हूँ।"

इतना सुनते ही राजकुमारी को गश आ गया। कवि ने फिर कहा- "महाराज, आपके कहने के मुताबिक राजकुमारी मेरी हो चुकी है, अब जो चाहूँ कर सकता हूँ।" यह कहकर उसने युवक कवि को अपने निकट बुलाया और कहा- "मेरे जीवन का मुख्य मकसद यह था कि राजकुमारी का प्रेम प्राप्त करूँ। तुम नहीं जानते कि राजकुमारी की खुशी और सुख के लिए मैं अपनी जान तक न्यौछावर करने को तैयार हूँ। हाँ, युवक तुम इनमें से किसी को जानते नहीं हो, लेकिन थोड़ी देर बाद तुमको पता हो जायेगा कि मैं ठीक कहता था या नहीं।"

कवि की जुबान रुक गई, उसकी आवाज कुछ भारी भी हो गयी, सिलसिला जारी रखते हुए उसने कहा- "क्या तुम्हें मालूम है कि मैंने क्या देखा? नहीं। और इसका न जानना ही तुम्हारे लिए अच्छा है। सोचता था जीवन सुख से गुजरेगा, परन्तु यह आशा भ्रमित सिद्ध

हुई। जिससे प्रेम है वह अपना हृदय किसी और को दे चुकी है। जानते हो अब राजकुमारी को पाकर भी प्रसन्न न हो सकूँगा, क्योंकि राजकुमारी इससे प्रसन्न न हो सकेगी। आओ, लड़के आगे आओ! तुम्हें मुझसे नफ़रत हो तो, बेशक हुआ करे, आओ, आज मैं अपनी सारी सम्पत्ति तुम्हें सौंपता हूँ।"

राजकीय मौन हो गया, लेकिन उसका मौन क्षणिक था। अचानक उसने महाराज से कहा- "महाराज, एक विनती है और वह यह कि मेरी जगह पर इस लड़के को कविराज बनाया जाए।" राजकवि के डग लड़खड़ाने लगे। देखते ही देखते वह पृथ्वी पर आ रहा। आख़िरी बार पथराई हुई दृष्टि से उसने राजकुमारी की तरफ़ देखा, यह नजर अर्थमयी थी। वह राजकुमारी से कह रहा था- "मेरी प्रसन्नता यही है कि तुम प्रसन्न रहो। विदा।" इसके बाद कवि ने अपनी आँखें बंद कर लीं और ऐसी बद कीं, कि फिर न खुलीं।

गूँगी

जब लड़की का नाम सुभाषिणी रखा गया तब यह कोई नहीं जानता था कि वह गूँगी होगी। इसके पहले, उसकी दो बड़ी बहनों के सुकेशिनी तथा सुहासिनी नाम रखे जा चुके थे, इसी से तुकबन्दी मिलाने के प्रति उसके पिता ने छोटी लड़की का नाम रख दिया सुभाषिणी। अब सिर्फ़ सब उसे 'सुभा' ही कहकर बुलाते हैं।

काफी खोज तथा ख़र्च के बाद दोनों बड़ी लड़कियों के हाथ पीले हो चुके हैं, और अब छोटी लड़की सुभा माता-पिता के मन के नीरव बोझ की तरह घर की शोभा बढ़ा रही है। जो बोल नहीं सकती, वह सब-कुछ महसूस कर सकती है-यह बात सबकी समझ में नहीं आती, तथा इसी से सुभा के सामने ही सब उसके मुस्तकबिल के बारे में तरह-तरह की चिन्ता-फिक्र की बातें किया करते हैं, लेकिन खुद सुभा इस बात को बचपन से ही समझ चुकी है कि उसने विधाता के शाप से वशीभूत होकर ही इस घर में जन्म लिया है। इसका फल यह निकला कि वह हमेशा अपने को सब परिजनों की नजर से बचाये रखने का प्रयत्न करने लगी। वह मन-ही-मन सोचने लगी कि उसे भूल जाएँ तो अच्छा है। मगर जहाँ पीड़ा है, उस जगह को क्या कभी कोई भूल सकता है? माता-पिता के मन में वह हर समय पीड़ा की भाँति जीती-जागती बनी रहती है।

विशेषकर उसकी माता उसे अपनी ही किसी गलती के रूप से देखती है, क्योंकि प्रत्येक माता पुत्र की अपेक्षा पुत्री को कहीं अधिक अपने अंश के रूप में देखती है। और पुत्री में किसी प्रकार की कमी होने पर, उसे अपने लिए मानो ख़ास रूप से शर्मनाक बातें समझती हैं। सुभा के पिता वाणीकंठ तो सुभा को अपनी दोनों बड़ी पुत्रियों की बनिस्वत कुछ अधिक ही प्यार करते हैं, पर माता उसे अपने गर्भ का कलंक समझकर उससे नाराज ही रहती है।

सुभा को बोलने की ज़ुबान नहीं है, पर उसकी लम्बी-लम्बी पलकों में बड़ी-बड़ी काली आँखें जरूर हैं, और उसके होंठ तो मन के भाव के ज़रा से संकेत पर नये पल्लव की तरह

काँप-काँप उठते हैं।

वाणी द्वारा हम अपने मन के भाव प्रकट करते हैं उसको हमें बहुत कुछ अपनी कोशिशों में गढ़ लेना पड़ता है, बस कुछ अनुवाद करने के जैसा ही समझिए। और वह हर समय ठीक भी नहीं होता, ताकत की कमी से अक्सर भूल हो जाती है। लेकिन सुन्दर जैसी आँखों को कभी कुछ भी बदलना नहीं पड़ता, मन अपने-आप ही उन पर छाया डालता रहता है, मन के भाव अपने आप ही उस छाया में कभी फैलते होते और कभी सिकुड़ते हैं। कभी-कभी आँखें चमक-दमककर जलने लगती हैं और कभी उदासीनता की कालिमा में बुझ-सी जाती हैं, कभी डूबते हुए चन्द्रमा की तरह टकटकी लगाए न जाने क्या-क्या देखती रहती हैं तो कभी चंचल दामिनी की तरह, ऊपर-नीचे, इधर-उधर चारों ओर बड़ी तेजी से छिटकने लगती हैं। और विशेषकर मुँह के भाव के सिवा जिसके पास जन्म से ही कोई भाषा नहीं, उसकी आँखों की भाषा तो बहुत उदार और असीमित गहरी होती ही है, करीब-करीब साफ-सुथरे नील-गगन के जैसी उन आँखों को उदय से अस्त तक, सुबह से शाम तथा शाम से सुबह तक छवि-लोक की निस्तब्ध रंगभूमि ही मानना चाहिए। जिह्वाहीन इस कन्या में विशाल प्रकृति के समान एक जनहीन महानता है, तथा यही वजह है कि आम लड़के-लड़कियों को उसकी तरफ़ से किसी न किसी प्रकार का भय सा बना रहता, उसके साथ कोई खेलता नहीं। वह नीरव दुपहरिया के समान शब्दहीन तथा संगहीन एकान्तवासी बनी रहती।

गाँव का नाम है चंडीपुर। उसके समीप बहने वाली सरिता बंगाल की एक छोटी-सी नदी है, गृहस्थ के मकान की बिलकुल छोटी लड़की के जैसी बहुत दूर तक उसका फैलाव नहीं है, उसको ज़रा भी आलस्य नहीं, वह अपना इकहरा शरीर लिये हुए अपने दोनों छोरों की रक्षा करती हुई अपना काम करती जाती है। दोनों छोरों के ग्रामवासियों के साथ मानो उसका एक-न-एक सम्बन्ध जुड़ गया है। दोनों तरफ़ गाँव हैं, और वृक्षों के छायादार ऊँचे किनारे हैं, जिनके नीचे से गाँव की लक्ष्मी सरिता अपने-आपको भूलकर तेजी के साथ डग बढ़ाती हुई बहुत ही प्रसन्नचित्त असंख्य शुभ कामों के लिए चली जाती है।

वाणीकंठ का अपना घर नदी के बिलकुल एक छोर पर है। उसका खपच्चियों का बेड़ा, ऊँचा छप्पर, गाय-घर, भुस का ढेर, आम, कटहल तथा केलों का बगीचा प्रत्येक नाविक की नजर अपनी तरफ़ आकर्षित करता है। ऐसे घर में, आसानी से चलने वाली ऐसी सुख की गृहस्थी में, उस गूँगी लड़की पर किसी की दृष्टि पड़ती है अथवा नहीं, मालूम नहीं। पर

काम-धन्धे से ज्योंही उसे ज़रा फुर्सत मिलती, त्योंही झट से वह उस नदी के किनारे पर बैठती।

प्रकृति अपने पार्श्व में बैठाकर उसकी सारी कमी को पूरा कर देती है। नदी के ध्वनि स्वर, मनुष्य का शोर, नाविकों की सुमधुर गान, चिड़ियों का चहचहाना, पेड़-पौधों की मर्मर ध्वनि, सब मिलकर चारों ओर के गमनागमन आन्दोलन और कम्पन के साथ होकर सागर की उत्ताल तरंगों के समान उस बालिका के चिर-स्तब्ध मन उपकूल के पार्क में आकर मानो टूट-फूट पड़ती हैं। प्रकृति के ये अद्भुत शब्द तथा अनोखे गीत-यह भी तो गूँगी की ही भाषा है, बड़ी-बड़ी आँखों और उसमें भी बड़ी पलकों वाली सुभाषिणी की जो भाषा है, उसी का मानो वह विश्वव्यापी फैलाव है। जिसके अन्दर झींगुरों की झिन-झिन ध्वनि से गूँजती हुई तृण-जमीन से लेकर शब्दातीत नक्षत्र-लोक तक सिर्फ़ इंगित, संगीत, रोना और उच्छ्वासें भरी पड़ी हैं।

और दुपहरिया को नाविक तथा मछुए, खाने के लिए अपने-अपने घर जाते, गृहस्थ तथा पक्षी आराम करते, पार उतारने वाली नौका बन्द पड़ी रहती, जन-समाज अपने सारे काम-धन्धों के बीच में रुककर अचानक भयानक निर्जन मूर्ति ग्रहण करता, तब रुद्र महाकाल के नीचे एक गूँगी प्रकृति तथा एक गूँगी लड़की दोनों आमने-सामने चुपचाप बैठी रहती हैं। एक दूर तक फैली हुई धूप में दूसरी एक छोटे से पेड़ की छाया में।

सुभाषिणी की कोई दोस्त है ही नहीं, ऐसी भी बात नहीं है। गौ-घर में दो गायें हैं, एक का नाम है सरस्वती तथा दूसरी का नाम है पार्वती। ये नाम सुभाषिणी के मुँह से उन गायों ने कभी सुने, लेकिन वे उनके पैरों की धीमी गति को भली-भाँति पहचानती हैं। सुभाषिणी का बिना बातों का एक ऐसा करुण स्वर है, जिसका मतलब वे भाषा की बनिस्वत कहीं ज़्यादा आसानी से समझ जाती हैं। वह कभी उन पर लाड़ करती, कभी डाँटती और कभी प्रार्थना का भाव दर्शाकर उन्हें मनाती तथा इन बातों को उसकी 'सारो' और 'पारो' इन्सान से कहीं ज़्यादा और अच्छी प्रकार समझ जाती हैं।

सुभाषिणी गौ-घर में घुसकर अपनी दोनों बाँहों से ज़्यादा 'सारो' की गर्दन पकड़कर उसके कान के पास अपने कनपटी रगड़ती है, तब 'पारो' प्रेम की नजर से उसकी तरफ़ निहारती हुई, उसके बदन को चाटने लगती है। सुभाषिणी दिन-भर के कम-से-कम दो-तीन बार तो नियम से गौ-घर में जाया करती है। इसके अलावा अनियमित आना-जाना भी बना रहता। घर में जिस दिन वह कोई सख्त बात सुनती, उस दिन उसका समय अपनी गूँगी

सखियों के पास बीतता। सुभाषिणी के सहनशील और विषाद-शान्त चितवन को देखकर वे न जाने कैसी एक अन्य अनुमानशक्ति में उसकी मर्म-वेदना को समझ जातीं तथा उसकी देह से सटकर धीरे-धीरे उसकी बाँहों पर सींग घिस-घिस कर अपनी मौन आकुलता से उसका धैर्य बाँधने की कोशिश करतीं।

इसके सिवा, एक बकरी तथा बिल्ली का बच्चा भी था। उनके साथ सुभाषिणी की गहरी मित्रता तो नहीं थी, फिर भी वे उससे बहुत प्यार रखते और उसके कहने के अनुसार चलते। बिल्ली का बच्चा, चाहे दिन हो या रात, जब-तब सुभाषिणी की गर्म गोद पर बिना किसी संकोच के अपना अधिकार जमा लेता और सुख की नींद सोने की तैयारी करता और सुभाषिणी जब उसकी गोद तथा कमर पर अपनी मुलायम उंगलियाँ फेरती, तब तो वह ऐसे आन्तरिक भाव दिखाने लगता, मानो उसको नींद में ख़ास मदद मिल रही है।

ऊँची श्रेणी के प्राणियों में सुभाषिणी को और भी एक मित्र मिल गया था, लेकिन उसके साथ उसका ठीक कैसा सम्बन्ध था, इसकी पक्की खबर बताना मुश्किल है।

क्योंकि उसके बोलने की जिह्वा हैं और वह गूँगी है, अत: दोनों की बोली एक नहीं थी।

वह गुसाइयों को छोड़ा लड़का प्रताप था। प्रताप बिलकुल आलसी तथा नालायक था। उसके माता-पिता ने बड़े प्रयत्नों के उपरान्त इस बात की आशा तो बिलकुल छोड़ दी थी कि वह कोई काम-काज करके घर-गृहस्थी की कुछ मदद करेगा।

निकम्मों के प्रति वह बड़ी खुशकिस्मत यह है कि परिजन उस पर बेशक नाराज रहें पर बाहरी जनों के लिए वे अक्सर स्नेहपात्र होते हैं, कारण, किसी विशेष काम में न फँसे रहने से वे सरकारी मिल्कियत-से बन जाते हैं। नगरों में जैसे पर के बगल में अथवा कुछ दूर पर एक-आध सरकारी बगीचे का रहना आवश्यक है, वैसे ही गाँवों में दो-चार निठल्ले-निकम्मे सरकारी इन्सानों का रहना आवश्यक है। काम-धन्धे में, हास-परिहास में और जहाँ कहीं भी एक-आध कमी देखी, वहीं वे चट से हाथ के पास ही मिल जाते हैं।

प्रताप की विशेष रुचि एक ही है। वह मछली पकड़ने का बहुत शौकीन है। इससे उसका बहुत-सा वक्त आसानी से कट जाता है। तीसरे पहर सरिता के तीर पर बहुधा वह इस कार्य में तल्लीन दिखाई देता और इसी बहाने सुभाषिणी से उसकी मुलाक़ात हुआ करती थी। चाहे किसी भी काम में हो, पार्श्व में एक हमजोली मिलने मात्र से ही प्रताप का मन खुशी से नाच उठता। मछली के शिकार में मौन साथी ही सबसे अच्छा माना जाता है, अत:

प्रताप सुभाषिणी की खूबी को जानता है तथा इज्जत करता है। यही वजह है कि और सब तो सुभाषिणी को सुभा कहते, लेकिन प्रताप उसमें और भी प्यार भर कर सुभा को 'सू' कहकर पुकारता।

सुभाषिणी इमली के पेड़ के नीचे बैठी रहती तथा प्रताप पास ही जमीन पर बैठा हुआ नदी के पानी में काँटा डालकर उसी की तरफ़ निहारता रहता। प्रताप के लिए उसकी ओर रोजाना एक पान का बीड़ा बंधा आ था और उसे स्वयं वह अपने हाथ से लगाकर लाती। और शायद, बहुत देर तक बैठे-बैठे देखते-देखते उसकी मर्जी होती कि वह प्रताप की कोई ख़ास सहायता करे, उसके किसी कार्य में मदद कर दे। उसके ऐसा मन में आता कि किसी तरह वह यह बता दे कि संसार में वह भी एक कम आवश्यक प्राणी नहीं। मगर उसके पास न तो कुछ करने को था तथा न कुछ कर ही सकती थी। तब वह मन-ही-मन ईश्वर से ऐसी अलौकिक ताकत के लिए विनती करती कि जिससे यह जादू-मन्तर से चट से ऐसा कोई चमत्कार दिखा सके जिसे देखकर प्रताप हैरत में रह जाये, और कहने लगे- "अच्छा! 'सू' में यह करामात! मुझे क्या पता था?"

मान लो, सुभाषिणी अगर जलपरी होती और धीरे-धीरे जल में से निकलकर सर्प के माथे की मणि घर पर रख देती तथा प्रताप अपने उस छोटे-से धंधे को छोड़कर मणि को पाकर पानी में डुबकी लगाता और पाताल में पहुँचकर देखता कि रजत-प्रासाद में स्वर्णजड़ित सिंहासन पर कौन बैठी है तथा अचम्भे से मुँह खोलकर कहता- "अरे! यह तो अपने वाणीकंठ के घर की वही मुंशी छोटी कन्या है 'सू'! मेरी 'सू' आज मणियों से जड़ित, गम्भीर, निस्तब्ध पातालपुरी की एक प्रकार जलपरी बनी बैठी है।" तो!

क्या यह बात हो ही नहीं सकी? क्या यह बिलकुल नामुमकिन ही है? हकीकत में कुछ भी सम्भव नहीं। लेकिन फिर भी, 'सू' प्रजा-शून्य पातालपुरी के राजघराने में जन्म न लेकर वाणीकंठ के घर पैदा हुई है और इसीलिए वह आज गुसाइयों के घर के लड़के प्रताप को किसी तरह के आश्चर्य से चकित नहीं कर सकती।

सुभाषिणी की आयु दिन-प्रतिदिन बढ़ती ही जा रही है। धीरे-धीरे मानो वह अपने आपको स्पर्श कर रही है। मानो किसी एक पूर्णिमा को किसी सागर से एक ज्वार-सा आकर उसके अन्तराल को किसी एक नवीन अनिर्वचनीय चेतना की शक्ति से भर-भर देता है। अब मानो वह अपने-आपको देख रही है, अपने बारे में कुछ सोच रही है, कुछ पूछ रही है, मगर कुछ समझ नहीं पाती।

पूर्णिमा की गाड़ी रात में उसने एक दिन धीरे-से कक्ष के झरोखे को खोलकर, डर से भरपूर स्थिति में मुँह निकालकर बाहर की ओर देखा। देखा कि पूर्णिमा-प्रकृति भी उसके जैसी सोती हुई संसार पर अकेली बैठी हुई जाग रही है। वह भी जवानी के उन्माद से, आनन्द से, विषाद से, असीम नीरवता की आख़िरी परिधि तक यहाँ तक कि उसे भी पार करके चुपचाप स्थिर बैठी है, एक अल्फाज उसके मुख से नहीं निकल रहा है। मानो इस स्थिर निस्तब्ध प्रकृति के एक छोर पर उससे भी स्थिर तथा उससे भी निस्तब्ध एक भोली लड़की खड़ी हो।

इधर कन्या के विवाह की फिक्र में माता-पिता बहुत व्याकुल हो उठते हैं और गाँव के लोग भी यत्र-तंत्र निन्दा कर रहे है। यहाँ तक कि जाति खत्म कर देने की भी अफवाह उड़ी है। वाणीकंठ की आर्थिक स्थिति वैसे अच्छी है, खाते-पीते ऐशोआराम से है इसी वजह इनके शत्रुओं की भी गिनती बहुत अधिक है। स्त्री-धूम में इस बात पर काफी कुछ सलाह-मशविरा हुआ। कुछ दिनों के प्रति बाणीकंठ गाँव से बाहर परदेश चले गये।

आखिर में, एक दिन घर लौट पत्नी से बोले- "चलो, कलकत्ते चलें? कलकत्ता जाने की तैयारियाँ पूरे जोर-शोर से होने लगी। कुहरे से ढके हुए सवेरे के समान सुभा का सारा अन्तःकरण आँसुओं की भाप से ऊपर तक भर आया। भावी आशंका से डरकर कुछ दिनों से गूँगे पशु की प्रकार लगातार अपने माता-पिता के साथ रहती और अपनी बड़ी-बड़ी आँखों से उनके मुख की तरफ़ देखकर मानो कुछ समझने की कोशिश किया करती पर वे उसे, कोई भी बात समझाकर बताते ही नहीं थे।

इसी बीच में एक दिन तीसरे पहर, किनारे के करीब मछली का शिकार करते हुए प्रताप ने हँसते-हँसते पूछा- "क्यों री सू मैंने सुना है कि तेरे लिए वर मिल गया है, तू विवाह करने कलकत्ता जा रही है। देखना, कहीं हम लोगों को तू भूल मत जाना।" इतना कहकर वह पानी की तरफ़ देखने लगी।

तीर से घायल हिरणी जैसे शिकारी की ओर ताकती और आँखों में वेदना प्रकट करती हुई कहती रहती है- "मैंने तुम्हारा क्या बिगाड़ा था?" सुभा ने लगभग वैसे ही प्रताप की ओर देखा, उस दिन वह पड़ के नीचे नहीं बैठी। वाणीकंठ जब बिस्तर से उठकर धूम्रपान कर रहे थे। सुभा उनके पैरों के पास बैठकर उनके मुँह की ओर देखती हुई रोने लगी। आखिर में बेटी को ढाढस और सान्त्वना देते हुए पिता के सूखे हुए कपोलों पर आँसुओं की दो बूँदें हुलक पड़ी।

कल कलकत्ता जाने का शुभ मुहूर्त है। सुभा ग्वाल-घर में अपनी घनिष्ट सहेलियों से विदा लेने के लिए गई। उन्हें अपने हाथ से खिलाकर गले में बांह डालकर वह अपनी दोनों आँखों से खूब जी भरके उनसे बातें करने लगी। उसकी दोनों आँखें आँसुओं के बाँध को न रोक सकी थी।

उस दिन शुक्ला-द्वादशी की रात थी। सुभा अपनी कोठरी में निकलकर उसी जाने-पहचाने नदी किनारे के कच्चे घाट के निकट घास पर औंधी लेट गयी। माना वह अपनी और अपनी गंगी जाति की पृथ्वी माता से अपनी दोनों बाँहों को लिपटाकर कहना चाहती है- "तू मुझे कहीं के प्रति मत विदा कर माँ, मेरे समान तू मुझे अपनी बाँहों से पकड़े रख, कहीं मत विदा कर।"

कलकत्ते के किराये के घर में एक दिन सुभा माता ने उसे कपड़ों से खूब सजा दिया। कसकर उसका जुड़ा बाँध दिया, उसमें जरी का फीता लपेट दिया था, आभूषणों से लाद कर उसके स्वाभाविक रूप-सौंदर्य को भरसक मिटा दिया था। सुभा की दोनों आँखें आँसुओं से गीली थीं। आँखें कहीं सूख न जायें, इस भय से माता ने उसे बहुत समझाया-बुझाया और आखिर में फटकारा भी, पर आँसुओं ने फटकार की कोई परवाह न की।

उस दिन कई दोस्तों के साथ वह कन्या को देखने के लिए आया। कन्या के माता-पिता चिन्तित, शंकित तथा भयभीत हो उठे। मानो देवता स्वयं अपनी बलि के पशुओं को देखने आये हों।

भीतर से बहुत डाँट-फटकार बताकर लड़की के आँसुओं की धारा को और भी तीव्र रूप देकर उसे निरीक्षकों के सामने भेज दिया।

निरीक्षकों ने काफी देर तक देखभाल के बाद कहा- "ऐसी कोई बुरी भी नहीं है।"

ख़ासतौर से कन्या के आँसुओं को देखकर वे समझ गये कि इसके हृदय में कुछ दर्द भी है, और फिर हिसाब लगाकर देखा कि जो मन आज माता-पिता के बिछोह की बात सोचकर इस तरह द्रवित हो रहा है, अन्त में कल उन्हीं के काम वह आयेगा। सीप के मोती के समान कन्या के आँसुओं की बूँदें उसका मूल्य बढ़ाने लगीं। उसकी तरफ़ से और किसी को भी कुछ कहना ही नहीं पड़ा।

पात्र देखकर, खूब अच्छे मुहूर्त में सुभा का विवाह-संस्कार हो गया।

गूँगी लड़की को दूसरों के हाथ सौंपकर माता-पिता अपने घर लौट आये-और तब कहीं

जाकर उनकी जाति तथा परलोक की रक्षा हो सकी।

सुभा का पिता पछांह की ओर नौकरी करता है। विवाह के बाद शीघ्र ही वह पत्नी को लेकर नौकरी पर चला गया।

एक सप्ताह के अन्दर-ही-अन्दर ससुराल के सभी लोग समझ गये कि बहू गूँगा है, पर इतना किसी ने न समझा कि इसमें अपना कोई दोष नहीं, उसने किसी के साथ विश्वासघात नहीं किया। उसके नयनों ने सभी बातें कह दी थीं, लेकिन कोई उसे समझ न सका। अब वह चारों तरफ़ निहारती रहती है, उसे अपने मन की बात कहने की भाषा नहीं मिलती। जो गूँगे की भाषा समझते थे, उसके जन्म से परिचित थे, वे चेहरे उसे यहाँ दिखाई नहीं देते। कन्या के गहरे खामोश अन्तःकरण में असीम अव्यक्त क्रन्दन ध्वनित हो उठा-और सृष्टिकर्त्ता के सिवा और कोई उसे सुन ही न सका।

अबकी बार उसका पति अपनी आँखों तथा कानों से ठीक तरह इम्तिहान लेकर एक बोलने वाली स्त्री को ब्याह लाया।

नई रोशनी

बाबू अनाथ बन्धु बी०ए० में पढ़ते थे, लेकिन कई सालों से लगातार फेल हो रहे थे। उनके सम्बन्धियों का ख्याल था कि वह इस वर्ष अवश्य पास हो जाएँगे। पर इस साल उन्होंने परीक्षा देना ही सही न समझा।

इसी साल बाबू अनाथ बाबू का विवाह हुआ। भगवान की कृपा से वधू सुन्दर सद्चरित्रा मिली थी। उनका नाम विंध्यवासिनी था। लेकिन अनाथ बाबू को इस हिन्दुस्तानी नाम से नफ़रत थी। पत्नी को वह विशेषताओं तथा सुन्दरता में अपने लायक न समझते थे।

लेकिन विंध्यवासिनी के हृदय में खुशी की सीमा न थी। दूसरे पुरुषों की बनिस्वत वह अपने पति को सर्वोत्तम समझती थी। ऐसा प्रतीत होता था कि किसी धर्म में विश्वास रखने वाले श्रद्धालु व्यक्ति की तरह वह अपने हृदय के सिंहासन पर स्वामी की मूर्ति सजाकर सदैव उसी की पूजा किया करती थी।

इधर अनाथ बन्धु की सुनिये! वह न जाने क्यों हर वक्त उससे नाराज रहते और तीखे-कड़वे शब्दों से उसके प्रेमभरे मन को हर सम्भव तरीक़े पर जख्म करते रहते। अपनी मित्र-मंडली में भी वह उस बेचारी को घृणा के साथ याद करते।

जिन दिनों अनाथ बन्धु कॉलेज में पढ़ते थे उनका निवास ससुराल में ही था। इम्तिहान का समय करीब आया, किन्तु उन्होंने परीक्षा के दिये बिना ही कॉलेज छोड़ दिया। इस घटना पर दूसरे व्यक्तियों की अपेक्षा विंध्यवासिनी को ज़्यादा दुख हुआ। रात के समय उसने विनम्रता के साथ कहना आरम्भ किया- "प्राणनाथ! आपने पढ़ना क्यों छोड़ दिया? थोड़े दिनों की मुसीबत सह लेना कोई कठिन बात न थी। पढ़ना-लिखना कोई बुरी बात तो नहीं है।"

पत्नी की इतनी-सी बात सुनकर अनाथ बन्धु के मिजाज का पारा 120 डिग्री तक पहुँच गया। बिगड़कर कहने लगे- "पढ़ने-लिखने से क्या इंसान के चार हाथ-पाँव हो जाते

हैं? जो व्यक्ति पढ़-लिखकर अपना स्वास्थ्य खो बैठते हैं उनकी स्थिति आखिर में बहुत बुरी होती है।"

पति का जवाब सुनकर विंध्यवासिनी ने इस प्रकार स्वयं को सांत्वना दी कि जो मनुष्य गधे या बैल की तरह बड़ी मेहनत करके किसी-न-किसी प्रकार सफल भी हो गये, परन्तु कुछ न बना सके तो फिर उनका सफल होना-न होना बराबर है।

इसके दूसरे दिन पड़ोस मैं रहने वाली सखी कमला विध्वासिनी को एक समाचार सुनाने आई। उसने कहा- "आज हमारे भाई बी०ए० की परीक्षा में उत्तीर्ण हो गये। उनको बहुत कठिन परिश्रम करना पड़ा, लेकिन भगवान की कृपा से उनका परिश्रम सफल हुआ।"

कमला की बात सुनकर विंध्य ने समझा कि मेरे पति की हँसी उड़ाने के लिए कह रही है। वह सहन कर गयी और दबी आवाज में बोली- "बहन, मनुष्य के लिए बी०ए० पास कर लेने से होता क्या है? विदेशों में लोग बी०ए० और एम०ए० पास व्यक्तियों को घृणा की नजर से देखते हैं।

विंध्यवासिनी ने जो वार्तालाप कमला से की थीं वे सब उसने अपने पति से सुनी थी। नहीं तो उस बेचारी को विलायत का हाल क्या मालूम था। कमला आई तो थी प्रसन्नता की खबर सुनाने, किन्तु अपनी प्यारी सहेली के मुँह से ऐसे अल्फाज सुनकर उसको बहुत दुःख हुआ, परन्तु समझदार लड़की थी। उसने अपने हृदयगत भाव जाहिर न होने दिए। उल्टा विनम्र होकर बोली- "बहन, मेरा भाई तो विलायत गया ही नहीं और न ही मेरी शादी ऐसे व्यक्ति से हुई जो विलायत होकर आया हो, इसलिए विलायत का हाल मुझे कैसे मालूम हो सकता है।"

इतना कहकर कमला तो अपने घर चली गई।

लेकिन कमला का विनम्र स्वर होते हुए भी ये बातें विंध्य को बहुत कड़वी महसूस हुई। वह उनका जवाब तो क्या देती, हाँ एकान्त में वह बैठकर रोने लगी।

इसके कुछ दिनों के पश्चात एक अजीब घटना घटित हुई जो विशेषत: वर्णन करने योग्य है। कलकत्ता के एक धनवान व्यक्ति जो विंध्य के पिता राजकुमार के मित्र थे, अपने कुटुम्ब के साथ आये और राजकुमार बाबू के घर मेहमान बनकर रहने लगे। चूँकि उनके साथ कई लोग और नौकर-चाकर थे इसलिए जगह बनाने को राजकुमार बाबू ने अनाथ बन्धु वाला कम तभी उनको सौंप दिया तथा अनाथ बन्धु के लिए एक और छोटा-सा कमरा साफ कर

दिया। यह बात अनाथ बन्धु को काफी बुरी लगी। तीव्र गुस्से की दशा में वह विंध्यवासिनी के निकट गये और ससुराल की बुराई करने लगे, साथ ही साथ उसे बिना गलती के दो-चार बातें सुनाई।

विंध्य बहुत व्याकुल और चिन्तित हुई किन्तु वह बेवकूफ न थी। उसके लिए अपने पिता को दोषी ठहराना ठीक न था, किन्तु पति को कह-सुनकर ठण्डा किया। इसके पश्चात एक दिन अवसर पाकर अपने पति से कहा कि- "अब यह। रहना उचित नहीं। आप मुझे अपने घर ले चलिये। इस स्थान पर रहने में इज्जत नहीं है।"

अनाथ बन्धु परले सिरे के घमण्डी लोग थे। उनमें दूरदर्शिता की भावना बहुत कम थी। अपने घर पर कष्ट से रहने की अपेक्षा उन्होंने ससुराल की बेइज्जती सहना अच्छा समझा, इसलिए आना-कानी करने लगे। मगर विंध्यवासिनी ने न माना और कहने लगी- "अगर आप जाना नहीं चाहते हो तो अकेली भेज दीजिये। कम-से-कम मैं ऐसी बेइज्जती बर्दाश्त नहीं कर सकती।"

इस पर अनाथ बन्धु विवश होकर घर जाने को तैयार हो गये।

चलते वक्त माता-पिता ने विंध्य से कुछ दिनों और रहने के लिए कहा किन्तु विंध्य ने कोई उत्तर न दिया। यह देखकर माता-पिता के हृदय में शक हुआ। उन्होंने कहा- "बेटी विंध्य! अगर हमसे कोई ऐसी-वैसी भूल हुई हो तो उसे भुला देना।" बेटी ने नम्रतापूर्वक पिता के मुँह की ओर देखा। फिर करने लगी- "पिताजी! हम आपके कर्ज से कभी छुटकारा नहीं पा सकते। हमारे दिन सुख से गुजरे और...।"

कहते-कहते विंध्य का गला भर आया, आँखों से आँसू बहने लगे। इसके पश्चात उसने हाथ जोड़कर माता-पिता से विदा चाही तथा सबको रोता हुआ छोड़कर अपने पति के साथ चल दी।

कलकत्ता के अमीर और गाँव के जमींदारों में बहुत फर्क है। जो व्यक्ति हमेशा नगर में ही रहा हो उसे गाँव में रहना अच्छा नहीं लगता। लेकिन विंध्य ने पहली बार नगर से बाहर कदम रखने पर भी किसी तरह का दुःख प्रकट न किया बल्कि ससुराल में हर प्रकार से प्रसन्न रहने लगी। इतना ही नहीं, उसने अपनी नारी-सुलभ-चतुरता से काफी जल्दी अपनी सास का मन मोह लिया। ग्रामीण औरतें उसके गुणों को देखकर प्रसन्न होती थीं, परन्तु सब कुछ होते हुए भी विंध्य खुश न थी। अनाथ बन्धु के तीन भाई और थे। दो छोटे एक बड़ा।

बड़े भाई परदेश में पचास रुपये के सेवक थे। इससे अनाथ बन्धु के घर का ख़र्च चलता था। छोटे भाई अभी स्कूल में ही पढ़ते थे।

बड़े भाई की पत्नी श्यामा को इस बात का घमण्ड था कि उसके पति की कमाई से सबको रोटी मिलती है, इसलिए वह घर के कामकाज को हाथ तक नहीं लगाती थी।

इसके दिनों के पश्चात बड़े भाई छुट्टी लेकर घर आये। रात को श्यामा ने पति से भाई और भाभी की शिकायत की। पहले तो पति ने उसकी बातों को उपहास में उड़ा दिया मगर जब उसने कई बार कहा तो उन्होंने अनाथ बन्धु को बुलाया और कहने लगे- "भाई, पचास रुपये में हम सबका गृहस्थ नहीं चल सकता, अब तुमको भी नौकरी की चिन्ता करनी चाहिए।"

यह अल्फाज उन्होंने बड़े स्नेह से कहे थे परन्तु अनाथ बिगड़कर बोले- "भाई साहब! दो मुट्ठीभर अन्न के लिए आप इतने नाराज होते हैं, नौकरी खोजना कोई बड़ी बात नहीं, लेकिन हमसे किसी की गुलामी नहीं हो सकती।" इतना कहकर वह भाई के पास से चले आये।

इसी समय गाँव के स्कूल में हेड मास्टर की जगह खाली हुई। अनाथ बन्धु की पत्नी और उनके बड़े भाई ने उस स्थान पर स्वीकार नहीं की। अब तो अनाथ बन्धु को सिर्फ़ विलायत जाने की पुनः लगी हुई थी। एक रोज अपनी पत्नी से कहने लगे- "देखो, आजकल विलायत गये बिना आदमी का सम्मान नहीं होता और न अच्छी नौकरी मिल सकती है। इसलिए हमारा विलायत जाना आवश्यक हैं। तुम अपने पिता से कहकर कुछ रुपया मंगा दो तो हम चले जाएँ।"

विलायत जाने की बात सुनकर विंध्य को काफी दुःख हुआ, पिता के घर से रुपया मंगाने की बात से तो बेचारी की पूरी जान ही निकल गयी।

दुर्गा-पूजा के दिन निकट आये तो विंध्य के पिता ने बेटी और दामाद को बुलाने के लिए आदमी भेजा। विंध्य खुशी-खुशी मैके आई। माँ ने बेटी तथा दामाद को रहने के लिए अपना कमरा भी दे दिया। दुर्गा-पूजा की रात को यह सोचकर कि पति न जाने कब वापस आए, विंध्य प्रतीक्षा करते-करते सो गयी।

सुबह उठी तो उसने अनाथ बन्धु को कमरे में नहीं पाया। उठकर देखा तो माँ का लोहे का संदूक खुला पड़ा था, सारी वस्तुएँ इधर-उधर बिखरी पड़ी थीं और पिता का छोटा कैश

बॉक्स जो उसके भीतर रखा था, गायब था।

विंध्य का दिल धड़कने लगा। उसने सोचा कि जिस बदमाश ने चोरी की है उसी के हाथों पति को भी हानि पहुँची है।

मगर थोड़ी देर पश्चात उसकी नजर एक कागज के पर जा पड़ी। वह उठाने लगी तो देखा कि पास ही चाबियों का एक गुच्छा पड़ा। पत्र पढ़ने से पता हुआ कि उसका पति आज ही सुबह जहाज पर सवार होकर विलायत चला गया है।

खत पढ़ते ही विंध्य की आँखों के सामने अँधेरा छा गया।

वह दुःख के इस आघात से धरती पर बैठ गयी और चल से मुँह ढाँपकर रोने लगी।

आज सारे बंगाल में खुशियाँ मनाई जा रही थीं, लेकिन विंध्य के कमरे का दरवाजा अब तक बन्द था। इसकी वजह जानने के लिए विंध्य की सहेली कमला ने दरवाजों खटखटाना आरम्भ किया, किन्तु अन्दर से कोई उत्तर न मिला तो वह दौड़कर विंध्य की माँ को बुला लाई। माँ ने बाहर से खड़ी होकर आवाज लगाई- "विंध्य! अन्दर क्या कर रही है? द्वार तो खोल बेटी!"

माँ की आवाज पहचानकर विंध्य ने फौरन आँसुओं को पौंछ डाला और कहा- "माताजी! पिताजी को बुला लो।"

इससे माँ बहुत घबराई, इसलिए उसने फौरन पति को बुलाया। राजकुमार बाबू के आने पर विंध्य ने दरवाजा खोल दिया और माता-पिता को भीतर बुलाकर फिर से दरवाजा बंद कर लिया।

राजकुमार ने घबराकर कहा- "विंध्य, क्या बात है? तू रो क्यों रही है?"

यह सुनते ही विंध्य पिता के पैरों में गिर पड़ी और कहने लगी- "पिताजी! मेरी हालत पर दया करो। मैंने आपका रुपया चुराया है।

राजकुमार अचम्भे में पड़ गये। उसी हालत में विंध्य ने फिर हाथ जोड़कर कहा- "पिताजी, इस अभागिन का अपराध माफ कीजिए। स्वामी को विलायत भेजने के लिए मैंने यह नीच काम किया है।"

अब राजकुमार को बहुत क्रोध आया। डाँटकर बोला- "मक्कार लड़की यदि तुझको रुपयों की ज़रूरत थी तो हमसे क्यों नहीं कहा।"

विंध्य ने डरते-डरते जवाब दिया- "पिताजी! आप उनको विलायत जाने के लिए रुपया

न देते।"

ध्यान देने लायक बात है कि जिस विंध्य ने कभी माता-पिता से रुपये-पैसे के लिए प्रार्थना तक नहीं की थी आज वह पति के पाप को छिपाने के लिए चोरी तक का इल्जाम अपने ऊपर ले रही है।

विंध्यवासिनी पर चारों ओर से नफ़रत की बौछारें होने लगीं। बेचारी सब कुछ सुनती रही, मगर खामोश रही।

तीव्र क्रोधावेश की स्थिति में राजकुमार ने बेटी को ससुराल भेज दिया।

इसके पश्चात समय बीतता गया, लेकिन अनाथ बन्धु ने विंध्य को कोई पत्र न लिखा और न अपनी माँ की कोई सुध-बुध ली। मगर जब आखिरकार सब रुपये, जो उनके पास थे ख़र्च हो गये तो काफी घबराये और विंध्य के पास एक तार भेजकर तकाजा किया। विंध्य ने तार पाते ही अपने कीमती गहने बेच डाले और उनसे जो मिला वह अनाथ बाबू को भेज दिया। अब क्या था? जब कभी रुपयों की आवश्यकता होती तो वह झट विंध्य को लिख देते और विंध्य से जिस प्रकार बन पड़ता, अपने रहे-सहे आभूषण बेचकर उनकी ज़रूरत को पूरा करती। यहाँ तक कि बेचारी गरीब के पास काँच की दो चूड़ियों के अलावा कुछ भी बाकी न रहा।

अब अभागी विंध्य के लिए दुनिया में कोई सुख शेष न रहा था। हो सकता था कि किसी दिन दुःखी हालत में आत्मघात कर लेती। लेकिन वह सोचती कि स्वतन्त्र नहीं, अनाथ बन्धु मेरे स्वामी हैं। इसलिए मुसीबत उठाते हुए भी वह जीवन के दुःख उठाने पर मजबूर थी। अनाथ बन्धु के लिए वह जिन्दा रहकर अपना कर्त्तव्य पूरा कर रही थी किन्तु चूँकि उसके लिए विरह का दुःख सहना कठिन हो गया था इसलिए विवश होकर उसने पति के नाम वापस आने के लिए खत लिखा।

इसके थोड़े दिनों पश्चात अनाथ बन्धु बैरिस्टरी पास करके साहब बहादुर बने हुए वापस लौट आये गाँव में बैरिस्टर साहब का गुजारा होना मुश्किल था इसलिए पास ही एक कस्बे में होटल का आश्रय लेना पड़ा। विलायत में रहकर भी अनाथ बन्धु के रहन-सहन में बहुत फर्क आ गया था। वह ग्रामीणों से नफ़रत करते थे। उनके खान-यान और रहन-सहन के ढंग से यह भी न होता था कि वह अंग्रेज हैं या। विंध्य यह बहुत प्रसन्न हुई कि स्वामी बैरिस्टर होकर वापस आये हैं, किन्तु माँ उसकी बिगड़ी हुई आदतों को देखकर बहुत व्याकुल हुई।

अंत में उसने भी यह सोचकर मन समझा लिया कि आजकल का जमाना ही ऐसा है, इसमें अनाथ बन्धु की क्या गलती।

इसके कुछ समय पश्चात एक बहुत ही दर्द से भरी घटना घटित हुई। बाबूराजकुमार अपने कुटुम्ब के साथ नाव पर सवार होकर कहीं जा रहे थे कि अचानक नौका जहाज से टकराकर गंगा में डूब गयी। राजकुमार तो किसी प्रकार बच गये किन्तु उनकी पत्नी और बैट का कहीं पता नहीं लगा।

अब उनके कुटुम्ब में विंध्य के अलावा कोई दूसरा शेष न था। इस दुर्घटना के बाद एक दिन राजकुमार बाबू बेचैनी की हालत में अनाथ बन्धु से मिलने आये। दोनों में कुछ देर तक वार्तालाप होती रही, आखिर में राजकुमार ने कहा- "जो कुछ होना था सो तो हुआ, अब प्रायश्चित करके अपनी जाति में शामिल हो जाना चाहिए। क्योंकि तुम्हारे अतिरिक्त अब दुनिया में हमारा कोई नहीं, बेटा अथवा दामाद जो कुछ भी हो, अब तुम हो।"

अनाथ बन्धु ने प्रायश्चित करने के लिए हामी भर दी। उन्होंने से परामर्श किया। उन्होंने कहा- "अगर इन्होंने विलायत में रहकर माँस नहीं खाया तो इनकी शुद्धि वेद-मन्त्रों द्वारा की जा सकती है।"

यह सूचना सुनकर विंध्य खुशी से फूली न समाई और अपना सारा दुःख भूल गयी। आखिर एक रोज प्रायश्चित की रस्म अदा करने के लिए तय किया गया। बड़े आनन्द का वक्त था, चारों ओर वेद-मन्त्रों की गूंज सुनाई दे रही थी। प्रायश्चित के पश्चात कुछ ब्राह्मणों को भोजन कराया गया और इसके परिणामस्वरूप बाबू अनाथ बन्धु नये सिरे से बिरादरी में शामिल कर लिये गये।

परन्तु ठीक उसी वक्त राजकुमार बाबू ब्राह्मणों को दक्षिणा दे रहे थे, एक नौकर कार्ड लिये हुए घर में घुसा और राजकुमार से बोला- "बाबूजी! एक मेम आई हैं।" मेम का नाम सुनते ही राजकुमार बाबू घबराए, कार्ड पढ़ा। उस पर लिखा था- "मिसेज अनाथ बन्धु सरकार।" इससे पहले कि राजकुमार बाबू हाँ अथवा न में कुछ जवाब देते, एक गोरे रग की यूरोपियन स्त्री खट-खट करती भीतर आ खड़ी हुई।

पंडितों ने उसको देखा, तो फिर दक्षिणा लेनी भूल गये। घबराकर जिधर जिसके सींग समाये, निकल गये। इधर मेम साहब ने अनाथ बन्धु को न देखा तो काफी बेचैन हुई और उनका नाम ले-लेकर बुलाने लगी।

इतने में अनाथ बन्धु कमरे से बाहर आते हुए दिखाई दिये। उन्हें देखते ही मेम साहिबा "माई डियर" कहकर फौरन उनसे लिपट गयी।

यह हालत देखकर घर के पुरोहित भी अपना बोरिया-बंधना सम्भालकर विदा हो गये। उन्होंने पीछे मुड़कर भी नहीं देखा।

समाज का शिकार

जिस युग की मैं बात कर रहा हूँ, उसकी न शुरूआत है न अन्त।

वह एक बादशाह का बेटा था तथा महलों में उसका पालन-पोषण हुआ था लेकिन उसे किसी के शासन में रहना स्वीकार न था। इसलिए उसने राजमहलों को त्यागकर जंगलों की राह ली। उस वक्त देश भर में सात शासक थे। वह सातों शासकों के शासन से बाहर निकल गया और ऐसी जगह पर पहुँचा जहाँ किसी का राज्य न था।

अन्त में शाहजादे ने देश को क्यों छोड़ा?

इसकी वजह साफ है कि कुएँ का पानी अपनी गहराई पर सन्तुष्ट है। नदी का जल किनारों की जंजीरों में जकड़ा हुआ है, लेकिन जो पानी पहाड़ की चोटी पर है उसे हमारे सिरों पर मंडराने वाले बादलों में कैदी नहीं बनाया जा सकता।

शाहजादा भी ऊँचाई पर था तथा यह कल्पना भी न की जा सकती थी कि वह इतना ऐश्वर्य छोड़कर जंगलों, पहाड़ों तथा मैदानों में मजबूरी से सामना करेगा। इस पर भी बहादुर शाहजादा भयावने जंगल को देखकर भयभीत न हुआ। उसकी राह में सात समुद्र थे तथा न जाने कितनी नदियाँ? लेकिन उसने सबको अपने हिम्मत से पार कर लिया।

मानव शिशु से युवा होता है और युवा से बूढ़ा होकर मर जाता है, और फिर शिशु बनकर संसार में आता है। वह इस कहानी को अपने माता-पिता से कई बार सुनता है कि भयानक समुद्र के किनारे एक किला है उसमें एक शाहजादी बन्दी है, जिसे मुक्त कराने के प्रति एक शाहजादा जाता है।

कहानी सुनने के पश्चात वह चिंतन की मुद्रा में कपोलों पर हाथ रखकर सोचता कि कहीं मैं भी तो वह शाहजादा नहीं हूँ।

जिन्नों के द्वीप की दशा सुनकर उसके मन में विचार पैदा हुआ कि मुझे एक दिन शाहजादी की बन्दी-गृह से आजादी दिलाने के लिए उस द्वीप के लिए जाना पड़ेगा। संसार वाले मान-सम्मान चाहते हैं, धन के इच्छुक रहते हैं, प्रसिद्धि के प्रति मरते हैं, भोग-विलास

की खोज में लगे रहते हैं, लेकिन खुदगर्ज शाहजादा सुख-चेन का जीवन छोड़कर अभागी शाहजादी को जिन्नों के भयानक बन्दीगृह से आजादी दिलाने के प्रति भयानक द्वीप का पर्यटन करता है।

भयानक तूफानी सागर के सम्मुख शाहजादे ने एक थके हुए घोड़े को रोका, लेकिन पृथ्वी पर उतरा न था कि सहसा दृश्य बदल गया तथा शाहजादे ने आश्चर्यचकित दृष्टि से देखा कि सामने एक काफी बड़ा नगर बसा हुआ है। ट्राम चल रही है, मोटरें दौड़ रही हैं, दुकानों के सामने खरीददारों की और दफ्तरों के सामने क्लर्कों की भीड़ है। फैशन के मतवाले चमकीले कपड़ों से सुसज्जित चहुँ ओर घूम-फिर रहे हैं। शाहजादे की यह हालत कि पुराने कुर्ते में बटन भी लगे हुए हैं। वस्त्र मैले, जूता फट गया, हरएक व्यक्ति उसे घृणा की दृष्टि से देखता है मगर उसे फिक्र नहीं। उसके सामने एक ही उद्देश्य हे और वह अपनी पुनः में मग्न है।

अब वह नहीं जानता कि शाहजादी कहाँ है?

वह एक अभागे पिता की अभागी पुत्री है। धर्म के ठेकेदारों ने उसे समाज की मोटी जंजीरों में जकड़कर छोटी अंधेरी कोठरी के द्वीप में बन्दी बना दिया है। चारों ओर पुराने रीति-रिवाज तथा रूढ़ियों के समुद्र घेरा डाले हुए हैं।

क्योंकि उसका पिता निर्धन था और वह अपने होने वाले दामाद की लड़की के साथ बेशकीमती धन-सम्पत्ति न दे सकता था। इसलिए किसी सज्जन खानदान का कोई पढ़ा-लिखा लड़का उसके साथ विवाह करने पर राजी न होता था।

लड़की की ज़्यादा उम्र हो गयी थी। वह रात-दिन देवताओं की पूजा-अर्चना में खोई रहती है। उसके पिता का निधन हो गया तथा अपने चाचा के पास चली गयी। चाचा के पास नकद रुपया भी था और बहुत पर आदि थे। अब उसे सेवा के लिए मुफ्त की सेविका मिल गयी थी। वह सवेरे से रात के बारह बजे तक मकान के काम-काज में लगी रहती थी।

बिगड़ी हालत का शाहजादा उस लड़की के पड़ोस में रहने लगा। दोनों ने एक-दूसरे को देखा। प्यार की जंजीरों ने उसके हृदयों से विवाह कर दिया। लड़की जो अब तक पैरों में कुचली हुई नाजुक कली की भाँति थी उसने प्रथम बार संतोष और शांति की राहत ली।

लेकिन धर्म के ठेकेदार यह किस तरह बर्दाश्त कर सकते थे कि कोई दुखित स्त्री लोहे की जंजीरों से छुटकारा पाकर सुख का जीवन व्यतीत कर सके।

उसकी शादी क्या हुई एक प्रलय उपस्थित हो गयी। हर एक तरफ़ में शोर मचा कि 'धर्म संकट में है', 'धर्म संकट में है।'

चाचा ने ओं पर ताव देकर कहा- "चाहे मेरी सारी धन-दौलत खत्म ही क्यों न हो जाये, अपने कुल के रीति-रिवाजों की रक्षा करूँगा।"

बिरादरी वाले कहने लगे- "हम समाज की सुरक्षा हेतु काफी रुपया बलिदान कर देंगे।" तथा एक धर्म के पुजारी सेठ ने कहा- "भाई कलियुग है, कलियुग। अगर हम अचेत रहे तो धर्म नष्ट हो जाएगा। आप सब महानुभाव रुपये-पैसे की चिन्ता न करें, यदि यह मेरा महान् कोष धर्म के कार्य न आया, तो फिर किस कार्य आयेगा? तुम तुरन्त इस पापी चांडाल के खिलाफ अभियोग शुरू करो।"

अभियोगी न्यायालय में उपस्थित हुआ। अभियोगी की तरफ़ बड़े-बड़े वकील अपने गाउन फड़काते हुए न्यायालय पहुँचे। अभागी लड़की के शादी के लिए तो कोई एक पैसा भी ख़र्च करना न चाहता था, लेकिन उसे उसके पति को जेल भिजवाने के प्रति रुपयों की थैलियाँ खुल गयी।

नौजवान अपराधी ने आश्चर्यचकित आँखों से देखा।

विधान की किताबों को चाटने वाली दीमकें दिन को रात तथा रात को दिन कर रही थीं।

धर्म के ठेकेदारों ने देवी-देवताओं से दुआ माँगी थी। किसी के नाम पर बकरे बलिदान किये गये थे, किसी के नाम पर सोने का तख्त चढ़ाया गया थे। अभियोग की क्रिया तीन गति से शुरू हुई। बिगड़ी हुई हालत वाले शाहजादे की तरफ़ से न कोई रुपया व्यय करने वाला था, न कोई पक्ष-समर्थन करने वाला।

न्यायाधीश ने उसे मुश्किल कारावास की सजा दी।

मन्दिरों में प्रसन्नता के घंटे-घड़ियाल बजाये गये, सम्पूर्ण शक्ति से शंख बजाये गये, देवी और देवताओं की बलि दी गई, पुजारियों तथा महन्तों की बन आई। सब आदमी खुशी से आपसे शुक्रिया और साधुवाद देकर कहने लगे-

"भाइयों! वक्त कलियुग का है परन्तु खुदा की महरबानी से धर्म अभी भी शाहजादा अपनी सजा काटकर जेल से वापिस आ गया लेकिन उसका लम्बा-चौड़ा पर्यटन अभी खत्म न हुआ था। वह संसार में अकेला था, कोई भी उसका संगी-साथी नहीं। दुनिया वाले

उसे दंडी (सजायाफ्ता) कहकर उसकी छाया से भी बचते हैं। सच है इस दुनिया में राज-नियम भी ईश्वर के समान हैं।

फिर भगवान के अपराधी से सीधे मुँह बात करना किस बर्दाश्त हो सकता है? लम्बी-चौड़ी मुसाफिरी तो उसकी समाप्त न हुई, किन्तु उसके चलने का अन्त हो गया। उसके जख्मी पाँवों में चलने की ताकत शेष न रही।

वह थककर गिर पड़ा, रोगी था...काफी अधिक रोगी। उस असहाय राहगीर की कौन सुनता।

मगर उसकी अवस्था पर एक सुहृदय देवता का हृदय दुखा। उसका नाम 'काल' था। उसने शाहजादे की सेवा-शुश्रूषा की। उसने सिर पर प्रेम से हाथ फेरा और उसके साथ शाहजादा उस संसार में पहुँच गया जहाँ न समाज है और न उसके अन्याय और बच्चा आश्चर्य से अपनी माँ की गोद में यह कहानी सुनता है और अपने फूल-से मुलायम गालों पर हाथ रखकर सोचता है, कि कहीं वह शाहजादा मैं ही तो नहीं हूँ।

प्रेम का मूल्य

छोटे देवताओं का गुरु बृहस्पति माना जाता था। उसने अपने बेटे कच को संसार में भेजा कि शंकराचार्य से अमर-जीवन का रहस्य पता करे। कच शिक्षा हासिल करके स्वर्गलोक जाने के लिए तैयार था। उस वक्त वह अपने गुरु की पुत्री देवयानी से विदा लेने के लिए आया था।

कच- "देवयानी, मैं आपसे विदा लेने के लिए आया हूँ। तुम्हारे पिता के चरण-कमलों में मेरी शिक्षा सम्पन्न हो चुकी है, अब मेहरबानी करके मुझे स्वर्गलोक जाने की आज्ञा दो।"

देवयानी- "तुम्हारी ख़्वाहिश पूरी हुई। जीवन के अमरत्व का वह रहस्य तुम्हें मालूम हो चुका है, जिसकी देवताओं को सबसे ज़्यादा इच्छा रही है, लेकिन ज़रा विचार तो करो, क्या कोई और ऐसी वस्तु बाकी नहीं जिसकी तुम इच्छा कर सको?"

कच- "कोई नहीं।"

देवयानी- "बिलकुल नहीं? ज़रा अपने दिल को टटोलो ओर देखो सम्भवत: कोई छोटी-बड़ी ख़्वाहिश कहीं दबी पड़ी हो?"

कच- "मेरे प्रातःकालीन जीवन का सूर्य अब ठीक प्रकाश पर आ गया है। उसके प्रकाश से तारों का प्रकाश धीमा पड़ चुका है। मुझे अब वह रहस्य मालूम हो गया है जो जीवन का अमरत्व है।"

देवयानी- "तब तो पूरी दुनिया में तुमसे अधिक कोई भी व्यक्ति प्रसन्न न होगा। खेद है कि आज पहली बार में यह तजुर्बा कर रही हूँ कि एक अपरिचित देश में विश्राम करना तुम्हारे लिए कितना कष्टप्रद था। जबकि यह सच है कि उत्तम-से-उत्तम वस्तु जो हमारे मस्तिष्क में थी, तुमको भेंट कर दी गयी है।"

कच-इसका ज़रा भी ध्यान मत करो और हर्ष सहित मुझे जाने की इजाजत दो।

देवयानी- "सुखी रहो मेरे अच्छे सखा! तुम्हें प्रसन्न होना चाहिए कि यह तुम्हारा स्वर्ग

नहीं है। इस मृत्युलोक में जहाँ तृषा से गले में काटे पड़ जाते हैं, हँसना और मुस्कुराना कोई ठिठोली नहीं हैं। यह ही दुनिया है जहाँ अधूरी इच्छाएँ चारों तरफ़ घिरी हुई है, जहाँ खोई हुई खुशी की याद में बार-बार कलेजे में हूक उठती है। जहाँ डंडी साँसों से पाला पड़ता है। तुम्हीं कहो, इस संसार में कोई क्या हँसेगा?"

कच- "देवयानी बता, जल्दी बोल, मुझसे क्या गलती हुई है।"

देवयानी- "तुम्हारे लिए इस जंगल को छोड़ना बहुत सरल है। यह वही जंगल है जिसने इतने वर्षों तक तुम्हें अपनी छाया में रखा और तुम्हें लोरियाँ दे-देकर थपकता रहा। तुम्हें अहसास नहीं होता कि आज हवा किस तरह विलाप कर रही है? देखो, वृक्षों हिलती हुई छाया को देखो, उनके कोमल पल्लवों को निहारो। वे हवा में घूम नहीं रहे, बल्कि किसी खोई हुई उम्मीद की भाँति भटके-भटके फिर रहे हैं। एक तुम हो कि तुम्हारे होठों पर हँसी खेल रही है। प्रसन्नता के साथ तुम विदा हो रहे हो।"

कच- "मैं इस जंगल को किसी प्रकार मातृ-भूमि से कम नहीं समझता, क्योंकि यहाँ ही मैं वास्तव में शुरू से जन्मा हूँ। इसके प्रति मेरा प्यार कभी कम न होगा।" देवयानी- "वह देखो सामने बरगद का वृक्ष है। जिसने दिन के घोर ताप में जबकि तुमने जानवरों को हरियाली में चरने के लिए छोड़ दिया था, तुम पर प्रेम से छाया की थी।"

कच- "ऐ जंगल के स्वामी! मैं तुम्हें प्रणाम करता हूँ। जब और विद्यार्थी यहाँ शिक्षा-प्राप्ति के लिए आएँ और शहद की मक्खियों की भनभनाहट और पत्तों की सरसराहट के साथ-साथ तेरी छाया में बैठकर अपना पाठ दोहराएँ तो मुझे याद रखना।"

देवयानी- "और ज़रा वनमती का भी तो ख्याल करो जिसके साफ और तीव्र प्रवाह का जल प्रेम-संगीत की एक लहर की तरह है।"

कच- "ओह! उसकी बिलकुल नहीं भूल सकता। उसकी याद हमेशा बनी रहेगी। बनमती मेरी गरीबी की साथी है। वह एक तल्लीन युवती की तरह होंठों पर मुस्कान लिये अपने सीधे-सीधे गाने गुनगुनाते निःस्वार्थ सेवा करती है।"

देवयानी- "लेकिन प्रिय सखा, स्मरण करना चाहती हूँ कि तुम्हारा और भी कोई साधी था, जिसने बेहद कोशिश की कि इस निर्धनता के दुख से भरे जीवन के प्रभाव से प्रभावित न हो। यह दूसरे बात है कि यह कोशिश बेकार हुई।

कच- "उसकी याद तो जीवन का एक अंग बन गयी है।"

देवयानी- "मुझे वे दिन याद हैं जब तुम सर्वप्रथम यहाँ आये थे। उस समय तुम्हारी उम्र किशोर अवस्था से कुछ ही अधिक थी। तुम्हारी आँखें मुस्करा रही थी, तुम उस समय उधर वाटिका की बाढ़ के निकट खड़े थे।"

कच- "हाँ! हाँ! उस वक्त तुम फूल चुन रही थीं। तुम्हारे शरीर पर सफेद वस्त्र थे। ऐसा दिखाई देता था जैसे सुबह ने अपनी रोशनी में स्नान किया है। तुम्हें सम्भवत: स्मरण होगा, मैंने कहा था कि यदि मैं तुम्हारी कुछ मदद कर सकूँ तो मरा सौभाग्य होगा।"

देवयानी- "याद क्यों नहीं है। मैंने हैरत से तुमसे पूछा या कि तुम कौन हो? और तुमने अत्यन्त नम्रता से जवाब दिया था कि मैं इन्द्र की सभा में प्रसिद्ध गुरु बृहस्पति का सुपुत्र हूँ। फिर तुमने बताया कि तुम मेरे पिता से वह राज मालूम करना चाहते हो, जिससे मृतक जिन्दा हो सकते हैं।"

कच- "मुझे सन्देह था कि मुमकिन है, तुम्हारे पिता मुझे अपने शिष्य रूप में स्वीकार न करें।"

देवयानी- "लेकिन जब मैंने तुम्हारी स्वीकृति के लिए समर्थन किया तो इस विनती को नामंजूर न कर सके। उनको अपनी पुत्री से इतना अधिक प्यार है कि वह उसकी बात टाल नहीं सकते।"

कच- "और जब मैं तीन बार विपक्षियों के हाथों मारा गया तो तुम्हीं ने अपने बाप को विवश किया था कि मुझे दोबारा जीवित करें। मैं इस भलाई को बिलकुल भुला नहीं सकता।"

देवयानी- "भलाई? अगर तुम उसको भुला कर दोगे तो मुझे बिलकुल दुःख न होगा। क्या तुम्हारी स्मृति सिर्फ़ लाभ पर ही नजर रखती है? यदि यही बात है तो उसका विक्षत हो जाना ही अच्छा है। प्रतिदिन पाठ के पश्चात शाम के अँधेरे और शून्यता में यदि असाधारण हर्ष और खुशी की लहरें तुम्हारे सिर पर बीती तो तो उनको स्मरण रखो, उपकार को स्मरण रखने से क्या लाभ? अगर कभी तुम्हारे पास से कोई गुज़रा हो, जिसके गीत का एक चुभता हुआ टुकड़ा तुम्हारे पाठ में उलझ गया हो अथवा जिसके हवा में लहराते हुए आँचल ने तुम्हारे ध्यान को पाठ से हटाकर अपनी तरफ़ आकर्षित कर लिया हो, अपने छुट्टी के समय में कभी उसको अवश्य स्मरण कर लेना, मगर केवल यही, कुछ और नहीं! सुन्दरता और प्रेम का याद न आना ही उचित है।"

कच- "बहुत-सी चीजें हैं जो शब्दों द्वारा प्रकट नहीं की जा सकतीं।"

देवयानी- "हाँ, हाँ मैं जानती हूँ। मेरे प्यार से तुम्हारे हृदय का एक-एक अणु आणु चुका है और यही वजह है कि मैं बिना संकोच के इस सच को प्रकट कर रही हूँ कि तुम्हारी हिफाजत और कम बोलना मुझे पसन्द नहीं है। तुम्हें मुझसे अलग होना अच्छा नहीं आराम करो, कोई ख्याति ही प्रसन्नता का साधन नहीं है। अब तुम मुझको छोड़कर नहीं जा सकते, तुम्हारा राज मुझ पर खुल चुका है।"

कच- "नहीं देवयानी, नहीं, ऐसा मत कहो।"

देवयानी- "क्या कहा, नहीं? मुझसे क्यों मिथ्या बोलते हो? प्रेम की दृष्टि छिपी नहीं रहती। रोजाना तुम्हारे सिर के तनिक से हिलने से तुम्हारे हाथों के कम्पन से तुम्हारा दिल इच्छा मुझ पर प्रकट करता है। जिस तरह सागर अपनी तरंगों द्वारा काम करता है, उसी प्रकार तुम्हारे हृदय ने तुम्हारी भाव-भंगिमा द्वारा मुझ पर सूचना पहुँचायी। अचानक मेरी आवाज सुनकर तुम तिलमिला उठते थे। क्या तुम समझते हो कि मुझे तुम्हारी उस स्थिति का अहसास नहीं हुआ मैं तुमको भली-भाँति जानती हूँ और इसलिए अब तुम सदा मेरे हो। तुम्हारे देवताओं का राजा भी इस सम्बन्ध को नहीं तोड़ सकता।"

कच- "लेकिन देवयानी, तुम्हीं कहो, क्या इतने साल अपने घर और घरवालों से अलग रहकर मैंने इसलिए मेहनत की थी?"

देवयानी- "क्यों नहीं, क्या तुम समझते हो कि दुनिया में शिक्षा का मूल्य नहीं? समय नष्ट मत करो, हिम्मत से काम ली और यह प्रतिज्ञा करो। शक्ति, शिक्षा और ख्याति की प्राप्ति के लिए इंसान तपस्या और इन्द्रियों का दमन करता है। एक स्त्री के सामने इन सबका कोई मूल्य नहीं।"

कच- "तुम जानती हो कि मैंने सच्चे दिल से प्रतिज्ञा की थी कि में जीवन के अमरत्व का रहस्य हासिल करके आपकी सेवा में आ मौजूद होऊँगा।"

देवयानी- "मगर क्या तुम कह सकते हो कि आँखों ने पुस्तकों के अलावा और किसी चीज़ पर नजर नहीं डाली? क्या तुम यह कह सकते हो कि मुझे पुष्प भेंट करने के लिए तुमने कभी अपनी किताब को नहीं छोड़ा क्या तुम्हें कभी ऐसे अवसर की खोज नहीं रही कि शाम के समय मेरी पुष्पवाटिका के फूलों पर जल छिड़क सको शाम के समय जब नदी पर अन्धकार का वितान तन जाता तो मानो प्रेम अपनी दुःखित खामोशी पर छा जाता। तुम

घास पर मेरे बराबर बैठकर मुझे अपने स्वर्गिक गाना गाकर क्यों सुझाते थे? क्या यह सब काम उन षड्यन्त्रों से भरी हुई चालाकियों का एक हिस्सा नहीं, जा तुम्हारे स्की में क्षमा करने योग्य है? क्या इन बनावटी युक्तियों से तुमने मेरे बाप को अपना न बनाना चाहा था और अब विदाई के वक्त धन्यवाद के कुछ मूल्यहीन सिक्के उस सेविका की ओर फेंकते हो, जो तुम्हारे छल से छली जा चुकी है?"

कच- "घमण्डी स्त्री! वास्तविकता को प्रतीत करने से क्या लाभ? यह मेरा संदेह था कि मैंने एक ख़ास भावना के वश तेरी सेवा की और मुझे उसका दण्ड मित्र माता, लेकिन अभी वह समय नहीं आया कि मैं इस प्रश्न का उत्तर दे सकूँ कि मेरा प्रेम सत्य या या नहीं, क्योंकि मुझे अपने जीवन का मकसद दिखाई दे रहा है। अब चाहे तेरे हृदय से आग की चिनगारियाँ निकल-निकल कर सम्पूर्ण वायुमण्डल को आच्छादित कर लें, मैं अच्छी प्रकार से जानता हूँ कि स्वर्ग अब मेरे लिए स्वर्ग नहीं रहा, देवताओं की सेवा में यह राज तुरन्त ही पहुँचाना मेरा फर्ज है। जिसको मैंने कठिन परिश्रम के पश्चात प्राप्त किया है। इससे पहले मुझे व्यक्तिगत प्रसन्नता की प्राप्ति का ध्यान ज़रा भी नहीं था। माफ कर देवयानी माफ कर? मैं सच्चे दिल से क्षमा का इच्छुक हूँ। इस बात को सच जान कि तुझे आघात पहुँचाकर मैंने अपनी परेशानियों को दुगना कर लिया है।"

देवयानी- "माफी? तुमने मेरे नारी दिल को पाषाण की तरह कठोर कर दिया है, वह ज्वालामुखी की भाँति गुस्से से भभक रहा है। तुम अपने काम पर वापस जा सकते हो, लेकिन मेरे लिए शेष क्या रहा, केवल स्मृति का एक कंटीला बिछौना और छिपी हुई लज्जा, जो सदा तेरे प्रेम का मजाक करेगी। तुम एक पथिक के रूप में यहाँ आये धूप से बचने के लिए। मेरे पेड़ों की छाया में आश्रय लिया और अपना समय बिताया। तुमने मेरे बाग के सारे पुष्प तोड़कर एक माला पूँजी और जब चलने का समय आया तो तुमने धागा तोड़ दिया, पुष्पों को धूल में मिला दिया। मैं अपने दुखित दिल से शाप देती हूँ कि जो शिक्षा तुमने प्राप्त की है वह सब तुम भूल जाओगे, दूसरे लोग तुम्हारे से यह शिक्षा प्राप्त करेंगे, किन्तु जिस तरह तारे रात में अँधियारी से सम्बन्ध स्थापित नहीं कर पाते, बल्कि अलग रहते हैं, उसी प्रकार यह विद्या भी तुम्हारे जीवन से भिन्न रहेगी। व्यक्तिगत रूप में तुम्हें इससे फायदा न होगा और यह केवल इसलिए कि तुमने मेरे प्रेम का अपमान किया और प्रेम की कीमत नहीं समझी।"

भिखारिन

प्रतिदिन अन्धी मन्दिर के दरवाजे पर जाकर खड़ी रहती, दर्शन करने वाले बाहर निकलते तो वह अपना हाथ फैला देती और नम्रता से कहती- "बाबूजी, अन्धी पर कृपा हो जाए।"

वह जानती थी कि मन्दिर में आने वाले लोग सहृदय और श्रद्धालु हुआ करते हैं। उसका यह अन्दाजा मिथ्या न था। आने-जाने वाले दो-चार पैसे उसके हाथ पर रख ही देते। अन्धी उनको दुआएँ देती और उनकी दिलपरी को सराहती। औरतें भी उसके पल्ले में थोड़ा-बहुत अनाज डाल जाया करती थी।

सुबह से शाम तक वह इसी तरह हाथ फैलाए खड़ी रहती। उसके बाद मन-ही-मन भगवान को नमस्कार करती और अपनी लाठी के सहारे झोपड़ी का पथ ग्रहण करती। उसकी झोपड़ी दृष्टि से बाहर थी। रास्ते में प्रार्थना करती जाती किन्तु राहगीरों में अधिक संख्या सफेद कपड़ों वालों की होती, जो पैसे की बनिस्वत झिड़कियाँ दिया करते हैं। तब भी अन्धी मायूस न होती और उसकी याचना बराबर जारी रहती। झोपड़ी तक पहुँचते-पहुँचते उसे दो-चार पैसे और मिल जाते।

झोपड़ी के करीब पहुँचते ही एक दस वर्ष का लड़का उछलता-कूदता आता और उससे लिपट जाता। अन्धी टटोलकर उसके माथे को घूमती।

बच्चा कौन है? किसका है? कहाँ से आया? इस मामले से कोई परिचय नहीं था। पाँच वर्ष हुए पास-पड़ोस बालों ने उसे अकेला देखा था। इन्हीं दिनों एक शाम के समय लोगों ने उसकी गोद में एक बच्चा देखा, वह रो रहा था, अन्धी उसका मुख चूम-चूमकर उसे चुप कराने की चेष्टा कर रही थी। वह कोई साधारण घटना न थी, इसलिए किसी ने भी न पूछा कि बच्चा किसका है? उसी रोज से यह बच्चा अन्धी के पास था और प्रसन्न था। उसको वह अपने से अच्छा खिलाती-पिलाती तथा पहनाती।

अन्धी ने अपनी झोंपड़ी में एक हंडिया गाड़ रखी थी। शाम के वक्त जो कुछ माँगकर लाती उसमें डाल देती और उसे किसी चीज़ से ढक देती। इसलिए कि दूसरे व्यक्तियों की दृष्टि उस पर न पड़े। खाने के लिए अनाज काफी मिल जाता था। उससे काम चलाती। पटने रन का पेट भरकर खिलाती फिर खुद खाती। रात को बच्चे को अपनी छाती से लगाकर वहीं पड़ जाती। प्रातःकाल होते ही उसको खिला-पिलाकर फिर मन्दिर के द्वार पर जा खड़ी होती।

काशी में सेठ बनारसी दास काफी प्रसिद्ध व्यक्ति है। बच्चा-बच्चा उनकी कोठी को जानता है। काफी बड़े देशभक्त और धर्मात्मा हैं। धर्म में उनकी बड़ी रुचि है। दिन के बारह बजे सेठ स्नान-ध्यान में संलग्न थे, मगर ऐसे आदमियों का तो तांता बंधा रहता आ अपनी जमा पूँजी सेठजी के पास धरोहर रूप में रखने आते थे। सैकड़ों भिखारी अपनी जमा पूँजी इन्हें सेठजी के पास जमा कर जाते। अन्धी को भी यह बात मालूम थी, किन्तु पता नहीं अब वह अपनी कमाई यहाँ इकट्ठा कराने में क्यों हिचकिचाती थी।

उसके पास काफी रुपये हो गए थे, हाँडी लगभग पूरी भर गयी थी। उसको भय था कि कोई चुरा न ले। एक रोज शाम के समय अन्धी ने वह हाँडी उखाड़ी और अपने फटे हुए चल में छिपाकर सेठ जी की कोठी पर जा पहुँची।

सेठजी बहीखाते के पन्ने उलट रहे थे, उन्होंने पूछा- "क्या है बुढ़िया?"

अन्धी ने हाँडी उनके आगे सरका दी और डरते-डरते कहा- "सेठजी, इसे अपने निकट जमा कर लो, मैं अन्धी, अपाहिज कहाँ रखती फिरूँगी?"

सेठजी ने हाँडी की तरफ़ देखकर कहा- "इसमें क्या है?"

अन्धी ने जवाब दिया- "भीख माँग-माँग कर अपने बच्चे के लिए दो-चार पैसे इकट्ठे किये हैं, अपने निकट रखते हुए डरती हूँ, कृपया इन्हें आप अपनी कोठी में रख लें।"

सेठजी ने मुनीम की तरफ़ इशारा करते हुए कहा- "वही में जमा कर लो।" फिर बुढ़िया ने पूछा- "तेरा नाम क्या है?"

अन्धी ने अपना नाम बताया, मुनीमजी ने नकदी गिनकर उसके नाम पर जमा कर ली और सेठ जी को आशीर्वाद देती हुई अपनी झोपड़ी के अन्दर चली गयी।

दो साल बहुत सुख के साथ बीते। इसके पश्चात एक दिन लड़के को ज्वर ने आ दबाया। अन्धी ने दवा-दारू की, झाड़-फूँक से भी कार्य लिया, टोने-टोटके की परीक्षा की परन्तु

सारी कोशिशें बेकार साबित हुई। लड़के की हालत दिनों-दिन बुरी होती गई, अन्धी का हृदय टूट गया, साहस ने जवाब दे दिया, निराश हो गई, मगर फिर ध्यान आया कि शायद डॉक्टर के इलाज से फायदा हो जाए। इस ख्याल के आते ही वह गिरती-पड़ती सेठजी की कोठी पर आ पहुँची। सेठ जी वहाँ उपस्थित थे।

अन्धी बोली- "सेठ जी मेरी जमा-पूँजी में से दस-पाँच रुपये मुझे मिल जायें तो बड़ी मेहरबानी हो! मेरा बच्चा मर रहा है, डॉक्टरों को दिखाऊँगी।"

सेठजी ने कठोर स्वर में कहा- "कैसी जमा-पूँजी? कैसे रुपये? मेरे निकट किसी के रुपये जमा नहीं हैं।

अन्धी ने रोते हुए कहा- "दो साल हुए मैं आपके पास धरोहर रख गयी थी। दे दीजिए बड़ी कृपा होगी।"

सेठजी ने मुनीम की तरफ़ रहस्यमयी नजर से देखते हुए कहा- "मुनीम जी, ज़रा देखना तो, इसके नाम की कोई रकम जमा है क्या? तेरा नाम क्या है री?"

अन्धी की जान-में-जान आई, उम्मीद बंधी। पहला उत्तर सुनकर उसने सोचा कि सेठ बेईमान है, लेकिन अब सोचने लगी, शायद उसे ध्यान न रहा होगा। ऐसा धर्मी आदमी भी भला कहीं झूठ बोल सकता है। उसने अपना नाम भी बता दिया। उलट-पलट कर देखा। फिर कहा- "नहीं तो, इस नाम पर एक पैसा भी जमा नहीं है।"

अन्धी वहीं बैठी रही। उसने रो-रोकर कहा- "सेठजी, भगवान के नाम पर, धर्म के नाम पर, कुछ दे दीजिए। मेरा बच्चा जी जाएगा। मैं ज़िन्दगी भर आपके गुण गाऊँगी।'"

मगर पत्थर में कोमलता न आई। सेठजी ने गुस्सा होकर उत्तर दिया- "जाती है या फिर नौकर को बुलाऊँ।"

अन्धी लाठी टेककर खड़ी हो गई और सेठ की ओर मुँह करके बोली- "अच्छा भगवान तुम्हें बहुत दे।" और अपनी झोपड़ी की ओर चल दी।

यह आशीर्वाद नहीं था बल्कि एक दुखी का शाप था। बच्चे की दशा बिगड़ती गई, दवा-दारू हुई ही नहीं लाभ क्योंकर होता। एक दिन उसकी हालत चिन्ताजनक हो गयी, प्राणों के लाले पड़ गये, उसके जीवन में अन्धी भी उदास हो गई। सेठजी पर रह-रहकर उसे क्रोध आता था। इतना धनी व्यक्ति है, दो-चार रुपये दे देता तो क्या चला जाता और फिर मैं उससे कुछ दान नहीं माँग रही थी, अपने ही पैसे माँगने गई थी। सेठजी से नफ़रत हो गई।

बैठे-बैठे उसको कुछ ख्याल आया। उसने बच्चे को अपनी गोद में उठा लिया और ठोकरें खाती, गिरती-पड़ती सेठजी के निकट पहुँची और उनके दरवाजे पर धरना देकर बैठ गई। बच्चे का जिस्म ज्वर से भभक रहा था और अन्धी का कलेजा भी।

एक नौकर किसी काम से बाहर आया। अन्धी को वहाँ बैठा देखकर उसने सेठजी को सूचना दी, सेठजी ने इजाजत दी, कि उसे भगा दो।

नौकर ने अन्धी से चले जाने के लिए कहा, लेकिन वह उस स्थान से हिली तक नहीं। मारने का डर दिखाया, पर वह टस-से-मस न हुई। उसने फिर भीतर जाकर कहा कि वह नहीं टलती।

सेठजी स्वत: बाहर गये। देखते ही पहचान गये। बच्चे को देखकर उन्हें बहुत अचम्भा हुआ कि उसकी शक्ल-सूरत उनके मोहन से काफी मिलती-जुलती है। सात वर्ष हुए तक मोहन किसी मेले में खो गया था। उसकी काफी खोज की, पर उसका कोई पता न मिला। उन्हें याद हो आई मोहन की जाँघ पर एक लाल रंग का निशान था। इस विचार के आते ही उन्होंने अन्धी की गोद में बच्चे की जाँघ देखी। निशान जरूर था परन्तु पहले से कुछ बड़ा। उनको यकीन हो गया था कि बच्चा उन्हीं का है। उन्होंने फौरन उसको छीनकर अपने कलेजे से चिपका लिया। जिस्म बुखार से तप रहा था। नौकर को डॉक्टर लाने के लिए भेजा और खुद मकान के अंदर चल दिये।

अन्धी खड़ी हो गयी और चिल्लाने लगी- "मेरे बच्चे को मत ले जाओ, मेरे रुपये तो हजम कर गये अब क्या मेरा बच्चा भी मुझसे छीनोगे?"

सेठजी काफी चिन्तित हुए और कहा- "बच्चा मेरा है, यही एक बच्चा है, सात वर्ष पहले कहीं खो गया था अब मिला है, इसलिए इसे कहीं नहीं जाने दूँगा और लाख कोशिशें करके भी इसकी जान बचाऊँगा।"

अन्धी ने एक जोरदार ठहाका लगाया- "तुम्हारा बच्चा है, इसलिए लाख कोशिश करके भी इसे बचाओगे। मेरा बच्चा होता तो उसे मर जाने देते, क्यों? यह भी कोई इंसान है? इतने रोज तक खून-पसीना करके उसको पाला है। मैं उसको अपने हाथ से नहीं जाने दूँगी।"

सेठजी की अजीब स्थिति थी। कुछ करते-धरते बन नहीं पड़ता था। कुछ देर वहीं मौन खड़े रहे फिर मकान के भीतर चले गये। अन्धी कुछ समय तक खड़ी रोती रही फिर वह भी

अपनी झोपड़ी की तरफ़ चल दी।

दूसरे दिन प्रात: भगवान की कृपा हुई या दवा ने जादू का-सा प्रभाव दिखाया। मोहन का बुखार उतर गया। होश आने पर उसने आँख खोली तो सबसे पहले शब्द उसकी ज़ुबान से निकला- "माँ!"

चारों तरफ़ अजनबी शक्लें देखकर अपने नेत्र फिर बंद कर लिये। उस समय से उसका बुखार फिर ज़्यादा होना शुरू हो गया। माँ की रट लगी हुई थी, डॉक्टरों ने जवाब दे दिया, सेठजी के हाथ-पाँव फूल गये, उन्हें चारों ओर अँधेरा दिखाई पड़ने लगा।

"क्या करूँ, अब एक ही बच्चा है, इतने दिनों पश्चात मिला भी तो मौत उसको अपने चंगुल में दबा रही है, इसे किस तरह बचाऊँ?"

अचानक उसको अन्धी का ख्याल आया। पत्नी को बाहर भेजा कि देखा नहीं वह अब तक द्वार पर न बैठी हो, परन्तु वह वहाँ कहाँ थी? सेठजी ने फिटन तैयार कराई और बस्ती से बाहर उसकी झोपड़ी पर पहुँचे। झोपड़ी बिना द्वार की थी, अन्दर गए। देखा अन्धी एक फटे-पुराने टाट पर पड़ी है और उसकी आँखों से अश्रुधारा निकल रही है। सेठजी ने आहिस्ता से उसको हिलाया। उसका शरीर भी अग्नि की मानिन्द तप रहा था।

सेठजी ने कहा- "बुढ़िया तेरा बच्चा मर रहा है, डॉक्टर मायूस हो गए, रह-रहकर वह तुझे पुकारता है। अब तू ही उसकी जान बचा सकती है। चल और मेरे...नहीं-नहीं अपने बच्चे की जान बचा ले।"

अन्धी ने उत्तर दिया- "मरता है तो मरने दो, मैं भी मर रही हूँ। हम दोनों स्वर्गलोक में फिर माँ-बेटे की तरह मिल जाएँगे। इस लोक में सुख नहीं है, वह मेरा बच्चा सुख में रहेगा। मैं वहाँ उसकी ठीक प्रकार से सेवा-शुश्रूषा करूँगी।"

सेठजी रो दिये। आज तक भी उन्होंने किसी के सामने सिर नहीं झुकाया था, मगर इस वक्त अन्धी के पाँवों पर गिर पड़े और रो-रो कर कहा- "ममता की लाज रख लो, आखिर तुम भी उसकी माँ हो। चलो, तुम्हारे जाने से वह बच जायेगा।"

ममता शब्द ने अन्धी को व्याकुल कर दिया। उसने तुरन्त कहा- "अच्छा चलो।"

सेठजी उसको सहारा देकर बाहर आये तथा फिटन पर बिठा दिया। फिटन घर की तरफ़ दौड़ने लगी। उस समय सेठजी और अन्धी भिखारिन दोनों की एक ही हालत थी। दोनों की यही मर्जी थी कि जल्दी-से-जल्दी अपने बच्चे के पास पहुँच जायें। कोठी आ गई, सेठजी

ने सहारा देकर अन्धी को उतारा और भीतर ले गए। भीतर जाकर अन्धी ने मोहन के माथे पर हाथ रखा। मोहन पहचान गया कि यह उसकी माँ का हाथ है। उसने फौरन आँखें खोल दीं, और उसने अपने पास खड़े हुए देखकर कहा- "माँ, तुम आ गयीं।"

अन्धी भिखारिन मोहन के सिरहाने बैठ गयी तथा उसने मोहन का सिर अपनी गोद में रख लिया। उसको काफी सुख का अहसास हुआ और वह उसकी गोद में तुरन्त सो गया।

दूसरे रोज से मोहन की हालत अच्छी होने लगी और दस-पन्द्रह दिन में वह बिलकुल स्वस्थ हो गया। जो काम हकीमों के जोशान्दे, वैद्यों की पुड़िया और डॉक्टरों के मिक्सचर न कर सके वह अन्धी की प्यार-भरी सेवा ने ही पूरा कर दिया।

मोहन के पूरी प्रकार ठीक हो जाने पर अन्धी से विदा माँगी। सेठजी ने बहुत-कुछ कहा-सुना कि वह उन्हीं के साथ रह जाए, परन्तु वह राजी न हुई, मजबूर होकर विदा करना पड़ा। जब वह चलने लगी तो सेठजी ने वह रुपयों की थैली उसके हाथ में दे दी। अन्धी ने पूछा- "इसमें क्या है?"

सेठजी बोले- "इसमें तुम्हारी धरोहर है, तुम्हारे रुपये। मेरा वह अपराध...।"

अन्धी ने बात काटकर कहा- "यह रुपये तो मैंने तुम्हारे मोहन के लिए जमा किये थे, उसी को दे देना।"

अन्धी ने थैली वहीं पर छोड़ दी और लाठी टेकती हुई चल दी। बाहर निकलकर फिर उसने उस घर की तरफ़ नेत्र उठाये। उसकी आँखों से आँसू बह रहे थे मगर वह एक भिखारिन होते हुए भी सेठ से महान् थी। इस वक्त सेठ भिखारी था और वह देने वाली थी।

दीदी

गाँव की किसी एक अभागिनी स्त्री के अन्यायी और अत्याचारी पति के कुकर्मों की विस्तार से व्याख्या करने के पश्चात पड़ोसिन तारामणि ने अत्यन्त संक्षेप में अपनी इच्छा प्रकट की, "ऐसे पति के मुँह में अग्नि भरे!"

सुनकर जयगोपाल बाबू की पत्नी शशिकला को बहुत बुरा लगा और दुःख भी हुआ। उसने मुँह से तो कुछ नहीं कहा, मगर मन-ही मन सोचने लगी कि पति-जाति के मुँह में चुरुट की आग के अलावा और किसी तरह की आग लगाना या उसकी कल्पना करना कम-से-कम स्त्री जाति के लिए कभी किसी भी हालत में शोभा नहीं देता।

शशिकला को खामोश देखकर कठोर दिल तारा का उत्साह दूना बढ़ गया, वह बोल उठी, "ऐसे पति से तो पूरी ज़िन्दगी रांड ही अच्छी" और यहाँ से उठकर चल दी। सभा भंग हो गई।

शशिकला सोचने लगी, 'पति की तरफ़ से ऐसे किसी कसूर की वह कल्पना ही नहीं कर सकती, जिससे उनके लिए ऐसा कठोर भाव जागे।' विचार करते-करते उसके कोमल दिल का सारा-का-सारा प्रेमरस अपने प्रवासी पति की तरफ़ निढाल-सा होकर दौड़ने लगा। पलंग पर जहाँ उसके पति सोते थे, उस जगह पर दोनों बाँह पसार कर वह औंधी पड़ रही तथा बार-बार तकिए को सीने से लगाकर चूमने लगी। तकिए में वह अपने पति के माथे की सुगन्ध का अनुभव कर रही थी और फिर दरवाजा बन्द करके बक्स में से पति का एक काफी पुराना फोटो और चिट्ठियाँ निकालकर बैठ गयी। उस दिन की सुनसान दोपहरी इसी तरह एकान्त कमरे में, सूनी सोच, पुरानी यादों और कष्टों के आँसुओं में बीत गई।

शशिकला और जयगोपाल का दाम्पत्य कोई नया हो, ऐसी बात नहीं। बाल्यावस्था में शादी हुई थी, और इस बीच कई बाल-बच्चे भी हो हैं। दोनों ने काफी दिनों तक साथ रहकर अत्यन्त सहज-साधारण तौर पर दिन हैं। किसी की तरफ़ से प्रेम के अटूट उत्साह का कभी भी कोई लक्षण देखने में नहीं आया। लगभग सोलह साल तक लगातार एक

साथ रहने के पश्चातसिर्फ़ आजीविका के लिए ही उसके पति को अचानक परदेश जाना पड़ा। इस बिछड़ जाने से शशि के दिल में एक तरह का प्रबल प्रेमावेग जाग उठा। विरह के जरिए बंधन में जितना भी खिंचाव पड़ने लगा, उसके नाज़ुक दिल में प्रेम की फाँस उतनी ही तीखी होने लगी। शिथिल स्थिति में जिसका अस्तित्व कभी मालूम ही नहीं पड़ा, अब उसका दर्द अन्दर से ही मारने लगा।

इतने दिन के बाद इतनी आयु में बच्चों की माँ होकर शशि आज वसन्त की दोपहरी में सूने में विरह-शय्या पर पड़ी-पड़ी यौवन से भरपूर नई दुल्हन का-सा सुख स्वप्न देखने लगी। जो प्रेम जाने-अनजाने में उसके जीवन के सामने बहा चला गया है, अचानक आज उसी के कलकल-गीत से जागकर वह मन-ही-मन बहाव से विपरीत तैरकर पीछे की तरफ़ बहुत दूर पहुँचना चाहती है, जहाँ सोने की नगरी में घने वनों की भरमार है, प्रेम की दीवानगी है, लेकिन अतीत के उस सुख की सम्भावना में पहुँचने की अब तरकीब क्या है और जगह कहाँ है? वह सोचने लगी, अबकी बार वह पति को अपने निकट पाएगी तब जीवन को नीरस और वसन्त को बेकार बिलकुल नहीं होने देगी। कितने ही दिन कितनी ही बार उसने मामूली विषयों पर बहस और छोटी-छोटी बातों पर लड़ाई करके पति को परेशान कर डाला है। आज तपते हुए मन से एकान्त इच्छा से उसने संकल्प किया कि भविष्य में वह कभी भी झगड़ालू नहीं बनेगी, कभी भी उनकी इच्छा के खिलाफ न चलेगी, उनकी आज्ञा का पूरी प्रकार से पालन करेगी, अब सारे काम उनकी तबीयत के ही करेगी और प्यार-भरे नर्म दिल से अपने पति का बुरा-भला आचरण खामोशी से बर्दाश्त कर लिया करेगी। कारण, पति सभी कुछ है, पति प्रियतम है, पति देवता है। काफी दिनों तक शशिकला अपने पिता-माता की इकलौती लाडली पुत्री रही है। उन दिनों जयगोपाल यद्यपि मामूली नौकरी किया करता था, फिर भी भविष्य की उसे कोई चिन्ता नहीं थी। गाँव में जाकर राजसी ठाट से रहने के लिए उसके ससुर के पास काफी धन-दौलत थी।

इस बीच बिलकुल ही असमय प्राय: बुढ़ापे में शशिकला के पिता कालीप्रसन्न के एक लड़का पैदा हुआ। सच कहने में क्या है, पिता-माता के इस प्रकार के असमय असंगत आचरण से शशि को मन-ही-मन बहुत कष्ट हुआ। जयगोपाल भी विशेष खुश न हो सका।

अधिक आयु में बच्चा हुआ, तो उस पर माँ-बाप के प्यार और लाड़-प्यार का ठिकाना न रहा। उस नवागत नन्हें से दूध-पीते नींद के लिए व्याकुल साले ने अनजाने में न जाने कैसे अपने कोमल हाथों की छोटी-छोटी मुट्ठियों में जयगोपाल की सारी उम्मीदें पीसकर जब

चकनाचूर कर दीं, तब वह आस के चाय के बगीचे में मुलाक़ात करने चल दिया।

सबने कहा-सुना कि करीब ही कहीं नौकरी ढूँढ़कर यहीं रहो, तो अच्छा हो, किन्तु चाहे सर्वसाधारण गुस्सा आ जाने से हो या चाय बगान की नौकरी से रातों-रात बड़ा आदमी बनने की आशा से, उसने किसी की बात पर ध्यान ही नहीं दिया। शशि को बच्चों के साथ मायके छोड़कर वह झट से आसाम चला गया। शादी के बाद पति-पत्नी में यह पहला सम्बन्ध-विच्छेद था।

इस घटना के कारण अपने नन्हें-से दुधमुँहे भाई पर शशि को काफी क्रोध आया। जो मन के अफसोस को मुँह खोलकर कह नहीं सकता, उसी को ज़्यादा आता है। छोटा-सा मानव-शिशु आराम से माँ का दूध पीता और आँख मींचकर निश्चित सोता रहता। उसकी बड़ी बहिन अपने बच्चों के लिए गरम दूध, ठंडा खाना तथा स्कूल जाने में देर इत्यादि नाना करणों से रात-दिन रूठकर मुँह फुलाए रहती है और घरवालों को भी दुःख दिया करती थी।

थोड़े दिन के पश्चात ही बच्चे की माँ की मृत्यु हो गयी। मरते वक्त माँ अपने गोद के बच्चे को लड़की के हाथों सौंप गई।

अब तो काफी जल्दी बिना माँ के बच्चे ने बड़ी आसानी से अपनी दीदी का हृदय जीत लिया। 'हाहा-हीही' करता हुआ बच्चा, जब अपनी बहन के ऊपर आ पड़ता तथा अपने बिना दाँत के छोटे-से मुँह से उसका मुँह-नाक-आँख सब कुछ लील जाना चाहता, अपनी छोटी-सी मुट्ठी में उसका जूड़ा पकड़कर जब वह खींचता और किसी भी प्रकार हाथ लगी चीज़ को छोड़ने के लिए तैयार नहीं होता, सूरज उगने के पहले ही उठकर जब वह लुढ़कता-खिसकता हुआ अपनी दीदी को अपनी कोमल स्पर्श से पुलकित करके उधम मचाना आरम्भ कर देता, निरन्तर जब वह 'डिडिया डिड्डी' पुकार-पुकार कर बार-बार उसका ध्यान बंटाने लगा और जब उसने काम-काज लें या फुर्सत के वक्त निषिद्ध कार्य करके, निषिद्ध खाना खाकर, निषिद्ध स्थान पर उस पर बाकायदा बखेड़ा शुरू कर दिया, तब शशि से टिकी न रह सकी उसने उस मनमौजी छोटे-से अत्याचारी के आगे पूरी प्रकार आत्म-समर्पण कर दिया। बच्चे की माँ नहीं थी, इसी से सम्भवतः उस पर उसका हक इतना ज़्यादा बढ़ गया।

लड़के का नाम रखा नीलमणि। जब वह दो साल का हुआ, तब उसके पिता सख्त बीमार पड़ गए। जल्दी चले आने के लिए जयगोपाल को खत लिखा गया। जयगोपाल बड़ी मुश्किल से दौड़ा हुआ ससुराल आकर पहुँचा, तब ससुर कालीप्रसन्न मौत की

घड़ियाँ गिन रहे थे।

मरने के पूर्व कालीप्रसन्न ने अपने नाबालिग बच्चे का सारा जिम्मा जमाई जयगोपाल पर छोड़ दिया और अपनी सम्पत्ति का चौथाई भाग अपनी लड़की के नाम कर दिया। लिहाजा जमीन-जायदाद की हिफाजत के लिए जयगोपाल को नौकरी छोड़कर ससुराल चले आना पड़ा।

बहुत दिनों के बाद पति-पत्नी में पुनर्मिलन हुआ। कोई जड़ वस्तु टूट जाए तो जोड़ में जोड़ मिलाकर किसी प्रकार उसे जोड़ा भी जा सकता है, दो लोगों के मन जहाँ फट जाते हैं, लम्बी बिछुड़न के पश्चात फिर वहाँ ठीक पहले जोड़ नहीं बैठता। कारण, मन सजीव पदार्थ है, पल में उसकी परिणति होती है और पल में बदलाव।

इस नए मिलन से शशि के दिल में अबकी बार नए भावों का संचार हुआ। जैसे पति से उसकी दुबारा शादी हुई हो। प्राचीन दाम्पत्य में चिराभ्यास की वजह से जो जड़ता-सी आ गयी थी, विरह के आकर्षण से वह हट गयी तथा अपने पति को मानो उसने पहले की अपेक्षा कहीं ज़्यादा पूर्णता के साथ पा लिया। मन-ही-मन उसने प्रतिज्ञा की कि चाहे जैसे भी दिन आएँ, चाहे जितने भी रोज हो जाएँ, पति के प्रति अपने दमकते प्रेम के उजलेपन को वह ज़रा भी मैला न होने देगी।

मगर नए मिशन में जयगोपाल के मन की स्थिति कुछ और ही हो गई। पहले जब दोनों एक साथ रहते थे, औरत के साथ उसके सम्पूर्ण स्वार्थ और विचित्र अभ्यासों में एकता का ताल्लुक था, तब स्त्री उसके जीवन का एक नित्य सत्य हो गई थी और वह उसे अलग करके कुछ करना चाहता, तो रोज अभ्यास के रास्ते में चलते-चलते जरूर उसका कदम अचानक गहरे गड्ढे में जाकर पड़ जाता। सबूत के तौर पर कहा जा सकता है कि परदेश जाकर पहले-पहल वह बड़ी भारी मुसीबत में पड़ गया था। वहाँ उसे ऐसा लगा, मानो सहसा किसी ने गहरे पानी में धक्का दे दिया हो, लेकिन क्रमश: उसके इस अभ्यास विच्छेद में नए अभ्यास की थिगली लग गयी।

केवल इतना ही नहीं, बल्कि पहले जो उसके दिन बिलकुल शिथिलता में कट जाया करते थे, उसमें, इधर दो साल से अपनी आर्थिक हालत सुधारने का प्रयास और चिन्ता से एक तरह का जबर्दस्त जागरण आ गया है। उसके दिल के सामने 'मालदार' बनने की एकनिष्ठ इच्छा के अतिरिक्त और कोई वस्तु नहीं रह गयी। इस नए नशे की तीव्रता के मुकाबले पिछली ज़िन्दगी उसको बिलकुल सार-हीन परछाई नजर आने लगा। स्त्रियों की

प्रकृति में कोई ख़ास परिवर्तन ले आता है प्रेम, किन्तु पुरुषों में कोई परिवर्तन होता है, तो उसकी जड़ से रहती है कोई न कोई भयंकर प्रवृत्ति।

जयगोपाल दो साल बाद आकर स्त्री से मिला, तो उसे हूबहू पहले जैसी स्त्री नहीं मिली। उसकी पत्नी के जीवन में उसके बच्चे-साले ने एक नई ही स्थिति स्थापित कर दी है, जो पहले से कहीं विस्तृत और फैली हुई है। औरत के मन के इस हिस्से से वह बिलकुल ही जानकार न था और न इससे उसके दिल का कहीं से कुछ मेल ही बैठता था। स्त्री अपने इस शिशु-स्नेह में पति को हिस्सा देने का बहुत प्रयास करती, मगर वह दे पाती या नहीं, कहना मुश्किल है।

शशि नीलमणि को गोद में लिए हँसते हुए पति के सम्मुख से जाती और उसकी गोद में देने की चेष्टा करती, किन्तु नीलमणि जी-जान से बहन के गले से चिपक जाता और रिश्तेदारी की ज़रा भी शर्म न करके वह दीदी के कंधे में अपना मुँह छिपा लेता।

शशि चाहती कि उसके इस नन्हें-से भाई का मन-बहलाने की जितनी भी तरह की विद्या आती है, वह सब-की-सब बहनोई के आगे प्रकट हो जाए, लेकिन न तो बहनोई को इस बारे में कोई आग्रह था और न साले में ही कोई दिलचस्पी पायी गयी। जयगोपाल के कुछ समझ में नहीं आता कि इस दुबले-पतले बड़े माथे वाले मनहूस सूरत काले-कलूटे बच्चे में ऐसी भी क्या बात है, जिसके लिए उस पर लाड़-प्यार की इतनी फिजूलखर्ची की जा रही है।

लाड़-प्यार की बारीक बातें स्त्रियाँ झट से समझ जाती हैं। शशि फौरन ही समझ गयी कि जयगोपाल को नीलमणि में कोई विशेष दिलचस्पी नहीं है और सम्भवत: वह उसे मन से चाहता भी नहीं। तब वह अपने भाई को बड़ी सतर्कता से पति की नजर से बचाकर रखने लगी। जहाँ तक बनता, वह जयगोपाल की तीखी नजर उस गर नहीं पड़ने देती। इस तरह वह बच्चा उस अकेली का एकमात्र प्रेम का आधार बन गया। उसकी वह इस तरह सम्भाल करने लगी, जैसे उसका वह बड़ी कोशिश से सहेजा हुआ छुपाया हुआ धन हो। सभी जानते हैं कि प्रेम जितना ही छुपा हुआ और जितना ही एकान्तिक होता है इतना ही ताकतवर हुआ करता है।

नीलमणि रोता, तो जयगोपाल को काफी झुंझलाहट होती, इसलिए शशि उसे झटपट छाती से लगाकर और खूब प्यार कर-करके छिपाने का प्रयास किया करती। ख़ासकर रात को उसके रोने से यदि पति की नींद उचटने की सम्भावना होती और पति अगर उस

रोते हुए बच्चे के प्रति अत्यन्त हिंसात्मक भाव से रोष और घृणा प्रकट करता हुआ जल-भुनकर चिल्ला उठता, तब शशि मानो अपराधिनी की प्रकार संकुचित और अस्थिर हो जाती और उसी वक्त उसे गोद में उठाकर दूर ले जाती और अत्यन्त अनुनय-विनय और स्नेह में 'सुआ' मेरा 'राजा बाबू मेरा' इत्यादि कहकर सुला देती। बच्चों-बच्चों में प्राय: किसी-न-किसी बात पर लड़ाई हुआ ही करती है। शुरू-शुरू में ऐसे मौकों पर शशि अपने भाई का पक्ष लिया करती थी, कारण उसकी माँ नहीं है। न्यायाधीश के साथ-साथ न्याय में भी फर्क होने लगा। अब जब-तब बेकसूर नीलमणि को ही कड़ी सजा भुगतनी पड़ती। यह जुल्म शशि के कलेजे में शूल की तरह चुभा करता तथा इसके लिए वह अपने दंडित भाई को अलग ले जाकर उसे मिठाई देकर, खिलौना देकर, प्रेम करके, मिठाई लेकर भरसक तसल्ली देने का प्रयास किया करती।

अन्जाम यह होता कि शशि नीलमणि को जितना अधिक प्यार करती, जयगोपाल उतना ही उस पर जलता-भुनता और जयगोपाल नीलमणि से जितनी नफ़रत करता, नाराज होता, शशि उतना ही अधिक उसे प्यार करती।

जयगोपाल व्यक्ति ऐसा है कि अपनी औरत पर उसने कभी भी लड़ाई या कठोर आचरण नहीं किया और शशि भी ऐसी है कि विनम्र-प्रीति के साथ चुपचाप अपने पति की बराबर सेवा करती रहती, किन्तु अब केवल नीलमणि को लेकर भीतर-ही-भीतर एक गुठली-सी पकने लगी, जो परस्पर एक-दूसरे के विरुद्ध पीड़ादायक हो रही है।

इस तरह के खामोश द्वन्द्व का गुप्त आघात-प्रतिघात प्रकट झगड़े की बनिस्वत कहीं ज़्यादा दुःसह होता है, यह काम कम-से-कम विवाहित पाठक-पाठिकाओं से छिपाना व्यर्थ है।

नीलमणि के सारे शरीर में सिर्फ़ सिर ही सबसे बड़ा था। देखने में ऐसा लगता, जैसे विधाता ने एक पोले-पतले बाँस में फूँक लगाकर ऊपर के भाग पर एक बुलबुला बना दिया हो। डॉक्टर भी प्राय: आशंका जाहिर किया करते कि लड़का के समान ही क्षणभंगुर सिद्ध हो सकता है। काफी दिनों तक उसे बात करना और चलना नहीं आया। उसके उदास गम्भीर चेहरे को देखकर ऐसा महसूस होता कि उसके माता-पिता अपनी अधिक आयु की सारी फिक्रों का जिम्मा इस नन्हें-से बच्चे के मस्तक पर लाद गए हैं।

दीदी के जतन और सेवा से नीलमणि ने अपने खतरे का समय पार करके छठे वर्ष में कदम रखा।

कार्तिक में भइया-दूज के दिन शशिकला ने नीलमणि को नए-नए बढ़िया वस्त्र पहनाए, बड़े ठाट-बाट से बाबू बनाया और फिर उसका टीका करने के लिए! थाली सजाई। भइया को पटरी पर बिठाकर वह अंगूठे में रोली लगाकर टीका लगा रही था कि इतने में शुरू में कही गई खरा बोलनेवाली पड़ोसिन तारा आ पहुँची और आने के साथ ही बात-की-बात में उसने शशि के साथ झगड़ा शुरू कर दिया।

वह बोली- "छिपे-छिपे भाई का सत्यानाश करके ऐसे ठाट-बाट से लोक-दिखाऊ टीका करने से क्या फायदा?"

सुनकर शशि पर एक साथ आश्चर्य, गुस्सा और दुख की बिजली-सी टूट पड़ी। अन्त में उसे सुनना पड़ा कि- "वे दोनों स्त्री-पुरुष सलाह करके नाबालिग नीलमणि की जायदाद मालगुजारी-वसूली में नीलाम करवाकर पति के फुफेरे भाई के नाम खरीदने का साजिश रच रहे हैं।"

सुनकर शशि ने शाप दिया- "जो व्यक्ति इतनी झूठी बदनामी कर रहे हैं, भगवान करे, उनकी जबान जल जाए।" और वह रोती हुई सीधे पति के पास पहुँची और उससे सब कुछ कह डाला।

जयगोपाल बोला- "आजकल के जमाने में किसी का भी विश्वास नहीं किया जा सकता। उपेन्द्र मेरी सगी बुआ का लड़का और भाई है, उस पर पूरी जायदाद का जिम्मा देकर मैं निश्चित था। उसने कब मालगुजारी नहीं भरी और कब नीलाम में हासिलपुर खरीद लिया मुझे कुछ मालूम ही न हुआ।"

जयगोपाल ने कहा- "भाई पर नालिश कैसे करूँ? तथा फिर नालिश करने से कुछ परिणाम भी नहीं निकलेगा। गाँठ के रुपयों की काफी बर्बादी होगी।"

पति की बात का भरोसा करना शशि का फर्ज है, किन्तु किसी भी प्रकार वह यकीन न कर सकी। तब फिर उसकी अपनी सुख-शान्ति की घर-गृहस्थी और प्रेम का दाम्पत्य जीवन सब कुछ अचानक बड़े वीभत्स रूप में उसके सम्मुख आ खड़ा हुआ। जिस घर-दरवाजे को वह अपना परम आश्रय समझ रही थी, अचानक देखा कि उसके लिए वह एक निर्दय निष्ठुर फाँसी बन गया है और उसने चारों तरफ़ से उन दोनों भाई-बहनों को घेर रखा है। वह अकेली और अबला औरत है, असहाय नीलमणि को कैसे बचाए, उसकी कुछ समझ में नहीं आता। जैसे-जैसे वह सोचने लगी वैसे-वैसे नफ़रत और नफ़रत से संकट में पड़े हुए

बालक भाई पर उसका स्नेह बढ़ता ही गया। उसका दिल ममता से और आँखें आँसुओं से भर आई। वह सोचने लगी, यदि उसे कोई तरकीब मालूम होती, तो वह लाट साहब के दरबार में अपनी अर्जी भिजवाती और वहाँ से कुछ भी नहीं होता, तो महारानी विक्टोरिया के पास चिट्ठी भेजकर अपने भाई की सम्पत्ति अवश्य बचा लेती और महारानी नीलमणि की वार्षिक सात सौ अट्ठावन रुपये मुनाफे की जमींदारी हासिलपुर बिलकुल नहीं बिकने देतीं।

इस प्रकार शशि जब कि सीधे महारानी विक्टोरिया के दरबार में न्याय कराके अपने फुफेरे देवर को दुरुस्त करने की तरकीब सोच रही थी, तब एकाएक नीलमणि को जोर का ज्वर आ गया तथा ऐसा दौरा पड़ने लगा कि उसके हाथ-पाँव तन्ना गए और बार-बार मूर्च्छा आने लगी।

जयगोपाल ने गाँव के एक देसी काले चिकित्सक को बुलवाया। शशि ने अच्छे डॉक्टर के लिए प्रार्थना की तो जयगोपाल ने जवाब दिया- "मोतीलाल क्या बेकार डॉक्टर हैं?"

शशि जब पति के पैरों में पड़ गयी और अपने गले की कसम दिलाकर निहोरे करने लगी, तब जयगोपाल बोला- "अच्छा, शहर से डॉक्टर बुलवाता हूँ, ठहरो।"

शशि नीलमणि को सीने से चिपटाए पड़ी रही। नीलमणि भी एक पल के लिए उसे अपनी आँखों से लुप्त नहीं होने देता। डरता है, कहीं उसे धोखा देकर दीदी कहीं चली न जाए। इसलिए वह हमेशा उससे लिपटा रहता है। यहाँ तक कि सो जाने पर भी चल बिलकुल नहीं छोड़ता।

वह सारा दिन यूँ ही खत्म हो गया। शाम के बाद दीया-बत्ती के समय जयगोपाल ने आकर कहा- "शहर का डॉक्टर नहीं मिला। वह दूर कहीं मरीज को देखने गया है।" और साथ-साथ यह भी कहा- "मुकदमे की खातिर मुझे अभी इसी वक्त जाना पड़ रहा हे। मैंने मोतीलाल से कह दिया है, वे दोनों समय आकर अच्छी प्रकार इसे देख-भाल जाया करेंगे।"

रात को नीलमणि आंय-बांय बकने लगा। सुबह होते ही शशि, और कुछ भी विचार न करके, खुद रोगी भाई को लेकर कश्ती में बैठ के कलकत्ता के लिए रवाना हो गई।

कलकत्ता जाकर उसने देखा कि डॉक्टर तो घर पर ही हैं। कहीं भी बाहर नहीं गए। अच्छे घर की औरत को देखकर डॉक्टर ने झट से उसके लिए रहने का इन्तजाम कर दिया

और मदद के लिए एक प्रौढ़ विधवा को नियुक्त कर दिया। लड़के का इलाज होने लगा।

दूसरे रोज जयगोपाल भी कलकत्ता आ धमका। मारे गुस्से के आग-बबूला होकर उसने स्त्री को उसी समय घर चलने का आदेश दिया।

औरत ने कहा- "मुझे अगर तुम काट भी डालो, तो भी मैं अभी घर नहीं जाने वाली। तुम लोग मेरे नीलमणि को मार डालना चाहते हो। उसके माँ नहीं, पिता नहीं। मेरे अलावा उसके और कोई भी नहीं है। मैं उसे बचाऊँगी, बचाऊँगी, जरूर बचाऊँगी।" जयगोपाल गुस्से में आकर बोला- "तो तुम यहीं रहो। हमारे घर अब कभी मत आना।"

शशि ने उसी वक्त तड़ से जवाब दिया- "तुम्हारा घर कहाँ से आया? घर तो मेरे भाई का है।"

जयगोपाल बोला- "अच्छा, देखा जाएगा।"

मुहल्ले के लोग इस घटना को लेकर कुछ दिन वार्तालाप करते रहे। पड़ोसिन तारा ने कहा- "अरे, मालिक के साथ लड़ना ही हो, तो घर में रहकर लड़ी न, जितना भी लड़ना हो। घर छोड़कर बाहर लड़ने की क्या ज़रूरत? कुछ भी हो, आखिर है तो अपना मालिक ही।"

साथ में जो जमा-पूँजी थी सब ख़र्च करके, गहने वगैरह बेच-खोंचकर किसी तरह शशि ने अपने भाई को मौत के मुँह से बचा लिया और तब उसे खबर मिली कि दुआरगाँव में उन लोगों की जो बड़ी भारी खेत की धरती थी और उस पर उनका मकान भी था, नाना प्रकार से जिसकी आमदनी सालाना लगभग डेढ़ हजार रुपये थी, वह भी जमींदार के साथ मिलकर जयगोपाल ने अपने नाम करा ली है। अब पूरी सम्पत्ति उसके पति की है, उसके भाई का उसमें कुछ भी नहीं रहा।

बीमारी से उठकर नीलमणि ने दयनीय स्वर में पूछा- "दीदी, घर चलो।"

वहाँ अपने साथी भानजों से खेलने के लिए उसका दिल मचल रहा था। इसी से वह बराबर कहने लगा- "दीदी, अपने उसी घर में चलो न दीदी!"

सुनकर दीदी रोने लगी- "हम लोगों का घर अब है कहाँ?"

लेकिन सिर्फ़ रोने से कोई परिणाम नहीं। 'अब दीदी के अतिरिक्त दुनिया में उसके भाई का और है कौन?' यह सोचकर शशि ने आँखें साफ की और साहस करके डिप्टी-मजिस्ट्रेट तारिणी बाबू के घर जाकर उसकी औरत की शरण ली।

डिप्टी साहब जयगोपाल को जानते थे। भले घर की औरत घर से निकलकर जमीन की

सम्पत्ति के लिए पति से लड़ना चाहती है, इस बात पर शशि से वे काफी नाराज हुए। उसे बातों में फुसलाए रखकर उसी समय उन्होंने जयगोपाल को पत्र लिखा। जयगोपाल साले सहित अपनी औरत को जबरन नाव पर बिठाकर घर ले आया। पति-पत्नी में दूसरे विच्छेद के पश्चात फिर से यह दूसरा मिलन हुआ। जनम का साथ, विधाता का विधान जो ठहरा।

बहुत दिनों के बाद घर लौटे पुराने साथियों को पाकर नीलमणि बहुत खुश हुआ और बड़े मजे से घूमने-फिरने लगा। उसके उस निश्चिंत आनन्द को देखकर भीतर-ही-भीतर शशिकला की छाती फटने लगी।

ठण्ड का मौसम आ गया। मजिस्ट्रेट साहब गाँवों में तहक़ीक़ात करने दौरे पर निकले और शिकार की तलाश में जंगल से सटे हुए एक गाँव में तम्बू तान दिये गए। गाँव के रास्ते में साहब के साथ नीलमणि की भेंट हुई और लड़के उन्हें देखकर चाणक्य-लोक में कुछ रद्दोबदल करके नखी-दन्ती-श्रृंगी आदि के साथ साहब को भी सम्मिलित करके बहुत दूर हट गए, लेकिन गम्भीर प्रकृति नीलमणि अटल कुतूहल के साथ शान्त भाव से साहब को ही देखता रहा। साहब को न जाने क्यों उसमें कुछ दिलचस्पी दिखाई दी। उसने पास बुलाकर पूछा- "आप पाठशाला में पढ़ते हो?"

बालक ने खामोश ही खड़े रहकर सिर हिला दिया- "हाँ।"

साहब ने पूछा- "कौन-सी किताब पढ़ते हो?"

नीलमणि 'पुस्तक' शब्द का मतलब न समझकर साहब के मुँह की ओर देखता रहा।

घर जाकर नीलमणि ने मजिस्ट्रेट साहब के साथ अपने इस परिचय की वार्तालाप खूब प्रसन्नता के साथ दीदी से कही।

दोपहर को, पाजामा, पगड़ी आदि पहनकर जयगोपाल मजिस्ट्रेट साहब को सलाम करने पहुँचा। अर्थी-प्रत्यर्थी, चपरासी-सिपाही वगैरह की चारों तरफ़ धूम मची हुई है। साहब उस समय तम्बू के बाहर खुली छाया में कैम्प-टेबिल लगाए बैठे थे। जयगोपाल को चौकी पर बैठाकर उससे गाँव के हालचाल पूछ रहे थे। जयगोपाल गाँव वाले सर्वसाधारण के सामने जो इस प्रकार गौरव की स्थान पर दखल किये बैठा है, इसके लिए मन-ही-मन फूला नहीं समा रहा था। इसके दिल में बार-बार यह विचार आ रहा था कि 'इस समय चक्रवर्ती और नन्दी-घराने का कोई आकर देख लेता तो अच्छा होता।' इतने में नीलमणि को साथ लिए घूँघट काढ़े एक औरत सीधे मजिस्ट्रेट के सामने आकर खड़ी हो गई। कहने

लगी- "आपके हाथ में अपने इस अनाथ भाई को सौंप रही हूँ। आप इसकी सहायता कीजिए।"

साहब अपने पूर्वपरिचित गम्भीर प्रकृति और बड़े माथे वाले शिशु को देखकर और उसके साथ स्त्री को भले घर की बहू-बेटी समझकर उसी वक्त उठ खड़ा हुआ, बोला- "आप तम्बू में जाइए।"

"मुझे जो कहना है, यहीं पर कहूँगी।"

जयगोपाल का मुख मारे घबराहट के सफेद पड़ गया और मारे घबराहट के वह ऐसे चंचल हो उठा, जैसे अंगार पर पैर पड़ गया हो। गाँव के लोग कुतूहल के मारे चारों ओर से खिसक-खिसक कर सामने आने की कोशिश करने लगे। इतने में साहब ने बेंत उठाया तथा सब भाग खड़े हुए।

शशिकला ने अपने भाई का हाथ पकड़े हुए, बगैर माँ-बाप के उस अनाथ बच्चे का सारा इतिहास शुरू से आखिर तक कह सुनाया। जयगोपाल ने बीच-बीच में रुकावट डालने की कोशिश की, लेकिन साहब ने उसे जहाँ-का-तहाँ गरजकर डांट दिया- "चुप रहो, तुम!" और बेंत का इशारा करके उसे चौकी से उठाकर सामने खड़े होने का आदेश दिया।

जयगोपाल शशिकला पर मन-ही-मन गरजता हुआ खामोशी से खड़ा रहा और नीलमणि अपनी दीदी से बिलकुल सटकर मुख बाएं खड़ा-खड़ा सबकुछ सुनता रहा।

शशि की बात समाप्त होने पर मजिस्ट्रेट ने जयगोपाल से कई प्रश्न किए और उसका उत्तर सुनकर बहुत देर तक चुप रहने के पश्चात शशि को सम्बोधित करके कहा-'बेटी, यह मामला हालाँकि मेरे इजलास में नहीं चल सकता, पर तुम निश्चित रही। इस मामले में मुझे जो कुछ करना है मैं जरूर करूँगा। तुम भाई को लेकर बेधड़क अपने घर जा सकती हो।"

शशि बोली- "साहब, जब तक मेरे भाई को अपना मकान नहीं मिल जाता, तब तक इसे लेकर घर जाने की हिम्मत मैं नहीं कर सकती। अब इसे अगर आप अपने पास नहीं रखते, तो और कोई भी इसे नहीं बचा सकता।"

साहब बोला- "तुम कहाँ जाओगी?"

शशिकला ने कहा- "मैं अपने पति के घर लौट जाऊँगी। मुझे अपनी कोई चिन्ता नहीं।"

साहब मुस्कुराया तथा ताबीज-बंधे उस दुबले-पतले गम्भीर-शान्त मीठे स्वभाववाले काले रंग के देसी बच्चे को अपने समीप रखने को मान गया।

शशि जब जाने लगी, तो बच्चे ने उसकी धोती पकड़ ली।

साहब बोले- "बेटा, तुम घबराओ मत। आओ, मेरे पास आओ।"

घूंघट के अन्दर आँसुओं का झरना बहाते और पोंछते हुए बच्चे की दीदी ने कहा- "मेरा राजा बाबू है न, मेरा भइया है न! जा-जा साहब के निकट जा। तेरी दीदी तुझसे फिर मिलेगी, अच्छा!"

बच्चे को उठाकर उसने अपने सीने से लगा लिया और उसके माथे और पीठ पर हाथ फेरकर किसी प्रकार उसके हाथ से अपनी साड़ी का पल्ला छुड़ाया और बड़ी तेजी से वहाँ से चल दी। साहब ने फौरन ही बच्चे को अपने बाएँ हाथ से घेर लिया और बच्चा- "दीदी री, दीदी री!" चिल्लाता हुआ जोर-जोर से रोने लगा। शशि ने सिर्फ़ एक बार मुड़कर दूर से ही अपना दाहिना हाथ उठाकर अपनी ओर से उसे खामोश तसल्ली दी। वह अपना टूटा हुआ दिल लेकर और भी तेजी से आगे निकल गई। फिर उसी काफी दिनों के जाने-पहचाने घर में पति-पत्नी का मिलन हुआ। विधाता का विधान जो ठहरा।

लेकिन यह मिलन अधिक दिन तक नहीं टिका। कारण, इसके कुछ ही रोज बाद, एक रोज सवेरे गाँववालों ने सुना कि "रात को जयगोपाल की पत्नी हैजे से मर गई और रात को ही उसकी दाह-क्रिया हो गई।"

विदा के वक्त शशि अपने भाई से वायदा कर गई थी कि उसकी 'दीदी' उससे फिर मिलेगी। पता नहीं, उस वायदे को वह पूरा कर सकी या नहीं।

दुलहिन

बात काफी पुरानी है। मैं बचपन में जिस स्कूल में पढ़ता था, उसमें नीचे के दरजे में पंडित शिवनाथ से हम लोग पहाड़ा पढ़ा करते थे। उनकी दाढ़ी-मूंछें बिलकुल सफाचट, सिर के बाल जड़ से छंटे हुए और फिर उस पर छोटी-सी चोटी शोभायमान होती थी। उन्हें देखते ही सभी लड़कों की तो जान सूख जाती थी।

जीवधारियों में प्राय: यह बात देखने को मिलती है कि जिनके डंक हैं, उनके दाँत नहीं होते। मगर हमारे पंडितजी में दोनों बातें एक-साथ थीं। एक ओर उनके थप्पड़-घूँसे हम पौधों पर ओलों की प्रकार बरसते तो दूसरे ओर कठोर वचन सुनकर सबको छठी की याद आ जाती।

पंडितजी को इस बात का बड़ा अफसोस था कि "गुरु-शिष्य" का ताल्लुक पुराने जमाने जैसा नहीं रहा, विद्यार्थी अब देवता के सम्मुख गुरु की भक्ति नहीं करते। इस प्रकार अपना अफसोस जाहिर करके वे अपनी उपेक्षित देव-महिमा को बालकों के सिर पर जोरों से मढ़ दिया करते, और कभी-कभी गहरी हुँकार भरते, लेकिन उसके भीतर इतनी ओछी बातें मिली रहतीं कि उसे देवता के बज की ध्वनि का दूसरा रूप समझ लेने का शक किसी को नहीं होता।

खैर, कुछ भी हो, हमारे स्कूल को कोई भी बच्चा इस तीसरे दरजे के दूसरे विभाग के देवता को इन्द्र, चन्द्र, वरुण और कार्तिक न समझता था। सिर्फ़ एक ही देवता के साथ उनकी बराबरी होती थी, जिसका कि नाम यमराज है, और इतने रोज के पश्चात अब तो यह मानने में कोई कूसूर ही नहीं और न डर है कि हम लोग मन-ही-मन चाहते थे कि इस देवालय जाने में अब वे अधिक देर न करें तो अच्छा है।

पर इतना तो हम लोगों ने सही प्रकार जान लिया था कि नरदेवता के समान दूसरी बला नहीं। देवलोक में रहने वाले देवता अल्लम-गल्ला नहीं करते। वृद्धा से मात्र दो-एक फूल तोड़कर चढ़ा लेने से वे प्रसन्न हो जाते हैं, और न दो तो भी तकाजा नहीं करते, मगर हमारे

पंडित देवता बहुत अधिक की आशा रखते थे-और हमसे ज़रा भी गलती हो जाती तो वे लाल-लाल आँखें निकालकर मारने दौड़ते थे। उस वक्त वे किसी भी ओर से देवता जैसा नहीं दिखाई देते।

लड़कों को परेशानी देने के लिए हमारे शिवनाथ पंडित के निकट एक हथियार था, जो सुनने में मामूली लेकिन हकीकत में बहुत खतरनाक था। वे लड़कों के नए-नए नाम रखा करते थे। नाम यद्यपि शब्द के अलावा और कुछ भी नहीं, पर आदमी जो अपने से अपने नाम को अधिक चाहता है। अपने नाम की प्रसिद्धि के लिए लोग क्या-क्या मुसीबत नहीं बर्दाश्त करते? यहाँ तक कि नाम की हिफाजत के लिए लोग मरने से भी नहीं चूकते।

नाम पर मर मिटने वाले मनुष्य के नाम को बिगाड़ देना उसकी जान से भी ज़्यादा प्यारी जगह पर चोट पहुँचाना है। और तो क्या, जिसका नाम 'भूतनाथ' है उसे अगर 'नलिनीकान्त' कहा जाए, तो उसके लिए भी यह असहनीय बात है।

इससे एक ख़ास तत्व की जानकारी होती है, वह यह कि व्यक्ति चीज़ की अपेक्षा नाचीज़ को अधिक समझता है, यानि, सोने-चाँदी की बनिस्वत बात को, प्राणों की अपेक्षा सम्मान को, अपने नाम को अपने आप से बड़ा मानता है।

मानव-आचरण के अन्दरूनी इस मूढ़ नियम के वश में होकर पंडितजी ने जब शशिशेर का नाम छछून्दर रख दिया, तब वह बेचारा काफी दुखी हुआ। विशेषत: इसलिए उसके दिल में दर्द और भी बढ़ गया कि जब नामकरण की वजह से उसके चेहरे पर ख़ास तौर से गौर किया जाता था। फिर भी बहुत शान्त भाव थे, सब बर्दाश्त करते हुए, उसे खामोश बैठा रहना पड़ता।

पंडितजी ने आशुतोष का नाम रखा था "दुलहिन" तथा इस नाम के साथ थोड़ा-सा इतिहास भी है।

आसू अपनी कक्षा में बहुत-ही सीधा-सादा और भोला-भाला लड़का था। वह हमेशा शान्त रहता, लड़ना-झगड़ना तो उसकी जन्मपत्री में ही नहीं लिखा था। बड़ा सजीला था। आयु में भी शायद सबसे छोटा था, सभी बातें सुनकर मुस्करा देता था, मगर पड़ता खूब था। स्कूल के बहुत से लड़के उसके साथ मित्रता करने के इच्छुक रहते थे। पर वह किसी के साथ खेलता नहीं था। छुट्टी होते ही तुरत-फुरत घर चला जाता था।

दोपहर को एक बजे के वक्त उसके घर की महरी एक दोने में कुछ मिठाई और छोटे-से

गिलास से पानी लेकर आया करती। आसू को इसके लिए बड़ी शर्म महसूस होती, वह सोचता कि महरी किसी प्रकार घर लौट जाए तो वह जी जाए। वह नहीं चाहता था कि इस बात को कोई जाने कि स्कूल के छात्र के अतिरिक्त वह और भी कुछ है। मानो उसके लिए यह काफी बड़ी छिपाने की बात थी कि वह घर का कोई है, अपने माँ-बाप का लड़का है, भाई-बहनों का भाई है। इस विषय में हमेशा उसका यही प्रयास कि कोई लड़का उसकी कैसी भी बात जान न ले।

पढ़ने-लिखने में उसकी कोई गलती नहीं होती थी, सिर्फ़ किसी-किसी दिन स्कूल आने में ज़रा कुछ देर हो जाया करती थी। शिवनाथ पंडित जब उससे कारण पूछते, तो उसका कोई सही जवाब न दे सकता था। इसके लिए कभी-कभी उसे बड़ी फटकार सहनी पड़ती थी। पंडित जी उसे घुटनों पर हाथ रखकर पीठ नीची करके दालान की सीढ़ियों पर खड़ा कर देते थे, और चारों कक्षाओं के लड़के उस शर्मीले लड़के को उस हालत में देखा करते थे।

एक रोज ग्रहण की छुट्टी थी। उसके दूसरे दिन, स्कूल में चौकी पर बैठे हुए पंडितजी ने देखा कि एक सिलेट तथा स्याही लगे बस्ते में पढ़ने की पुस्तक लपेटे हुए, और दिनों की बनिस्वत सिकुड़े भाव से, आसू क्लास में घुस रहा है।

शिवनाथ पंडित ने सूखी हँसी हँसते हुए बताया- "अच्छा 'दुलहिन' आ गई क्या?" पढ़ाई समाप्त होने पर छुट्टी होने के पहले उन्होंने सब लड़कों को सम्बोधन करके कहा- "सुनो रे, सब कोई सुनो....।"

पृथ्वी की सभी मध्याकर्षण शक्ति जोरों से बालक को नीचे की और खींचने लगी, फिर भी छोटा-सा आसू अपनी बेंच पर धोती का एक छोर और दोनों पैर लटकाए हुए सब लड़की का लक्ष्य स्थान बना बैठा रहा। अब तक तो आसू की काफी आयु हो चुकी होगी और उसके जीवन में बहुत-से भारी-भारी सुख-दुःख और शर्म के दिन भी आए होंगे, किन्तु उस दिन के मासूम हृदय के इतिहास के साथ और किसी दिन की तुलना नहीं हो सकती। हालाँकि बात काफी छोटी-सी है और दो शब्दों में खत्म हो जाती है, फिर भी यह तो मानना ही पड़ेगा कि उसमें एक राज है।

आसू की छोटी बहन थी, उसके बराबर की कोई साथिन अथवा बहन न थी, इसलिए वह हमेशा आसू के साथ ही खेला करती थी।

लोहे की रेलिंग से घिरा हुआ गेटवाला आसू का घर है। सामने गाड़ी ठहरने के लिए

बरांडा भी है। उस रोज तेज वर्षा हो रही थी। जूते हाथ में लिए सिर पर छतरी ताने जो दो-चार आदमी सामने से आ-जा रहे थे, उन्हें किसी भी तरफ़ देखने की फुर्सत न थी। बादलों के उस अँधेरे में, वर्षा के झमझम स्वर में, तमाम दिन की खुशी में, गाड़ी-बरांडे के नीचे की सीढ़ियों पर बैठा आसू अपनी बहन के साथ खेल में मसरूफ था।

उस दिन उनके गुड्डा-गुड़ियों की शादी थी। उसी की तैयारी के विषय में आसू बहुत ही गम्भीरता के साथ अपनी बहन के उपदेश दे रहा था।

अब प्रश्न उठा कि पुरोहित किसे बनाया जाए? बालिका चट से दौड़ी गई और सामने खड़े एक व्यक्ति से पूछने लगी- "क्योंजी, तुम हम लोगों के पुरोहित बनोगे?" आसू ने पीछे मुख फेरकर देखा कि शिवनाथ पंडित अपनी भीगी छतरी समेटे पानी से तरबतर बरामदे में खड़े हैं। रास्ते से जा रहे थे, बारिश अधिक होने से यहाँ ठहर गए हैं। लड़की उनसे पुरोहित बनने के लिए हठ कर रही है।

पंडितजी को देखते ही आसू अपने खेल और बहन, दोनों को छोड़-छाड़कर काफी तेजी से दौड़कर मकान के भीतर भाग गया। उसका छुट्टी का दिन बिलकुल ही मिट्टी में मिल गया।

दूसरे रोज शिवनाथ पंडित ने जब सूखी हँसी के साथ भूमिका के रूप में इस घटना का उल्लेख करके आसू का नाम

'दुलहिन' रख दिया, तब उसने, पहले जैसे सभी बातों में मुस्कुरा देता था, वैसे ही मुस्कुराकर, अपने चारों ओर की हँसी में शामिल होने का प्रयास किया। इतने में घंटा बज गया, सब कक्षाओं के बच्चे बाहर चले गए, और एक कोने में थोड़ी-सी मिठाई और चमकते हुए फूल के गिलास में पानी लिए हुए महरी दरवाजे पर आ खड़ी हुई।

उस वक्त हँसते-हँसते उसका मुख और कान लाल हो उठे, दर्द की अधिकता में डूबे माथे की नसें फूल गयीं, तेजी से निकलते हुए आँसू रोके नहीं रुक सके। पंडितजी आरामघर में जलपान करके थके दिल से हुक्का पीने में मस्त हो गये। लड़के बड़े मजे से आसू को घेरकर 'दुलहिन', 'दुलहिन' कहकर शोर मचाने लगे। छुट्टी के रोज का अपनी छोटी बहन के साथ खेला हुआ वह खेल आसू की नजर में अपने जीवन का एक सबसे बढ़कर शर्म से भरा भ्रम मालूम होने लगा। उसे विश्वास ही न हुआ कि दुनिया के व्यक्ति कभी भी उस दिन की घटना को भूल जाएँगे।

कंकाल

जिस कमरे के अन्दर हम तीनों बचपन के साथी सोते थे उसके बराबर के कमरे की दीवार पर एक नर-कंकाल टंगा हुआ था। रात को हवा से उसकी हड्डियाँ खड़खड़ाया करती थीं। हमें उन हड्डियों को दिन के वक्त में हिलाना पड़ता था। कारण था हम लोग तब पंडितजी से 'मेघनादवध' काव्य तथा कैम्बैल स्कूल के एक विद्यार्थी से हड्डियों की विद्या पढ़ा करते थे। हमारे बुजुर्ग चाहते थे कि हम लोग एकाएक सारी विद्याओं को दिमाग में उतार डालें। उनका वह लक्ष्य कहाँ तक पूरा हुआ, यह बात जो हमें जानते हैं, उनके सामने प्रकट करना बेकार की बात है, और जो नहीं जानते, उनसे छिपा जाना ही अच्छा है।

उसके बाद बहुत समय गुजर चुका था। इस बीच में उस घर से कंकाल और हम लोगों के मस्तिष्क से हड्डियों की विद्या निकलकर न जाने कहाँ चली गई, कुछ पता नहीं लग सका।

थोड़े दिन पहले एक रोज रात को, किसी कारण से और किसी जगह न मिलने से उसी कमरे में सोना पड़ा जिसमें किसी जमाने में कंकाल रंगा था। आदत न होने की वजह से मुझे नींद नहीं आई। करवट बदलते-बदलते गिरजा की घड़ी में बड़े-बड़े घंटे लगभग सभी बज गए। इतने में, घर के एक कोने में जो तेल का चिराग जल रहा था वह भी पाँच-एक मिनट बुत-बुत करके बिलकुल बुझ गया। इसके कुछ पहले हमारे घर में दो-एक मौतें हो चुकी थीं। इसी से इस दीया के बुझते ही मौत की याद आ गई। पता हुआ, यह जो आधी रात के समय एक दीये की लौ घने अँधेरे में बिला गई। प्रकृति के लिए जैसी यह है वैसी मनुष्य की छोटी-छोटी प्राणशिखाएँ हैं, जो कभी दिन में कभी रात में अचानक बुझकर हमारी याद से हमेशा के लिए मिट जाती हैं।

क्रमश: उस कंकाल की बात याद आ गई। उसकी जीवित हालत के विषय में कल्पना करते-करते सहसा ऐसा अहसास हुआ जैसे कोई चेतन पदार्थ अँधेरे में घर में दीवार टटोलता हुआ मेरी मसहरी के चारों ओर घूम रहा हो। उसकी गहरी साँस खुद मुझे साफ-

साफ सुनाई देने लगी। ऐसा लगा जैसे वह कोई खोई हुई चीज़ ढूँढ़ रहा हो। मैंने निश्चित समझ लिया कि यह सब कुछ मेरे नींद से दूर गरमाए हुए मस्तिष्क की कल्पना है और मेरे ही माथे में भन्नता हुआ जो खून दौड़ रहा है वही पैरों की आहट की आवाज पैदा कर रहा है। किन्तु फिर भी, भय के मारे रोंगटे खड़े हो उठे। इस व्यर्थ के डर को जबरदस्ती दूर करने के इरादे से में बोल उठा- "कौन है?"

पाँवों की आहट चलती हुई मेरी मसहरी के पास आकर थम गई, और एक जवाब सुन पड़ा- "मैं हूँ। मेरा वह कंकाल कहाँ गया, उसे खोजने आई हूँ।"

मैंने सोचा कि अपनी काल्पनिक रचना के आगे डरना-डराना कुछ मायने नहीं रखता। और, गावतकिये से जोर से चिपटकर मैंने हमेशा के परिचित की प्रकार सहज स्वर में कहा- "वाह, आधी रात के वक्त काम तो खूब ढूँढ़ निकाला है! अब उस कंकाल से तुम्हें मतलब?"

अँधेरे में मसहरी के बहुत ही निकट आकर उसने कहा- "खूब कहा! अरे, मेरी छाती की हड्डियाँ तो उसी में थीं। मेरा छब्बीस साल का यौवन तो उसी के चारों तरफ़ फूल की तरह खिला हुआ था। फिर अब उसको एक बार देखने की तबीयत नहीं होती?"

मैंने उसी समय कहा- "हाँ, बात तो ठीक है। तो तुम ढूँढ़ों, जाओ मैं ज़रा सोने की कोशिश करूँ।"

उसने कहा- "तुम अकेले ही हो क्यों? तो ज़रा बैठ जाऊँ। आज ज़रा बातचीत होने दो। आज से पैंतीस वर्ष पहले मैं भी आदमियों के पास बैठकर आदमियों की तरह ही गपशप किया करती थी। ये पैंतीस वर्ष मैंने सिर्फ़ श्मशान की वीरान हवा में हू-हू करते हुए बिताए हैं। आज तुम्हारे निकट बैठकर और एक बार आदमियों की तरह शपशप कर लूँ।"

मुझे ऐसा लगा जैसे वह मसहरी के समीप आकर बैठ गई। और कोई चारा न देख मैंने ज़रा उत्साह के साथ ही कहा- "हाँ, यह ठीक है। ऐसा कोई किस्सा छेड़ो जिससे तबीयत खुश हो जाए।"

उसने कहा- "सबसे बढ़कर मजे का किस्सा सुनना चाहते हो तो मैं अपनी जीवन की कहानी सुनाती हूँ सुनो।"

गिरजाघर की घड़ी में टन-टन दो बजे। वह कहने लगी- "जब मैं इंसान थी और छोटी थी, तब एक व्यक्ति से मैं यम की तरह डरती थी। वे थे मेरे पति। मछली को काँटे में फँसा

लेने पर वह जैसे फड़फड़ाती है, मैं भी वैसे ही कुछ तड़पती थी। मुझे तब ऐसा तजुर्बा होता जैसे कोई एक बिलकुल अजनबी आदमी स्नेह जल से भरे मेरे जन्म-जलाशय से मुझे काँटे में फंसाकर खींचे लिये जा रहा हो, अब तो किसी तरह उसके हाथ से छुटकारा नहीं मिलने का। शादी के दो महीने पश्चात ही मेरे पति की मृत्यु हो गई। घरवालों और नाते-रिश्तेदारों ने मेरी ओर बहुत कुछ शोक-विलास किया। मेरे ससुर ने बहुत-से लक्षण मिलाकर सास से कहा- "हथियारों में जिसे विषकन्या कहा गया है, मैं वही हूँ।" यह बात मुझे अभी तक बिलकुल साफ तौर से याद है। सुनते हो, कहानी कैसी लग रही है?

मैंने कहा- "अच्छी है, कहानी का प्रारम्भ में तो बड़ा मजा आयेगा।"

"तो सुनो। आनन्द से मायके लौट आई। धीरे-धीरे उम्र बढ़ने लगी। लोग मुझसे छिपाते थे, मगर मैं खूब अच्छी तरह जानती थी कि मुझ जैसी खूबसूरत सरलता से नहीं मिलती। क्यों तुम्हारी क्या राय है?"

"हो सकता है। मगर मैंने तो तुम्हें कभी देखा नहीं।"

मेरा उत्तर सुनते ही वह ठहाका मारकर हँस पड़ी, और फिर कहने लगी- "देखा नहीं! क्यों, मेरा वह कंकाल? हि: हि: हि: हि: मैं तुमसे उपहास कर रही हूँ! तुम्हारे सामने मैं कैसे साबित करूँ कि मेरी उस आँखों की खोखली हड्डियों के भीतर कमान-सी खिंची हुई, भरे-सी काली, बड़ी-बड़ी दो आँखें थीं, और उन रंगीन होंठों पर जो मीठी-मीठी थी उसकी अब इन उथरे हुए दाँतों की विकट हँसी के साथ किसी प्रकार बराबरी नहीं हो सकती। मैं कैसे बताऊँ कि इन्हीं इनी-गिनी लम्बी-सूखी हड्डियों के ऊपर इतना सुडौलपन था और यौवन की इतनी कल कोमल, सुबह, पूर्णता खिलती रहती थी कि तुमसे कहने में मुझे हँसी भी आती और गुस्सा भी। मेरे उस शरीर के कंकाल से दृष्टियों की विद्या सीधी जा सकती है, यह बात उस समय में बड़े-बड़े डॉक्टरों के दिमाग में भी न आती थी। मुझे खूब याद है, एक डॉक्टर ने अपने एक ख़ास दोस्त से मुझे कनक-चम्पा उपाधि दी थी। उसका अर्थ यह था कि संसार के और सब आदमी हड्डियों की विद्या और जिस्म के तत्व के उदाहरण बन सकते हैं, किन्तु मैं ही सिर्फ़ एक ऐसी हूँ कि जिसे खुशबूदार सुन्दर फूल के अलावा और कुछ भी नहीं कहा जा सकता। कनक-चम्पा के अन्दर क्या कोई कंकाल होता है?"

"मैं जब चलती तो मुझे ऐसा लगता, जैसे हीरे को हिलाने से उसके चारों ओर उजाला चमचमाता है, मेरे जिस्म के ज़रा-से हिलने-डुलने में वैसी ही सौन्दर्य की चमक मानो अनेक स्वाभाविक हिल्लोरों में चारों ओर बिखरी पड़ती हो। कभी-कभी मैं बहुत देर तक

अपने हाथ देखा करती। देखती कि दुनिया के सारे उद्धत पौरुष के मुँह में लगाम डालकर मिठास से उन्हें बस में कर सकते थे, ऐसे हाथ थे वे! सुभद्रा जब अर्जुन को लेकर बड़े पर्द के साथ अपने विजय रथ को हैरान तीन लोग के बीच में होकर चला ले गई थीं, तब शायद उनके ऐसी ही दो अस्थूल सुडौल भुजाएँ, गुलाबी हथेलियाँ तथा लावण्य-शिखा के समान उंगलियाँ थीं।

लेकिन हाय, मेरे उस बेशर्म-बे-पर्दा, निराभरण, हमेशा के बूढ़े कंकाल ने तुम्हारे सामने झूठी गवाही दी है मेरी! तब मैं विवश थी, कुछ बोल न सकती थी, इसलिए सारे संसार में मेरा सबसे अधिक तुम्हीं पर है। ऐसा मन में आता है कि अपने उस सोलह वर्ष के जीवित और यौवन के ताप से तपे हुए ललाईयुक्त रूप को एक बार तुम्हारी आँखों के सामने रख दूँ। बहुत रोज के लिए तुम्हारी आँखों की नींद छुड़ा दूँ, तुम्हारी हड्डियों की विद्या को अस्थिर करके देश निकाला दे दूँ।"

मैंने कहा- "तुम्हारा शरीर होता तो मैं तुम्हारा शरीर छूकर कहता कि उस विद्या का रत्तीभर भी ज्ञान अब मेरे दिमाग में नहीं है। तुम्हारा वह दुनिया को मोह लेने वाले यौवन का रूप निशीथ रात्रि के इस अँधेरे पट पर चमचमाकर खिल उठा है। बस, अव ज़्यादा न कहलाओ।"

वह कहने लगी- "मेरी कोई सखी-सहेली नहीं थी। भैया ने प्रतिज्ञा कर ली थी कि वे शादी न करेंगे। घर में केवल मैं ही अकेली थी। बगीचे में पेड़ के नीचे बैठी-बैठी मैं सोचा करती, पूरी दुनिया मुझसे ही प्रेम करती है। आकाश के सारे तारे मुझे ही देखा करते हैं, हवा छल से बार-बार गहरी साँस के रूप में मेरी ही बगल से निकल जाया करती है। जिस घास पर पाँव पसारे बैठी हूँ, उसमें अगर चेतना होती तो वह भी मुझे पाकर फिर से अचेतन हो जाती। मुझे पता होता, संसार के सारे युवक उस घास के रूप में दल बाँधकर शान्तिपूर्वक निकट खड़े हैं। दिल में बिना कारण न जाने कैसी एक वेदना का अनुभव करती रहती। मेरे भैया के मित्र शशिशेखर जब मेडिकल कॉलेज की आख़िरी परीक्षा पास कर चुके, तो वे ही हमारे घर के डॉन्स्टर हुए। पहले मैं उन्हें ओट में से छिपकर कितनी ही बार देख चुकी थी। भैया बड़े अजीब व्यक्ति थे, दुनिया को मानो वे अच्छी प्रकार देख न सकते थे। समझो दुनिया उनके लिए बहुत खुली हुई न थी, इसलिए हटते-हटते वे बिलकुल उसके एक तट पर जा पहुँचे थे।

उनके दोस्तों में बस एक शशिशेखर ही थे। इसलिए बाहर के युवकों को मैं सिर्फ़

शशिशेखर को ही हमेशा से देखती आई थी और जब में शाम के वक्त फूलों के पेड़ के नीचे सम्राज्ञी की प्रकार आसन जमाकर बैठती तब ऐसा लगता जैसे सारे संसार की पुरुष जाति शशिशेखर की मूर्ति धारण करके मेरे पैसे के पास आकर सहारा लेना चाहती है। सुन रहे हो? कहानी कैसी मालूम देती है?"

मैंने एक लम्बी साँस लेकर कहा- "मालूम होता है, मैं अगर शशिशेखर होकर पैदा होता तो अच्छा रहता।"

वह कहती गई, "पहले पूरी कहानी सुन तो लो। एक रोज की बात है, बदली से भरा दिन था, मुझे बुखार चढ़ा। डॉक्टर साहब देखने अन्दर आए। यही उसकी और मेरी सर्वप्रथम भेंट थी।"

"मैं खिड़की की तरफ़ मुँह किए लेटी थी, जिससे सूरज डूबने की लाल आभा चेहरे पर पड़े और उसका फीकापन जाता रहे। डॉक्टर ने घर में घुसते ही मेरे मुँह की ओर एक बार देखा, और मैंने तो मन-ही-मन अपने को डॉक्टर मानकर कल्पना से अपने मुँह की तरफ़ देखा। शाम के गुलाबी उजाले में नरम तकिये पर लापरवाही से पड़ा हुक! वह मुख मुझे कुछ मुरझाया हुआ-सा कोमल फूल के जैसा महसूस हुआ, बिखरे हुए घुंघराले बाल माथे पर उड़ रहे थे लज्जा से झुकी हुई बड़ी-बड़ी आँखों के कपोलों पर छाया डाल रहे थे।

डॉक्टर ने नर्मी के साथ मुलायम आवाज में भइया से बताया- "एक बार नाड़ी देखनी होगी।" मैंने रेशमी फर्द में अपना थका हुआ गोल-मटोल गोरा हाथ बाहर निकाल दिया। एक बार हाथ को निहारकर देखा, उसमें अगर नीले रंग की काँच की चूड़ियाँ पहने होतीं तो वह और भी अधिक अच्छा लगता। रोगी का हाथ थामकर नाड़ी देखने में डॉक्टर की ऐसी शरारत मैंने पहले कभी नहीं देखी न सुनी थी। उन्होंने, छूने से डरती तथा काँपती हुई उंगलियों से, मेरी नाड़ी देखी। वे मेरे बुखार की गर्मी समझ गए और मैंने उनकी मन की नाड़ी कैसी चल रही है, इसका थोड़ा-थोड़ा अहसास पाया-क्यों, यकीन नहीं होता?

मैंने कहा- "न विश्वास करने का कोई कारण भी नहीं दिखता। आदमी की नाड़ी हर वक्त एक-सी नहीं चलती।"

वह कहने लगी- "हूँ! धीरे-धीरे और भी दो-चार बार मरीज और स्वस्थ होने के बाद एक रोज मैंने देखा कि मेरी शाम की मन की सभा में संसार के करोड़ों व्यक्तियों की संख्या घटते-घटते आखिर में वह 'एक' पर आकर ठहर गई। मेरी दुनिया करीब-करीब सूनी-सी

हो गई। दुनिया में केवल एक डॉक्टर और एक रोगी बचा रहा।

शाम होते ही मैं चुपके से उठकर बसन्ती रंग की साड़ी पहनती, अच्छी प्रकार जुड़ा बाँधती, उस पर बेला की पुष्पों की माला लपेटती। और फिर एक दर्पण लेकर बगीचे में जा बैठती। क्यों? अपने को देख-देख कर क्या शान्ति नहीं होती थी? सचमुच नहीं होती थी। क्योंकि मैं स्वयं अपने को नहीं देखती, मैं तब अकेली बैठकर दो हो जाती। मैं तब डॉक्टर बनकर खुद को खूब निहार-निहार कर देखती। देखकर मोहित हो जाती, खूब प्रेम करती, लाड़-प्यार करती, और फिर भी दिल के अन्दर गहरी साँस उठ-उठकर शाम को आधी की भाँति सांय-सांय करके हाहाकार कर उठती।

तब से मैं अकेली नहीं रही, जब चलती तो नीचे को नजर डालकर निहार-निहार के देखती कि पैरों की उंगलियाँ धरती पर कैसे पड़ती हैं, और सोचती, इन पैरों का रखना मेरे नए परीक्षा उत्तीर्ण करने वाले डॉक्टर को कैसा लगता होगा! खिड़की के बाहर दोपहरी धाय-धाय करती रहती, एक प्रकार का गरम सन्नाटा छा जाता, कहीं भी कोई शोरगुल नहीं, बीच-बीच में एक आध चील काफी दूर आसमान में चीं-चीं करती हुई उड़ जाती, और हमारे बगीचे की चारदीवारी के बाहर खिलौने वाला गीत के स्वर में 'चाहिए खिलौना चाहिए, चूड़ी चाहिए' बोल जाता। मैं स्वयं तब अपने हाथ से बिछौना करके उस पर एक धुली हुई सफेद बारीक चादर बिछाकर सो जाती, और अपनी एक उखड़ी हुई बाँह को कोमल बिछोने पर अनादर से रखकर सोचती, इस हाथ को इस तरह से रखते हुए मानो किसी ने देख लिया, मानो किसी ने दोनों हाथों से उठा लिया, मानो धीरे-धीरे वह लौटा जा रहा है-सुनते हो, मान लो, यहीं पर कहानी खत्म हो जाए तो कैसा रहे?"

मैंने बताया- "अच्छा ही रहेगा। वैसे अधूरी तो रह जाएगी, पर मन-ही-मन पूरी करने में बाकी की रात मजे से कट जाएगी।"

उसने कहा- "हूँ! किन्तु इससे कहानी काफी गम्भीर हो जाएगी। इसका मजाक फिर कहाँ रहेगा? इसके अन्दर का 'कंकाल' अपने सारे दाँत किटकिटाता हुआ कहाँ दिखाई देगा?"

"हाँ, फिर उसके बाद सुनो। ज़रा प्रैक्टिस बढ़ते ही डाक्टर ने हमारे मकान के नीचे एक दवाखाना खोल दिया। तब फिर मैं उनसे हँसी-हँसी में कभी दवा की बात, कभी जहर की बात, कभी व्यक्ति सरलता से कैसे मर सकता है, यही सब ऊट-पटांग बातें पूछती रहती। डॉक्टरी के बारे में डॉक्टर का मुँह जाता। सुनते-सुनते खामोश मानो परिचित घर के आदमी

की तरह हो गई। फिर तो मुझे सिर्फ़ दो ही चीजें दुनिया में मालूम होने लगीं, प्रेम और मौत, सुनो, मेरी कहानी अब करीब-करीब खत्म हो चली है, अब अधिक देर नहीं है।"

मैंने मुलायम स्वर में कहा- "रात भी करीब-करीब खत्म हो आई।"

वह कहने लगी- "हाँ तो कुछ रोज से देखा कि डॉक्टर साहब बड़े अनमने-से रहने लगे हैं, मेरे तो बहुत ही झेंपते हैं। एक दिन देखा कि वे कुछ अधिक ठाठ-बाट से सज-धजकर के निकट आए और उनसे बरी माँगने लगे। रात को कहीं जाएँगे आप। मुझसे रहा न गया। भैया के निकट जाकर बातों ही बातों में मैंने पूछा, "भइया, डॉक्टर साहब आज कमी लेकर कहाँ जा रहे हैं?" संक्षेप में भइया बोला- "मरने।" मैंने कहा- "बताओ न, भैया?" उन्होंने पहले की बनिस्वत कुछ और खुलासा करके बताया- "शादी करने।" मैंने कहा- "वाकई?" और खूब खिलखिलाकर हँसने लगी।

"धीरे-धीरे पता हुआ कि इस ब्याह में डॉक्टर को बारह हजार रुपये मिलेंगे। लेकिन मुझसे यह बात छिपाकर मुझे जलील करने के क्या अर्थ हैं? मैंने क्या उनके पैरों को पकड़कर कहा कि ऐसा कार्य करने में मैं छाती फाड़कर मर जाऊँगी? पुरुषों का यकीन नहीं। दुनिया में मैंने सिर्फ़ एक ही मनुष्य देखा है, और एक ही क्षण में उसके बारे में पूरी जानकारी हासिल कर ली है।

डॉक्टर मरीज को देखकर जब घर लौट आए, तो मैंने, खिलखिलाकर खूब हँसते-हँसते कहा- "क्या डॉक्टर साहब, मैंने सुना है कि आज आपकी शादी होने वाली है?" मेरी हँसी देखकर डॉक्टर केवल शर्माये ही नहीं, बल्कि उनका चेहरा फक पड़ गया। मैंने पूछा- "गाजे-बाजे कुछ नहीं बुलाए क्या?" सुनकर उन्होंने एक गहरी साँस ली, और बोले- "शादी क्या इतने मजे की वस्तु है?" हँसते-हँसते मैं लोट-पोट हो गई। मैंने ऐसी बात तो पहले कभी नहीं सुनी थी। मैंने कहा- "इसलिए नहीं होगा, बाजे होने चाहिए, रोशनी होनी चाहिए, पूरा-पूरा ठाठ-बाट तो होना चाहिए। उसके पश्चात भैया को मैंने ऐसा विचलित कर डाला कि भैया उसी वक्त धूमधाम से बारात निकालने की तैयारी में लग गए।

मैं बार-बार एक ही बात छेड़ने लगी कि बहू के घर आने के बाद क्या होगा, मैं क्या करूँगी? डॉक्टर से में पूछ बैठी, अच्छा, डॉक्टर साहब तब भी क्या आप इसी प्रकार रोगियों की नाड़ी मसकते फिरेंगे? हि: हि: हि:! यद्यपि मनुष्य का और विशेष पुरुष का मन दिखाई नहीं देता, फिर भी मैं पक्के विश्वास से कह सकती हूँ कि मेरी बात डॉक्टर की छाती में शूल की प्रकार चुभकर रह गई होगी।

बहुत रात गुजरने लगी थी। शाम के वक्त डॉक्टर छत पर बैठे भैया के साथ दो-एक गिलास शराब पी रहे थे। दोनों आदमी इस काम के थोड़े-थोड़े आदी थे। धीरे-धीरे आसमान में चाँद उगलने लगा। मैं हँसती हुई उपर पहुँची, कहने लगी- "डॉक्टर साहब, भूल गए क्या? चलने का वक्त हो गया है।"

एक बात मैं कहना भूल गई। इस मध्य मैं छिपकर दवाखाने में जाकर थोड़ा-सा सफेद चूरा ले आई थी। छत पर पहुँचते ही दोनों की नजर बचाकर मैंने उसे डॉक्टर के गिलास में मिला दिया। सफेद चूरे के खाने से व्यक्ति मर जाता है, मैंने डॉक्टर से ही जान लिया था।

डॉक्टर ने एक साँस में पूरा गिलास खाली करके मेरे मुख की तरफ़ दिल को छू लेने वाला नजर डालकर भीगे हुए गद्गद गले से कहा, "अच्छा तो अब मैं चलता हूँ।" शहनाई बजने लगी। नीचे उतरकर मैंने एक बनारसी साड़ी पहनी, तथा जितने भी गहने मेरे संदूक में बंद रखे थे, सब-के-सब निकालकर पहन लिए। माँग में काफी अच्छी तरह सिन्दूर भर लिया, और फिर अपने उसी मौलसिरी के पेड़ के नीचे बिछौना बिछाकर लेट गयी। काफी सुहानी रात थी। सफेद चाँदनी चारों तरफ़ छिटक रही थी। सोती हुई दुनिया की थकावट दूर करती दक्षिणी हवा चल रही थी। मौलसिरी और बेला की खुशबू से सारा बगीचा महक रहा था।

शहनाई की धुन धीरे-धीरे जब दूर होती चली गई, चाँदनी जब अँधेरे का रूप धारण करने लगी, मेरा वह मौलसिरी का वृक्ष बगीचा, ऊपर का आसमान, नीचे का मेरा वह अजन्मकाल का घरद्वार सबकुछ को लेकर जगत जब मेरे चारों ओर से माया की तरह बिछाने लगी, जब मैं आँखें मूंदकर हँसने लगी। इच्छा थी, जब लोग मुझे आकर देखें तो मेरी वह हँसी रंगीन नशे की प्रकार मेरे होंठों पर ज्यों-की-त्यों लगी रहे। बस यही इच्छा थी, अपनी उस हँसी को यहाँ से मैं अपने साथ लेती जाऊँ; तथा वहाँ जब मैं अपने मिलन के सुहाग-कक्ष में धीरे से प्रवेश करूँ, तब तक वह ऐसी-की-ऐसी बनी रहे।

पर कहाँ गया मेरा वह सुहाग-कक्ष! कहाँ गया मेरा वह मिलन का रंगीन खूबसूरत वेश! अपने अन्दर के डर से एक खट-खट की आवाज सुनकर मैं जाग गई। देखा तो, मुझे लेकर लड़के हड्डियों की विद्या सीख रहे हैं। वक्ष के अन्दर जहाँ सुख-दुःख धुक-धुक करता रहता था और एक-एक करके हर दिन जहाँ यौवन की कलियाँ मुस्कुराती हुई खिला करती थी, वहाँ बेंत दिखा-दिखा कर किसी हड्डी का क्या नाम है, यह सीखा जा रहा है।

सुनो, मैंने जो अपने सारे दिल को निचोड़कर अपने उन होंठों पर आख़िरी हँसी खिलाई

थी, उसका कोई निशान तुम्हें दिखाई दिया था क्या?"

"कहानी कैसी लगी?"

मैंने कहा- "बड़े मजे की है।"

इतने में कौआ बोल पड़ा।

मैंने पूछा- "अभी उपस्थित हो क्या?"

कोई उत्तर नहीं ला।

घर में सुबह की सुहानी रोशनी चमक उठी।

महामाया

राजीवलोचन तथा महामाया दोनों नदी के किनारे पर एक पुराने खण्डहर हुए मन्दिर में जाकर मिले।

महामाया ने मुँह से कोई बात न कहकर आदतन गम्भीर दृष्टि से ज़रा कुछ तिरस्कार के साथ राजीव की ओर देखा। उसका मतलब यह था कि 'तुम किस बूते पर आज बेवक्त मुझे यहाँ लाए हो? मैं अब तक तुम्हारी सारी बातें मानती आई हूँ, बस इसी बात से तुम्हारी इतनी हिम्मत बढ़ गयी।'

राजीवलोचन वैसे ही महामाया से बराबर भयभीत रहता है, उस पर ये दृष्टि। बेचारा सहम-सा गया। सम्भलकर कुछ बात करना चाहता था, पर उसकी आशाओं पर उसी पल पानी फिर गिया और अब इस मिलन को शीघ्र ही कोई-न-कोई वजह बिना बताए भी उसे छुटकारा नहीं मिलता दिखाता। इससे वह शीघ्रता से कह बैठा- "मैं चाहता हूँ कि यहाँ से कहीं भाग चलें, और वहाँ जाकर दोनों विवाह कर लें।" राजीव जिस बात को कहना चाहता था बात तो उसने ठीक वही कही, लेकिन जो भूमिका वह विचार कर लाया था वह जाने कहाँ हो गई। उसकी बात बिलकुल रूखी और बेमजा हुई, यहाँ तक कि सुनने में भी व्यर्थ और अनोखी-सी लगी। वह खुद ही सुनकर भौचक्का-सा रह गया। और भी दो-चार बात जोड़कर उसे ज़रा नरम बना देने की ताकत उसमें न रही। खंडहर मन्दिर में नदी के किनारे जलती हुई दुपहरी में महामाया को बुलाकर उस बेवकूफ ने केवल इतना ही कहा- "चलो, हम दोनों कहीं चलकर विवाह कर लें।"

महामाया कुलीनों के घर की कुमारी लड़की है। आयु है चालीस वर्ष की। जैसी पूरी आयु है, वैसी खूबसूरती। सर्दियों की धूप के समान पक्के सोने के रंग की मूर्ति-सी लगती हे, उस धूप जैसी ही चमचमाती और सूनी, और उसकी नजर है दिव्यलोक जैसी आजाद और निर्भय।

उसके पिता नहीं हैं, सिर्फ़ बड़ा भाई है। उसका नाम है भवानीचरण। भाई-बहन का

स्वभाव लगभग एक-सा है। मुँह से बोलते कुछ नहीं, पर मुँह पर तेज ऐसा है कि दोपहर के सूरज की प्रकार चुपके से सभी कुछ जला देते हैं। ख़ासकर भावानीचरण से लोग बिना वजह ही डरा करते हैं।

राजीव तो परदेशी है। यहाँ की रेशम की कोठी का बड़ा साहब उसे अपने साथ ले आया था। राजीव के पिता इसी साहब की कोठी में काम करते थे। पिता की मौत होने पर साहब ने उसके नाबालिग लड़के के भरण-पोषण का जिम्मा अपने ऊपर ले लिया और बचपन में ही उसे वह अपनी इस बामनहाटी की कोठी में ले आया। लड़के के साथ केवल उसकी एक प्रेमभरी बुआ थी। राजीव अपनी उस बुआ के साथ भवानीचरण के पड़ोस में रहा करता था। महामाया की बाल्यावस्था की साथी थी, तथा राजीव की बुआ के साथ उसका मजबूत स्नेह बन्धन था।

राजीव की उम्र धीरे-धीरे सोलह, सत्रह और अट्ठारह, यहाँ तक कि उन्नीस वर्ष की हो गई, फिर भी, बुआ के विनती करने पर भी, वह शादी नहीं करना चाहता था। साहब उसकी इस अक्स का परिचय पाकर बहुत ही खुश हुआ। उसने सोचा कि लड़के ने उन्हीं को अपना आदर्श बना लिया है। साहब न भी विवाह नहीं किया था। इस बीच में बुआ भी मृत्युलोक को पहुँच गई।

इधर, बूते से अधिक ख़र्च किये बिना महामाया के लिए अनुरूप कुलीन पात्र मिलना मुश्किल हो रहा था, और उसकी कुमारी हालत लगातार बढ़ती ही जा रही थी।

यह बताने की बिलकुल भी ज़रूरत नहीं है कि विवाह के बंधन में बाँधना जिन देवता का कार्य है, वह हालाँकि इन लोगों के लिए अब तक बराबर लापरवाही ही दिखा रहे थे, किन्तु प्रणय-बंधन का भार जिस पर है, उसने अब तक अपना समय बिलकुल बेकार नहीं किया। बूढ़े प्रजापति जिस वक्त झोंके ले रहे थे, युवक कन्दर्प उस वक्त पूरा सतर्क था।

कामदेव का प्रभाव अंलग-अलग लोगों पर भिन्न-भिन्न तरह से पड़ा करता है। उसके असर में आकर राजीव अपने दिल की दो बातें कहने के लिए कोई अवसर ढूँढ़ रहा था, महामाया उसे अवसर ही नहीं देती थी। वास्तव में उसकी सूनी गम्भीर नजर राजीव बेचैन दिल में एक तरह का डर उत्पन्न कर देती थी।

आज, सैकड़ों बार कसम खाने के बाद राजीव उसे इस खंडहर मन्दिर में ला सका। इसी से उसने सोचा कि जो कुछ उसे कहना है, आज सबकुछ कह-सुन लेगा, उसके बाद या

तो ज़िन्दगी भर सुख से रहेगा, और नहीं तो अपनी ज़िन्दगी त्याग देगा। जीवन के मुसीबत के दिन में राजीव ने केबल इतना ही कहा- "चलो, ब्याह ही कर लें।" और उसके बाद किसी पाठ भूले हुए विद्यार्थी की तरह सकपकाकर खामोश रह गया। महामाया को मानो एक आशा ही न थी कि राजीव उससे ऐसा प्रस्ताव कर बैठेगा। इससे देर तक वह खामोशी बनी रही।

दोपहरी की बहुत-सी अनजानी दर्दभरी आवाजें होती हैं, वे इस सन्नाटे में फूट निकली। हवा से मन्दिर का आधा ही लगा हुआ टूटा द्वार बीच-बीच में बहुत ही कमजोर-दर्दभरी ध्वनि में आहिस्ता-आहिस्ता खुलने और बंद होने लगा। कभी मन्दिर के झरोखे में बैठा हुआ कबूतर 'गुटुरगूं-गुटुरगूं' करता, कभी सूखे पत्तों के ऊपर से सरसर करती हुई गिरगिट निकल जाती, तो कभी सहसा मैदान की ओर से हवा का एक जोर का झोंका आता और उससे तमाम वृक्षों के पत्ते झर-झर दर्द में डूबी आवाज कर उठते, बीच-बीच में अचानक नदी का पानी जाग उठता तथा टूटे घाट की सीढ़ियों पर छल-छल छपक-छपक चोट करने लगता। इन सब आकस्मिक अलस-उदास स्वरों के मध्य बहुत दूरी पर, एक पेड़ के नीचे किसी चरवाहे की बाँस की बाँसुरी में मैदानी तान भी बज रही है। राजीव को महामाया के मुँह की ओर देखने की हिम्मत न हुई। वह मन्दिर की दीवार के सहारे सपने की-सी स्थिति में चुपचाप खड़ा-खड़ा नदी के पानी की ओर देखता रहा।

कुछ देर पश्चात मुँह फेरकर राजीव ने फिर एक बार भिखारी की तरह महामाया के मुँह की तरफ़ देखा। महामाया ने सिर हिलाकर कहा- "नहीं, ऐसा नहीं हो सकता।"

महामाया का सिर ज्योंहि हिला, राजीव की आशा भी उसी समय जमीन पर पछाड़ खाकर गिर पड़ी। वजह थी, राजीव यह अच्छी प्रकार जानता था कि महामाया का सिर महामाया के अपने मतानुसार ही हिलता है, और किसी की हिम्मत नहीं कि उसे अपनी मर्जी से डिगा सके। अपने कुल को जबरदस्त अभिमान-स्रोत महामाया के वंश में न जाने किस समय से बहता चला आ रहा है। भला आज वह राजीव जैसे ब्राह्मण के साथ शादी करने के लिए राजी हो सकती है। प्यार होना और बात है, और विवाह करना और बात। कुछ भी हो, महामाया जान गयी कि उसके अपने ही विचारहीन ढीले बर्ताव के कारण राजीव का दिमाग यहाँ तक चढ़ गया-और उसी समय वह वहाँ से चली जाने को तत्पर हो गई।

राजीव ने स्थिति देखकर जल्दी से कहा- "मैं कल ही यहाँ से चला जा रहा हूँ।"

महामाया ने पहले तो सोचा कि अब उसे ऐसा भाव दिखाना चाहिए कि जाओ चाहे रहो, इससे उसे क्या तात्पर्य! पर दिखा न सकी। पाँव उठाना चाहा, पर उठा नहीं सकी फिर भी उसने शान्त भाव से पूछा- "क्यों?"

राजीव बोला- "हमारे साहब का यहाँ से सोनापुर को तबादला हो गया है-वे जा रहे हैं, मुझे भी साथ लेते जाएँगे।"

महामाया काफी देर तक चुप रही। विचार करने लगी, दोनों के जीवन की रफ्तार दो तरफ़ है, किसी व्यक्ति को सदैव के लिए नजरबंद नहीं रखा जा सकता, इसलिए उसने चिपके हुए अधरों को ज़रा खोलकर कहा- "अच्छा!" उसकी यह 'अच्छा' कुछ-कुछ गहरी उसांस-सी सुनाई पड़ी और इतना ही कहके वह जाने को तत्पर हुई। तभी राजीव चौंककर बोल पड़ा- "भवानी बाबू!"

महामाया ने देखा भवानीचरण मन्दिर की तरफ़ आ रहे हैं। समझ गई कि उन्हें सब पता लग गया है। राजीव ने महामाया पर परेशानी आते देख मन्दिर की टूटी दीवार फलांगकर भागने की कोशिश की, किन्तु महामाया ने हाथ पकड़कर उसे रोक लिया। भवानीचरण मन्दिर के अन्दर पहुँचे, और सिर्फ़ एक बार चुपचाप दोनों को स्थिर दृष्टि से देखा।

महामाया ने राजीव की ओर देखते हुए सधे हुए गले से कहा- "राजीव मैं तुम्हारे घर जाऊँगी। तुम मेरे लिए रास्ता देखना।"

भवानीचरण खामोश मन्दिर से बाहर निकले। महामाया भी चुपचाप उनके पीछे साथ-साथ हो ली। और राजीव हक्का-बक्का-सा रहकर वहीं खड़ा रहा, मानो उसे फाँसी का आदेश सुनाया गया हो अभी-अभी।

उसी रोज रात को भवानीचरण ने एक कुसुमी रंग की रेशमी साड़ी लाकर महामाया को दी, और बोला- "इसे पहन जाओ।"

महामाया उसे पहन आई। उसके पश्चात बोले- "चलो, मेरे साथ चलो।"

आज तक, भवानीचरण की अनुमति तो दूर रही, संकेत तक का किसी ने उल्लंघन नहीं किया, महामाया ने भी नहीं।

उसी रात को दोनों नदी के किनारे श्मशान की तरफ़ चल दिये। श्मशान घाट अधिक दूर न था। वह गंगा-यात्री के घर में एक बूढ़े ब्राह्मण मौत की घड़ियाँ गिन रहा था। उसकी खटिया के पास दोनों जाकर खड़े हो गए। घर के एक कोने में पुरोहित ब्राह्मण भी मौजूद

था। भवानीचरण ने उससे संकेत में कुछ कहा। वह जल्दी ही शुभ अनुष्ठान की तैयारियाँ करके समीप आ खड़ा हुआ। महामाया समझ गई कि इस मौत के मेहमान के साथ उसका शुभ विवाह होगा। उसने रत्ती-भर भी खिलाफत नहीं की। निकट ही जलती हुई दो चिताओं के उजाले में उस अँधेरे से घर में मौत की परेशानी की दर्दभरी आवाज के साथ अस्पष्ट मन्त्रोच्चारण मिलाकर महामाया की शादी कर दी गई।

जिस दिन शादी हुई उसके दूसरे रोज विधवा हो गई। इस दुर्घटना से विधवा को रत्ती-भर भी गम नहीं हुआ। राजीव पर भी अचानक महामाया की शादी का समाचार पाकर जैसा वज्राहत हुआ था, वैधव्य की सूचना से वैसा न हुआ, बल्कि उसे कुछ खुशी ही हुई, किन्तु वह भाव ज़्यादा देर तक न टिक सका। तुरन्त ही उस पर और एक खबर की बिजली-सी टूट पड़ी, जिससे वह उसी वक्त ही पछाड़ खाकर गिर पड़ा। समाचार यह था कि श्मशान में आज काफी धूम है, महामाया सती हो रही है।

पहले उसने सोचा कि साहब को खबर दे दे, और उसकी सहायता से इस अमानवीय अत्याचार को जबरदस्ती रोक दिया जाए। उसके बाद ख्याल आया कि साहब तो सोनापुर जा चुका। राजीव को भी वह साथ ले जाना चाहता था, मगर वह एक महीने की छुट्टी लेकर यहीं रह गया है।

महामाया ने उसे वचन दिया है, 'तुम मेरे लिए रास्ता देखना।' उसकी वह किसी प्रकार बुराई नहीं कर सकता। अभी तो उसने महीने-भर की ही छुट्टी ली है, आवश्यकता होने पर वह दो माह, तीन माह की छुट्टी लेगा और अन्त में साहब की नौकरी छोड़कर, दर-दर भीख माँगकर गुजर करेगा, लेकिन फिर भी वह पूरी ज़िन्दगी उसकी राह देखना न छोड़ेगा।

शाम के समय राजीव पागल की तरह दौड़कर या तो आत्महत्या या ऐसा ही कोई भीषण कांड कर डालने की तैयारी कर रहा था। इतने में बड़े जोर की आँधी चल गई और मूसलाधार वर्षा होने लगी। ऐसी जोर की आँधी चली कि राजीव को अहसास हुआ मानो उसके सिर पर घर ही टूट पड़ेगा, फिर जब उसने देखा कि उसके मन के सामने बाहर की प्रकृति में भी एक प्रलय-सा उठ खड़ा हुआ है तब उसे कुछ शान्ति-सी मिली। उसे ऐसा लगने लगा कि मानो स्वयं प्रकृति ने ही उसकी ओर से एक तरह को प्रतिकार करना आरम्भ कर दिया है। वह खुद जितनी शक्ति का प्रयोग करना चाहता, किन्तु कर नहीं सकता था। स्वयं प्रकृति ही जमीन-आसमान एक करके उससे कहीं अधिक शक्ति का प्रयोग करके, उसका काम पूरा कर रही है।

ठीक उसी वक्त बाहर से किसी ने दरवाजे पर शक्ति से धक्का मारा। राजीव ने झटपट उठकर किवाड़ खोल दिये। भीगे कपड़े पहने हुए एक औरत घर में घुसी। पर उसने लम्बा घूँघट खींचा हुआ था। राजीव ने उसी समय पहचान लिया यह तो महामाया है। उसने आवेग-भरे कंठ से पूछा- "महामाया! तुम अभी चिता से उठ आई हो?"

महामाया ने कहा- "हाँ, मैंने तुमसे वादा किया था कि मैं तुम्हारे घर आऊँगी। उसी प्रण को पूरा करने आई हूँ मैं; लेकिन राजीव, मैं अब ठीक पहले की वो 'मैं' नहीं हूँ, मेरा सबकुछ बदल गया है। केवल मैं अपने मन में वही महामाया हूँ बोलो! और अगर तुम प्रण करो कि कभी भी तुम मेरा घूँघट न खोलोगे, मेरा मुख न देखोगे, तो मैं ज़िन्दगी-भर तुम्हारे साथ रह सकती हूँ।"

मौत के मुँह से वापस मिल जाना ही काफी है, उस वक्त और सब बातें छोटी मालूम देती हैं। राजीव ने जल्दी से कहा- "तुम जैसे चाहो वैसे रहना। मुझे छोड़कर जाओगी, तो मैं जी नहीं सकता।"

महामाया बोली- "तो अभी चलो। तुम्हारा साहब जहाँ कहीं भी गया है, वहीं ले चलो मुझे।"

मकान में जो कुछ था, सब छोड़-झाड़कर राजीव महामाया को लेकर उस आधी-बारिश में ही निकल पड़ा। ऐसी आँधी चल रही थी कि खड़ा होना कठिन था, आधी के जोर से कड़ियाँ उड़-उड़कर बन्दूक के छर्रों की तरह शरीर में चुभने लगीं। दोनों के दोनों इस डर से कि कहीं सिर-पैर न टूट जाए, सड़क छोड़कर खुले मैदान में आकर चलने लगे। आँधी का जोर पीछे से धक्का देने लगा। मानो इन्हें वह दुनिया से छीनकर प्रलय की ओर उड़ाए लिए जाना चाहती हो।

जिस रोज यहाँ साथ-साथ मरने की रीति प्रचलित थी, उस वक्त ऐसी घटनाएँ कभी-कभी हो जाया करती थीं।

महामाया के हाथ-पैर बाँधकर ठीक समय चिता में रखकर उसमें आग लगा दी गई। आग भी खूब जोरों से जल उठी थी। मगर, उसी समय बड़े जोर से आधी आई और मूसलाधार पानी पड़ने लगा। जो दाह-संस्कार करने आए थे, वे शीघ्रता से गंगायात्री वाली कोठरी में जा छुपे, और भीतर से किवाड़ बन्द किए। सभी जानते हैं कि ऐसी आँधी-मेह में चिता बुझते देर नहीं लगती। इस मध्य में उसके हाथों में बंधा हुआ कपड़ा जलकर राख

हो गया और हाथ आजाद हो गए। बर्दाश्त के बाहर जलने से हुई पीड़ा में मुख से वह कुछ बोल न सकी, तुरन्त उठकर बैठ गई, और पैर की रस्सी खोल डाली। उसके पश्चात जगह-जगह जली हुई साड़ी से किसी तरह शरीर ढक कर लगभग नंगी-सी चिता से उठकर पहले वह अपने घर गई। मकान में कोई नहीं था। सब श्मशान में थे। दीया जलाकर एक धोती पहनकर महामाया ने एक बार शीशे में अपना मुख देखा, और देखते ही शीशे को जमीन से दे मारा। फिर कुछ देर खड़ी-खड़ी कुछ सोचती रही। उसके पश्चात मुँह पर लम्बा घूँघट खींचा तथा राजीव के घर चल दी।

महामाया अब राजीव के निकट ही रहती है, किन्तु राजीव के जीवन में सुख नहीं। ज़्यादा कुछ नहीं, दोनों के बीच सिर्फ़ एक घूँघट की रुकावट है।

वह घूँघट मौत के समान चिरस्थायी है, और मौत से बढ़कर पीड़ा देने वाला। इसलिए कि उदासी मौत की विच्छेद-वेदना को धीरे-धीरे अचेतन कर डालती है, लेकिन इस घूँघट के विच्छेद ने एक जीती-जागती आशा को हर रोज प्रत्येक क्षण पीड़ित और व्याकुल कर रखा है।

एक तो वैसे ही महामाया की हमेशा से सूनी-सूनी प्रकृति है, उस पर उसके इस घूँघट के भीतर का सन्नाटा पहले से दूना असहाय मालूम होने लगा। राजीव अब ऐसे रहने लगा जैसे उसको मौत की एक चलती-फिरती पुतली ने घेर रखा हो। वह पुतली उसके जीवन को आलिंगन करके हरपोज मानो उसे दुर्बल और अधिक कमजोर किए दे रही हो। राजीव पहले जिस महामाया को जानता था उसे तो उसने खो ही दिया। अब तो वह केवल उसकी सुन्दर बचपन की याद को ही अपने जीवन का सहारा बनाकर जी रहा है, मगर उसमें भी यह घूँघट वाली पुतली हमेशा उसके आस-पास रहकर भरसक बाधा पहुँचाती रहती है। वह सोचती है, 'आदमी-आदमी की आदत में अन्तर है। और ख़ासकर महामाया तो पुराण में वर्णित कर्ण की प्रकार ही स्वाभाविक कवचधारिणी है। उसके पश्चात बीच में, फिर मानो वह और एक बार जन्म लेकर फिर और एक पर्दा ले आई है।' रात-दिन निकट रहती हुई भी वह इतनी दूर चली गई है कि मानो राजीव से उसके निकट तक नहीं पहुँचा जाता, मानो वह केवल एक माया की लकीर के बाहर बैठकर प्यासे हृदय से एक बारीक, अटल रहस्य को समझने की कोशिश कर रहा है, जैसे नक्षत्र प्रत्येक रात बिना नींद अपलक आँखों से अंधेरी रात का रहस्य जानने की असफल चेष्टा में रात बिता दिया हैं। इस प्रकार ये दोनों बिना संग के साथ-साथ अलग-अलग प्राणी के रूप में बहुत दिनों तक एक साथ बने रहे।

एक रोज, बरसात में शुक्ल पक्ष की दशमी की रात को बादल फटे और चाँद दिखाई दिया। ठहरी चाँदनी, रात सोती हुई पृथ्वी के सिरहाने बैठी जाग रही थी। उसी रात्रि को बिछौने से उठकर राजीव भी अपनी खिड़की के निकट जा बैठा। बरसात और गर्मी के संगम से थके हुए बगीचे में से एक प्रकार की खुशबू और झिल्लियों की चिं-ग्-चक् आवाज कमरे में आकर उसके दिल के राज्य में एक प्रकार की अराजकता फैला रही थी। राजीव देख रहा था, बगीचे में अँधेरे में खड़े हुए के उस पार शान्त हुआ तालाब मजे हुए चाँदी के थाल-सा चमचमा रहा है। व्यक्ति ऐसे वक्त में साफ-साफ कोई बात सोच सकता है या नहीं, यह बताना कल है, किन्तु हाँ, इतना कहा जा सकता है कि उसका सारा मन किसी एक दिशा बहता रहता है, जंगल की तरह एक महकभरी साँस छोड़ता रहा है। मालूम नहीं राजीव ने न जाने क्या-क्या ख्याल किया। उसने अहसास किया कि मानो आज उसके पहले से सारे नियम टूट गए हैं। आज इस बारिश की रात ने उसके सामने वाला बादल का घूँघट खोल दिया है। आज की यह रात पहले की उस महामाया की तरह सुनसान, सुन्दर और गम्भीर हो उठी है। होते-होते अचानक ऐसा हुआ कि राजीव का पूरा अस्तित्व ही उस महामाया की ओर दौड़ने लगा। ख्वाब में चलने वाले मनुष्यों की तरह उठकर राजीव महामाया के शयनकक्ष में घुस गया। महामाया उस समय सो रही थी।

राजीव निकट जाकर खड़ा हो गया। मुँह को नीचे झुकाकर देखा, महामाया के खुले हुए मुँह पर चाँदनी पड़ रही है, किन्तु हाय, यह क्या! वह सदैव का परिचित मुँह कहा गया। चिता की लपटें अपनी सख्त लहलहाती हुई जीभ से महामाया के बाएं गाल का थोड़ा-सा सौन्दर्य चाटकर वहाँ हमेशा के लिए अपनी राक्षसी भूख का चिन्ह छोड़ गई हैं।

शायद राजीव चौंक पड़ा। शायद एक अनकही आवाज भी उसके मुख से निकल पड़ी होगी। महामाया, फौरन चौंककर जाग उठी। देखा कि सामने राजीव खड़ा है। उसी क्षण वह घूँघट खींचकर, पलंग छोड़कर, एकाएक उठ खड़ी हुई। राजीव जान गया कि अब उसके सिर पर बिजली टूटना चाहती है। वह धरती पर गिर पड़ा और महामाया के पाँव छूकर बोला- "मुझे माफ करो।"

महामाया कुछ भी जवाब न देकर, एक पल के लिए पीछे की तरफ़ न मुड़कर घर से बाहर निकल गई। राजीव के घर फिर कभी भी नहीं आई, फिर उसका कहीं पता न चला। उस क्षमाहीन महा प्रस्थान की क्रोधित अग्नि राजीव के सारे जीवन पर सदा के लिए एक लम्बा चलता हुआ निशान छोड़ गयी।

क्षुधित पाषाण

मैं और मेरे संबंधी पूजा की छुट्टियों में देश की सैर करके कोलकाता लौट रहे थे, तभी रेलगाड़ी में उन बाबू से मुलाक़ात हुई। उनकी वेशभूषा देखकर शुरू में मुझे उन्हें पश्चिमी प्रान्त का मुसलमान समझने का सन्देह हुआ था। उनका वार्तालाप सुनकर मैं और भी चक्कर में पड़ गया। वे दुनिया-भर के विषयों पर इस तरह बातें करने लगे मानो विधाता उनके साथ परामर्श करने के बाद ही सारा कामकाज करते हैं। दुनिया में भीतर-ही-भीतर तरह-तरह के अनेक अश्रुत-पूर्व गूढ़ घटनाएँ घटती रही थीं। रूसी कितने आगे बढ़ गए हैं, अंग्रेजों का क्या-क्या गुप्त अभिप्राय है, देशी राजाओं में किस तरह खिचड़ी पक रही है, इन सबसे बेखकर हम पूरी प्रकार निश्चिंत थे। हमारे नवपरिचित वक्ता ने कुछ हँसकर कहा-

'There happen more things in heaven and earth, Horatio, than are reported in your newspapers.'

"होरिशियो, स्वर्ग और पृथ्वी पर तुम्हारे समाचार-पत्रों में छपने वाले वार्तालापों की अपेक्षा कहीं ज़्यादा घटनाएँ घटती हैं।"

हम पहली ही बार घर से बाहर निकले थे। इसलिए इस व्यक्ति का रंग-ढंग देखकर अवाक् रह गए। वह ज़रा-ज़रा-सी बात पर कभी विज्ञान की बातें करता, कभी वेद की व्याख्या करता तथा कभी अचानक फारसी में अपनी विद्वता का प्रदर्शन करने लगता। विज्ञान, वेद और फारसी भाषा पर हमारा कोई हक न होने की वजह से उनके प्रति हमारी भक्ति क्रमश: बढ़ने लगी। यही नहीं, मेरे थियोसोफिस्ट संबंधी के दिल में यह दृढ़ विश्वास हो गया कि अपने इस सहयात्री से किसी अलौकिक कार्य का कुछ-न-कुछ सबंध जरूर है। कोई अद्भुत मैगनेटिज्य या कोई दैवीय शक्ति अथवा सूक्ष्म शरीर या ऐसी ही कोई वस्तु। बे इस असामान्य आदमी की साधारण-से-साधारण बात भी भक्ति-विह्वल होकर मुग्ध भाव से सुन रहे थे और खामोशी से नोट भी करते थे, मुझे उनके भाव से लगा कि वे सामान्य आदमी न होते हुए भी मन-ही-मन यह समझ गए थे और कुछ प्रसन्न भी हुए थे।

जब गाड़ी जंक्शन पर पहुँचकर रुकी तो हम दूसरी गाड़ी के इन्तजार में वेटिंग रूम में इकट्ठे हुए। उस वक्त रात के साढ़े दस बजे रहे थे। सुनने में आया कि मार्ग में कुछ बाधा आ जाने के कारण गाड़ी बहुत देर से आएगी। इस बीच मैंने मेज के ऊपर बिस्तर बिछाकर सोने का इरादा किया, तभी उस असामान्य आदमी ने निम्नलिखित कहानी छेड़ दी। उस रात मुझे नींद नहीं आई।

'राज्य संचालन के सिलसिले में दो-एक बातों में मतभेद होने की वजह से मैं जूनागढ़ की नौकरी छोड़कर जब हैदराबाद के निजाम की सरकारी नौकरी में आया, तब आरम्भ में मुझे उम्र में छोटा और मजबूत आदमी देखकर बरीच में रुई का महसूल वसूल करने पर नियुक्त कर दिया गया।'

बरीच बड़ा रमणीय स्थान था। निर्जन पर्वतों के नीचे बड़े-बड़े वनों के बीच में से होकर शुस्ता नदी (संस्कृत स्वच्छतोया का अपभ्रंश) निपुणा नर्तकी की तरह उपलमुखरित मार्ग में पग-पग पर लहराती बलखाती द्रुतगति से नाचती हुई सीधी चली गई थी। उसी नदी के तट पर पत्थर की बनी डेढ़ सौ सीढ़ियों के अत्युच्च घाट पर सफेद पत्थर का एकाकी प्रासाद पहाड़ की तराई में खड़ा था। आस-पास वहीं कोई बस्ती नहीं थी। बरीच की रुई की हाट एवं गाँव यहाँ से बहुत दूर थे।

प्रात: ढाई सौ साल पूर्व द्वितीय शाह महमूद ने भोग-विलास के लिए इस निर्जन स्थान में प्रासाद का निर्माण कराया था। उस वक्त स्नानागार के फव्वारे के मुख से गुलाब से सुगंधित जल-धारा छूटती रहती तथा उस सीकर शीतल निभृत कक्ष में संगमरमर जड़ित स्निग्ध शिलासन पर विराजमान अपने कोमल नग्न पदपल्लवों को तालाब की निर्मल जलराशि में फैलाए फारस देश की तरुण रमणियाँ स्नान के पूर्व बाल बिखेरे गोद. में सितार लिए द्राक्षावन की गजलें गाती रहती।

अब वह फव्वारा पहले की तरह क्रीड़ा नहीं करता था, न ही वह गीत था। सफेद पत्थर पर शुभ चरणों का खूबसूरत स्पर्श नहीं पड़ता था। अब तो वह हम जैसे निर्जरतापीड़ित संगिनीहीन महसूल-कलेक्टर का अधिक बृहत् एवं अति शून्य निवास-स्थान था, लेकिन दफ्तर के वृद्ध क्लर्क करीम खां ने मुझे इस प्रासाद में रहने को बार-बार मना किया था और कहा था- "मर्जी हो तो दिन में यहाँ रहे, पर रात यहाँ न गुजारे।"

मैंने उसकी बात हँसी में उड़ा दी। नौकरों ने कहा कि वे शाम होने तक काम करेंगे, मगर रात में यहाँ न रहेंगे। मैंने कहा- "तथास्तु।" इस पर की ऐसी बदनामी थी कि रात के वक्त

चोर भी यहाँ आने का साहस नहीं करते थे।

पहले-पहल आने पर इस परित्यक्त पाषाण-प्रसाद की जनशून्यता मेरे दिल को मानो किसी भयानक भार के समान दबाए रहती। मैं यथाशक्ति बाहर रहकर बराबर काम-काज करने के पश्चात रात को क्लान्त देह से पर लौट सो जाता।

मगर अभी एक सप्ताह भी न बीता था कि इस मकान का एक अपूर्व नशा आक्रमण करके मुझे घेरने लगा। अपनी उस हालत का वर्णन करना भी कठिन है और लोगों को उसका यकीन दिलाना भी मुश्किल है। सारा घर मानो एक सजीव पदार्थ की तरह मुझे अपने जठरस्थ मोहरसक से धीरे-धीरे जीर्ण करने लगा।

शायद इस घर में मेरे पदार्पण करते ही इस प्रक्रिया की शुरुआत हो गई थी, किन्तु मैंने जिस दिन सचेत होकर पहली बार इसके सूत्रपात का तजुर्बा किया, उस दिन की बात मुझे भली प्रकार याद है।

ग्रीष्म काल के आरम्भ में उस वक्त बाजार नरम था, हाथ में कोई काम न था। सूरज छिपने के पहले के कुछ पहले मैं नदी किनारे घाट की सबसे नीची सीढ़ी पर एक आरामकुर्सी लिए बैठा था। शुस्ता नदी मन्द हो गई थी। दूसरे किनारे पर विस्तृत बालुका-तट अपराह्न की आभा से रंगीन हो गया था। इस पार घाट की सीढ़ियों के नीचे उथले साफ जल में बटियाँ (छोटे चिकने पत्थर) झिलमिला रही थीं। उस दिन कहीं भी हवा नहीं चल रही थी। पास के पर्वत पर वनतुलसी, पोदीना और सौंफ के जंगल से उड़ती तीखी महक ने शांत आकाश को आक्रांत किया हुआ था।

सूरज जब गिरी-शिखर के अन्तराल में अवतीर्ण हो गए, तब दिन की नाट्यशाला पर एक दीर्घ छाया-यवनिका पड़ गई। पहाड़ का व्यवधान होने के कारण यहाँ सूर्यास्त के वक्त प्रकाश और अंधकार का सम्मिलन बहुत देर स्थायी नहीं रहता। घोड़े पर बैठकर मैं ज़रा घूम-फिर आऊँ। यह सोचकर मैं अब उठूँ, तब उठूँ कर रहा था कि अचानक मुझे सीढ़ी पर किसी के चरणों की आहट सुनाई पड़ी। पीछे मुड़कर देखा, कोई नहीं था।

इन्द्रिय-भ्रम समझकर लौटकर दोबारा बैठते ही अचानक मुझे बहुत-से पैरों का शब्द सुनाई दिया, जैसे बहुत से लोग मिलकर भाग-दौड़ करते हुए उतरे आ रहे हों। किंचित डर के साथ एक अपरूप रोमाँच से मेरा सर्वांग परिपूर्ण हो गया। यद्यपि मेरे सामने कोई मूर्ति नहीं थी। तथापि प्रत्यक्ष की तरह स्पष्ट जान पड़ा कि ग्रीष्म की उस शाम में प्रमोद चंचल

नारियों का एक दल शुस्ता के जल में स्नान करने उतरा है। यद्यपि उस शाम के समय में निस्तब्ध गिरी तट पर नदी के किराने निर्जल प्रासाद में कहीं कोई स्वर न था, तथापि मैंने मानो स्पष्ट सुना कि निर्झर की शतधराओं के समान क्रीड़ामग्न कलहास्य करती हुई, मिलकर तीव्रता से दौड़ती हुई स्नानार्थिनियाँ मेरे निकट से होकर निकल गई हों। मुझे मानो उन्होंने देखा भी न हो। जिस तरह वे मेरे निकट अदृश्य थीं, मैं भी मानो उसी प्रकार उनके निकट अदृश्य था। नदी पहले की ही तरह स्थिर थी, लेकिन मुझे स्पष्ट बोध हुआ मानो स्वच्छतोया का उथला स्रोत अनेक वलय सिंचित बाहु-विक्षेपों से विक्षुब्ध हो उठा हो, हँस-हँसकर सहेलियाँ एक-दूसरे पर जल के छींटे मार रही हों व तैरती हुई रमणियों के पदाघात से जलबिंदु-राशि मुट्ठी-भर मोतियों की तरह आसमान में बिखरी पड़ रही हों।

मेरे दिल में एक प्रकार का कंपन होने लगा, वह उत्तेजना डर की थी, आनन्द की थी या कौतूहल की, सही से नहीं कह सकता। मेरी तीव्र इच्छा होने लगी कि अच्छी प्रकार से देखूँ, किंतु देखने के लिए सामने कुछ न था। लगता था, अच्छी तरह कान लगाने पर उनकी सारी वार्तालाप सुनाई पड़ेगी, किन्तु एकान्त मन से कान लगाने पर सिर्फ़ अरण्य के झींगुरों का शब्द सुनाई देता। मुझे लगा, मानो ढाई सौ साल की कृष्णवर्ण-यवनिका ठीक मेरे सामने धुल रही हो, डरते-डरते एक सिरा उठाकर अन्दर नजर डालूँ, वहाँ एक विराट सभा लगी है, लेकिन घोर अंधकार में कुछ भी दिखाई नहीं दिया।

अचानक उमस को चीरती हुई हू-हू करके वायु चलने लगी। देखते-ही-देखते शुस्ता का स्थिर जलतल अप्सरा के केश-पाश की तरह कुंचित हो उठा एवं संख्याछायाच्छन्न पूरी वनभूमि क्षण-भर में एक साथ मर्मर ध्वनि करके मानो बुरे स्वप्न से जाग उठी। चाहे स्वप्न कहो या सत्य, ढाई सौ वर्ष के अतीत क्षेत्र से प्रतिफलित होकर मेरे सम्मुख जो एक अदृश्य मरीचिका अवतीर्ण हुई थी, वह क्षण भर में अंतर्ध्यान हो गई। जो मायामयी मुझे फलांगती हुई देहहीन द्रुत-पदों से शब्दहीन उच्चकलहास्य से दौड़कर गुप्ता के पानी में जाकर कूद पड़ी थी। अपने सिक्ता आँचला से बूंदें टपकाती-टपकाती और फिर मेरी बगल से होकर नहीं निकली। जिस तरह वायु गंध को उड़ाकर ले जाती है, उसी तरह से वह वसंत के एक निःश्वास में उड़कर चली जाती।

उस वक्त मुझे बड़ी आशंका हुई कि हठात् निर्जन देखकर कहीं कविता देवी मेरे कंधे पर न आ बैठी हों, मैं बेचारा रुई का महसूल वसूल करके खाता हूँ, सर्वनाश करने वाली शायद इस बार मेरे प्राण ही लेने न आई हो। सोचा, अच्छी प्रकार भोजन करता होगा, खाली पेट

होने पर ही सब तरह के दुःसाध्य रोग आकर घेर लेते हैं। अपने रसोइए को बुलाकर मैंने काफी घी में पकाकर सुगंधित मसाला डालकर बाकायदा मुगलई भोजन तैयार करने का आदेश दिया।

अगले रोज सवेरे यह सारा मामला अत्यंत हास्यजनक प्रतीत हुआ। प्रसन्नचित्त से साहबों की तरह सोला हैट पहनकर अपने हाथों से गाड़ी हाँककर गड़गड़ाहट करता अपने तहक़ीक़ात के कार्य पर चला गया। उस रोज त्रैमासिक रिपोर्ट लिखने का दिन होने की वजह से देर से घर लौटने की बात थी, किन्तु संध्या होते-न-होते ही मैं घर की तरफ़ खिंचने लगा। कौन खींचने लगा यह मैं नहीं कह सकता, किन्तु लगा, अब और देरी करना सही न होगा। मुझे लगा, सब बैठे हुए हैं। रिपोर्ट असमाप्त ही छोड़कर मैं सोला हैट लगाए संध्या-धूसर वृक्षों की सघन छाया वाले निर्जन मार्ग को रथचक्र-ध्वनि से चौंकाते हुए उस अंधकारपूर्ण शैलान्वर्ती निस्तब्ध प्रकांड प्रासाद में आ मौजूद हुआ।

सीढ़ियों के ऊपर वाला सामने का कमरा काफी बड़ा था। बड़े-बड़े खम्भों की तीन पंक्तियों पर नक्काशीदार मेहराबों ने विस्तीर्ण छत को धारण किया हुआ था। वह बहुत बड़ा कमरा अपनी अपार शून्यता को लिए हुए अहर्निशि ध्वनित होता रहता। उस दिन शाम के कुछ पहले का समय था, अभी दीपक नहीं जलाए गए थे। द्वार ठेलकर मैंने ज्यों ही उस बड़े कमरे में प्रवेश किया त्यों ही मुझे लगा मानो कमरे में कोई भारी विप्लव मच गया हो। मानो अचानक सभा भंग करके चारों तरफ़ के दरवाजों, खिड़कियों, कमरों, रास्तों, बरामदों से होकर न जाने कौन किस तरफ़ भाग गया। कहीं भी कुछ न देख पाने की वजह से मैं अवाक् होकर खड़ा रह गया। शरीर एक तरह के आवेश से रोमाँचित हो उठा। मानो बहुत दिन के लुप्तप्राय: केश-द्रव्य तथा इत्र की मृदुगंध मेरी नाक में प्रवेश करने लगी हो। उस दीपहीन जनहीन प्रकांड कमरे की प्राचीन प्रस्तरस्तंभ श्रेणी के बीच खड़े मुझे सुनाई पड़ा, झर-झर करता हुआ फव्वारे का पानी सफेद पत्थर पर आकर गिर रहा है, सितार में कौन-सा सुर बज रहा है समझ में नहीं आ रहा। कहीं स्वर्णाभूषणों की झनकार सुनाई दे रही है, कहीं नूपुरों की रुनन, कभी ताँबें के बृहत् घण्टे पर पहर बजने का शब्द, काफी दूर पर बजती नौबत का आलाप, वायु से दोलायमान झाड़ की स्फटिक लटकनों की ठन-ठन आवाज, बरामदे से पिंजरे में बंद बुलबुल का गीत, बगीचे से पालतू सारस का बोल मेरे चारों तरफ़ किसी प्रेतलोक की रागिनी रचने लगे।

मुझे एक ऐसे मोह ने आकर घेरा कि लगा मानो यह अस्पृश्य, अगम्य, अवास्तव

व्यापार ही संसार में एकमात्र सत्य हो, बाकी सब मिथ्या मरीचिका हो। मैं जो मैं हूँ, अर्थात् मैं जो श्रीयुक्त अमुक हूँ, अमुक का ज्येष्ठ बेटा हूँ, रुई का महसूल वसूल करके साढ़े चार सौ रुपए तनख्वाह पाता हूँ, मैं जो सोला हैट और ऊँचा कुर्ता पहनकर टमटम हाँककर दफ्तर जाता हूँ, ये सारी बातें मुझे ऐसी अनोखी हास्यकर, निर्मूल और मिथ्या-सी लगी कि मैं उस विशाल निस्तब्ध अँधेरे कक्ष के बीच खड़ा-हा-हा करके हँस पड़ा।

उसी वक्त मेरे मुसलमान नौकर ने हाथ में केरोसीन का जलता हुआ लैंप लिए घर में प्रवेश किया। पता नहीं, उसने मुझे पागल समझा या नहीं, लेकिन उसी पल मुझे याद आया कि मैं स्वर्गीय अमुकचंद्र का ज्येष्ठ पुत्र श्रीयुक्त अमुकनाथ ही हूँ या यह भी सोचा कि संसार के भीतर अथवा बाहर कहीं कोई अमूर्त्त फव्वारा सर्वदा झरता है या नहीं और अदृश्य उंगली के बार से किसी माया-सितार से कोई अनंत रागिनी ध्वनित होती है अथवा नहीं, यह हमारे महाकवि और कविवर ही बता सकते हैं, लेकिन यह बात अवश्य सत्य है कि मैं बरीच के बाजार में रुई का महसूल वसूल करके महीने में साढ़े चार सौ रुपये तनख्वाह लेता हूँ। तभी मैं फिर अपने थोड़ी देर पहले से अनोखे मोह की याद करके केरोसीन से प्रकाशित लैंप-टेबिल के निकट रखकर समाचार-यत्र लिए विनोद से हँसने लगा।

समाचार-पत्र पढ़कर तथा मुगलई भोजन खाकर मैं कोने के एक छोटे-से कमरे में बत्ती बुझाकर बिस्तर पर जा लेटा। मेरे सामने वाले खुले हुए जंगले में से अँधेरे बन-वेष्टित अरावली पहाड़ के ऊर्ध्व देश का एक अत्युज्ज्वल नक्षत्र सहस्त्र कोटि योजना दूर आसमान से उस अति तुच्छ कैंप खाट के ऊपर श्रीयुक्त महसूल कलेक्टर को एकटक देख रहा था। इस पर विस्मय तथा कौतुक अनुभव करते-करते मैं किस समय सो गया, कह नहीं सकता। कितनी देर सोया यह भी नहीं जानता। अचानक एक बार सिहरकर जाग पड़ा। कमरे में कोई आहट हुई हो, सो नहीं, किसी व्यक्ति ने प्रवेश किया हो यह भी नहीं देख सका। अंधकारपूर्ण पर्वत के ऊपर से निर्निमेष नक्षत्र अस्तमित हो गया था। तथा कृष्णपक्ष के क्षीण चंद्रलोक ने अनधिकार संकुचित स्वभाव से मेरी खिड़की के पथ से प्रवेश कर लिया था।

कोई भी आदमी दिखाई नहीं पड़ा। तो भी मुझे स्पष्ट प्रतीत हुआ, मानो कोई मुझे धीरे-धीरे धकेल रहा हो। मेरे जाग उठते ही उसने बिना कुछ कहे मानो केवल अपनी अँगूठी-खचित पाँच उंगलियों के संकेत से मुझे अत्यंत सावधानी से अपना अनुसरण करने का हुक्म किया।

मैं बिलकुल खामोशी से उठा। यद्यपि उस शतकक्ष प्रकोष्ठमय, अपार शून्यतापूर्ण, निद्रित आवाज एवं सजग प्रतिध्वनिपूर्ण विधान प्रासाद में मेरे अतिरिक्त और कोई भी प्राणी न था, तथापि कदम-कदम पर भय लगता था कि कहीं कोई जाग न पड़े। प्रासाद के ज़्यादातर कक्ष बंद रहते थे और उन कक्षों में मैं कभी नहीं गया था।

उस रात मैं बिना आहट किए पाँव रखता हुआ साँस रोके उस अदृश्य आह्वानकारिणी का पीछा करता किधर से होकर कहाँ जा रहा था, आज यह नहीं बता सकता। मैंने कितना संकरा अँधेरा मार्ग कितना लंबा बरामदा, कितना गंभीर निस्तब्ध विशाल सभागृह, कितनी रुद्धवायु संकरी छिपी हुई कोठरियाँ पार की, इसका कोई ठिकाना ही नहीं।

अपनी अदृश्य दूती को यद्यपि मैं नेत्रों से नहीं देख पा रहा था तथापि उसकी मूर्ति मेरे दिल से अगोचर न थी। अरब रमणी जिसकी झलती आस्तीनों से संगमरमर के से कठिन, सुडौल हाथ दिखाई दे रहे थे, टोपी से लेकर मुँह तक एक झीने कपड़े का पर्दा पड़ा हुआ था, कमरबंद में एक कटार बंधी थी।

मुझे प्रतीत हुआ आज आरब्ध उपन्यास की एकाधिक सहस्त्र रजनी में से एक रजनी उपन्यास-लोक से उड़कर आ गई है। मैंने मानो अंधकारपूर्ण आधी रात में निद्रामग्न बगदाद के आलोकहीन संकरे मार्ग पर कोई संकट-संकुल अभिसार यात्रा की हो।

आखिर में मेरी दूती सहसा एक बने नीले परदे के सामने चौंककर खड़ी हो गई और मानो उसने उंगली से नीचे की तरफ़ संकेत किया। नीचे कुछ भी न था, किन्तु भय से मेरे हृदय का रक्त जम गया। मैंने तजुर्बा किया, उस परदे के सामने धरती पर कीमखाब की पोशाक पहने एक भीषण हब्शी खोजा गोद में नंगी तलवार लिए पाँव फैलाए बैठा ऊंघ रहा था। दूती ने धीमी गति से उसके पैर लांघकर परदे का एक छोर पकड़कर उठाया।

अन्दर से कमरे का थोड़ा-सा भाग दिखाई पड़ा, जिस पर फारसी गलीचा बिछा हुआ था। तख्त के ऊपर कौन बैठा था यह नहीं दिखाई पड़ा, सिर्फ़ जाफरानी रंग के ढीले पाजामे के नीचे जरी की जूतियाँ पहने हुए गुलाबी मखमल के आसन पर वास्तविक भाव से रखे दो सुंदर चरण दिखाई दिए। मेज पर एक ओर एक नीलाभ स्फटिक पात्र में कुछ सेब, नाशपाती, नारंगी और काफी अंगूरों के गुच्छे सजे हुए थे और उसकी बगल में दो प्याले और स्वर्णाभ मदिरा का एक काँच का प्याला मेहमान के लिए प्रतीक्षा कर रहा था। कमरे के भीतर से किसी अपूर्व धूप के मादक-से सुगंधित धूम्र ने आकर मुझे दुखी कर डाला।

मैं ज्यों ही काँपते दिल से उस खोजे के फैले हुए पैरों को लांघने चला त्यों ही चौंक उठा, उसकी गोद से तलवार पत्थर के फर्श पर स्वर करती हुई गिर पड़ी।

अचानक एक विकट चीत्कार सुनकर मैंने चौंककर देखा, मैं अपनी उसी कैंप-खाट पर पसीने में तर बैठा हुआ था। सुबह के आलोक में कृष्णपक्ष का खंडित चंद्र जागरण से क्लांत रोगी के समान पखंवर्ण हो गया था। ओर अपना पागल मेहरअली अपने रोजाना के नियमानुसार प्रातःकाल जनशून्य रास्ते पर 'हट जाओ, हट जाओ,' चीखता जा रहा था।

"इस तरह आरव्य उपन्यास की मेरी एक रात अकस्मात समाप्त हो गई, किन्तु अभी तो एक हजार रातें शेष थीं।

मेरे दिन से मेरी रात का एक भारी विरोध ठन गया। दिन के वक्त मैं श्रांत-क्लांत शरीर से काम करने जाता और शून्य स्वप्नमयी मायाविनी रात को कोसता रहता और फिर शाम के बाद मुझे दिन के समय का अपना यह कर्मबद्ध अस्तित्व अत्यंत तुच्छ, मिथ्या तथा हास्यकर लगने लगता।

संध्या के बाद मैं विह्वलभाव के एक नशे के जाल में जकड़ जाता। मैं सैकड़ों साल पेहले के किसी अलिखित इतिहास का कोई अन्य अपूर्व व्यक्ति हो जाता, फिर उस वक्त मुझे विलायती ऊँचा कुर्ता एवं चुस्त पतलून न फबती। उस समय मैं सिर पर लाल मखमल की एक फैज लगाकर, ढीला पाजामा, फूलदार कावा तथा रेशम का लंबा चौगा पहनकर रंगीन रूमाल में इत्र लगाकर बड़े यत्न से साज करता और सिगरेट छोड़कर गुलाबजल से भरा बहुकुंडलायित विशाल हुक्का लेकर एवं ऊँची ख़ास गद्दी वाले बड़े दीवान पर बैठ जाता। मानो रात में होने वाले किसी अपूर्व सम्मेलन के लिए बड़े आग्रह से तैयार हो जाता।

इसके पश्चात ज्यों-ज्यों अंधकार घनीभूत होता जाता त्यों-त्यों न जाने कैसी अद्भुत घटनाएँ घटती रहतीं कि मैं उसका बखान नहीं कर सकता। ठीक मानो किसी चमत्कारपूर्ण कहानी के कुछ फटे हुए अंश वसंत की आरंभिक हवा से इस विशाल प्रासाद के अनोखे कमरे में उड़ते रहते। थोड़ी दूर तक तो मिलते, फिर कहीं दिखाई नहीं देते। मैं भी उन मंडराते विच्छिन्न अंशों का अनुसरण करता हुआ रात-भर एक-एक कक्ष में चक्कर काटता रहता।

स्वप्न-खंड के इस आवर्त में कभी हिना की महक, कभी सितार के शब्द, कभी सुरभि-जल सीकर-मिश्रित हवा के झोंकों के बीच क्षण-क्षण में विद्युत-शिखा के समान एक नायिका अचानक दिखाई देती। जाफरानी रंग का उसका पाजामा, कोमल विमल लाल

पाँवों में पहनी पुंडीदार उठती हुई जरी की जूतियाँ, वक्ष पर कसकर बंधी जरी की फूलोंदार चोली, सिर पर लाल टोपी तथा उससे झूलती सोने की झालतर ने उसके शुभ्र ललाट तथा कपोलों को घर लिया था।

उसने मुझे मूर्ख बना दिया। मैं उसी के अभिसार में रोज रात को निद्रा के पाताल लोक में जटिल पथ संकुल स्वप्नों की मायापुरी की गली-गली, कमरे-कमरे में ही चक्कर काटता रहता था।

किसी-किसी दिन शाम के समय बड़े आईने के दोनों ओर दो बत्तियाँ जलाकर यत्नपूर्वक शहजादे की तरह सजावट कर रहा होता कि तभी अचानक देखता, आईने में मेरे प्रतिबिंब के निकट क्षण-भर के लिए उसी ईरानी तरुणी की छाया आ पड़ी है और पलक झपकते गर्दन झुकाकर अपने गहरे काले विशाल-नेत्रों के तारकों के सुंगभीर तीव्र आवेगमय, वेदनापूर्ण आग्रहयुक्त कटाक्ष-पात करके, सरस खूबसूरत बिंबाधरों पर एक अस्फुट भाषा का आभास मात्र देकर, लघु ललित द्वारा अपनी यौवन-पुष्पित देह-लता को द्रुतगति से ऊपर की तरफ़ लहराकर मुहूर्त-भर में वेदना, वासना, विभ्रम, हार, कटाक्ष और भूषणों की चमक के स्फुलिंगों की बारिश करके दर्पण में ही विलीन हो गई है। गिरी-कानन की समस्त सुगंधि लूटकर उद्दाम हवा का एक उच्छवास आकर मेरी बत्तियों को बुझा देता। मैं साज-सज्जा छोड़कर प्रसाधन कक्ष के पास वाली शय्या पर पुलकित तन से आँखें मींचकर लेटा रहा। उस वायु में अरावली के उस पर्वत-कुंज के पूरे मिश्रित सौरभ में मानो मेरे चारों तरफ़ प्रचुर प्रेम, अनेक चुंबन, अनेक कोमल कर-स्पर्श निभृत अंधकार को भरकर तैरते रहते, कानों के निकट प्रचुर कलगुंजन सुनाई देता, मेरे माथे पर सुगंधित निःश्वास आकर टकराते और कोई मीठी-सौरभ रमणीय सुकोमल ओढ़नी बराबर उड़कर मेरे कपोलों का स्पर्श करती रहती। धीरे-धीरे मानो कोई मोहिनी सर्पिणी अपने मादक वेष्टन में मेरे सर्वांग को कस लेती। मैं गहरी साँस लेकर बेसुध शरीर में गहरी नींद में अभिभूत हो जाता।

एक रोज अपराह्न में मैंने घोड़े पर चढ़कर बाहर जाने की ठानी, तभी न जाने कौन मुझे निषेध करने लगा, लेकिन उस दिन मैंने निषेध नहीं माना। काठ की एक खूँटी पर मेरा साहबी हैट तथा ऊँचा कुर्ता लटक रहा था। उसको उतारकर मैं पहनने ही वाला था कि तभी शुस्ता नदी की बालू तथा अरावली पर्वत की सूखी पल्लव-राशि का झंडा फहराता एक प्रबल बवंडर अचानक मेरे कुर्ते और टोपी को उड़ाकर घुमाता-घुमाता ले चला एवं एक अधिक सुमिष्ट कलहास्य उस हवा के साथ चक्कर काटता हुआ कौतूहल से एक-एक

पर्दे पर वार करता हुआ उच्च-से-उच्चतर सप्तक पर चढ़ता सूर्यास्त-लो के निकट पहुँचकर विलीन हो गया।

उस रोज फिर घोड़े की सवारी नहीं हुई और उसके दूसरे दिन से मैंने वह अनोखा ऊँचा कुर्ता और साहबी हैट पहनना एकदम छोड़ दिया।

उसी दिन आधी रात को बिस्तर पर उठ बैठने के बाद सुनाई पड़ा मानो कोई भीतर-हीं-भीतर फूट-फूटकर रो रही हो, मानो मेरी चारपाई के नीचे, फर्श के नीचे इस बृहत् प्रासाद की पाषाण भित्ति के नीचे किसी आर्द्र अंधकारपूर्ण कब्र में से कोई रो-रोकर कह रही हो-'तुम मेरा उद्धार करके ले चलो, मुश्किल माया-पाश गंभीर निद्रा, निष्फल खाने के सारे दरवाजे चूर-चूरकर तुम मुझे घोड़े पर बैठाकर अपनी छाती से चिपकाकर, जंगल के बीच से, पहाड़ के ऊपर से नदी पार करके अपने सूर्य से प्रकाशित कमरे में ले चलो। मेरा उद्धार करो।'

"मैं कौन हूँ? मैं कैसे उद्धार करूँगा? मैं इस घूर्णयमान परिवर्तनशील सपने के प्रवाह में डूबी हुई किस कामना सुंदरी को किनारे पर खींच लाऊँगा। हे दिव्य रूपिणी! तुम कब हुई थीं? कहाँ थीं? तुमने किस शीतल उत्स के खूजन-कुंज की छाया में किस गृह-हीना मरुवासिनी की गोद में जन्म लिया था? कौन बेदुई दस्यु, वनलता से पुष्पकोरक की तरह तुम्हें मातृक्रोड़ से वियुक्त करके वियुतगामी अश्व पर बैठकर दग्ध बालुका-राशि के निकट राजपुरी की दासीहाट में बेचने ले गया था? वहाँ पर किस बादशाह के भृत्य ने तुम्हारी नवविकसित सलज्जकातर यौवन-शोभा का निरीक्षण करके सोने की मुद्राएं गिनकर समुद्र पार करके तुम्हें सोने की शिविका में बैठाकर प्रभुग्रह के अंत:पुर को तुम्हारा उपहार दिया था? कैसा अनोखा इतिहास था वहाँ का! वही सारंगी का संगीत, नूपुरों की ध्वनि और शीराज की स्वर्णमदिरा के बीच कटार की झलक, जहर की ज्वाला, कटाक्ष का आघात! कैसा अपाद ऐश्वर्य, कैसा अनंत कारागार! दो दासियाँ इधर-उधर कंगनों के हीरों से बिजली चमकाती हुई चंवर को हुलाती थीं। शहंशाह बादशाह शुभ्र चरणों की मणि से मुक्ताजटित पादुकाओं पर लोटता था, बाहर द्वार पर हब्शी देवदूत की भाँति सजकर हाथ में नंगी तलवार लिए यमदूत की प्रकार खड़ा रहता। उसके पश्चात उस रक्त-कलुषित ईर्ष्या-फेनिल षड्यंत्र-संकुल भाषणोज्जल ऐश्वर्य के प्रवाह में उतारती हुई तुम मरुभूमि की पुष्प-मंजरी किस निष्ठुर मृत्यु के अन्दर समा गई अथवा किसी निष्ठुरतर महिमा के किनारे पर जा पड़ी

इसी वक्त वह पागल मेहरअली अकस्मात चिल्ला उठा- "हट जाओ, हट जाओ। सब झूठ है, सब झूठ है।"

मैंने नेत्र खोलकर देखा, सवेरा हो गया था, चपरासी ने डाक की चिट्ठी-पत्री लाकर मेरे हाथ में दी तथा रसोइए ने आकर प्रणाम करके पूछा कि आज किस तरह का भोजन तैयार करना होगा।

मैंने कहा- "नहीं, अब इस मकान में और नहीं रहा जा सकता।"

उसी रोज अपना सामान उठाकर मैं अपने ऑफ़िस में जा ठहरा। ऑफ़िस का बूढ़ा क्लर्क करीम खां मुझे देखकर थोड़ा मुस्कराया। मैं उसकी मुस्कराहट से खीझकर कोई जवाब दिए बिना काम करने लग गया।

जैसे-जैसे शाम होने लगी वैसे-वैसे मैं अन्यमनस्क होने लगा। मुझे ऐसा लगने लगा, जैसे बस अभी तुरन्त कहीं जाना है। रुई के हिसाब की जाँच का काम अधिक अनावश्यक प्रतीत होने लगा, निजाम की निजामत भी महत्त्वपूर्ण प्रतीत नहीं हुई। जो कुछ वर्तमान था, जो कुछ मेरे चारों तरफ़ चल रहा था, फिर रहा था, कार्यरत था, खा रहा था, सब-कुछ मेरे लिए अधिक दीन, अर्थहीन और तुच्छ महसूस होने लगे।

मैं कलम फेंककर बड़ी बही बंद करके उसी क्षण टमटम पर चढ़कर भागा। देखा, टमटम ठीक गोधूलि-बेला में अपने आप उस पाषाण प्रासाद के दरवाजे के पास पहुँचकर रुक गई। शीघ्रता से सीढ़ियाँ चढ़कर मैंने कमरे में प्रवेश किया।

आज सब कुछ निस्तब्ध था। अँधेरे कमरों ने मानो नाराज होकर मुख खुला लिया था। पश्चाताप से मेरा दिल उद्वेलित हो उठा, किन्तु किसे बताऊँ, किससे क्षमा माँगूं, खोज नहीं पाया। मैं उदास मन से अँधेरे में एक-एक कमरे में घूमने लगा। ख़्वाहिश होने लगी कि हाथ में कोई साज लेकर किसी को लक्ष्य करके गीत गाऊँ और कहूँ-'हे वह, जिस पतंग ने तुमको छोड़कर भागने की कोशिश की थी, वह फिर मरने के लिए आया है। इस बार उसे माफ करो उसके पंख जला दो, उसे भस्मसात कर डालो।' अचानक ऊपर से मेरे मस्तक पर आँसू की बूँदें आ पड़ी। उस रोज अरावली पर्वत की चोटी पर घनघोर मेघ छाए हुए थे। अंधकारपूर्ण अरण्य और शुस्ता नदी का स्याह-वर्ण जल किस भीषण इन्तजार में निश्चल हो गए थे। एकाएक जल-थल-आकाश सिहर उठे एवं अकस्मात विद्युतदंत-विकसित आँधी शृंखला-छिन्न उन्माद के समान पथहीन सूदूर जंगल के भीतर से आर्त चीत्कार करती हुई झपट पड़ी। प्रासाद के बड़े-बड़े शून्य कमरों के सारे दरवाजे पछाड़ खाकर तेज वेदना से हू-हू करके रोने लगे।

आज सारे नौकर ऑफ़िस में थे, यहाँ बत्ती जलाने वाला भी कोई न था। उस मेघाच्छन्न अमावस्या की रात में घर के अन्दर निकषकृष्ण अँधेरे में मैं स्पष्ट तजुर्बा करने लगा, कोई रमणी पलंग के नीचे गलीचे के ऊपर मुँह के बल पड़ी कसकर बंधी मुट्ठियों से अपने बिखरे हुए केश-जाल को खींचकर नोंचे डाल रही है, उसके गौर वर्ण ललाट से खून फूटकर निकल रहा है, कभी वह शुष्क तीव्र अट्टहासयुक्त हा-हा करके हँस पड़ती है, कभी तेजी से फूट-फूटकर रो पड़ती है, दोनों हाथों से चोली फाड़कर नग्न सीना पीट रही है, खुली खिड़की से गर्जन करती हुई हवा आ रही है एवं मूसलाधार वर्षा ने आकर उसके सारे अंगों को अभिषिक्त कर दिया है।

सारी रात न तूफान रुका, न रोना बंद हुआ। मैं निष्फल परिताप से अँधेरे में एक-एक कमरे में घूमता रहा। कहीं कोई नहीं था, किसको तसल्ली देता! यह प्रचंड अभिमान किसका था, यह अशांत आक्षेप किस तरफ़ से उठ रहा था?

पागल चीख पड़ा- "हट जाओ, हट जाओ! सब झूठ है, सब झूठ है।"

देखा, प्रातःकाल हो गया था और मेहरअली इस मोर दुर्योग के दिन भी यथानियम प्रासाद की प्रदक्षिणा करके अपने अभ्यास के मुताबिक चीख रहा था। अचानक मुझे लगा, शायद यह मेहरअली भी मेरी प्रकार कभी इस महल में निवास करता रहा हो। मूर्ख होकर बाहर आने पर भी इस पाषाणराक्षस के मोह से आकर्षित होकर रोजाना प्रातःकाल प्रदक्षिणा करने आता हो।

मैंने तत्क्षण उस बारिश में ही दौड़ते हुए पागल के पास जाकर उससे पूछा- "मेहरअली, क्या यह झूठ है रे?"

वह मेरी बात का कोई जवाब दिए बिना मुझे धकेलकर अजगर के सामने चक्कर काटते हुए अजगर के ग्रास मोहाविष्ट परिन्दे के समान चीखता हुआ प्रासाद के चारों ओर घूमने लगा। प्राणार्पण से सिर्फ़ अपने को सतर्क करने के लिए बार-बार कह उठता- "हट जाओ, हट जाओ! सब झूठ है, सब झूठ है।"

उस बारिश और आँधी में मैं पागल की भाँति ऑफ़िस में गया और करीम खां को बुलाकर कहा- "इसका क्या मतलब है, मुझे खोलकर बताओ।"

बूढ़े ने जो कहा उसका मर्मार्थ यह है-'किसी समय उस प्रासाद में अनेक अतृप्त वासनाएँ, बहुत-सी उन्मत्त संभोगों की शिखाएँ आलोड़ित होती थीं। उस समस्त चित्त दाह

से, उन सब निष्फल कामनाओं के अभिशाप से इस प्रासाद का हर प्रस्तर खंड क्षुधार्त्त हो उठा है, जीवित मनुष्य को पाने पर वह उसको लालायित पिशाचिनी की तरह खा डालना चाहता है जिन्होंने तीन रात उस प्रासाद में बास किया है, उसमें से सिर्फ़ मेहरअली पागल होकर बाहर निकला है, आज तक और कोई भी उसके ग्रास से नहीं बच सका है।"

मैंने पूछा- "क्या मेरे उद्धार का कोई रास्ता नहीं है?"

बूढ़े ने कहा- "केवल एक उपाय है, जो अत्यंत दुरूह है। वह तुम्हें बताता हूँ लेकिन इसके पहले उस गुलबाग की एक ईरानी क्रीतदासी का पुराना इतिहास बताना ज़रूरी है। वैसी आश्चर्यजनक और वैसी हृदय-विदारक घटना संसार में और कभी नहीं घटी।"

तभी कुलियों ने आकर मुझे सूचना दी, गाड़ी आ रही है। इतनी जल्दी? जल्दी-जल्दी बिस्तर-सामान बाँधते-बाँधते वहाँ गाड़ी आ गई। उस गाड़ी के फर्स्ट क्लास में सोकर उठे एक अंग्रेज व्यक्ति खिड़की के बाहर मुख निकालकर स्टेशन का नाम पढ़ने की चेष्टा कर रहे थे, हमारे सहयात्री मित्र को देखते ही 'हैलो' कहते हुए चीख उठे तथा उसे अपने डिब्बे में बैठा लिया। हम सेकंड क्लास में चढ़े। बाबू कौन थे, मालूम नहीं हुआ, कहानी भी पूरी नहीं सुनी जा सकी।

मैंने कहा- "वह आदमी हम लोगों को पागल समझकर मजाक-मजाक में बुद्ध बना गया, कहानी आरम्भ से आखिर तक कल्पित थी।"

इस तर्क के फलस्वरूप अपने थियोसोफिस्ट रिश्तेदार के साथ मेरा सदा के लिए विच्छेद हो गया है।

अपरिचिता

मेरी उम्र इस समय केवल सत्ताईस साल है। यह जीवन न दीर्घता के हिसाब से बड़ा है, न गुण के हिसाब से। तो भी इसका ख़ास मूल्य है। यह जीवन उस फूल के समान है, जिसके वक्ष पर भंवरा आ बैठा हो और उसी पदक्षेप के इतिहास ने उसकी ज़िन्दगी के फल में गुठली का-सा रूप धारण कर लिया हो।

वह इतिहास आकार में काफी छोटा है, उसे छोटा करके ही लिखूँगा। जो छोटे को साधारण समझने की चूक नहीं करेंगे, वे इसका रस समझेंगे।

कॉलेज में पास करने के लिए जितनी परीक्षाएँ थीं, वे सारी मैंने पास कर ली हैं। बचपन में मेरे खूबसूरत चेहरे को लेकर पंडितजी को सेमर के फूल तथा माकाल फल (बाहर से देखने में तथा अन्दर से दुर्गन्धयुक्त और अखाद्य गूदे वाला एक फल) के साथ मेरी बराबरी करके हँसी उड़ाने का अवसर मिला था। तब मुझे इससे बड़ी लज्जा लगती थी, लेकिन बड़े होने पर सोचता रहा हूँ कि यदि पुनर्जन्म हो तो मेरे मुख पर सुरूप और पंडितजी के मुख पर विद्रूप इसी तरह प्रकट हो। एक दिन था जब मेरे पिता निर्धन थे। वकालत करके उन्होंने बहुत-सा रुपया कमाया, लेकिन भोग करने का उन्हें पल-भर भी वक्त नहीं मिला। मृत्यु के समय उन्होंने जो लंबी साँस ली थी, वही उसकी पहली छुट्टी थी।

उस वक्त मेरी आयु कम थी। माँ के ही हाथों मेरा लालन-पालन हुआ। माँ निर्धन घर की बेटी थी, हम धनी थे यह बात न तो वे भूलतीं और न मुझे भूलने देतीं। बचपन में मैं हमेशा गोद में ही रहा, शायद इसलिए मैं अंत तक पूरे तौर पर वयस्क ही नहीं हुआ। आज भी मुझे देखने पर प्रतीत होगा जैसे मैं अन्नपूर्णा की गोद में गजानन का सबसे छोटा भाई हूँ।

मेरे वास्तविक अभिभावक थे मेरे मामा। वे मुझसे मुश्किल से छः वर्ष बड़े होंगे, किन्तु, फल्गु को रेती की भाँति उन्होंने हमारे सारे परिवार को अपने हृदय में सोख लिया था। उन्हें खोदे बगैर इस परिवार का एक भी बूँद रस पाने का कोई उपाय नहीं। इसी कारण मुझे किसी भी चीज़ के लिए कोई चिंता नहीं करनी पड़ती।

हर लड़की के पिता स्वीकार करेंगे कि मैं सत्यपात्र हूँ। हुक्का तक नहीं पीता। भला इंसान होने में कोई झंझट नहीं है, अत: मैं नितांत भला मानस हूँ। माता का हुक्म मानकर चलने की क्षमता मुझमें है, वस्तुत: न मानने की क्षमता मुझमें नहीं है। अपने को अंतःपुर के शासनानुसार चलने के लायक ही बना सका हूँ, यदि कोई लड़की स्वयंवरा हो तो इन सुलक्षणों को याद रखें।

बहुत ही विकसित घरानों से मेरे शादी के प्रस्ताव आए थे, किन्तु मेरे मामा का, जो जमीन पर मेरे भाग्य देवता के प्रधान एजेंट थे, विवाह के सम्बन्ध में एक विशेष मत था। अमीर घर की लड़की उन्हें पसन्द न थी। हमारे घर की जो लड़की आए वह सिर झुकाए हुए आए, वे यही चाहते थे। फिर भी रुपये के लिए उनकी नस-नस में आसक्ति समाई हुई थी। वे ऐसा समधी चाहते थे, जिसके पास धन तो न हो, मगर जो धन देने में त्रुटि न करे। जिसका शोषण तो कर लिया जाए लेकिन जिसे घर आने पर गुड़गुड़ी के बदले में बंधे में (गुड़गुड़ी हुक्का ज़्यादा सम्मान-सूचक समझा जाता है, बंधा हुआ हुक्का हुक्का होता है) तंबाकू देने पर जिसकी शिकायत नहीं सुननी पड़े।

मेरा दोस्त हरीश कानपुर में काम करता था। छुट्टियों में उसने कोलकाता आकर मेरा मन चंचल कर दिया। बोला- "सुनो जी, यदि कन्या की बात हो तो एक अच्छी-खासी कन्या है।"

कुछ दिन पहले ही एम.ए. पास किया था। सामने जितनी दूर तक नजर जाती, छुट्टी धू-धू कर रही थी, परीक्षा नहीं है, उम्मीदवारी नहीं, नौकरी नहीं, अपनी जायदाद देखने की फिक्र भी नहीं, शिक्षा भी नहीं, मर्जी भी नहीं। होने में अन्दर माँ थीं और बाहर मामा।"

इस अवकाश की मरुभूमि में मेरा दिल उस समय विश्वव्यापी नारी-रूप की मरीचिका देख रहा था। आकाश में उसकी नजर थी, वायु में उसका निःश्वास, तरु-मर्मर में उसकी रहस्मयभरी बातें।

ऐसे में ही हरीश ने आकर कहा- "अगर लड़की की बात हो तो।" मेरा तन-मन वसंत से दोलायित बकुल वन की नवपल्लव-राशि की तरह धूप-छाँह का पट बुनने लगा। हरीश रसिक व्यक्ति था, रस उड़ेलकर वर्णन करने की उसमें ताकत थी और मेरा मन था तृषार्त्त।

"एक बार मामा से बात चलाकर देखो।" मैं हरीश से बोला।

बैठक जमाने में हरीश अद्वितीय था। इससे चारों तरफ़ उसकी खातिर होती थी। मामा

भी उसे पाकर छोड़ना नहीं चाहते थे। बात उनकी बैठक में ही चली। लड़की की अपेक्षा लड़की के बाप की जानकारी ही उनके लिए महत्वपूर्ण थी। पिता की हालत वे जैसी चाहते थे वैसी ही थी। किसी जमाने में उनके वश में लक्ष्मी का मंगल घट भरा रहता था। इस वक्त उसे शून्य ही समझो, फिर भी तले में थोड़ा-बहुत शेष था। अपने प्रांत में वंश-मर्यादा की हिफाजत करके चलना सहज न समझकर वे पश्चिम में जाकर रह रहे थे। वहाँ गरीब गृहस्थ की ही तरह रहते थे। एक लड़की को छोड़कर उनके और कोई नहीं था। इसलिए उसी के पीछे लक्ष्मी के घट को एकदम आधा कर देने में हिचकिचाहट भी नहीं होगी।

यह सब तो ठीक था, किन्तु लड़की की आयु पंद्रह साल की थी। यह सुनकर मामा का दिल भारी हो गया। वश में तो कोई दोष नहीं है? नहीं, कोई दोष नहीं, पिता अपनी कन्या के लायक वर नहीं भी न खोज पाए। एक तो वर की हाट में मंहगाई थी, उसपर धनुष भंग की शर्त, इसलिए बाप सब किए बैठे हैं, किन्तु कन्या की उम्र सब्र नहीं।

जो भी हो, हरीश की सरस रसना में गुण था। मामा का दिल नरम पड़ गया। विवाह की भूमिका-भाग बिना किसी बाधा के पूरा हो गया। कोलकाता के बाहर बाकी जितनी दुनिया है, सबको मामा अंडमान द्वीप के अंतर्गत ही मानते थे। जीवन में एक बार विशेष काम से वह कोन्नगर तक गए थे। मामा अगर मनु होते तो वे अपनी संहिता में हावड़ा के पुल को पार करने का एकदम निषेध कर देते। दिल में इच्छा थी, स्वयं जाकर लड़की देख आऊँ, लेकिन प्रस्ताव करने की हिम्मत न कर सका।

लड़की को आशीर्वाद देने (बंगालियों में विवाह पक्का करने के लिए एक रस्म होती है जिसमें वर पक्ष के लोग लड़की को और कन्या पक्ष के लोग वर को आशीर्वाद देकर कोई गहना दे जाते हैं) जिनको भेजा गया वे हमारे बिनु दादा थे, मेरे फुफेरे भाई। उनके विचार, रुचि एवं दक्षता पर मैं सोलह आने निर्भर कर सकता था। लौटकर विनु दादा ने बताया-"बुरी नहीं है जी! असली सोना है।"

विनु दादा की भाषा अत्यधिक संयत थी। जहाँ हम कहते थे 'अपूर्व', वहाँ वे कहते 'कामचलाऊ'। इसलिए मैं समझा, मेरे भाग्य में पंचशर का प्रजापति से कोई विरोध नहीं है।

कहना बेकार है, विवाह के उपलक्ष्य में कन्यापक्ष को कोलकाता आना पड़ा। लड़की के पिता शम्भूनाथ बाबू हरीश पर कितना विश्वास करते थे, इसका प्रमाण यह था कि शादी के तीन दिन पहले उन्होंने मुझे पहली बार देखा और आशीर्वाद की रस्म पूरी कर गए। उनकी उम्र चालीस वर्ष के करीब होगी। बाल काले थे, मूँछों का पकना अभी शुरू ही हुआ

था। रूपवान थे, भीड़ में देखने पर सबसे पहले उन्हीं पर दृष्टि पड़ने लायक उनका चेहरा था।

आशा करता हूँ कि मुझे देखकर वे प्रसन्न हुए। समझना कठिन था, क्योंकि वे अल्पभाषी थे। जो एकाध बात कहते भी थे उसे मानो पूरा जोर देकर नहीं करते थे। इस बीच मामा का मुख अबाध गति से चल रहा था। धन में, मान में हमारा स्थान शहर में किसी से कम नहीं था, वे हर प्रकार से इसी का प्रचार कर रहे थे। शम्भूनाथ बाबू ने इस बात के अन्दर योग नहीं दिया, किसी भी प्रसंग में कोई 'हाँ' या 'हूँ' तक नहीं सुनाई पड़ी। होता तो निरुत्साहित हो जाता, लेकिन मामा को हतोत्साहित करना मुश्किल था। उन्होंने शम्भूनाथ बाबू का शांत स्वभाव देखकर सोचा कि आदमी निर्जीव है, थोड़ा भी तेज नहीं। समधियों में और चाहे जो हो, तेज भाव होना पाप अतएव, मन ही मन मामा खुश हुए। शम्भूनाथ बाबू जब उठे तो मामा ने संक्षेप में ही ऊपर से ही उनको विदा कर दिया, गाड़ी में बिठाने नहीं गए।

दहेज के विषय में दोनों पक्षों में बात पक्की हो गई थी। मामा अपने को असाधारण व चालाक समझकर गर्व करते थे। बातचीत में वे कहीं भी कोई छिद्र न छोड़ते। रुपये की संख्या तो तय थी ही, ऊपर से गहना कितने भर एवं सोना किस दर का होगा, यह भी एकदम निश्चित हो गया था। मैं स्वयं इन बातों में सम्मिलित नहीं था, न जानता ही था कि क्या लेन-देन निश्चित हुआ है। मैं जानता था कि यह स्थूल भाग भी शादी का एक प्रधान अंग है एवं उस अंश का भार जिनके ऊपर है, वे एक कौड़ी भी नहीं ठगाएँगे। वस्तुत: अधिक चतुर व्यक्ति के रूप में मामा हमारे पूरे परिवार में गर्व की प्रधान वस्तु थे। जहाँ कहीं भी हमारा कोई ताल्लुक हो पर्वत ही बुद्धि की लड़ाई में जीतेंगे, यह बिलकुल पक्की बात थी। इसलिए हमारे यहाँ कमी न रहने पर भी एवं दूसरे पक्ष में मुश्किल अभाव होते हुए भी हम जीतेंगे, हमारे परिवार की हठ थी, इसमें चाहे कोई बचे या मरे।

हल्दी चढ़ाने की रस्म बड़ी धूमधाम के साथ हुई। ढोने वाले इतने थे कि उनकी संख्या का हिसाब रखने के लिए क्लर्क भी रखना पड़ता। उनको विदा करने में अपर पक्ष का जो नाको-दम होगा उसकी याद करके मामा के साथ स्वर मिलाकर माँ खूब हँसी।

बैंड, शहनाई, फैन्सी कन्सर्ट आदि जहाँ जितने तरह की जोरदार आवाजें थीं, सबको एक साथ मिलाकर बर्बर कोलाहल रूपी मस्त हाथी द्वारा संगीत-सरस्वती में पद्मवन को दलित-विदलित करता हुआ मैं शादी के घर में जा पहुँचा। अंगूठी, हार, जरी, जवाहरात से मेरा जिस्म ऐसा लग रहा था जैसे गहने की दूकान नीलाम पर चढ़ी हो। उनके भावी जामाता की कीमत कितनी थी, यह जैसे कुछ मात्रा में सर्वांग में स्पष्ट रूप से लिखकर अपने भावी

ससुर के साथ करने चला था।

मामा कन्या-पक्ष वालों के घर पहुँचकर का नहीं हुए। एक तो आँगन में बारातियों के बैठने के योग्य जगह नहीं थी, तिस पर संपूर्ण आयोजन एकदम साधारण तरीक़े का था। ऊपर से शम्भूनाथ बाबू का व्यवहार भी निहायत ठंडा था। उनकी विनय अजस्र (अनवरत) नहीं थी। मुँह में अल्फाज ही न थे। बैठे गले, गंजी, खोपड़ी, कृष्णवर्ण एवं स्थूल जिस्म वाले उनके एक वकील मित्र यदि कमर में चादर बाँधे, बराबर हाथ जोड़े, सिर को हिलाते हुए, नम्रतापूर्ण स्मितहास्य और गद्गद वचनों से कन्सर्ट पार्टी के करताल बजाने वाले से लेकर वरकर्ता तक हर आदमी को बार-बार प्रचुर मात्रा में अभिषिक्त कर देते तो आरम्भ में ही मामला इस पार अथवा उस पार हो जाता।

मेरे सभा में बैठने के कुछ देर पश्चात ही मामा शम्भूनाथ बाबू को बगल के कमरे में बुला ले गए। पता नहीं, क्या बातें हुईं। कुछ देर पश्चात ही शम्भूनाथ बाबू ने आकर मुझसे बताया- "लालाजी, ज़रा इधर तो आइए।"

मामला यह था, सभी का न हो, लेकिन किसी-किसी मनुष्य का जीवन में' कोई एक लक्ष्य रहता है। मामा का एकमात्र लक्ष्य था, वे किसी भी तरह किसी से ठगे नहीं जाएँगे। उन्हें डर था कि उनके समधी उन्हें आभूषणों में धोखा दे सकते हैं। विवाह-कार्य समाप्त हो जाने पर उस धोखे का कोई प्रतिकार न हो सकेगा। घर-किराया, सौगात, लोगों की विदाई आदि के विषय में जिस प्रकार की खींचातानी का परिचय मिला उससे मामा ने निश्चय किया था, लेन-देन के विषय में इस आदमी की सिर्फ़ जबानी बात पर निर्भर रहने से काम न चलेगा। इसी कारण घर के सुनार तक को अपने साथ लाए थे। बगल के कमरे में जाकर देखा, मामा एक पर बैठे थे। एक सुनार अपनी तराजू बाट तथा कसौटी आदि लिए जमीन पर था।

"तुम्हारे मामा कहते हैं कि विवाह-कार्य आरम्भ होने से पहले ही वे कन्या के सारे गहने जंचवाकर देखेंगे, इसमें तुम्हारी क्या राय है?" शम्भूनाथ बाबू ने मुझसे पूछा। मैं सिर नीचा किए खामोश रहा।

"वह क्या कहेगा। मैं जो कहूँगा, वही होगा।" मामा ने कहा।

"तो फिर यही तय रहा? ये जो कहेंगे वही होगा? इस विषय में तुम्हें नहीं कहना है?" शम्भूनाथ बाबू ने मेरी तरफ़ देखकर कहा।

"इन सब बातों में मेरा बिलकुल भी हक नहीं है।" मैंने ज़रा गर्दन हिलाकर संकेत से बताया।

"अच्छा तो बैठो, लड़की के जिस्म के सारे गहने उतारकर लाता हूँ।" यह कहते हुए वे उठे।

"अनुपम यहाँ क्या करेगा? वह सभा में जाकर बैठे।" मामा ने कहा।

"नहीं, सभा में नहीं, यही बैठना होगा।" शम्भूनाथ ने बताया।

कुछ देर पश्चात उन्होंने एक अंगोछे में बंधे गहने लाकर चौकी के ऊपर बिछा दिए। सारे जेबर उनकी पितामही के जमाने के थे, नए फैशन का बारीक कार्य न था, जैसा मोटा था ऐसा ही भारी था।

"इन्हें क्या देखूँ। इनमें कोई मिलावट नहीं है, ऐसे सोने का आजकल व्यवहार ही नहीं होता।" सुनार ने हाथ में गहने उठाकर कहा।

यह कहते हुए उसने मकर के मुँह वाला मोटा एक बाला कुछ दबाकर दिखाया, वह टेढ़ा हो जाता था।

मामा ने उसी वक्त नोट-बुक में गहनों की सूची बना ली, कहीं जो दिखाया गया था उसमें से कुछ कम न हो जाए। हिसाब करके देखा था, गहने जिस मात्रा में देने की बात थी इसकी संख्या, और दर तोल उससे अधिक थी।

गहनों में एक जोड़ा इयरिंग था। शम्भूनाथ ने उसको सुनार के हाथ में देकर कहा- "ज़रा इसकी परीक्षा करके देखो।"

"यह विलायती माल है, इसमें सोने का हिस्सा थोड़ा ही है।" सुनार ने कहा।

"इसे आप ही रख लीजिए।" शंभू ने इयरिंग जोड़ी मामा के हाथ में देते हुए कहा।

मामा ने उसे हाथ में लेकर देखा, यही इयरिंग लड़की को देकर उन्होंने आशीर्वाद की रस्म भी पूरी की थी।

मामा का चेहरा लाल हो उठा था। दरिद्र उनको ठगना चाहेगा, लेकिन वे ठगे नहीं जाएँगे, इस आनन्द प्राप्ति से वंचित रह गए और इसके अतिरिक्त कुछ ऊपरी प्राप्ति भी हुई। मुँह अत्यंत भारी करके बोले-"अनुपम, जाओ तुम सभा में जाकर बैठो।"

"नहीं, अब हमारा सभा में बैठना नहीं होगा। चलिए, पहले आप लोगों को खाना खिला दूँ।" शम्भूनाथ बाबू बोले।

"यह क्या कह रहे हैं? लग्न....।" मामा ने कहा।

शम्भूनाथ बाबू ने कहा-"उसके लिए फिक्र न करें, अभी उठिए।"

व्यक्ति निहायत भलामानस था, लेकिन अंदर से कुछ ज़्यादा हठी प्रतीत हुआ। मामा को उठना पड़ा। बारातियों का भी भोजन हो गया। आयोजन में आडंबर नहीं था, लेकिन रसोई अच्छी बनी थी और सबकुछ साफ-सुथरा। इससे सभी तृप्त हो गए।

बारातियों का भोजन खत्म होने पर शम्भूनाथ बाबू ने मुझसे खाना को कहा।

"यह क्या कह रहे हैं? शादी के पहले वर कैसे आयोजन करेगा।" मामा ने कहा। इस संबंध में वे मामा के व्यक्त किए मत की पूर्ण उपेक्षा करके मेरी तरफ़ देखकर बोले- "तुम क्या कहती हो? भोजन के प्रति बैठने में कोई दोष है?"

मूर्तिमती मातृ-आज्ञा-स्वरूप मामा उपस्थित थे, उनके विरुद्ध चलना मेरे प्रति नामुमकिन था। मैं भोजन के लिए न बैठ सका।

"आप लोगों को बहुत दुःख दिया है। हम लोग धनी हैं। आप लोगों के लायक व्यवस्था नहीं कर सके, माफ करेंगे। रात हो गई है, आप लोगों का कष्ट और नहीं बढ़ाना चाहता। तो फिर इस वक्त...।" शम्भूनाथ बाबू ने मामा से कहा।

"तो सभा में चलिए, हम तो तैयार हैं।" मामा बोले।

"तब आपकी गाड़ी बुलवा दूँ?" शम्भूनाथ बोले।

"मजाक कर रहे हैं क्या?" मामा ने हैरत से कहा।

"मजाक तो आप ही कर चुके हैं। मजाक के संपर्क को स्थायी करने की मेरी इच्छा नहीं है।" शम्भूनाथ ने कहा।

मामा दोनों नेत्र विस्फारित किए अवाक् रह गए।

"अपनी लड़की का गहना मैं बुरा लूँगा, जो यह बात सोचता है उसके हाथों में मैं अपनी लड़की नहीं दे सकता?" शम्भूनाथ ने कहा।

मुझसे एक अल्फाज कहना भी उन्होंने ज़रूरी नहीं समझा। कारण, प्रमाणित हो गया था, मैं कुछ भी नहीं था।

उसके बाद जो कुछ हुआ उसे कहने की इच्छा नहीं होती। झाड़-फानूस तोड़-तोड़कर चीज़-वस्तु को नष्ट-भ्रष्ट करके बारातियों का दल दक्ष-यज्ञ का नाटक पूरा करके बाहर चला आया।

घर लौटने पर बैंड, शहनाई तथा कन्सर्ट सब साथ नहीं बजे एवं अभ्रक के झाड़ों ने आसमान के तारों के ऊपर अपने फर्ज का निर्वाह करके कहाँ महानिर्वाण हासिल किया पता नहीं चला।

घर के सब लोग गुस्से से आग-बबूला हो गए। कन्या के पिता को इतना घमंड, कलियुग पूर्ण रूप से आ गया है।

सब बोले- "देखें, लड़की का ब्याह कैसे करते हैं।" लेकिन लड़की का विवाह नहीं होगा, यह डर जिसके दिल में न हो उसको दंड देने का क्या उपाय है?

बंगाल-भर में मैं ही एकमात्र पुरुष था, जिसको खुद कन्या के पिता ने जनवासे से लौटा दिया था। इतने बड़े सत्पात्र के माथे पर कलंक का इतना बड़ा दाग किस दुष्ट ग्रह ने इतना प्रचार करके गाजे-बाजे से समारोह करके आक दिया? बाराती यह कहते हुए सिर पीटने लगे- "विवाह नहीं हुआ, मगर हमको धोखा देकर खिला दिया, संपूर्ण अन्न सहित पक्वाशय निकालकर वहाँ फेंक आते तो अफसोस मिटता।"

"ब्याह के वचन-भंग और मान-हानि का दावा करूँगा।" कहकर मामा घूम-घूमकर खूब ऊधम मचाने लगे। हितैषियों ने समझा दिया कि ऐसा करने से जो तमाशा शेष रह गया वह पूरा हो जाएगा।

कहना बेकार है, मैं भी बहुत क्रोधित हुआ था। किसी प्रकार शम्भूनाथ पूरी तरह हारकर मेरे चरणों पर आ गिरे। शो की रेखा पर ताव देते-देते केवल यही कामना करने लगा।

मगर इस गुस्से की काली धारा के समीप एक और स्रोत बह रहा था, जिसका रंग बिलकुल भी काला नहीं था। पूरा मन उस अपरिचित की ओर दौड़ गया। अभी तक उस किसी भी तरह वापस नहीं मोड़ सका। दीवार की आड़ में रह गया। उसके माथे पर चंदन चर्चित था, शरीर पर लाल साड़ी, चेहरे पर लज्जा की लाई, दिल में क्या था यह कैसे कह सकता हूँ। मेरे कल्पलोक की कल्पलता वसंत के सभी फूलों का भार मुझे निवेदित कर देने के लिए झुक पड़ी थी। हवा आ रही थी, खुशबू मिल रही थी, पत्तों का शब्द सुन रहा था, केवल एक पग बढ़ाने की देर थी, इसी बीच वह पग-भर की दूरी पल भर में असीम हो गई।

इतने रोज तक रोज शाम को मैंने विनु दादा के घर जाकर उनको परेशान कर डाला। विनु दादा की वर्णन-शैली की अधिक सघन संक्षिप्तता के कारण उनकी हर बात ने स्फूलिंग के समान मेरे मन में आग लगा दी थी। मैंने समझा था कि लड़की का रूप बड़ा अपूर्व था,

लेकिन न तो उसे आँखों से देखा और न उसकी तस्वीर, सब-कुछ अस्पष्ट रह गया। बाहर तो उसने पकड़ दी ही नहीं, उसे दिल में भी न ला सका, इसी का रणभूत के समान दीर्घ निःश्वास लेकर मन उस रोज की उस विवाह-सभा की दीवार के बाहर चक्कर काटने लगा।

हरीश ने सुना, लड़की को मेरा फोटोग्राफ दिखाया गया था। पसंद जरूर किया होगा। न करने की तो कोई वजह ही न थी। मेरा मन कहता है, वह चित्र उसने किसी बक्से में छिपा रखा है। कमरे का द्वार बंद करके अकेली किसी-किसी निर्जन दोपहरी में क्या वह उसे खोलकर नहीं देखती होगी? जब झुककर देखती होगी तब चित्र के ऊपर तथा उसके मुँह के दोनों ओर से खुले बाल आकर नहीं पड़ते होंगे? अकस्मात बाहर किसी के पाँव की आहट पाते ही क्या वह झटपट अपने खुशबूदार अंचल में चित्र को छिपा न लेती होगी?

दिन गुजरते जाते हैं। एक वर्ष बीत गया। मामा तो लज्जा के मारे विवाह-संबंध की बात ही न छेड़ पाते। माँ की मर्जी थी, मेरे अपमान की बात जब समाज के लोग भूल जायेंगे तब विवाह की कोशिश करेंगी।

दूसरी तरफ़ मैंने सुना कि शायद लड़की को अच्छा वर मिल गया है, किन्तु उसने प्रण किया है कि वह शादी नहीं करेगी। सुनकर मन आनन्द के आवेश से भर गया। मैं कल्पना में देखने लगा, वह अच्छी प्रकार खाती नहीं, संध्या हो जाती है, वह बाल बाँधना भूल जाती है। उसके पिता उसके मुख की ओर देखते हैं और सोचते है-'मेरी कन्या दिनोदिन ऐसी क्यों होती जा रही है?' अकस्मात किसी रोज उसके कमरे में आकर देखते हैं कि लड़की के नेत्र आँसुओं से भरे हैं। पूछते हैं- "बेटी, तुझे क्या हो गया है, मुझे तो बता?" लड़की झटपट आँसू पोंछकर कहती है- "कहाँ, कुछ भी तो नहीं हुआ, पिताजी।" पिता की इकलौती लड़की है न, बड़ी लाडली बेटी है। अनावृष्टि के दिनों में फूल की कली के समान जब लड़की एकदम मुरझा गई तो पिता के प्राण और ज़्यादा सहन न कर सके। मान त्यागकर वे दौड़कर हमारे द्वार पर आए। उसके बाद? उसके बाद मन में जो काले रंग की धारा बह रही थी वह मानो काले साँप की तरह रूप धरकर फुफकार उठी। उसने कहा- "अच्छा है, फिर एक बार शादी का साज सजाया जाए, रोशनी जले, देश-विदेश के लोगों को निमंत्रण दिया जाए, उसके पश्चात तुम वर के मौर को पाँवों से कुचलकर दल-बल लेकर सभा से उठकर चले आओ।" लेकिन जो धारा अश्रुजल के समान शुभ्र थी, वह राजहंस का रूप धारण करके बोली- "जिस तरह मैं एक दिन दमयंती के पुष्पवन में गई थी मुझे उसी प्रकार एक बार उड़ जाने दो, मैं विरहिणी के कानों में एक बार सुख सूचना दे आऊँ।" उसके बाद?

उसके पश्चात दुख की रात बीत गई, वर्षा का जल बरसा, मान फूल ने मुँह उठाया। इस बार उस दीवार के बार पूरी दुनिया के और सब लोग रह गए, केवल एक व्यक्ति ने भीतर प्रवेश किया, फिर मेरी कहानी समाप्त हो गयी।

लेकिन कहानी ऐसे समाप्त नहीं हुई। जहाँ कर वह अनंत हो गई है वहाँ का थोड़ा-सा विवरण बताकर अपना यह लेख खत्म करूँगा।

माँ को लेकर मैं तीर्थ करने जा रहा था। बोझ मेरे ही ऊपर था, क्योंकि मामा इस बार भी हावड़ा पुल के पार नहीं हुए। मैं रेलगाड़ी के अन्दर सो रहा था। झोंके खाते-खाते दिमाग में अनेक प्रकार के बिखरे सपनों का झुनझुना बज रहा था। अकस्मात किसी एक स्टेशन पर जाग पड़ा, वह भी रोशनी अंधकार-मिश्रित एक स्वप्न था। सिर्फ़ आकाश के तारागण चिरपरिचित थे और सब अपरिचित अस्पष्ट था, स्टेशन की कई सीधी खड़ी बत्तियाँ प्रकाश द्वारा यह जमीन कितनी अपरिचित है एवं जो चारों ओर है वह कितना ज़्यादा दूर है, यही दिखा रही थीं। गाड़ी में माँ सो रही थीं। बत्ती के नीचे हरा पर्दा रंगा हुआ था, ट्रैक, बक्स, सामान सब एक-दूसरे के ऊपर तितर-बितर पड़े हुए थे। वह मानो स्वप्न-लोक का उल्टा-पुल्टा सामान हो, जो शाम की हरी बत्ती के टिमटिमाते प्रकाश में होने और न होने के बीच न जाने किस तरीक़े से पड़ा था।

इस बीच उस अनोखे जगत की अद्भुत रात में कोई बोल उठा- "जल्दी आ जाओ, इस डिब्बे में स्थान है।"

लगा, जैसे कोई गाना सुना हो। बंगाली लड़की के मुख से बंगला बोली कितनी मीठी लगती है, इसका पूरा-पूरा अनुमान ऐसे अनुपयुक्त स्थान पर अचानक सुनकर ही किया जा सकता है, लेकिन इस स्वर का निरी एक लड़की का स्वर कहकर श्रेणी-मुक्त कर देने से काम नहीं चलेगा। यह किसी दूसरे व्यक्ति का स्वर था, सुनते ही दिल कह उठता है- "ऐसा तो पहले कभी नहीं सुना।"

गले का स्वर मेरे लिए हमेशा ही बड़ा सत्य रहा है। रूप भी कम बड़ी वस्तु नहीं है, लेकिन मनुष्य में जो अंतरतम और अनिर्वचनीय है, मुझे लगता है, जैसे कंठ-स्वर उसी की आकृति हो। चटपट खिड़की खोलकर मैंने मुख बाहर निकाला, किन्तु कुछ भी न दिखा। प्लेटफार्म पर अँधेरे में खड़े गार्ड ने अपनी एक आँख वाली लालटेन हिलाई, गाड़ी चल दी, मैं जंगल के निकट बैठा रहा। मेरी आँखों के सामने कोई मूर्ति न थी, किन्तु मन में मैं एक हृदय का रूप देखने लगा। वह जैसे इस तारामयी रात के सामने हो, जो आवृत्त कर

लेती है, किन्तु उसे पकड़ा नहीं जा सकता। ओ स्वर! अपरिचित कंठ के स्वर! पल-भर में ही तुम मेरे चिरपरिचित के आसन पर आकर बैठ गए हो। तुम कैसे रहस्यमयी हो, चंचल काल के क्षुब्ध दिल के ऊपर फूल के समान खिले हो, किन्तु उसकी लहरों के आंदोलन से कोई पंखुड़ी तक नहीं हिलती, अपरिमेय कोमलता में इतना-सा भी दाग नहीं पढ़ता।

गाड़ी लोहे के मृदंग पर ताल देती हुई चली। मैं मन-ही-मन गीत सुनता जा रहा था। उसकी एक ही टेक थी- "डिब्बे में जगह है।" है क्या, जगह है क्या जगह मिले किस तरह कोई किसी को नहीं पहचानता। साथ ही यह न पहचानना-मात्र सुधामय स्वर! जिस दिल के तुम अद्भुत रूप हो, वह क्या मेरा चिर-परिचित नहीं है? जगह है? है, जल्दी बुलाया था, जल्दी ही आया हूँ, क्षण-भर की भी देर नहीं की है।

रात में सही से नींद नहीं आई। प्राय: हर स्टेशन पर एक बार मुँह निकालकर देखता, डर होने लगा कि जिसको देख नहीं पाया वह वहीं रात में ही न उतर जाए।

दूसरे रोज सुबह हमें एक बड़े स्टेशन पर गाड़ी बदलनी पड़ी थी, हमारे टिकट फर्स्ट क्लास के थे, उम्मीद थी, भीड़ नहीं होगी। उतरकर देखा, प्लेटफार्म पर साहबों के अर्दलियों का दल सामान लिए गाड़ी का इन्तजार कर रहा है। फौज के कोई एक बड़े जनरल साहब घूमने के लिए निकले थे। दो-तीन मिनट के बाद ही गाड़ी आ गई। समझा, फर्स्ट क्लास की उम्मीद छोड़नी पड़ेगी। माँ को लेकर किस डिब्बे में चढ़ूँ, इस बारे में बड़ी फिक्र में पड़ गया। पूरी गाड़ी में बहुत भीड़ थी। मैं दरवाजे-दरवाजे झाँकता हुआ घूमने लगा। इसी मध्य सेकंड क्लास के डिब्बे से एक लड़की मेरी माँ को लक्ष्य करके बोली- "आप हमारे डिब्बे में आइए न, यहाँ जगह है।"

मैं तो चौंक पड़ा। वही आश्चर्यजनक मधुर स्वर और वही गीत की टेक 'जगह है' पलभर की भी देर न करके मैं माँ को लेकर उस डिब्बे में चढ़ गया। सामान चढ़ाने का वक्त प्राय: नहीं था। मेरे जैसा असमर्थ दुनिया में कोई न होगा। उस लड़की ने ही कुलियों के हाथ से तेजी के साथ चलती गाड़ी में हमारे बिस्तरादि खींच लिए। फोटो खींचने का एक मेरा कैमरा स्टेशन पर ही छूट गया, ख्याल ही न रहा।

उसके पश्चात क्या लिखूँ, नहीं जानता। मेरे मन में एक अखंड आनंद की तस्वीर है, उसे कहाँ से आरम्भ करूँ, कहाँ समाप्त करूँ? बैठे-बैठे एक वाक्य के बाद दूसरे वाक्य की योजना करने की मर्जी नहीं होती।

इस बार उसी स्वर को आँखों से देखा। इस वक्त भी वह स्वर ही जान पड़ा। माँ के मुँह की ओर देखा, देखा कि उनकी आँखों की पलक नहीं गिर रही थी। लड़की की उम्र सोलह या सत्रह साल की होगी, किन्तु नवयौवना ने उसके देह, मन पर कहीं भी जैसे ज़रा भी बोझ न डाला हो। उसकी गति सहज, दीप्ति निर्मल सुन्दरता की शुचिता अपूर्व थी, उसमें कहीं कोई जड़ता न थी।

मैं देख रहा हूँ, विस्तार से कुछ भी कहना मेरे लिए नामुमकिन है। यही नहीं, वह किस रंग की साड़ी किस तरह पहने हुए थी, यह भी ठीक से नहीं कह सकता। यह बिलकुल सच है कि उसकी वेश-भूषा में ऐसा कुछ न था जो उसे छोड़कर विशेष रूप से आँखों को आकर्षित करे। वह अपने चारों ओर की वस्तुओं से बढ़कर थी, रजनीगंधा की शुभ्र मंजरी के समान सरल वृत्त के ऊपर बने जिस पेड़ पर खिली थी, उसका एकदम अतिक्रमण कर गई थी। साथ में दो-तीन छोटी-छोटी लड़कियाँ थीं, उनके साथ उनकी हँसी और बातचीत का आखिर न था। मैं हाथ में एक किताब लिए उस ओर कान लगाए था। जो कुछ कान में पड़ रहा था वह सब तो बच्चों के साथ बचपने की बातें थीं। उसकी खासियत यह थी कि उसमें उम्र का अंतर बिलकुल भी न था, छोटों के साथ वह अनायास और आनंदपूर्वक छोटी हो गयी थी। साथ में बच्चों की कहानियों की सचित्र किताबें थीं। उसी की कोई कहानी सुनाने के लिए कन्याओं ने घेर लिया था, यह कहानी जरूर ही उन्होंने बीस-पच्चीस बार सुनी होगी। लड़कियों का इतना आग्रह क्यों था, यह मैं जान गया। उस सुधा-कंठ की सोने की घड़ी से सारी कहानी सोना हो जाती थी। लड़की का सम्पूर्ण तन-मन पूरी प्रकार प्राणों से भरा था, उसकी सारी चाल-ढाल स्पर्श में प्राण उमड़ रहा था। इसलिए लड़कियाँ जब उसके मुख से कहानी सुनती तब कहानी नहीं, उसी को सुनतीं, उनके हृदय पर प्राणों का झरना झर पड़ता। उसके उस उद्भासित प्राण ने मेरी उस रोज की सारी सूर्य-किरणों को सजीव कर दिया, मुझे प्रतीत हुआ, मुझे जिस प्रकृति ने अपने आसमान से वेष्टित कर रखा है, वह उस तरुणी के ही अक्लांत, अम्लान प्राणों का विश्वव्यापी विस्तार है। दूसरे स्टेशन पर जाते ही उसने खोमचे वाले को बुलाकर काफी दाल-मोठ खरीदी तथा लड़कियों के साथ मिलकर बच्चों की तरह कलहास्य करते हुए निःसंकोच भाव से खाने लगी। मेरी प्रकृति तो जाल से घिरी हुई थी, क्यों मैं अधिक सहज भाव से, उस हंसमुख लड़की से एक मुट्ठी दाल-मोठ नहीं माँग सका? हाथ बढ़ाकर अपना लालच क्यों नहीं स्वीकार किया?

माँ अच्छा और लगने के बीच दुचित्ती हो रही थी। डिब्बे में मैं मर्द हूँ, तो भी इसे कोई

संकोच नहीं विशेषकर वह इस लोभ की भाँति खा रही है। यह बात उनको पसंद नहीं आ रही और उसे कहने का भी उन्हें भ्रम न हुआ। उन्हें लगा, इस लड़की की उम्र काफी हो गई है, किन्तु शिक्षा नहीं मिली। माँ एकाएक किसी से वार्तालाप नहीं कर पाती। लोगों से दूर-दूर रहने की ही उनकी आदत थी। इस लड़की का परिचय प्राप्त करने की उनको बड़ी इच्छा थी, लेकिन स्वाभाविक बाधा नहीं मिटा पा रही थी।

इसी वक्त गाड़ी एक बड़े स्टेशन पर आकर रुक गई। उन जनरल साहब के साथियों का एक दल इस स्टेशन से चढ़ने की कोशिश कर रहा था। गाड़ी में कहीं जगह न थी। कई बार वे हमारे डिब्बे के सामने से गुजरे। माँ तो डर के मारे जड़ हो गई, मैं भी दिल में अशांति का अनुभव कर रहा था।

गाड़ी चलने के थोड़ी देर पहले एक देशी रेल-कर्मचारी ने डिब्बों की दो बेंचों के सिरों पर नाम लिखे हुए दो टिकट को लटकाकर मुझसे कहा- "इस डिब्बे की ये दो बेंचें पहले से ही दो व्यक्तियों ने रिजर्व करा रखी है, आप लोगों को दूसरे डिब्बे में जाना होगा।"

मैं तो तुरन्त घबराकर खड़ा हो गया।

"नहीं, हम डिब्बा नहीं छोड़ेंगे।" लड़की ने हिन्दी में कहा।

"बिना छोड़े कोई चारा भी नहीं।" उस व्यक्ति ने जिद करते हुए कहा। किन्तु लड़की के उतरने की मर्जी का कोई लक्षण न देखकर वह उतरकर अंग्रेज स्टेशन-मास्टर को बुला लाया।

उसने आकर मुझसे कहा- "मुझे शर्मिन्दगी है, किन्तु...।"

सुनकर मैंने 'कुली-कुली' की आवाज लगाई।

"नहीं, आप कहीं नहीं जा सकते, जैसे हैं बैठे रहिए।" लड़की ने उठकर दोनों आँखों से आग बरसाते हुए कहा।

यह कहर उसने द्वार के पास खड़े होकर स्टेशन मास्टर से अंग्रेजी में कहा- "यह डिब्बा पहले से रिजर्व है, यह बात झूठ है।"

यह कहकर उसने नाम लिखे हुए टिकटों को खोलकर प्लेटफार्म पर ही फेंक दिया।

इस बीच में वर्दी पहने साहब अर्दली के साथ द्वार के पास आकर खड़ा हो गया। डिब्बे में अपना सामान चढ़ाने के लिए पहले उसने अर्दली को संकेत किया था। उसके पश्चात लड़की के मुँह की तरफ़ देखकर, उसकी बात सुनकर मुखमुद्रा देखकर स्टेशन-मास्टर को

थोड़ा छुपाकर तथा उसको ओट में ले जाकर पता नहीं क्या कहा। देखा गया, गाड़ी छूटने का वक्त बीत चुकने पर भी और एक डिब्बा जोड़ा गया, तब कहीं जाकर ट्रेन छूटी। लड़की ने अपना दलबल लेकर फिर दोबारा दाल-मोठ खाना आरम्भ कर दिया। मैं शर्म के मारे खिड़की के बाहर मुँह निकालकर प्रकृति की शोभा को देखने लगा।

गाड़ी कानपुर में आकर रुकी। लड़की अपना सामान बाँधकर तैयार थी, स्टेशन पर एक बंगाली नौकर दौड़कर उनको उतारने की कोशिश करने लगा।

फिर माँ से न रहा गया। माँ ने उससे कहा- "तुम्हारा नाम क्या है, बेटी?"

"मेरा नाम कल्याणी है।" लड़की ने बताया।

सुनकर माँ और मैं दोनों ही चौंक पड़े।

"तुम्हारे पिता...?"

"वे यहाँ डॉक्टर हैं, उनका नाम शम्भूनाथ सेन है।"

उसके पश्चात वह उतर गई।

उपसंहार

मामा के निषेध को अमान्य करके मामा की आज्ञा को ठुकराकर मैं अब कानपुर आ गया हूँ। कल्याणी के पिता और कल्याणी से मुलाक़ात हुई है। हाथ जोड़े हैं, सिर झुकाया है, शम्भूनाथ बाबू का दिल पिघला है! कल्याणी कहती है- "मैं शादी नहीं करूँगी।"

"क्यों?" मैंने पूछा।

"माँ की आज्ञा।" उसने बताया।

गजब हो गया! इस तरफ़ भी मातुल हैं क्या?

बाद में समझा, मातृभूमि है। वह रिश्ता टूट जाने के बाद से कल्याणी ने कन्याओं को शिक्षा देने का व्रत ग्रहण कर लिया है।

लेकिन, मैं उम्मीद न छोड़ सका। वह स्वर मेरे हृदय में आज भी गूँज रहा है, वह मानो कोई उस पार की बंशी हो, मेरी दुनिया के बाहर से आई थी, मुझे सम्पूर्ण दुनिया के बाहर बुला रही थी और वह जो रात के अंधकार में मेरे कान में पड़ा था-'जगह है, वह मेरे पूरी ज़िन्दगी के संगीत की टेक बन गई। उस समय मेरी उम्र थी तेईस वर्ष, अब हो गई सत्ताईस वर्ष। अभी तक मैंने आशा नहीं छोड़ी है, लेकिन मातुल को छोड़ दिया है। इकलौता लड़का होने के कारण माँ मुझे नहीं छोड़ सकी।'

तुम सोच रहे होगे, मैं शादी की उम्मीद करता हूँ। नहीं, कभी नहीं। मुझे याद है, बस उस रात के अपरिचित कंठ के मधुर स्वर की उम्मीद-'जगह है।' जरूर है। नहीं तो खड़ा कहाँ होऊंगा? इसी से वर्ष के बाद वर्ष बीतते जाते हैं, मैं यही हूँ। मुलाक़ात होती है, वही स्वर सुनता हूँ, जब अवसर मिलता है उसका काम कर देता हूँ और दिल कहता है, यही तो जगह मिली है, ओ री अपरिचिता! तुम्हारा परिचय पूरा नहीं हुआ, पूरा होगा भी नहीं, लेकिन मेरा भाग्य अच्छा है, मुझे जगह भी मिल चुकी है।

पात्र और पात्री

इसके पहले प्रजापति (विवाह के देवता) कभी मेरे भाग्य पर तो नहीं बैठे, लेकिन एक बार मेरे मन के कमल पर अवश्य बैठे थे, उस समय मेरी आयु सोलह वर्ष की थी। इसके बाद जिस तरह कच्ची नींद में अचानक जगा देने से जैसे फिर नींद नहीं आती, वही हालत मेरी हुई।

मेरे बंधु-बांधवों में से कोई-कोई नारी-परिग्रह के सिलसिले में दूसरा, यही नहीं तीसरा प्रमोशन तक पा चुके थे, मगर मैं कौमार्य की आख़िरी बेंच पर बैठा-बैठा सूने जंगल की कड़ियाँ गिनते जीवन बिताता रहा।

मैंने चौदह साल की आयु में मैट्रिक पास किया था। उस समय विवाह अथवा एंट्रेंस परीक्षा में उम्र का कोई विचार न होता था। मैंने पाठ्य पुस्तकें कभी नहीं पढ़ी, इसलिए मुझे कभी भी शारीरिक अथवा मानसिक अजीर्ण नहीं भोगना पड़ा। जैसे चूहा दाँत गड़ाने योग्य चीज़ पाते ही उसे काट डालता है, चाहे वह खाद्य हो या अखाद्य हो, वैसे ही छपी किताब देखते ही पढ़ डालना बचपन से ही मेरी आदत थी। संसार में पाठ्य पुस्तकों की अपेक्षा अपाठ्य पुस्तकों की संख्या बहुत अधिक है, इसलिए मेरे सौरजगत में स्कूल-पाठ्य-पृथ्वी की अपेक्षा खलातीत पाठ्य-पुस्तकों का सूरज चौदह लाख गुना बड़ा था। फिर भी, अपने संस्कृत के पंडितजी की कठोर भविष्यवाणी के बावजूद मैं परीक्षा में पास हो गया।

मेरे पिता डिप्टी-मजिस्ट्रेट थे। उस वक्त हम सातक्षीरा अथवा जहानाबाद या ऐसे ही किसी स्थान में थे। शुरू में ही कह देना अच्छा है, देश, काल एवं पात्र के विषय में मेरे इस इतिहास में जो भी स्पष्ट उल्लेख होंगे, वे सभी स्पष्ट रूप से कल्पित होंगे, जिनके लिए रस-बोध की अपेक्षा कौतूहल ज़्यादा बड़ा है, बे ठगे जाएँगे। पिताजी उस वक्त तहक़ीक़ात के लिए बाहर गए हुए थे। माँ का कोई व्रत था, दक्षिणा तथा भोजन के लिए उन्हें ब्राह्मण की आवश्यकता था। इस तरह के पारमार्थिक कामों के लिए हमारे पंडितजी माँ के प्रधान सहायक थे। इसी कारण माँ उनकी ख़ास रूप से अहसानमन्द थीं, यद्यपि पिता के मन का

भाव इससे बिलकुल उल्टा था।

आज भोजन करने के बाद दान-दक्षिणा की जो व्यवस्था हुई थी, उसकी तालिका में मुझे भी रखा गया था। उस विषय में जो विचार-विमर्श हुआ उसका सार यह है मेरा तो कोलकाता कॉलेज में जाने का वक्त आ गया। ऐसी स्थिति में पुत्र-विच्छेद-कष्ट को दूर करने के लिए किसी सदुपाय का अवलंबन लेना ज़रूरी था। यदि एक शिशु-वधू माँ की गोद के समीप रहे तो उसकी परवरिश करने, देखभाल करने में उनके दिन कट सकते हैं। पंडितजी की लड़की काशीश्वरी इस कार्य के लिए उपयुक्त थी-कारण, तह शिशु भी थी, सुशील भी थी तथा कुलशास्त्र के गणित में उसका और मेरा एक-एक अंक मिलता था। इसके अलावा ब्राह्मण के कन्याभारमोचन का पारमार्थिक फल भी लोभ की चीज़ थी।

माँ का दिल विचलित हो गया। लड़की को एक बार देखने की आवश्यकता का अहसास देते ही पंडितजी बोले-"मेरी पत्नी कल रात ही लड़की को लेकर घर आ गयी है।" माँ को लड़की पसंद आने में देर न लगी, क्योंकि शौक के साथ पुण्य के बंटवारों का योग होने की वजह से सहज में ही वजन भारी हो गया। माँ बोली-"लड़की सुलक्षणा है।" या पूर्ण रूप से सुंदरी न होने पर भी तसल्ली की वजह थी।

बात आहिस्ता-आहिस्ता मेरे कानों तक पहुँची। जिन पंडितजी के धातुरूप से मैं बराबर डरता आया था, उन्हीं की लड़की के साथ मेरा विवाह-सम्बन्ध, इसकी असंगति ने मेरे दिल को सबसे पहले बड़े जोर से आकर्षित किया। काल्पनिक कहानी की तरह सहसा सुवंत-प्रकरण मानो अपने सारे अनुस्वार-विसर्ग झाड़कर एकाएक राजकन्या बन गया हो।

एक रोज शाम को माँ ने अपने कमरे में बुलाकर मुझसे कहा-"सुनू पंडितजी के घर से ओम तथा मिठाई आई है, आकर देख।"

माँ जानती थीं, मुझे पच्चीस आम खाने के लिए देने पर तथा पच्चीस आमों द्वारा उसकी पादपूर्ति करने पर ही मेरा छंद मिलता था। इसलिए उन्होंने रसना के सरस मार्ग द्वारा मेरे हृदय का आह्वान किया। काशीश्वरी उनकी गोद में बैठी थी। स्मृति बहुत-कुछ अस्पष्ट हो गयी है, लेकिन याद है, उसके जूड़े में पन्नी लिपटी हुई थी और शरीर पर कोलकाता की दूकान की एक साटिन की जाकेट थी, नीले और लाल रंग का, लेस और फीते का वह मानो प्रत्यक्ष प्रलाप था। जहाँ तक स्मरण होता है, रंग सांवला था, भी ख़ूब घनी थीं। चेहरे का शेष अंश तनिक भी याद नहीं आ रहा है, शायद विधाता के कारख़ाने में उसका गढ़ना उस वक्त भी पूरा नहीं हुआ था, सिर्फ़ उसका थोड़ा-सा हिस्सा ही तैयार हुआ था और जो

हो, देखने में निहायत भलीमानस जैसी प्रतीत होती थी।

मेरी छाती अन्दर-ही-अन्दर फूल उठी। मन-ही-मन सोचा, यह पत्नी-जड़ित वेणी वाली जाकेट-घिरी चीज़ सोलहों आने मेरी है, मैं इसका प्रभु हूँ, मैं इसका देवता हूँ। अन्य सभी दुर्लभ चीजों के लिए साधना करनी पड़ती है, बस इसी एक वस्तु के लिए नहीं, अपनी कनिका उँगली उठाने की देर थी, विधाता यह बर देने के लिए मेरी खुशामद करते फिर रहे थे। माँ को मैं निरन्तर देखता आ रहा था, स्त्री शब्द का क्या अर्थ है, यह मुझे इसी सूत्र से पता हुआ था। मैंने देखा था, पिता अन्य संपूर्ण व्रतों से नाखुश थे, किंतु सावित्री-व्रत के समय वे मुँह से चाहे जो कहें, मन-ही-मन बड़े आनंद का अनुभव करते। माँ उन्हें प्यार करती थीं, यह जानता हूँ, मगर पिताजी न जाने किस बात पर रुष्ट हो जाएँ, किस पर झल्ला उठें, माँ के मन में इसका जो डर हमेशा बना रहता, पिताजी अपने सारे पौरुष द्वारा इसी के रस का सबसे अधिक उपभोग करते। पूजा से देवताओं का तो शायद कुछ ज़्यादा नहीं आता-जाता, क्योंकि वह उनका सही प्राप्य है, पर शायद मनुष्य के लिए वह अवैध प्राप्य है, इसलिए उसका लालच उसे आपे से बाहर कर देता है। उस बालिका के रूप-गुण के आकर्षण ने उस रोज मुझे प्रभावित नहीं किया था, किंतु पूजनीय हूँ, यह बात उस चौदह साल की आयु में ही मेरे पुरुष-रक्त में समा गयी। उस रोज मैंने बड़े गौरव के साथ आम खाए, यही नहीं, मैंने गर्व से तीन आम थाली में छोड़ भी दिए, जो मेरी ज़िन्दगी में पहले कभी नहीं हुआ और सारा अपराह्न-काल उसी की अनुशोचना में गुज़रा।

उस दिन काशीश्वरी को पता नहीं चला कि मेरे साथ उसका ताल्लुक किस कोटि का था, किंतु घर आते ही शायद वह जान गयी थी। उसके पश्चात जब भी उससे मुलाक़ात होती, उसे घबराहट के मारे छिपने की भी जगह न मिलती थी। मुझे देखकर उसकी यह घबराहट मुझे बड़ी अच्छी लगती। मेरा आविर्भाव दुनिया की किसी स्थान में किसी एक रूप में बड़े प्रबल प्रभाव का संचार करता है, यह प्राणी-विषयक रासायनिक तथ्य मुझे बड़ा ही मनोरम लगता था। मुझे देखकर भी कोई भयभीत या शर्मिन्दा हो सकता है, या कुछ कर सकता है, यह बड़ा अपूर्व था। काशीश्वरी अपने पलायन द्वारा ही मुझे जता जाती कि वह दुनिया में विशेष रूप से, संपूर्ण रूप से तथा घनिष्ठ रूप से मेरी ही थी।

इतने समय की अकिंचनता के पश्चात अचानक पल-भर में ऐसे महत्त्वपूर्ण गौरव का पद पा जाने की वजह से कुछ दिन तक मेरे सिर में रक्त सनसनाता रहा। पिताजी जिस तरह कर्त्तव्य की अथवा रसोई की या व्यवहार की कमियों को लेकर हमेशा माँ को परेशान किए

रहते थे, मैं भी मन-ही-मन उसी के चित्र पर हाथ फेरने लगा। पिताजी की ख़्वाहिशके विरुद्ध कोई काम करते समय माँ जिस प्रकार सावधानी से अनेक तरह की सुंदर युक्तियों द्वारा कार्य संपन्न करती, अपनी कल्पना में मैंने काशीश्वरी को भी उसी मार्ग पर प्रवृत्त होते देखा। बीच-बीच में मन-ही-मन मैं उसको स्वतन्त्र भाव से अकस्मात बड़ी संख्या वाले बैंक-नोटों से लेकर हीरों के आभूषणों तक भेंट करने लगा। किसी-किसी दिन भोजन करने के लिए बैठने पर भी उसका खाना नहीं हुआ एवं खिड़की के निकट बैठकर चल के छोर से वह यू! पोंछती रही। यह करुण नज़ारा भी मैंने कल्पना की आँखों से देख लिया और यह मुझे अधिक खेदजनक लगा था, यह नहीं कह सकता। छोटे बच्चों की आत्मनिर्भरता के विषय में पिताजी सतर्क थे। अपना कमरा ठीक करना, अपने वस्त्र आदि रखना, सब मुझे अपने हाथों करना पड़ता, फ्लू मेरे मन में गृहस्थी की जो तस्वीर स्पष्ट खिंच गई थी, उनमें से एक नीचे लिखता हूँ। कहना बेकार है, मेरे पूर्वजों के इतिहास में ठीक इसी प्रकार की घटना एक बार पहले भी घटित हुई थी। इस कल्पना में मेरी कोई असलियत नहीं है। तस्वीर यह है-

रविवार को दोपहर के भोजन के पश्चात मैं खाट पर तकिया लगाए, पैर फैलाए अधलेटी हालत में समाचार-पत्र पड़ रहा था। हाथ में हुक्के की नली थी। हल्के तंद्रावेश में हुक्के की नली नीचे गिर पड़ी। बरामदे में बैठी काशीश्वरी धोबी को वस्त्र दे रही थी, मैंने उसे बुलाया, उसने तुरन्त आकर नली उठाकर मेरे हाथ में पकड़ा दी।

मैंने उससे कहा-"देखो, मेरे बैठने के कमरे में बायीं तरफ़ की अलमारी के तीसरे खाने में नीली जिल्द वालो मोटी-सी अंग्रेजी की एक किताब है, ज़रा उसे ले आओ।" काशी नीले रंग की कोई पुस्तक ले आई। मैं बोला- "अरे, यह नहीं, वह इससे मोटी है और उसकी कमर पर सुनहरे अक्षरों में नाम लिखा है।" इस बार वह एक हरे रंग की किताब ले आई, मैं उसे धम से धरती पर पटककर क्रोध से खड़ा हुआ। यह देखकर काशी का चेहरा उतर गया और उसकी आँखें छलछला आईं। मैंने जाकर देखा, किताब तीसरे खाने में नहीं थी, पाँचवें खाने में थी। हाथ में पुस्तक लिए मैं खामोशी से आकर बिस्तर पर लेट गया, किंतु काशी से अपनी भूल की कोई चर्चा न की। वह सिर झुकाए निराश होकर धोबी को कपड़े देने लगी और अपनी बेवक़ूफ़ी के कारण अपने पति के विश्राम में व्याघात डाला है, इस जुर्म को किसी भी प्रकार नहीं भूल सकी।

पिताजी डकैती की तहक़ीक़ात कर रहे थे और मेरे दिन इस तरह बीत रहे थे। इधर मेरे विषय में पंडितजी का व्यवहार और वार्तालाप क्षण-भर में कर्तृवाच्य से भाववाच्य में आ

पहुँचा तथा वह अत्यंत सद्भाववाच्य था।

तभी डकैती की तहक़ीक़ात समाप्त हो गयी और पिताजी घर लौट आए। मैं जानता हूँ माँ ने निश्चित किया था कि वे धीरे-धीरे मौक़ा देखकर घुमा-फिराकर पिताजी की ख़ास प्रिय तरकारी बनाने के साथ-साथ क्रमश: सत्य बनाते हुए, बात छेड़ेगी। पिताजी पंडितजी को अर्थलोलुप समझकर नफ़रत करते थे, माँ अवश्य ही पहले पंडितजी की हल्की-सी निंदा, साथ ही उनकी पत्नी तथा लड़की की पर्याप्त प्रशंसा करके बात शुरू करती, किंतु, दुर्भाग्य से पंडितजी की उत्फुल्ल प्रगल्भता के कारण बात चारों ओर फैल गयी थी। शादी पक्की है, मुहूर्त देखा जा रहा है, किसी को यह बताना उन्होंने बाकी नहीं छोड़ा। यहाँ तक कि शादी के दिनों में उनको कुछ रोज के लिए सरिस्तेदार बाबू के पक्के दालान की ज़रूरत पड़ेगी, यथास्थान यह बात भी उन्होंने तय कर रखी थी। शुभ-? में यथासाध्य सभी उनकी मदद करने को राजी हो गए थे। पिताजी की अदालत में वकीलों का दल चंदा करके शादी का ख़र्च वहन करने के लिए राजी था। स्थानीय इंट्रेंस स्कूल के सेक्रेटरी वीरेश्वर बाबू का तीसरा पुत्र तीसरे दर्जे में पड़ता था, उसने चाँद और कुमुद के रूपक का सहारा लेकर इसी दौर में विवाह के विषय में त्रिपदी छंद में एक कविता लिख डाली। सेक्रेटरी साहब ने वह कविता, गली-कूचे में जहाँ जो भी मिला उसी को घेर-घेरकर सुनाई। लड़के के सम्बन्ध में गाँव के लोग खूब आशान्वित हो रहे थे।

इसलिए, लौटने पर पिताजी ने यह शुभ संवाद बाहर ही इन लिया। उसके बाद माँ का रोना-धोना तथा भोजन त्याग, घर-भर की घबराहट, नौकरों पर बेकार ही जुर्माना, इजलास में बड़ी तेज़ी से मामले डिसमिस करना और बड़ी सख्ती से दंड देना, पंडितजी की पद-च्युति एवं पत्नी-जड़ित वेणी समेत काशीश्वरी को लेकर उनका अंतर्ध्यान होना और छुट्टी होने के पहले ही मातृसंग से विच्छिन्न करके मेरा जबरदस्ती कोलकाता निर्वासन। मेरा दिल फटी फुटबाल की तरह बैठ गया-आकाश में उसकी उछल-कूद बिलकुल बंद हो गयी।

शुरू में ही मेरे परिणय-पथ में यह विघ्न आ पड़ा, उसके पश्चात मेरे प्रति प्रजापति का बेकार पक्षपात बार-बार होता रहा है। उसका विस्तृत विवरण देने की मेरी इच्छा नहीं है, अपने इस नाकामयाबी के इतिहास के एक-दो संक्षिप्त नोट छोड़ जाऊँगा। बीस वर्ष की आयु होने से पहले ही मैं पूरे तरीक़े से एम.ए. की परीक्षा पास करके आँख पर चश्मा लगाकर और मूँछों की रेखा को तार देने लायक बनाकर बाहर निकला था। पिताजी उस

वक्त रामपुर हाट या नोआखाली या वारासत अथवा ऐसी ही किसी जगह में थे। इतने रोज तक तो शब्द-सागर का मंथन करके डिग्री रत्न हासिल किया, अब अर्थसागर-मंथन की बारी आई। पिताजी ने अपने बड़े-बड़े पेट्रन साहब लोगों का स्मरण किया तो देखा कि उनके जो सबसे बड़े मददगार थे वे परलोक में थे, उनसे जो कम थे वे पेंशन लेकर विलायत जा चुके थे, जो और भी कम थे, उनकी पंजाब बदली हो गयी थी और जो बंगाल में शेष रह गए थे, उनमें से ज़्यादातर प्रार्थी को प्रारंभ में आश्वासन देते, किंतु उपसंहार के समय उसका संहरण कर लेते। मेरे पितामह जिस वक्त डिप्टी थे, तब पृष्ठपोषकों का बाजार ऐसा ठंडा नहीं था, इसलिए उस समय नौकरी से पेंशन एवं पेंशन से नौकरी एक ही वंश में नदी के इस पार, उस पार आने-जाने वाले खेप की प्रकार चलती रहती।

अब दिन ख़राब थे, इसलिए पिताजी अब फिक्रमन्द होकर सोच रहे थे कि उनके वंशधर को गवर्नमेंट ऑफ़िस के ऊँचे आसन में सौदागरी के कार्यालयों के नीचे पकड़े पर उतरना चाहिए अथवा नहीं, तभी एक धनी ब्राह्मण की एकमात्र कन्या उनके ध्यान में आई। ब्राह्मण ठेकेदार था, उनके अर्थागम का मार्ग प्रत्यक्ष भूतल की अपेक्षा अदृश्य रसातल की तरफ़ से ही प्रशस्त था। वे जिस समय बड़े दिन के उपलक्ष्य में नारंगियाँ तथा दूसरे उपहार-सामग्री यथायोग्य पात्रों को वितरित करने में व्यस्त थे, उसी वक्त उनके मुहल्ले में मेरा पदार्पण हुआ। पिताजी का मकान उनके घर के सामने था, बीच में एक सड़क थी। कहना बेकार है, डिप्टी का एम.ए. पास लड़का लड़की वाले पक्ष के लिए अधिक 'प्राशुलभ्य फल' था। इसलिए कांट्रेक्टर महाशय मेरे लिए 'उद्बाहु' हो उठे। उनके बाहु आधूलि लंबे थे यह पहले ही बता दिया है। अंतत: वे बाहु डिप्टी महाशय के दिल तक अनायास ही पहुँच गए, किंतु मेरा हृदय उस वक्त उससे भी काफी ऊँचाई पर था।

क्योंकि मेरी उम्र उस समय बीस पार करने पर थी, उस समय खरे स्त्री-रत्न के अलावा अन्य किसी रत्न के प्रति मेरा लोभ नहीं था। केवल यही नहीं, उस वक्त भी भावुकता की दीप्ति मेरे मन में स्पष्ट थी। अर्थात् सहधर्मिणी शब्द का जो अर्थ मेरे दिल में था वह अर्थ बाजार में प्रचलित नहीं था। वर्तमान समय में हमारे देश में संसार चारों तरफ़ से संकुचित हो गया है, मनन, साधन के अवसर पर मन को ज्ञान और भाव के उदार क्षेत्र में लगाए रखना और व्यवहार के वक्त उसको उस जगत के अधिक छोटे आकार के अनुरूप बनाना, यह मैं मन में भी सहन नहीं कर पाता था। जिस औरत को आइडियल के पथ की संगिनी बनाना चाहूँ वही स्त्री घर-गृहस्थी की कैद पाँवों की बेड़ी बन जाए एवं प्रत्येक पदक्षेप में झंकार

करके पीछे खींचती रहे, इस तरह के दुराग्रह को स्वीकार कर लेने के लिए मैं तैयार न था। वास्तविक बात यह थी, हमारे देश के प्रहसन में आधुनिक कहकर जिस पर व्यंग्य करते हैं, हाल में ही कॉलेज से निकलकर मैं उसी तरह का पूर्ण आधुनिक बन गया था। हमारे समय में इन आधुनिको का दल आज की अपेक्षा काफी बड़ा था। आश्चर्य यह है कि वे वास्तव में यकीन करते थे कि समाज को मानकर चलना दुर्गति है और उसको घसीटकर ले चलना ही प्रगति है।

सो यों मैं श्रीयुत् सनत्कुमार, एक शक्तिशाली कन्या-दाय-ग्रस्त व्यक्ति के रुपयों की खुली थैली के मुख के सामने आ पड़ा। पिताजी बोले- "शुभस्य शीघ्रम।" मैं चुप लगाए रहा, सोचा कि कुछ देख-सुन, सोच-समझ तो लूँ। आँख, कान खुले रखे, थोड़ा-सा देखा और बहुत-सा सुना। लड़की गुड़िया की तरह छोटी और खूबसूरत थी, उसको देखकर यह नहीं लगता था कि वह स्वाभाविक नियमों द्वारा निर्मित है, उसका एक-एक केश संभालकर उसकी भौंहें आंककर न जाने किसने उसे अपने हाथों से बनाया था। वह संस्कृत का गंगास्तव मुँहज़ुबानी सुना सकती थी। उसकी माँ पत्थर के कोयले तक को गंगाजल से धोकर भोजन बनाती थीं। जीवधात्री पृथ्वी की अनेक जातियों को धारण करने के कारण उसका स्पर्श करने में वे सदैव संकोच करती थीं। वे अधिकांशत: जल का ही व्यवहार करती थीं, क्योंकि जलचर मत्स्यादि मुसलमान-वंशीय नहीं हैं और जल में प्याज नहीं होता। उनके जीवन का मुख्य कार्य उनकी देह, घर, कपड़े-लत्ते, हाँडी-बटलोई, खाट-पलंग, बर्तनादि को स्वच्छ करना और माँजना था। सारा काम पूरा करने में लगभग ढाई बज जाते। अपनी कन्या को उन्होंने अपने हाथ से पड़ी से चोटी तक इस तरह परिमार्जित कर दिया था कि उसका अपना मन या अपनी इच्छा नाम की कोई बला नहीं रह गयी थी। किसी भी व्यवस्था में कितनी भी असुविधा क्यों न हो, उसका पालन करना उसके लिए सरल होता, अगर उसका कोई संगत कारण उसको न समझा दिया जाता। भोजन करते वक्त अच्छा कपड़ा न पहनती कि कहीं सखरा (ख़राब) न हो जाए। उसने छाया तक का ख्याल करना सीखा था। वह जिस प्रकार पालकी के अंदर बैठकर ही गंगा स्नान करती थी, उसी तरह अट्ठारह पुराणों से घिरी रहकर गृहस्थी में चलती-फिरती। विधि-विधानों में मेरी माँ की भी पर्याप्त श्रद्धा थी, लेकिन उनसे भी अधिक श्रद्धा किसी और को हो और उसको लेकर वह मन-ही-मन गर्व करे यह वे नहीं सह सकती थी। इसलिए जब मैंने उनसे कहा- "माँ, इस लड़की के लायक पात्र मैं नहीं हूँ।" तो उन्होंने हँसकर कहा- "ठीक है, कलियुग में ऐसा

पात्र मिलना कठिन है।"

"तो मैं विदा लूँ।" मैंने कहा।

"यह क्या सुनूँ, क्या तुझे पसंद नहीं आई? क्यों, कन्या देखने में तो अच्छी है?" माँ बोली।

"माँ, पत्नी सिर्फ़ निहारने के लिए तो होती नहीं, उसमें बुद्धि भी तो होनी चाहिए।" मैंने कहा।

"देखो ज़रा, इसी बीच तुझे उसकी कम अक्ल का ऐसा क्या परिचय मिल गया।" माँ ने पूछा।

"यदि अक्ल होती तो मनुष्य दिन-रात ये निरर्थक काम लेकर रह ही न पाता। पुट-पुटकर मर जाता।" मैंने बताया।

माँ का मुँह सूख गया। वे जानती थीं, इस शादी के सम्बन्ध में पिताजी ने दूसरे पक्ष से प्राय: बात तय कर ली है। वे यह भी जानती थीं कि पिताजी प्राय: यह भूल जाते थे कि दूसरे लोगों में भी इच्छा नामक बला हो सकती है। वस्तुत: पिताजी यदि बहुत ज़्यादा गुस्सा या जबरदस्ती न करते तो शायद कालांतर में मैं भी उस पौराणिक गुड़िया के साथ शादी करके एक दिन प्रबल भक्ति-भाव से स्नान, दैनिक कर्म, व्रत-उपवास करते-करते गंगा के तट पर सद्गति-लाभ कर लेता। अर्थात् माँ के ऊपर अगर यह विवाह करने का भार रहता तो वे हाथ में समय लेकर धैर्यपूर्वक सुयोगानुसार पल-पल कान में मंत्र देकर हर क्षण आँसू बहाकर कार्य पूरा कर सकती थीं। पिताजी जब बार-बार डाँटने-फटकारने लगे तो मैंने उनसे उदास होकर कहा- "आपने मुझे बचपन से ही खाने-पीने, चलने-फिरने में आत्मनिर्भरता का उपदेश दिया है, सिर्फ़ विवाह के समय ही क्या आत्मनिर्भरता नहीं चलेगी।" कॉलेज में लॉजिक में पास होने के अतिरिक्त न्यायशास्त्र के बल पर किसी ने कभी कामयाबी प्राप्त की हो, यह मैंने नहीं देखा। संगत युक्ति कुतर्क की आग के सामने कभी जल का कार्य नहीं करती, बल्कि तेल का ही कार्य करती है। पिताजी ने सोच रखा था कि उन्होंने दूसरे पक्ष को वचन दे दिया है। इसलिए विवाह के औचित्य के सम्बन्ध में इससे बड़ा प्रमाण और कुछ नहीं हो सकता और अगर मैं उनको स्मरण करा देता कि पंडितजी को एक दिन माँ ने भी वचन दिया था फिर भी उसी बात के कारण सिर्फ़ मेरा विवाह ही भंग नहीं हुआ साथ ही पंडितजी की जीविका भी चली गयी तो उसको लेकर फौजदारी हो जाती। बुद्धि-विचार

तथा रुचि की अपेक्षा शुचिता, मंत्र-तंत्र, क्रियाक्रम कहीं ज़्यादा अच्छे हैं। उनका कवित्व गंभीर और खूबसूरत होता है। उनमें निष्ठा रखना बहुत श्रेष्ठ और उनका फल अति श्रेष्ठ होता है। सिम्बोलिज्म ही आइडियलिज्म है, आदि बातें पिताजी आजकल मुझे सुना-सुनाकर मौके-बे-मौके आलोचना करते। मैंने अपनी ज़ुबान रोक रखी थी, लेकिन मन को तो मौन नहीं रखा सकता था। जो बात मुख तक आकर लौट जाती थी कि "यदि आप यह सब मानते हैं तो जब पालते हैं तो मुर्गी क्यों पालते हैं।" और भी एक बात हृदय में आती। पिता ने ही एक दिन दिन-मुहूर्त, व्रत-पर्व, विधि-निषेध, दान-दक्षिणा को लेकर अपनी असुविधा या नुकसान होने पर माँ को कठोर भाषा में इन सब अनुष्ठानों की निरर्थकता पर डाँटा था। माँ ने तब दीनता स्वीकार की थी, अबला-जाति को स्वभाव से ही नासमझ समझ सिर झुकाकर खीझ का बार सहते हुए ब्राह्मण-भोजन के विस्तृत आयोजन में प्रवृत्त हुई थी, लेकिन विश्वकर्मा ने जीव को लॉजिक के पक्के साँचे में ढालकर नहीं बनाया है। इसलिए अमुक व्यक्ति की बात या कार्य में संगति नहीं है, यह कहकर उसको काबू में नहीं किया जा सकता, केवल नाखुश किया जा सकता है। न्यायशास्त्र की दुहाई देने में अन्याय की प्रचंडता का वेग बढ़ जाता है, जो लोग पॉलिटिकल अथवा गार्हस्थ्य एजिटेशन में श्रद्धा रखते हैं, उनको यह बात स्मरण रखनी चाहिए। जब घोड़ा अपने पीछे की गाड़ी को ज़ुल्म समझकर उस पर दुलत्ती मारता है, तो अन्याय तो बना ही रहता है, ऊपर से उसके पाव भी जड़ी हो जाते हैं। यौवन के आवेग में थोड़ा-सा तर्क करने पर मेरी भी वैसी ही हालत हुई। पौराणिकी लड़की के हाथों से मुक्ति तो अवश्य मिली, लेकिन पिता के युग के तदबील का आश्रय भी खो दिया। पिता ने कहा- "जाओ, तुम रहो।"

"जो आदेश।" मैंने प्रणाम करके कहा।

माँ बैठी-बैठी रो रही थी।

पिता का दाहिना हाथ तो अवश्य हो गया, किंतु बीच में माँ होने की वजह से कभी-कभी मनीऑर्डर के हरकारे के दर्शन हो जाते थे। बादलों ने वर्षा बंद कर दी, लेकिन छिपे-छिपे स्निग्ध रात में ओस-जल का अभिषेक चलने लगा। उसी के बल पर व्यवसाय आरम्भ कर दिया। व्यवसाय ठीक उन्नासी रुपए से प्रारंभ किया था। अब उस व्यवसाय में जितना मूलधन लगा था वह ईर्ष्यापूर्ण जनश्रुति से काफी कम होने पर भी बीस लाख रुपए से कम न था।

प्रजापति का प्यादा मेरे पीछे-पीछे घूमने लगा। पहले जो सब द्वार बंद थे, अब उनमें

अर्गला (सिटकनी) न रही। मुझे स्मरण है, एक दिन यौवन की अदम्य दुराशा में एक षोडशी के लिए (आयु का अंक अब के निष्ठावान पाठकों के भय से कुछ सहनीय बनाकर कहा है) अपने दिल को उन्मुख किया था, किंतु पता लगा कि कन्या के मातृपक्ष की निगाहें सिविलियनों की तरफ़ थीं, कम-से-कम बैरिस्टर के नीचे उनकी दृष्टि नहीं जाती थी। मैं उनके मनोयोग-मीटर के जीरो प्वाइंट से भी नीचे था, मगर बाद में उसी घर में एक दिन केवल चाय ही नहीं लंच किया, रात के डिनर के पश्चात लड़कियों के साथ ह्वस्ट (ताश का एक खेल) खेला, उनके मुँह से एकदम ठेठ विलायती, अंग्रेजी की वार्तालाप सुनीं। मेरी कठिनाई यह थी कि मैंने रसेल, डेजर्टेड विलेज तथा एडीसन स्टील पढ़कर अपनी अंग्रेजी पक्की की थी, इस लड़की से होड़ लगना मेरे काबू के बाहर था। ओ माई, ओ डियर आदि शब्द मेरे मुँह से उचित स्वर में निकलना ही न चाहते थे। मेरा जितना ज्ञान था, उससे मैं बिलकुल सरल अंग्रेजी भाषा में बड़ी मुश्किल से हाट-बाजार में खरीद-बिक्री कर सकता था, लेकिन बीसवीं शताब्दी की अंग्रेजी में प्रेमालाप करने की बात याद आते ही मेरा प्रेम ही भाग खड़ा होता और उसके मुख में बंगला भाषा का जिस तरह दुर्भिक्ष (अकाल) था उससे उसके साथ शुद्ध बंकिमी भाषा में मधुरालाप कराने की कोशिश करने पर घाटा ही रहता। उससे पूरी मजूरी वसूल न होती। खैर जो हो, ऐसी मुलम्मेदार (सुंदर) कन्या भी एक दिन मेरे लिए सुलभ थी, किंतु बंद द्वार के छेद से जो मायानगरी देखी थी दरवाजा खुलने पर फिर उसका पता नहीं चला। उस वक्त बार-बार लगने लगा कि मेरी वह व्रतचारिणी निरर्थक नियमों की बराबर पुनरावृत्ति चक्र में अहोरात्रि चक्कर लगाती हुई अपनी जिस जड़बुद्धि को शान्त करती थी, ये लड़कियाँ भी ठीक वैसी ही बुद्धि से विलायती चाल-चलन, अदब-कायदों के सभी तुच्छातितुच्छ उपसर्गों की प्रदक्षिणा करके दिन-पर-दिन साल के बाद वर्ष अनायास अक्लांत चित्त से काट देती हैं। जिस तरह वह छूत-स्नान की लेश-मात्र त्रुटि देखते ही अश्रद्धा से रोमाँचित हो उठती, ये भी एक्सेंट में थोड़ी कमी होने अथवा काटे-चम्मच के प्रयोग में थोड़ी भूल देखते ही ठीक उसी तरह अपराधी व्यक्ति के मनुष्यवत के सम्बन्ध में संदेह करने लगती। वे देशी गुड़ियाँ थीं, ये विदेशी गुड़ियाँ। ये दिल की गति के वेग के मुताबिक नहीं चलतीं, अभ्यास की चाबी ही इनको चलाती है। परिणाम यह हुआ कि मुझे मन-ही-मन नारी जाति पर अश्रद्धा हो गयी, मेरी धारणा हो गयी कि जब उनमें अक्स की ही कमी है तब वे स्नान-आचमन-उपवास, अकर्म-कांड की ज्यादती के बिना जिएँ भी कैसे? पुस्तकों में पढ़ा था कि ऐसे प्राणी भी होते हैं जो बराबर चक्कर काटते

रहते हैं, लेकिन मनुष्य चलता है। उन जीवाणुओं के परिवर्धित संस्करणों के साथ ही क्या भगवान ने हतभागे पुरुषों के विवाह का सम्बन्ध तय किया है?

दूसरी तरफ़ जैसे-जैसे आयु बढ़ने लगी वैसे ही विवाह के सम्बन्ध में द्विविधा भी बढ़ने लगी। व्यक्ति की एक अवस्था होती है, जब वह चिंता किए बिना ही विवाह कर सकता है। वह अवस्था पार हो जाने पर विवाह करने में दुःसाहस की ज़रूरत होती है। मैं उन बेपरवाहों के दल में नहीं था। इसके अतिरिक्त कोई अच्छी भली कन्या बिना कारण एकदम मेरे साथ क्यों विवाह कर लेगी, यह मैं किसी प्रकार नहीं समझ पाता था। सुना था प्रेम अंधा होता है, किंतु यहाँ उस अंधे के ऊपर तो कोई बोझ नहीं था। संसारी बुद्धि के पास तो दो से भी ज़्यादा नेत्र होते हैं, वे नेत्र जब बिना नशे के मेरी तरफ़ ताकने लगते तब मुझमें क्या देख पाते थे, मैं यही सोचा करता था। पुत्र! जरूर ही अनेक गुण थे, पर उनको पहचानने में तो देर लगती, एक ही दृष्टि में तो समझे नहीं जा सकते थे। मेरी नाक में जो छोटाई है, उसको अक्ल की प्रखरता ने पूरा कर दिया है, यह मैं जानता था, लेकिन नाक तो रहती है प्रत्यक्ष और बुद्धि को भगवान ने निराकार कर डाला है। जो हो, जब देखता कि कोई वय:प्राप्त लड़की अत्यल्प वक्त के नोटिस पर भी मुझसे शादी करने में ज़रा भी आपत्ति न करती, तब लड़कियों के प्रति मेरी श्रद्धा और भी घट जाती। अगर मैं लड़की होता तो श्रीयुत सनत्कुमार की छोटी नाक की लंबी साँस से उसकी उम्मीद और अहंकार धूल में मिल जाते। इस तरह विवाह के बोझ से मेरी नाव बीच-बीच में किनारे को छू तो। लेकिन घाट पर आकर नहीं लगती। पत्नी के अलावा संसार के अन्यान्य उपकरण कारोबार की उन्नति के साथ बढ़ते चले गए। एक बात भूल गया था, उम्र भी बढ़ती जा रही है। सहसा एक घटना ने इसका स्मरण करा दिया।

अभ्रक की खान तलाश करते हुए छोटा नागपुर के एक शहर में जाकर देखा, पंडितजी वहाँ शालवन की छाया में एक छोटी-सी नदी के तट पर अच्छा-खासा घर बनाए बैठे हैं। उनका लड़का वहाँ कार्य करता था। इसी शालवन में मेरा तंबू लगा था। उन दिनों पूरे देश में मेरे वैभव की ख्याति थी। पंडितजी ने कहा कि कालांतर में मैं असाधारण इंसान बचा, यह वे पहले ही जानते थे। हो सकता है, किंतु यह बात उन्होंने आश्चर्यपूर्ण ढंग से छिपा रखी थी। इसके अलावा किन लक्षणों से उनको यह पता हुआ था, यह मैं नहीं कह सकता। कदाचित असाधारण लोगों को छात्र अवस्था में पत्वणतव ज्ञान ('प' और 'ण' की व्यवहार-विधि का ज्ञान) नहीं होता। काशीश्वरी ससुराल में थी। इसलिए बिना बाधा के

मैं पंडितजी के पर का व्यक्ति हो गया। कई पहले उनका पत्नी-वियोग हो चुका था, लेकिन वे नातिनों से घिरे थे। सब उनकी अपनी नहीं थी, उनमें से दो उनके स्वर्गवासी बड़े भाई थीं। बूढ़े ने इनसे अपनी वृद्धावस्था के अपराह्न को अनेक रंगों से रंगीन बना लिया था। उनके 'अमरुशतक' 'आर्या सप्तशती', 'हंसदूत', 'पदांकदूत' के लोकों की धारा शिलाओं के चारों तरफ़ पर्वतीय नदी के फेनोच्छल प्रवाह के समान इन लड़कियों को घेरकर सहास्य ध्वनित हो रही थी।

"पंडितजी, मामला क्या है?" मैंने हँसते हुए पूछा।

"पुत्र, तुम्हारे अंग्रेजी शास्त्र में कहा है कि शनि ग्रह चाँद की माला पहने रहते हैं, यह मेरी वही चाँद की माला है।" उन्होंने बताया।

उस निर्धन परिवार का एक नज़ारा देखकर अचानक मुझे याद आया कि मैं अकेला हूँ। मुझे तजुर्बा हुआ मैं अपने बोझ से स्वयं थक गया हूँ। पंडितजी नहीं जानते थे कि वे वृद्ध हो गए हैं, लेकिन मैं हो गया था यह मैंने स्पष्ट रूप से जान लिया था। मैं वृद्ध हो गया हूँ, कहने का मतलब यह था कि अपने चारों ओर के संसार को पार कर आया हूँ, चारों ओर से ढील पड़ जाने के कारण दरारें हो गयी हैं। ये दरारें रुपयों से, ख्याति से नहीं भरी जा सकतीं। जमीन से रस नहीं मिल रहा था, सिर्फ़ वस्तु संग्रह कर रहा था, इसकी व्यर्थता को अभ्यासवश भूले हुए रहा जा सकता था, लेकिन जब पंडितजी का घर देखा तब समझा, मेरे दिन शुष्क थे, रातें शून्य थीं। पंडितजी पूर्ण रूप से निश्चय किए बैठे थे कि मैं उनकी अपेक्षा भाग्यवान आदमी था, यह बात सोचकर मुझे हँसी आई। इस वस्तु-जगत को एक अदृश्य आनंद-लोक घेरे हुए है। उस आनंद-लोक के साथ हमारे जीवन का योगसूत्र न रहने की वजह से हम त्रिशंकू के समान शून्य में घूमते रहते हैं। पंडितजी के साथ वह योग था, मेरे साथ नहीं, यही फर्क था। मैं आराम-कुर्सी के दोनों बाजुओं पर दोनों पाँव रखकर सिगरेट पीते-पीते सोचने लगा, पुरुष के जीवन के चार आश्रमों के चार अधिदेवता हैं। बचपन में माँ, यौवनावस्था में-पत्नी, प्रौढ़ावस्था में कन्या, पुत्रवधू, बुढ़ापे में नातिनी, नात-बहू। इस प्रकार स्त्री के द्वारा पुरुष अपनी पूर्णता हासिल करता है। इस तत्त्व ने मुझे उस मर्मरित शाल-वन में अभिभूत कर लिया। मन के सामने अपनी भावी वृद्धावस्था के आख़िरी छोर तक झाँककर देखा। देखकर उसकी निरतिशय नीरसता से दिल हाहाकार करने लगा। उस मरुपथ में होकर मुनाफे के भार को सिर पर लादे न जाने कहाँ जाकर मुँह के बल गिरकर मर जाऊँगा। अब और देर करना सही न होगा। इस समय चालीस वर्ष की पार कर गया हूँ,

यौवन की बाकी थैली झटक लेने के लिए पचासवीं मार्ग के किनारे हुई है, उसकी लाठी का सिर यहाँ से दिखाई दे रहा है। अब जेब की बात छोड़कर थोड़ी जीवन की बात सोच देखूँ, लेकिन जीवन का जो भाग स्थगित रह गया है, उसमें तो लौटकर जाया नहीं जा सकता। तो भी उसके छेद में पैबंद लगाने का सारा वक्त अब भी नहीं गुज़रा है।

काम की वजह से यहाँ से पछांह के एक शहर में जाना पड़ा। वहाँ विश्वपति बाबू एक अमीर बंगाली महाजन थे। उनके साथ मुझे काम के बारे में बातें करनी थीं। वे आदमी बड़े होशियार थे, इसलिए उनके साथ कोई बात पक्की करने में काफी समय लगता था। एक रोज खीझकर जब मैं सोच रहा था कि इनके साथ काम करने में मुझे कष्ट नहीं होगा, यही नहीं, नौकर को अपना सामान पैक करने के लिए कह चुका था, तभी विश्वपति बाबू शाम के समय आकर मुझसे बोले- "आपकी तो निश्चय ही अनेक तरह के लोगों से जान-पहचान होगी, यदि आप ज़रा ध्यान दें तो एक विधवा बच सकती है।"

घटना यह है-

नंदकृष्ण बाबू बरेली के अन्दर पहले एक बंगाली-अंग्रेजी स्कूल में हेडमास्टर होकर आए थे। काफी अच्छा काम करते थे। सभी को आश्चर्य हुआ था, ऐसा सुयोग्य सुशिक्षित मनुष्य घर छोड़कर, इतनी दूर साधारण वेतन पर नौकरी करने क्यों आया? सिर्फ़ परीक्षा पास कराने के लिए ही उनकी ख्याति हो ऐसा नहीं, सभी अच्छे कामों में वे हाथ लगाते थे। इस दौरान न जाने कैसे बात फैल गयी कि उनकी स्त्री रूपवती जरूर है, किंतु कुलीन नहीं, किसी मामूली जाति की लड़की है। यहाँ तक कि उनके स्पर्श करने पर जल पीने लायक नहीं रहता और अन्यान्य भीतरी सात्त्विक समाप्त हो जाते हैं। जब उनको सभी ने धर दबाया तो वे बोले- "हाँ, जात की छोटी है, लेकिन फिर भी मेरी पत्नी है।" तब प्रश्न उठता- "ऐसा विवाह वैध कैसे हुआ?" जिन्होंने सवाल किया उनसे नंदकृष्ण बाबू ने कहा- "आपने तो शालग्राम को साक्षी मानकर एक के पश्चात एक दो स्त्रियों के साथ विवाह किया है और द्विवचन से भी संतुष्ट नहीं हैं। इसके बहुत से प्रमाण दिए हैं। शालग्राम की बात नहीं कह सकता, मगर अंतर्यामी जानते हैं, मेरा विवाह आपके विवाह की अपेक्षा ज़्यादा वैध है, प्रतिदिन प्रति-क्षण वैध है, आपके साथ मैं इससे ज़्यादा चर्चा करना नहीं चाहता।"

जिनसे नंदकृष्ण ने यह बात कही वे प्रसन्न नहीं हुए। तिस पर उनमें लोगों का अनिष्ट करने की असामान्य क्षमता भी थी। फलस्वरूप इस उपद्रव की वजह से नंदकृष्ण ने बरेली छोड़कर इस वर्तमान शहर में आकर वकालत आरम्भ की। आदमी अधिक कट्टर प्रकृति

के थे, भूखे रहने पर भी झूठा मुकदमा वे तरह न लेते थे। पहले उनको इससे चाहे जितनी भी असुविधा हुई हो, आखिर में उन्नति होने लगी, क्योंकि हाकिम उनका पूरा यकीन करते थे। एक घर बनाकर ज़रा जमकर बैठे ही थे कि देश में दुर्भिक्ष पड़ा। देश उजाड़ हो रहा था। जिनके ऊपर मदद के वितरण करने का बोझ था, उनमें से किसी-किसी ने चोरी की थी।

मजिस्ट्रेट से उनके यह कहने पर मजिस्ट्रेट ने उनसे बताया- "सच्चे आदमी मिलें कहाँ?"

"अगर मुझ पर यकीन करें तो इस काम का कुछ भार मैं ले सकता हूँ।" उन्होंने कहा।

उनको भार सौंप दिया गया और यह बोझ ढोते हुए ही एक दिन दोपहर को मैदान में पेड़ के नीचे उनकी जीवन लीला खत्म हो गयी। डॉक्टर ने कहा- "उनके हृदय की गति बंद होने की वजह से मृत्यु हुई है।"

इतनी कहानी मेरी पहले से ही जानी हुई थी। न मालूम कैसे किसी ऊँचे आदर्श की झोंक में मैंने अपने क्लब पर उन्हीं की बात चलाकर कहा था- "इन नंदकृष्ण के समान जो आदमी संसार में असफल होकर सूखकर मर गए हैं, न नाम छोड़ने की फिक्र की, न रुपया जमा किया, वे ही भगवान के सहयोगी होकर संसार को ऊपर की तरफ़...।"

इतना कह पाया था कि पाल तनी हुई नाव के अकस्मात किनारे से छू जाने के समान, मेरी बात बीच में ही खत्म हो गयी, क्योंकि हममें से एक खूब संपत्ति और प्रतिष्ठावान सज्जन अखबार पढ़ रहे थे। वे अपने चश्मे के ऊपर से मेरी ओर नजर डालकर बोल उठे- "हियर, हियर।"

जाने दो। सुना गया कि नंदकृष्ण की विधवा पत्नी अपनी इकलौती लड़की के साथ इसी बस्ती में रहती है। दीपावली की रात को पैदा होने के कारण बाप ने उसका नाम दीपाली रखा था। विधवा को किसी भी समाज में स्थान न मिलने की वजह से उन्होंने बिलकुल अकेली रहकर इस लड़की को लिखना-पढ़ना सिखाकर पाला-पोसा। उस वक्त लड़की की आयु पच्चीस से ऊपर होगी। माँ का शरीर रुग्ण था और उम्र भी कम न थी, किसी दिन वे मर जाएँगी, इस लड़की का कहीं कोई ठिकाना न होगा। विश्वपति ने मुझसे ख़ास अनुनय करते हुए कहा- "अगर इसके लिए कोई पात्र ढूँढ़ दें तो बड़ा पुण्य हो।"

विश्वपति को शुरू, स्वार्थपरायण मूर्खतापूर्ण कामों में रत इंसान समझकर मैंने मन-ही-मन उसकी कुछ अवज्ञा की थी। विधवा की अनाथ कन्या के लिए उनका ऐसा आग्रह

देखकर मेरा दिल विगलित हो गया। सोचा, दुनिया के मृत मैमथ के पेट में से खाद्य बीज निकालकर, उसे बोकर देखा गया कि उसमें से अंकुर निकले हैं, उसी तरह मनुष्य का मनुष्यत्व विपुल-मृत-सूप के बीच रहते हुए भी पूरी तरह से मरना नहीं चाहता।

"पात्र मेरा परिचित है, कोई विघ्न न पड़ेगी। आप लोग बात एवं दिन पक्का करें।" मैंने विश्वपति से कहा।

"लेकिन लड़की को देखे बिना तो और...।"

"बिना देखे ही हो जाएगा।"

"किंतु, पात्र को अगर संपत्ति का लाभ हो तो बहुत ज़्यादा नहीं है। माँ के मरने पर सिर्फ़ यह धर मिलेगा, शायद थोड़ा-बहुत और मिल जाए।"

"पात्र की अपनी संपत्ति है, उसके लिए फिक्र करने की आवश्यकता नहीं है।"

"उनका नाम, विवरण आदि...।"

"यह अभी नहीं बताऊँगा, क्योंकि चर्चा फैलने पर शादी में बाधा पड़ सकती है।"

"कन्या की माँ को तो उसका कुछ विवरण देना पड़ेगा।"

"कह दें, इन्सान अन्य साधारण मनुष्यों के समान गुण-दोषों से युक्त है। दोष इतने ज़्यादा नहीं हैं, जिनके लिए चिंतित होना पड़े, गुण भी इतने अधिक नहीं हैं कि लालच हो। जहाँ तक मैं जानता हूँ, इन बातों से कन्याओं के माता-पिता उसे ख़ास रूप से पसंद करते हैं, खुद कन्याओं के अपने मन की बात का ठीक पता नहीं चल पाया।"

विश्वपति बाबू इस सिलसिले में जब अत्यंत कृतज्ञ हुए तो उनके प्रति मेरी भक्ति बढ़ गयी। उसके पहले जिस कारोबार में उनके साथ मेरी दरें निश्चित नहीं हो रही थीं, उसमें हानि सहकर भी मैं रजिस्ट्री प्रमाण-पत्र सही कराने के लिए उत्सुक था। जाते वक्त वे कह गए- "पात्र से कहिएगा, अन्य बातों में जैसी भी हो, ऐसी गुणवती कन्या कहीं नहीं मिलेगी।"

जो लड़की समाज के आश्रय और आदर से वंचित है उसे यदि दिल में प्रतिष्ठित कर लिया जाए तो क्या वह अपने-आपको उत्सर्ग करने में ज़रा भी कृपणता करेगी? जिस लड़की की उम्मीदें बड़ी होती हैं उसी की आशा का अंत नहीं होता, लेकिन इस दीपाली का दीमक मिट्टी का था, अत: मेरे मिट्टी के धर के कोने में उसकी ज्योति की हेठी नहीं होगी।

शाम के समय मैं रोशनी जलाकर विलायती अखबार पढ़ रहा था कि सूचना मिली, एक लड़की मुझसे मिलने आई है। घर में कोई स्त्री न थी, इसलिए मैं परेशान हो उठा। कोई

शिष्ट उपाय सोच पाऊँ इसके पहले ही कन्या ने कमरे में आकर प्रणाम किया। बाहर से किसी को यकीन न होगा, किंतु मैं बहुत ही लजीला आदमी हूँ। न मैंने उसके मुँह की तरफ़ देखा, न कोई बात कही। वह बोली- "मेरा नाम दीपाली है।"

उसका कंठ बड़ा मधुर था। साहस करके मैंने उसके मुँह की तरफ़ देखा, वह चेहरा बुद्धि और कोमलता से सिक्त था। सिर पर चल न था, सादी देशी धोती आजकल के फैशन के मुताबिक पहने हुए थी। उससे क्या बात करूँ यही सोच रहा था कि इतने में वह कहने लगी- "मेरे विवाह के लिए आप कोई प्रयत्न मत करें।"

और जो हो, दीपाली के मुँह से इस तरह की आपत्ति की मैंने प्रत्याशा नहीं की थी। मैंने सोच रखा था, शादी के प्रस्ताव से उसके देह, मन, प्राण, कृतज्ञता से भर उठेंगे।

"ज्ञात-अज्ञात किसी भी आदमी से तुम विवाह नहीं करोगी?" मैंने पूछा।

"नहीं, किसी आदमी से नहीं।" उसने कहा।

यद्यपि मनस्तत्त्व की अपेक्षा वस्तुतत्त्व की मेरी अभिज्ञता ज़्यादा है, विशेष रूप से नारी का मन मेरे लिए बंगला हिज्जों (उच्चारण) से भी मुश्किल है, तो भी बात का सीधा अर्थ मुझे सच्चा अर्थ प्रतीत नहीं हुआ। मैंने बताया- "जो पात्र मैंने तुम्हारे लिए चुना है, वह अवज्ञा करने लायक नहीं है।"

"मैंने उनकी अवज्ञा नहीं की, लेकिन मैं विवाह नहीं करूँगी।" दीपाली बोली।

"वह आदमी भी सच्चे मन से तुम पर श्रद्धा करता है।" मैंने कहा।

"किंतु, नहीं, मुझसे शादी करने के लिए न कहें।"

"अच्छा, नहीं कहूँगा, मगर क्या मैं तुम्हारे किसी काम नहीं आ सकता?"

"मेरे लिए अगर लड़कियों के किसी स्कूल में पढ़ाने का काम दिलाकर मुझे यहाँ से कोलकाता ले चलें तो बड़ा अहसान हो।"

"काम मौजूद है, जुटा सकता हूँ।" मैं बोला।

यह बात पूरी तौर पर सच नहीं। लड़कियों के स्कूल के विषय में मैं क्या जानूँ, लेकिन लड़कियों का स्कूल स्थापित करने में तो दोष नहीं।

"आप मेरे घर जाकर एक बार माँ से इस बात पर बहस करना चाहेंगे?" दीपाली ने कहा।

"मैं कल प्रातःकाल ही आऊँगा।" मैंने कहा।

दीपाली चली गयी। मेरा अखबार पढ़ना खत्म हो गया। छत पर जाकर कुर्सी पर बैठ गया। तारागणों से सवाल किया- "कोटि-कोटि योजन दूर स्थित तुम क्या सचमुच बैठे-बैठे मानव के जीवन के संपूर्ण कर्ण-भूत एवं सम्बन्ध-सूत्र बुनते रहते हो?" इसी बीच बिना कोई खबर दिए विश्वपति का मंझला लड़का श्रीपति अचानक छत पर आ मौजूद हुआ। उसके साथ जो बातचीत हुई, उसका सार यह है-

श्रीपति दीपाली से शादी करने के हठ में समाज छोड़ने के लिए प्रस्तुत था। पिता कहते थे, ऐसा बुरा कार्य करने पर वे उसे त्याग देंगे। दीपाली कहती, उसके लिए इतना बड़ा दुःख, अपमान और त्याग कोई मजूर करे इतनी योग्यता उसमें नहीं है। इसके अलावा श्रीपति बचपन से ही धनी घर में पला है, दीपाली के मत में वह समाजच्युत एवं निराश्रित होकर दारिद्रय का दुःख सहन नहीं कर सकेगा। इसी को लेकर चर्चा छिड़ रही थी, किसी भी प्रकार इसका निर्णय नहीं हो पा रहा था। ठीक इस संकट के वक्त मैंने बीच में पड़कर उनके बीच और एक पात्र को खड़ा करके समस्या की जटिलता अधिक विषम कर दी। इसी हेतु श्रीपति मुझसे इस नाटक में प्रूफ-शीट के कटे अंश की तरह निकल जाने के लिए कह रहा था।

"जब आ ही पड़ा हूँ, तो फिर निकलूँगा नहीं और अगर निकलूँगा तो ग्रंथि काटकर ही निकलूँगा।" मैंने कहा।

शादी का दिन नहीं बदला गया, सिर्फ़ पात्र बदल गया। मैंने विश्वपति का आग्रह पूरा कर दिया, लेकिन वे उससे संतुष्ट न हुए। दीपाली का अनुरोध मैं पूरा न कर पाया, किंतु उसके भाव से लगा, वह शान्त थी। पता नहीं स्कूल में काम खाली था या नहीं, लेकिन मेरे घर में कन्या का स्थान खाली था, वह भर गया। मुझ-जैसा फालतू व्यक्ति निरर्थक नहीं है, यह मेरे अर्थ ने ही श्रीपति के समक्ष प्रमाणित कर दिया। उसका गृह-दीप मेरे कोलकाता के घर में ही जला। सोचा था कि वक्त पर न किए गए स्थापित विवाह की पूर्ति बेवक्त में विवाह करके करनी पड़ेगी, किंतु देखा ऊपर वाला खुश हो तो दो-एक क्लास लांघकर प्रमोशन मिल जाता है। आज पचपन साल की आयु में मेरा घर नातिनियों से भर गया है, ऊपर से एक नाती भी आ धमका है, मगर विश्वपति बाबू के साथ मेरा कारोबार भी बंद हो गया है, क्योंकि, उन्हें पात्र पसंद नहीं आया था।

हालदार परिवार

इस परिवार में किसी तरह का झगड़ा होने का कोई संगत कारण नहीं था। पारिवारिक हालत भी अच्छी थी, लोग भी अच्छे थे, लेकिन फिर भी झगड़ा खड़ा हो गया। अगर संगत कारण होने पर ही मनुष्य का सब-कुछ घटित होता तब तो मानव-संसार गणित की कॉपी के समान होता। ज़रा-सी सावधानी बरतते ही हिसाब में कहीं कोई चूक न होती और अगर हो भी जाती तो उसे रबड़ से मिटाकर संशोधन करने से ही कार्य चल जाता।

लेकिन मनुष्य के भाग्यदेवता को रस का बोध है, पता नहीं गणितशास्त्र में उनका पांडित्य है या नहीं, लेकिन अनुराग नहीं है। मानव-जीवन की जोड़-बाकी का विशुद्ध परिणाम निकालने में वे मनोयोग प्रकट नहीं करते, इसलिए अपनी व्यवस्था में उन्होंने एक चीज़ जोड़ दी है, वह है असंगति। जो हो सकता है, उसे वह अचानक आकर अस्त-व्यस्त कर देती है। इसी से नाट्य-लीला जम जाती है, दुनिया के दोनों कुलों को डुबाकर हास्य-रुदन का तूफान चलता रहता है।

इस प्रसंग में भी वही घटा। जहाँ कमल-वन था वहाँ मस्त हाथी आ मौजूद आ। पैक के साथ पंकज का बेमेल सम्मिश्रण हो गया। ऐसा नहीं होता तो इस कहानी की रचना भी नहीं हो पाती।

जिस परिवार की कहानी पेश होने जा रही है, उसमें निःसंदेह सबसे योग्य व्यक्ति बनवारीलाल था। इसे वह खुद भी अच्छी तरह जानता था और इसी बात ने उसे अशांत कर डाला था। इंजन की स्टीम के समान योग्यता उसे अन्दर से ठेलती थी, सामने अगर उसे रास्ता मिलता तो ठीक, यदि न मिलता तो जो आ जाता उसे ही धकेल मारता। उसके पिता मनोहरलाल की आदत पुरानी परिपाटी के बड़े आदमियों जैसी थी। अपने समाज के मस्तक पर स्थान पाकर वे उसके शिरोभूषण होकर रहें, यही उनकी मर्जी थी। फलस्वरूप समाज के हाथ-पैरों के साथ वे कोई संपर्क न रखते थे। साधारण आदमी काम-काज करता है, चलता-फिरता है, वे काम-काज न करने और न चलने-फिरने के अनेक आयोजनों के

केंद्र-स्थान में ध्रुववह विराजमान रहते।

अक्सर देखा जाता है कि इस प्रकार के आदमी बिना प्रयत्न के अपने पास कम-से-कम दो-एक बड़े और एक खरे लोगों को चुंबक के समान खींच लेते हैं। इसकी और कोई वजह नहीं, धरती पर एक ऐसे वर्ग का भी जन्म होता है जिसका धर्म ही सेवा करना है। ये खुद प्रकृति की चरितार्थता के लिए ही ऐसे अक्षम व्यक्तियों को चाहते हैं जो अपना सोलह आना भार उनके ऊपर छोड़ सकें। इन सहज सेवकों को अपने काम में कोई सुख नहीं मिलता, मगर और किसी व्यक्ति को निश्चिंत करना, उसको पूरी तरह से विश्राम पहुँचाना, उसको सब तरह के संकटों से बचाकर ले चलना, लोक तथा समाज में उसके सम्मान की बढ़ोतरी करना, इन्हीं बातों में उनको परम उत्साह मिलता है। ये मानो एक प्रकार के मर्द, माँ हैं, सो भी अपने लड़कों के नहीं, पराए लड़कों के।

मनोहरलाल के नौकर का नाम था रामचरण। उसका एकमात्र लक्ष्य अपने बाबू की शरीर-रक्षा और स्वास्थ्य हानि की हिफाजत करना था। यदि उसके साँस लेने से बाबू के साँस लेने की मेहनत बच जाती तो फिर वह दिन-रात लुहार की धौंकनी के समान हाँफने के लिए राजी था। बाहर के व्यक्ति प्राय: सोचते कि मनोहरलाल अपने नौकर से व्यर्थ परिश्रम कराकर अन्यायपूर्ण दुःख देते हैं, क्योंकि यदि हाथ से छूकर हुक्के की नली धरती पर गिर पड़े तो उसे उठाना मुश्किल काम नहीं है, उसके लिए पुकारकर दूसरे कमरे से रामचरण को दौड़ाना अधिक अनुचित-सा प्रतीत होता है, किंतु इन सब नितांत अनावश्यक कामों में अपने को अत्यावश्यक समझवाने में ही रामचरण को अपार मजा मिलता था।

जिस प्रकार रामचरण था, उसी तरह उनका एक और अनुचर था नीलकंठ। धन-संपत्ति की हिफाजत का भार इस नीलकंठ के ऊपर था। बाबू के प्रसाद से परिपुष्ट रामचरण खूब चिकना था, लेकिन नीलकंठ की देह के अस्थि-कंकाल के ऊपर किसी प्रकार की आब नहीं थी, यह कहना ही उचित होगा। बाबू के ऐश्वर्यभंडार के द्वार पर वह साक्षात् दुर्भिक्ष के समान पहरा देता था। संपत्ति तो थी मनोहरलाल की, मगर उस पर सारी ममता थी नीलकंठ की।

नीलकंठ के साथ बनवारीलाल की खट-पट बहुत रोज से चल रही थी। मान लो, पिता के यहाँ दरबारदारी करके बनवारी ने बड़ी बहू के लिए एक नया आभूषण बनवाने का हुक्म प्राप्त किया। उसकी इच्छा थी कि वह रुपया लेकर अपनी रुचि के मुताबिक चीज़ तैयार कराए, किंतु ऐसा होने की गुंजाइश न थी। आय-व्यय का सारा कार्य नीलकंठ के हाथ से ही

होना चाहिए। फल यह हुआ कि गहना बना तो सही लेकिन किसी के माफिक नहीं बना। बनवारी को दृढ़ यकीन हो गया कि सुनार के साथ नीलकंठ का हिस्सा-बंटवारा चलता है। खरे आदमियों के दुश्मनों की कमी नहीं होती। ढेरों लोगों से बनवारी यही बात सुनता आ रहा था कि नीलकंठ दूसरे व्यक्तियों को जिस मात्रा में वंचित रखता है, उसके अपने घर में उतनी ही ज़्यादा मात्रा से संचित होता जा रहा है और इन दोनों पक्षों में यह जो इतना विरोध पैदा हो गया था, वह मामूली दस-पाँच रुपए को लेकर। नीलकंठ में व्यावहारिक अक्ल का अभाव नहीं था, यह बात समझना उसके लिए मुश्किल नहीं था कि बनवारी के साथ मेल रखकर न चलने से किसी-न-किसी दिन उस पर मुसीबत आने की संभावना हो सकती है, किंतु मालिक के धन के विषय में-नीलकंठ को कृपणता का रोग था। जिस ख़र्च को वह फिज़ूले समझता था, उसे मालिक का आदेश पाने पर भी वह किसी भी तरह नहीं कर सकता था।

दूसरी तरफ़ बनवारी को प्राय: अनुचित खर्चे की आवश्यकता पड़ती रहती। पुरुषों के अनेक फिज़ूल कार्यों के मूल में जो कारण रहता है वही कारण यहाँ भी पर्याप्त प्रबल भाव से मौजूद था। बनवारी की पत्नी किरणलेखा के सौंदर्य के विषय में अनेक मत हो सकते थे, उसको लेकर आलोचना करना अनावश्यक है। उसमें जो मत बनवारी का था, प्रस्तुत प्रसंग में एकमात्र वही कार्य का है। वस्तुत: पत्नी के प्रति बनवारी के दिल में जिस मात्रा में आकर्षण था, उसे घर की अन्य स्त्रियाँ अति ही मानती थीं। अर्थात् वे अपने पति से जितना प्रेम चाहतीं, लेकिन पाती न थीं, यह उतना था। किरणलेखा की उम्र जितनी भी रही हो, देखने में वह बच्ची-सी लगती थी। घर की बड़ी बहू की आकृति-प्रकृति जैसी मालकिन के तरीक़े की होनी चाहिए वैसी उसकी ज़रा भी न थी। सब मिलाकर वह जैसे बहुत थोड़ी हो।

बनवारी उसे प्रेम से अणु कहता। जब इससे भी पूरा न पड़ता तो परमाणु कहता। रसायन शास्त्र की जिनको जानकारी है, वे जानते हैं कि दुनिया के निर्माण में अणु-परमाणुओं की ताकत ऐसी कम नहीं है।

किरण ने किसी भी दिन पति से किसी वस्तु की माँग नहीं की। उसका कुछ ऐसा उदासीन भाव था मानो उसे ख़ास किसी से प्रयोजन न हो। घर में उसकी बहुत-सी छोटी-बड़ी ननदें थीं, उसका मन हमेशा उन्हीं में लगा रहता। नवयौवन के नवजाग्रत प्यार में जो एक एकांत तपस्या होती है, वह उसे उतनी आवश्यक प्रतीत न होती थी। इसी वजह से बनवारी के साथ उनके व्यवहार में कुछ विशेष आग्रह के लक्षण नहीं दिखते थे। बनवारी

से जो कुछ भी उसे मिलता, उसे वह शांत भाव से ग्रहण करती। आगे बढ़कर वह कुछ नहीं चाहती थी। इसका अंजाम यह हुआ कि पत्नी किस तरह खुश होगी यह बात बनवारी को स्वयं सोचकर ढूँढ़नी पड़ती। पत्नी जहाँ खुद अपने मुख से फर्माइश करती है वहाँ उसे तर्क द्वारा कुछ-न-कुछ कम करना मुमकिन होता है, किंतु स्वयं अपने साथ मोल-भाव नहीं चल सकता। ऐसे स्थान पर अयाचित दान से याचित दान की अपेक्षा ख़र्चज़्यादा पड़ जाता है।

फिर पति के प्यार का उपहार पाकर किरण को कितनी खुशी हुई, इसे ठीक से समझने का कोई उपाय न था। इस विषय में प्रश्न करने पर वह कहती- "बढ़िया है, अच्छा है!" लेकिन बनवारी के मन का खटका किसी भी तरह दूर न होता। पल-पल में उसे लगता, शायद पसंद नहीं आया। किरण पति को कुछ डाँटकर कहती- "तुम्हारी तो आदत ही ऐसी है। न जाने नुक्ताचीनी क्यों करते रहते हो। क्यों, यह तो बहुत अच्छा बना है।"

बनवारी ने पाठ्य-पुस्तक में पड़ा था, संतोष मनुष्य का महत् गुण है, मगर पत्नी के स्वभाव में यह महत् गुण उसे दुःख पहुँचाता था। उसकी पत्नी ने उसे सिर्फ़ संतुष्ट ही नहीं किया था, बल्कि अभिभूत भी किया था। वह भी पत्नी को अभिभूत करना चाहता था। उसकी पत्नी को तो कोई ख़ास प्रयत्न नहीं करना पड़ता था। यौवन का लावण्य अपने-आप उछला पड़ता था। सेवा का नैपुण्य खुद प्रकाशित हो जाता, लेकिन पुरुष को ऐसा महज सुयोग प्राप्त नहीं है, पौरुष का परिचय देने के लिए उसे कुछ-न-कुछ करना ही पड़ता है, उसमें कोई एक विशेष ताकत है, इसका प्रमाण दिए बिना पुरुष का प्रेम म्लान बना रहता है। यदि और कुछ न भी रहे, दौलत जो शक्ति का एक निदर्शन है, मोर के पंखों के समान पत्नी के पास उस धन की सारी वर्णच्छटा प्रदर्शित कर सकने पर मन को सान्त्वना मिलती है। नीलकंठ ने बनवारी की प्रेम नाट्य-लीला के इस आयोजन में निरन्तर बाधा पहुँचाई। बनवारी घर का बड़ा पुत्र था, तो भी उसकी किसी बात में नहीं चलती थी, मालिक का प्रश्रय पाकर भृत्य होते हुए भी नीलकंठ उस पर अधिकार जमाता, उससे बनवारी को जिस असुविधा और अपमान का तजुर्बा होता वह किसी वजह से उतना नहीं होता था जितना कामदेव के तूणीर में मनोनुकूल बाण जुटाने की अक्षमता की वजह से होता था।

एक रोज इस धन-संपत्ति पर उसी का तो अबाध अधिकार होगा, किंतु यौवन क्या चिरकाल रहेगा? वसंत के रंगीन प्याले में फिर से यह सुधा-रस अपने-आप इस तरह नहीं भर उठेगा, तब रुपया विषयी का धन होकर खूब कठोर होकर जम पाएगा, गिरि-शिखर के हिम-संघात के समान उसमें बात-बात में असावधान हृदय की अपव्यय की लहरें क्रीड़ा

नहीं करेंगी। रुपए की ज़रूरत तो इसी समय है, जब आनंद के लिए उसके ख़र्च की शक्ति समाप्त नहीं हुई है।

बनवारी के तीन विशेष शौक थे-कुश्ती, शिकार और संस्कृत-चर्चा। उसकी कॉपी संस्कृत की अद्भुत कविताओं से लबालब भरी हुई थी। बादल के दिन, चाँदनी रात में, दक्षिण हवा के चलने पर वह बड़े काम आती थी। सुविधा यह थी कि नीलकंठ इन कविताओं की अलंकार अधिकता को कम नहीं कर सकता था। अतिश्योक्ति चाहे जितनी आतिशय हो, कोई मुनीम सरिश्तेदार उसके लिए उत्तरदायी न थे। किरण के कान के सोने में कृपणता की जाती थी, मगर उसके कान के निकट जो मंदाक्रांता गुंजरित होता था, उसके छंद में एक भी मात्रा कम न होती और उसके भाव में कोई हद ही न रहती, ऐसा कहने से अत्युक्ति नहीं होगी।

बनवारी का चेहरा पहलवान की तरह लंबा-चौड़ा था। जब वह क्रोधित होता तब उसके डर से लोग घबरा जाते, मगर इस जवान व्यक्ति का मन बहुत ही कोमल था। उसका छोटा भाई बंशीलाल जब छोटा था तब उसने उसे माता के स्नेह से पाला था। उसके दिल में मानो प्यार-दुलार करने की भूख हो।

अपनी पत्नी को वह जो प्रेम करता था, उसके साथ यह चीज़ भी जुड़ी थी, प्यार-दुलार करने की इच्छा। किरणलेखा तरुच्छाया के नीचे पथ-भूली रश्मि के समान ही छोटी थी, छोटी होने की वजह से ही उसने अपने पति के दिल में एक बड़ी भारी संवेदना जगा रखी थी, इस पत्नी को वस्त्राभूषणों आदि से सजाकर देखने की उसकी बड़ी ख़्वाहिश थी। वह भोग करने का आनंद नहीं, वह रचना करने का आनंद था। वह एक को अनेक करने का आनंद था, किरणलेखा को नाना वर्गों में, अनेक आवरणों में, नाना प्रकार के रूपों में देखने का आनंद था।

किंतु सिर्फ़ संस्कृत के श्लोकों का पाठ करने से ही बनवारी का यह शौक किसी भी प्रकार पूरा नहीं हो पाता था। उसके अपने अन्दर एक पुरुषोचित प्रभु-शक्ति है, यह भी वह प्रकट न कर सका और प्यार की सामग्री को अनेक उपकरणों से ऐश्वर्यपूर्ण बनाने की उसकी जो मर्जी है, वह भी पूरी नहीं हो पाती।

इस प्रकार धनी की यह संतान अपनी मान-मर्यादा, अपनी खूबसूरत पत्नी, उसका परिपूर्ण यौवन, साधारणत: लोग जिसकी कामना करते हैं वह सब-कुछ लिए हुए भी संसार में एक रोज एक उत्पात के समान उठ खड़ी हुई।

सुखदा मधुकैवर्त की पत्नी थी, जो मनोहरलाल का आसामी था। वह एक रोज घर के अन्दर आकर किरणलेखा के पैर पकड़कर रोने लगी। बात यह थी, कुछ साल पूर्व नदी में मछली पकड़ने का जाल फैलाने के काम के लिए हर बार की तरह मछुआरों ने एक साथ मिलकर कर्जनामा लिखकर मनोहरलाल की कचहरी से हजार रुपया उधार लिया था। अच्छी मछली प्राप्त होने पर असल रुपया ब्याज के साथ चुका देने में कोई न होती, इसलिए ऊँची ब्याज-दर पर रुपया उधार लेने में ये व्यक्ति आगा-पीछा करते थे। उस साल वैसी मछली नहीं मिली और संयोग से एक के पश्चात एक तीन वर्ष तक नदी की धारा में इतनी कम मछलियाँ आईं कि मछुआरों का ख़र्च भी नहीं निकल पाया, यहाँ तक कि वे उल्टे कर्ज के जाल में फंस गए। जो मछुआरे अन्य इलाकों के थे वे तो फिर दिखाई ही नहीं दिए, मगर मधुकैवर्त वहीं का आसामी था, वहाँ उसका पुश्तैनी मकान था। उसके भागने का उपाय न होने की वजह से कर्ज चुकाने का सारा उत्तरदायित्व उसके ऊपर आ पड़ा। सर्वनाश से हिफाजत पाने का अनुरोध लेकर वह किरण की शरण में आई थी। किरण की सास के पास जाने से कोई लाभ नहीं होता इसे सभी जानते थे, क्योंकि नीलकंठ की व्यवस्था में कोई भी कमी निकाल सकता था, इस बात की वे कल्पना भी नहीं कर सकती थीं। नीलकंठ के लिए बनवारी के मन में बहुत गुस्सा था यह जानकर ही मधुकैवर्त ने अपनी पत्नी को किरण के पास भेजा था।

बनवारी चाहे जितना गुस्से एवं चाहे जितनी आत्मश्लाघा करे, किरण निश्चयपूर्वक जानती थी कि नीलकंठ के कार्य में हस्तक्षेप करने का उसे कोई अधिकार नहीं। इसलिए किरण ने सुखदा को बार-बार समझाने की कोशिश करते हुए कहा- "पुत्री क्या करूँ बताओ। तुम जानती हो, इसमें मेरा कोई हाथ नहीं है। मालिक हैं, मधु से बताओ, उनको जाकर पकड़े।"

यह कोशिश तो पहले ही की जा चुकी थी। मनोहरलाल के पास किसी बात की प्रार्थना करते ही वे उसके विचार का भार नीलकंठ के ही ऊपर छोड़ देते थे, इसमें कभी कोई हेर-फेर नहीं होता था। इससे प्रार्थी की परेशानी और भी बढ़ जाती थी। दूसरी बार अगर कोई उनके पास अपील करना चाहता तो मालिक क्रोध से आग-बबूला हो उठते थे। यदि जमीन-जायदाद का झंझट उन्हें ही उठाना पड़ गया तो फिर उसका भोग करने में आनन्द ही क्या रहा।

सुखदा जब किरण के निकट रो-पीट रही थी तभी बनवारी बगल के कमरे में बैठा

अपनी बंदूक की नली में तेल लगा रहा था। बनवारी ने सारी वार्तालाप सुनीं। किरण करुण स्वर में बार-बार बता रही थी कि हम इसका कोई भी प्रतिकार करने में असमर्थ है। यह बात बनवारी की छाती में कटि के समान चुभ गयी।

उस दिन मापी पूर्णिमा फाल्गुन के शुरू में आकर पड़ी थी। दिन के समय की उमस को मिटाकर शाम के वक्त अचानक एक मतवाली हवा चल पड़ी थी। कोकिल कूक-कूककर अधीर जा रही थी, बार-बार एक ही सुर की चोट से वह न जाने कहाँ के किस औदासीन्य (वैराग्य) को विचलित करने की कोशिश कर रही थी और आसमान में फूलों की सुगंधि का मेला लग गया था, जैसे खचाखच भीड़ हो। जंगले के बिलकुल निकट अंतःपुर के बगीचे से मुचकुंद फूल की गंध ने वसंत के आसमान को नशे में बेसुध कर दिया था। किरण ने उस दिन लटकन (लटकन पेड़ के फल के बीज का लाल रंग) रंग की साड़ी तथा जूड़े में बेला के फूलों की माला पहनी थी। इस दंपति के प्रचलित नियमानुसार उस रोज बनवारी के लिए भी फाल्गुन-ऋतु का उत्सव मनाने के लायक एक लटकन रंग की चद्दर और बेला के फूलों का गज़रा तैयार किया गया था। रात का पहला पहर गुजर गया तो भी बनवारी दिखाई नहीं दिया। यौवन का भरा हुआ प्याला आज उसे किसी तरह भी अच्छा नहीं लगा। प्रेम के बैकुंठ लोक में इतनी बड़ी कुंठा लेकर वह कैसे प्रवेश करता। मधुकैवर्त का कष्ट दूर करने की क्षमता उसमें नहीं वह क्षमता नीलकंठ में थी। ऐसे कापुरुष के गले में पहनाने के लिए माला किसने बनाई थी।

पहले उसने अपने बाहर वाले कमरे में नीलकंठ को बुलवाया और फिर कर्ज चुकाने के उत्तरदायित्व के लिए मधुकैवर्त को नष्ट करने से मना किया। नीलकंठ ने कहा- "मधु को अगर प्रश्रय दिया जाएगा तो फिर इस तिमाही के प्रारंभ में ढेरों रुपया शेष रह जाएगा, सभी उज्र करना शुरू कर देंगे।"

बनवारी जब तर्क में न जीत सका तो जो उसके मुख में आया बकने लगा और बोला- "नीच!"

नीलकंठ बोला- "नीच न होता तो बड़े आदमी की शरण क्यों लेता?" उसने कहा- "चोर।" नीलकंठ ने कहा- "सो तो है ही, परमात्मा जिसे अपना कुछ नहीं देते, दूसरे के धन से ही तो वह जान बचाता है।" सारी गालियाँ उसने अपने सिर पर ले लीं, आखिर में कहा- "वकील बाबू बैठे हैं, उनके साथ काम की बात समाप्त कर लूँ। यदि ज़रूरत समझें तो फिर आऊँगा।'"

बनवारी ने अपने छोटे भाई बंशी को अपने दल में मिलाकर उसी वक्त पिता के पास जाने का इरादा किया। वह जानता था, अकेले जाने से कोई फल न होगा, क्योंकि इस नीलकंठ को लेकर पिता के साथ उसकी पहले ही लड़ाई हो चुकी थी। पिता उसके ऊपर नाखुश ही थे। एक दिन था जब सभी सोचते थे कि मनोहरलाल अपने बड़े पुत्र को सबसे अधिक चाहते हैं, किंतु अब लगता था, बंशी के ऊपर ही उनका ज़्यादा मोह था, इसलिए बनवारी ने बंशी को भी अपनी नालिश में शामिल करना चाहा।

बंशी बड़ा भला पुत्र था। इस परिवार में अकेले उसी ने दो परीक्षाएँ पास की थीं। इस बार वह कानून की परीक्षा की तैयारी कर रहा था। दिन-रात जागकर पढ़ते-पढ़ते उसके अंतर में कुछ एकत्रित हो रहा था या नहीं, यह अंतर्यामी ही जानें, मगर शारीरिक दृष्टि से ख़र्च के सिवा और कुछ भी नहीं था।

इस फाल्गुन की शाम को उसके कमरे की खिड़की बंद थी। ऋतु-परिवर्तन से वह काफी डरता था। हवा पर उसे तनिक भी श्रद्धा न थी। मेज पर केरोसीन का एक लैंप जल रहा था, कुछ किताबें, जमीन पर तख्त की बगल में पड़ी थीं, कुछ मेज पर, दीवार के ताख पर दवाइयों की कुछ शीशियाँ रखी थीं।

बनवारी के प्रस्ताव से बंशी किसी भी प्रकार सहमत न हुआ। बनवारी क्रुद्ध होकर गरज पड़ा- "तू नीलकंठ से डरता है?"

बंशी इसका कोई जवाब न देकर चुप रह गया। वास्तव में उसकी चेष्टा सदा नीलकंठ को अनुकूल रखने की होती थी। वह पूरा साल कोलकाता के घर में ही बिताता, वहाँ निर्धारित रुपए की अपेक्षा उसे ज़्यादा की ज़रूरत पड़ ही जाती। इस सिलसिले में नीलकंठ को खुश रखने का उसे अभ्यास हो गया था।

बंशी को भीरू, कापुरुष, नीलकंठ का चरण-चारण चक्रवर्ती कहकर गालियों की बौछार करके बनवारी अकेला ही पिता के निकट जा उपस्थित हुआ। मनोहरलाल अपने बाग की पुष्करिणी के घाट पर नंगे शरीर आराम से हवा खा रहे थे। पार्षदगण पास बैठे कोलकाता के बैरिस्टर की बहस से जिला-कोर्ट में दूसरे गाँव के जमींदार अखिल मजूमदार किस तरह हैरान हो गए उसी की कहानी श्रुतिमधुर बनाकर मालिक से कह रहे थे। उस दिन वसंत शाम की सुगंधि के सहयोग से वह वृत्तांत उनके लिए अधिक रमणीय हो उठा था।

अचानक बनवारी ने बीच में आकर रस-भंग कर दिया। भूमिका बाँधकर अपनी बात

को धीरे-धीरे प्रकट करने लायक उसकी अवस्था नहीं थी। उसने उच्च स्वर में एकदम कहना आरम्भ कर दिया, नीलकंठ के द्वारा उसकी क्षति हो रही है। वह चोर है, मालिक का रुपया मारकर अपना पेट भरता है। इस बात का कोई सबूत न था और वह सत्य भी नहीं था। नीलकंठ के द्वारा संपत्ति की बढ़ोतरी हुई थी और वह चोरी भी नहीं करता था। बनवारी ने सोचा था, नीलकंठ के सच्चे स्वभाव के प्रति अटल यकीन होने के कारण ही मालिक सब मामलों में उसके ऊपर इस तरह आँख बंद करके निर्भर रहते हैं। यह उसका भ्रम था। मनोहरलाल के मन में दृढ़ धारणा थी कि नीलकंठ अवसर लगने पर चोरी करता है, किंतु इस कारण उसके उनके मन में किसी तरह की अश्रद्धा नहीं थी, क्योंकि अनादिकाल से दुनिया इसी प्रकार चली आ रही है। अनुचरगण की चोरी की बचत से ही तो सदा बड़े घर पलते हैं। चोरी करने की चालाकी जिनमें नहीं है, मालिक की संपत्ति की हिफाजत करने की बुद्धि ही उनमें कहाँ से आएगी! धर्मपुत्र युधिष्ठिर से तो जमींदारी का काम नहीं चल सकता। मनोहर ने अधिक खीझकर कहा- "अच्छा, नीलकंठ क्या करता है अथवा नहीं करता इस बात की फिक्र तुम्हें नहीं होगी।" साथ ही यह भी बताया- "देखा न, बंशी का तो झंझट नहीं है। वह कैसा पढ़-लिख रहा है, वह लड़का फिर भी थोड़ा-बहुत आदमी सरीखा है।"

इसके बाद अखिल मजूमदार की दुर्गति की कहानी में रस नहीं आया। परिणामस्वरूप, मनोहरलाल के लिए उस रोज वसंत की वायु बेकार ही चली और पुष्करिणी के काले जल के ऊपर चंद्र-ज्योत्सना के झिलमिलाने की कोई उपयोगिता नहीं रही। उस दिन की संध्या बेकार नहीं गई तो केवल बंशी और नीलकंठ के लिए। खिड़की बंद करके बंशी देर रात तक पड़ता रहा तथा वकील के साथ सलाह करते हुए नीलकंठ ने आधी रात गुजार दी।

कमरे का दीपक बुझाकर किरण खिड़की के निकट बैठी थी। काम-काम आज उसने बहुत जल्दी खत्म कर लिया था। रात्रि का भोजन करना अभी बाकी था, मगर अभी तक बनवारी ने खाना नहीं खाया था, इसलिए वह प्रतीक्षा कर रही थी। मधुकैवर्त की बात उसे याद भी नहीं थी। बनवारी मधु के दुःख का कोई प्रतिकार नहीं कर सकता, इस विषय में किरण के मन में लेश-मात्र भी क्षोभ न था। अपने पति से कभी वह किसी ख़ास क्षमता का परिचय पाने के लिए उत्सुक नहीं थी। परिवार के गौरव में ही उसके पति का गौरव था। उसका पति उसके ससुर का बड़ा पुत्र था, उसे इससे भी ज़्यादा बड़ा होना चाहिए, इस प्रकार की बात कभी उसके दिल में भी न आई। आखिर ये तो गोसाईगंज के प्रसिद्ध हालदार के वंशज थे।

बनवारी काफी रात तक बाहर के बरामदे में टहलने के बाद कमरे में आया। वह भूल गया था कि उसने भोजन नहीं किया है। किरण उसके इन्तजार में बिना खाना खाए बैठी थी। इस घटना ने उस रोज जैसे उसको विशेष रूप से चोट पहुँचाई हो। किरण के इस दुःख को स्वीकार करने के साथ उसकी अपनी अकमण्यता का मानो मेल न बैठ पाया हो। भोजन का कौर उसके कंठ में अटकने लग गया। बनवारी ने अधिक उत्तेजना के साथ पत्नी से कहा- "जैसे भी हो, मैं मधुकैवर्त की हिफाजत करूँगा।"

"लो और सुनो। तुम उसे किस प्रकार बचाओगे?" किरण ने उसकी इस अनावश्यक उग्रता पर हैरान होकर कहा।

मधु का ऋण बनवारी खुद शोध कर देगा, यही उसका प्रण था, किंतु बनवारी के हाथ में कभी रुपया इकट्ठा नहीं रहता। उसने निश्चय किया कि अपनी तीन अच्छी बंदूकों में से एक बंदूक और एक अमूल्य हीरे की अंगूठी बेचकर वह धन इकट्ठा करेगा, गाँव में इन सब वस्तुओं का उचित मूल्य नहीं मिलेगा और बेचने की कोशिश पर चारों ओर लोग कानाफूसी करेंगे। इस कारण कोई-न-कोई बहाना करके बनवारी कोलकाता चला गया। जाते वक्त मधु को बुलाकर आश्वासन दे गया कि उसके लिए डर की कोई बात नहीं है।

इधर बनवारी का शरणापन्न हुआ समझकर, नीलकंठ मधु पर से आग-बबूला हो उठा। चपरासियों के जुल्म से कैवर्त मुहल्ले की इज्जत खतरे में पड़ गयी।

जिस रोज बनवारी कोलकाता से लौटकर आया उसी दिन मधु का लड़का स्वरूप दौड़ता-हाँफता हुआ आया और अचानक बनवारी के पैरों में लेटकर 'हाय-हाय!' करके रोने लग गया था।

"क्या है रे, बात क्या है?"

"मेरे पिता को नीलकंठ ने कल रात से कचहरी के अन्दर बंद कर रखा है।" स्वरूप ने बताया।

बनवारी का सारा जिस्म क्रोध से काँपने लगा।

"अभी जाकर थाने में खबर कर आ।" बनवारी गुस्से के स्वर में बोला।

"मर गए! दान में सूचना! नीलकंठ के विरुद्ध!" उसके पैर उठना नहीं चाहते थे। आखिर मैं बनवारी के धमकाने पर उसने थाने में जाकर खबर कर दी। पुलिस ने तुरंत कचहरी में आकर मधु को बंधन से छुड़ाया और नीलकंठ तथा कचहरी के कई चपरासियों को

अभियुक्त बनाकर मजिस्ट्रेट के निकट चालान कर दिया।

मनोहर बड़े फिक्रमन्द हो उठे। उनके मुकदमे के मंत्री पूस के बहाने पुलिस के साथ मिलकर रुपया लूटने लगे। कोलकाता से एक वकील आया, वह बिलकुल कच्चा था, नया पासशुदा। सुविधा इतनी ही थी कि जितनी फीस उसके नाम खाते में लिखी जाती थी उतनी फीस उसकी जेब में नहीं जाती थी। दूसरी तरफ़ मधुकैवर्त के पक्ष में जिला अदालत का एक कुशल वकील नियुक्त हुआ था। उसका ख़र्च कौन दे रहा था मालूम नहीं चला। नीलकंठ को छह महीने की सजा हुई। हाईकोर्ट की अपील में भी वह बहाल रही। अँगूठी तथा बंदूक का उचित मूल्य में बिकना बेकार नहीं हुआ। परिणामस्वरूप मधु बच गया और नीलकंठ को जेल हो गयी, लेकिन इस घटना के बाद मधु अपने घर टिके कैसे। बनवारी ने उसको आश्वासन देकर कहा- "तू निश्चिन्त रह, तुझे कोई डर नहीं है।" किसके बल पर आश्वासन दिया था यह वही जाने। शायद सिर्फ़ अपने पौरुष के बल पर।

इस मामले के मूल में बनवारी था, इसको छिपा रखने का ख़ास प्रयत्न उसने नहीं किया। बात जाहिर भी हो गयी, यहाँ तक कि मालिक के कानों तक पहुँची। उन्होंने नौकर के द्वारा कहला भेजा- "बनवारी कभी भी मेरे सम्मुख न आए।" बनवारी ने पिता का हुक्म अमान्य नहीं किया।

किरण अपने पति की आदत देखकर अवाक् रह गयी। यह क्या मजाक है! घर का बड़ा पुत्र, पिता के साथ बातचीत बंद, तिस पर अपने कर्मचारियों को जेल में भेजकर दुनिया के व्यक्तियों के सामने अपने परिवार का सिर नीचा कर देना। वह भी इस एक साधारण सी मुधकैवर्त को लेकर।

अनोखी बात थी, इस वंश में कितने बड़े बाबू जन्मे एवं नीलकंठों की भी कभी कमी न रही। नीलकंठ अर्थ-व्यवस्था का सारा भार खुद लेते रहे और बड़े बाबू पूरी प्रकार निश्चेष्ट भाव से वंश-गौरव की रक्षा करते रहे। ऐसी उल्टी गंगा तो कभी नहीं बही। आज इस परिवार के बड़े बाबू के पद की अवनति हो जाने पर बड़ी बहू के सम्मान को ठेस पहुँची। इससे इतने दिन पश्चात आज पति के प्रति किरण की वास्तविक अश्रद्धा की वजह आ जुटा। इतने दिन बाद उसकी बसंत के समय की लटकन रंग की साड़ी एवं जूड़े की बेल फूलों की माला लज्जा से म्लान हो गयी।

किरण की आयु काफी हो गयी थी फिर भी वह निःसंतान थी। इस नीलकंठ ने ही एक रोज मालिक की आज्ञा पाकर पात्री देखकर बनवारी को एक और शादी प्रायः पक्की करा

दी थी। बनवारी हालदार वंश का बड़ा लड़का था, सब बातों से पहले यह बात तो ख्याल में रखनी ही थी। वह निःसंतान रहे, यह तो हो ही नहीं सकता था। इस बात से किस की छाती धक-धक करके काँच उठी, लेकिन इसे वह मन-ही-मन स्वीकार किए बिना भी न रह सकी कि बात संगत थी। तब भी उसने नीलकंठ पर ज़रा भी क्रोध न किया, अपने भाग्य को ही दोषी ठहराया। उसका पति अगर क्रोधित होकर नीलकंठ को मारने न जाता एवं विवाह-सम्बन्ध तोड़कर पिता-माता के साथ लड़ाई-झगड़ा नहीं करता तो किरण उसको जुल्म न मानती। यहाँ तक कि बनवारी ने अपने वंश की बात नहीं सोची, इससे अधिक गोपन भाव से किरण के मन में बनवारी के पौरुष के प्रति अश्रद्धा हो गयी। बड़े घर का उत्तरदायित्व क्या साधारण उत्तरदायित्व होता है? उसको निष्ठुर होने का अधिकार है। उसके समीप किसी तरुणी औरत की अथवा किसी दुखी कैवर्त के सुख-दुःख की कीमत ही कितनी है।

साधारणत: जो घटता रहता है, कभी-कभी उसके घटित न होने पर कोई उसे माफ नहीं कर सकता, यह बात बनवारी किसी भी प्रकार न समझ सका। उसके लिए पूर्ण रूप से घर का बड़ा बाबू होना ही सही था, अन्य किसी प्रकार के उचित-अनुचित की करके यहाँ की धारावाहिकता नष्ट करना उसके लिए अकरणीय था, यह उसे छोड़कर और सबके लिए अधिक सुस्पष्ट था।

इसको लेकर किस ने अपने देवर से कितना दुःख जाहिर किया था। बंशी बुद्धिमान था, उसे खाना हज्म नहीं होता और थोड़ी-सी हवा लगते ही वह जुकाम-खाँसी से बेचैन हो जाता, किंतु वह स्थिर, धीर और विचक्षण (विद्वान) था। वह अपनी कानून की पुस्तक का जो अध्याय पढ़ रहा था उसे मेज पर उलटकर रखते हुए उसने किरण से कहा- "यह पागलपन के अतिरिक्त और कुछ नहीं है।"

"जानते हो देवरजी, तुम्हारे भैया जब तक सही रहते हैं तब तक ठीक है, किंतु अगर एक बार बिगड़ जाएँ तो फिर उन्हें कोई नहीं संभाल पाता। मैं क्या करूँ बताओ तो सही।" किरण ने उद्वेग से सिर हिलाकर कहा।

जब परिवार के सब समझदार व्यक्तियों के साथ किरण का मत पूर्ण रूप से मिल गया तो बनवारी के मन में यही बात सबसे ज़्यादा खटकी। यह एक ज़रा-सी स्त्री, अधखिले चम्पा फूल के समान कोमल, इसके दिल को अपनी वेदना के समीप खींच लाने में पुरुष की समस्त ताकत परास्त हो गयी। आज के दिन किरण अगर बनवारी के साथ पूर्ण रूप से मिल सकती तो उसके हृदय-क्षत देखते-ही-देखते इस तरह न बढ़ जाते।

मधु की हिफाजत करनी होगी यह मामूली कर्त्तव्य की बात, चारों तरफ़ की ताड़ना के कारण बनवारी के पक्ष में वास्तव में एक सनक बन गयी। इसकी बराबरी में अन्य सब बातें उसके लिए छोटी हो गयीं। दूसरी ओर जेल से नीलकंठ ऐसे स्वस्थ भाव से लौट आया मानो वह जमाई षष्ठी (बंगाल में जेठ के महीने में षष्ठी के दिन दामाद को बुलाकर बहुत आदर-सत्कार से खिला-पिलाकर पैसे-कपड़े आदि भेंट देते हैं) की दावत पर गया था। वह फिर से यथारीत अम्लान मुँह से अपने काम में जुट गया। मधु का गृहविहीन किए बिना प्रजा के सामने नीलकंठ के सम्मान की हिफाजत नहीं थी। मान की तो उसे अधिक चिंता न थी, किंतु आसामियों के उसे न मानने पर उसकी कार्य नहीं चल सकता था, इसी कारण उसको सावधान होना पड़ा। इसलिए मधु को तिनके के समान उखाड़ने के लिए उसने अपने हँसिए पर शान चढ़ाना आरम्भ किया।

इस बार बनवारी शांत नहीं रहा। उसने नीलकंठ को साफ कह दिया कि चाहे जो हो वह मधु को समाप्त नहीं होने देगा। पहले तो उसने मधु का जो कर्ज था वह अपने पास से पूरा चुकाया, उसके बाद और कोई उपाय न देखकर वह खुद जाकर मजिस्ट्रेट को खबर दे आया कि नीलकंठ अन्यायपूर्वक मधु को विपद में डालने का उद्योग कर रहा है।

सभी हितैषियों ने बनवारी को समझाया, जिस तरह की घटनाएँ घट रही थीं, उनसे मनोहर किसी रोज उसके। त्याग देगा। त्याग करने पर जो-जो कष्ट भुगतने होते हैं, ये अगर न होते तो अब तक मनोहर ने उसको त्याग दिया होता, किंतु बनवारी की माँ मौजूद थी तथा आत्मीय-स्वजन अनेक लोगों के अलग-अलग तरह के मत थे, उसे लेकर कोई समस्या खड़ी करने के वे एकदम अनिच्छुक थे, इसलिए अभी तक मनोहर चुप थे।

होते-होते एक रोज सुबह अचानक दिखाई पड़ा, मधु के घर में ताला लगा है। रात-ही-रात में वह जाने कहा चला गया था। मामला अधिक अशोभन होते देखकर नीलकंठ ने जमींदार-सरकार से रुपया दिलवाकर उसको परिवार के साथ काशी भेज दिया था। पुलिस भी यह जानती थी, इसलिए कोई हंगामा नहीं हुआ। नीलकंठ ने होशियारी से अफवाह उड़ा दी कि मधु को उसकी स्त्री-पुत्र-कन्या सहित अमावस्या की रात को काली पर बलि चढ़ाकर मृत देहों को थैले में भरकर गंगा की मझधार में डुबो दिया गया है। डर से सबका शरीर सिहर उठा और नीलकंठ के लिए जन-साधारण की श्रद्धा पहले की अपेक्षा बहुत अधिक मात्रा में बढ़ गयी।

बनवारी जिस बात को लेकर मत्त था फिलहाल वह शांति हो गयी, मगर संसार उसके

लिए पहले जैसा नहीं रहा।

एक रोज बनवारी बंशी को बहुत चाहता था, आज देखा, बंशी उसका कोई नहीं, वह हालदार परिवार का ही था। और उसकी किरण, जिसके रूप के ध्यान ने यौवनारंभ के पहले से ही क्रमशः उसके दिल के लता-वितान को लपेट-लपेटकर आच्छन्न कर रखा था, वह भी पूर्ण तरीक़े से उसकी नहीं थी। वह भी हालदार परिवार की थी। एक दिन था, जब नीलकंठ की फरमाइश से बना आभूषण उसकी इस हृदयविहारिणी किरण के शरीर पर अच्छी तरह से शोभित न होने के कारण बनवारी असंतोष जाहिर करता था। आज देखा, कालिदास से शुरू करके अमरु और चोर कवियों की जिन सभी कविताओं के सुहाग से प्रेयसी को मंडित करता आ रहा था वह हालदार परिवार की इस बड़ी बहू को किसी तरह शोभा नहीं दे रहा था।

हाय रे! वसंत की हवा अब भी बहती थी, रात में सावन की वर्षा अब भी मुखरित हो उठती थी तथा अतृप्त प्रेम की वेदना शून्य दिल के पथ-पथ पर रोती हुई फिर रही थी।

प्रेम की गहनता की सभी को तो ज़रूरत नहीं है। संसार में अधिकांश लोगों का काम थोड़े-से निश्चित संबल से ही अच्छी प्रकार चल जाता है। इस नपी-तुली व्यवस्था से विशाल संसार के क्रम में कोई व्यतिक्रम नहीं घटता, किंतु कई व्यक्तियों का इससे पूरा नहीं पड़ता। वे अजात पक्षी शावक के समान केवल अंडे में प्राप्त अल्प खाद्य-रस लेकर ही जिन्दा नहीं रहते, वे अंडा फोड़कर बाहर निकल आते हैं। उन्हें अपनी ताकत से खाद्य-संग्रह करने का विस्तृत क्षेत्र चाहिए। बनवारी वैसी ही भूख लेकर उत्पन्न हुआ था। अपने प्रेम को अपने पौरुष द्वारा सार्थक करने के लिए उसका चित्त उत्सुक था, लेकिन वह जिस ओर दौड़ना चाहता था उसी तरफ़ हालदार परिवार की पक्की दीवार थी, हिलते-डुलते ही उसका सिर टकरा जाता था।

दिन फिर पहले की ही तरह बीतने लगे। पहले की अपेक्षा बनवारी शिकार में अधिक मन लगाने लगा, इसके अतिरिक्त बाहर से उसके जीवन में और कोई ख़ास परिवर्तन नहीं दिखता था। घर में वह भोजन करने जाता, भोजन के पश्चात पत्नी के साथ काफी वार्तालाप भी होती थी। मधुकैवर्त को किरण ने आज भी माफ नहीं किया था, क्योंकि इस परिवार में उसके पति ने अपनी प्रतिष्ठा जो खो दी थी, उसकी मूल वजह थी मधु। इसलिए क्षण-क्षण में न जाने क्यों उस मधु की बात अधिक कटु होकर किरण के मुँह पर आ जाती। मधु की नस-नस में शैतानी भरी थी। वह शैतानी में अग्रगण्य था तथा मधु पर दया करने का अर्थ

था पूरी प्रकार ठगा जाना, इस बात को बार-बार विस्तार से कहने पर भी वह न थकती थी। पहले दो-एक दिन बनवारी ने प्रतिवाद की कोशिश करके किरण की उत्तेजना को बढ़ा दिया था, उसके पश्चात से वह कोई प्रतिवाद न करता। इस तरह वह अपने नियमित गृहधर्म की रक्षा कर रहा था। किरण इसमें किसी अभाव अथवा कमी का अनुभव न करती, किंतु भीतर-ही-भीतर बनवारी का जीवन विवर्ण, रसहीन तथा चिर-अभुक्त (न भोगा हुआ) होता जा रहा था।

इसी बीच पता लगा कि परिवार की छोटी कुछ, बंशी की पत्नी गर्भवती है। सारा परिवार उम्मीद से प्रफुल्लित हो उठा। इस महद्वंश के प्रति कर्त्तव्य-पालन में किरण से जो त्रुटि हो गयी थी, इतने दिन पश्चात उसके पूरे होने की संभावना दिखी, अब षष्ठी देवी की कृपा से लड़की न होकर पुत्र होने में ही कुशल थी।

पुत्र ही उत्पन्न हुआ। छोटे बाबू कॉलेज की परीक्षा में उत्तीर्ण हुए और बंश की परीक्षा में भी उन्होंने पहला स्थान पाया। उनका सम्मान उत्तरोत्तर बढ़ रहा था, अब उनके सम्मान की हद न रही।

सभी का ध्यान इस बच्चे पर केंद्रित हो गया। किरण तो उसको पल-भर के लिए भी गोद से न उतारना चाहती थी। उसकी ऐसी हालत हो गयी कि मधुकैवर्त की आदत की कुटिलता की बात भी वह प्राय: भूल-सी गयी थी।

बनवारी बच्चों को बहुत प्यार करता था। छोटों, असमर्थों, सुकुमारों के प्रति उसमें गंभीर स्नेह एवं करुणा के भाव थे। हर व्यक्ति को विधाता ऐसा गुण देते हैं जो उसकी प्रकृति के खिलाफ होता है। यदि ऐसा न होता तो बनवारी पक्षियों का शिकार किस तरह करता था, समझ में नहीं आता।

किरण की गोद में एक बच्चे को देखने की इच्छा बनवारी के मन में बहुत वक्त से अतृप्त बनी हुई थी। इस कारण बंशी के लड़का होने पर पहले तो उसके दिल में एक ईर्ष्याजनित वेदना उत्पन्न हुई, पर उसको दूर करने में उसे देर न लगी। इस बच्चे को बनवारी खूब स्नेह कर सकता था, किंतु व्याघात का कारण यह हो गया कि जैसे-जैसे दिन गुजरने लगे, किरण उसको लेकर बहुत अधिक रत रहने लगी। पत्नी के साथ बनवारी के मिलने में बहुत व्यवधान पड़ने लगा। बनवारी स्पष्ट रूप से जान गया कि इतने दिन बाद किरण को कुछ ऐसा मिल गया है जो उसके दिल को वास्तव में पूर्ण कर सकता है। बनवारी जैसे अपनी पत्नी के हृदय हरम का एक किराएदार मात्र हो, जितने रोज घर का मालिक उपस्थित नहीं

था, उतने रोज पूरे घर का वह उपभोग करता था, कोई बाधा नहीं देता था, अब घर का मालिक आ गया था इससे किराए का आदमी बाकी सब छोड़कर केवल अपने कोने के कमरे पर ही दखल करने का हकदार था। किरण स्नेह में कहाँ तक तन्मय हो सकती थी, उसकी आत्मविसर्जन की ताकत कितनी प्रबल थी, यह बनवारी ने जब देखा तब उसका दिल सिर हिलाकर बोला- "इस हृदय को मैं जगा तो नहीं पाया, लेकिन जितना मुझमें साध्य था उतना तो कर ही दिया।"

सिर्फ़ इतना ही नहीं, इस लड़के के माध्यम से मानो किरण के लिए बंशी का कमरा ही अपना हो गया। उसकी पूरी मंत्रणा, आलोचना बंशी के साथ ही अच्छी तरह जमती। उस सूक्ष्म बुद्धि, सूक्ष्म शरीर, रस रक्तहीन, क्षणजीवी भीरू व्यक्ति के लिए बनवारी की अवज्ञा क्रमश: गंभीरतर हो रही थी। संसार के सब आदमी बनवारी की अपेक्षा उसी को सब मामलों में समझें, यह तो बनवारी ने सहन कर लिया, लेकिन आज जब उसने बार-बार देखा कि मनुष्य के रूप में उसकी पत्नी के लिए भी बंशी का मूल्य ज़्यादा था, तब अपने भाग्य एवं जगत के प्रति उसका मन खुश नहीं हुआ। इसी बीच परीक्षा जब पास थी कोलकाता वाले घर से खबर आई कि बंशी ज्वर से दुखी है और डॉक्टर रोग को असाध्य समझकर आशंका कर रहे हैं। बनवारी ने कोलकाता जाकर दिन-रात जागकर बंशी की सेवा की, मगर उसको बचा नहीं पाया।

मौत ने बनवारी की स्मृति में से काँटा निकाल दिया। बंशी उसका छोटा भाई था एवं बचपन में भैया की गोद उसके स्नेह का आश्रय थी। यह बात उसके दिल में आँसुओं से धुलकर उज्ज्वल हो गयी।

इस बार लौटकर वह संपूर्ण मनोयोग से बच्चे का पालन-पोषण करने के लिए कृतसंकल्प हुआ, लेकिन इस शिशु के सम्बन्ध में किरण का उसके प्रति यकीन खो गया था। उसके लिए अपने पति के विराग को उसने पहले से ही लक्ष्य किया था। पति के विषय में किरण के मन में न जाने कैसी एक धारणा बन गयी थी कि दूसरे साधारण लोगों के लिए जो स्वाभाविक था अपने पति के पक्ष में सही उसका उल्टा था। उसके वंश का यही तो एकमात्र कुल-प्रदीप था, इसकी कीमत क्या थी यह सभी समझते थे, किंतु उसके पति इसे नहीं समझते थे। किरण के दिल में हमेशा भय बना रहता था कि कहीं बनवारी की विद्वेष नजर के कारण बच्चे का अमंगल न हो। उसका देवर नहीं क्या, किरण के संतान होगी इसकी कोई उम्मीद नहीं करता था, इसलिए इस शिशु को किसी तरह सब प्रकार के

अकल्याणों से बचाकर रखने में ही कुशल थी। इस कारण बंशी के बेटे की देखभाल करने का रास्ता बनवारी के लिए काफी सुगम नहीं हुआ।

घर के सब लोगों के प्रेम के बीच लड़का बड़ा होने लगा। उसका नाम रखा गया हरिदास। इतने ज़्यादा लाड़-प्यार और प्रेम की छाया में उसने जाने कैसे दुबला-पतला तथा नाज़ुक रूप पाया। तागा-ताबीज-कवच से उसका पूरा शरीर ढका था, रक्षकों के दल से वह हमेशा घिरा रहता।

बीच-बीच में, समय-समय पर बनवारी के साथ उसकी मुलाक़ात होती। ताऊ का घोड़े को मारना उसे काफी अच्छा लगता था। देखते ही कहता था- "चाबु।" बनवारी कमरे से चाबुक लाकर वायु में सांय-सांय शब्द करता रहता, उसे बड़ा मजा आता। बनवारी कभी-कभी उसे अपने घोड़े पर बैठा देता, इससे घर के सब लोग एकदम 'वाह-वाह' करके आगे आते। बनवारी कभी-कभी अपनी बंदूक लेकर उसके साथ खेलता, किरण देख पाती तो दौड़कर बालक को उठा ले जाती, मगर इन सब निषिद्ध मनोरंजनों में ही हरिदास का सबसे ज़्यादा अनुराग था। इससे सब प्रकार के विघ्न रहते हुए भी ताऊ के साथ उसकी खूब दोस्ती हो गयी।

दीर्घकालीन निर्विघ्नता के पश्चात एक बार अचानक इस परिवार में मौत का आगमन हुआ। पहले मनोहर की पत्नी की मृत्यु हुई। उसके पश्चात नीलकंठ जब मालिक के लिए विवाह की बातचीत और यात्री की तलाश कर रहा था तभी विवाह के लग्न के पहले ही मनोहर की मृत्यु हो गयी। उस वक्त हरिदास की आयु आठ वर्ष थी। मृत्यु के पहले मनोहर ख़ास रूप से अपने इस छोटे वंशधर को किरण तथा नीलकंठ के हाथों समर्पित कर गए थे, बनबारी से कोई बात ही नहीं की थी।

बक्स से जब वसीयतनामा बाहर निकला तब मालूम चला, मनोहर अपनी संपत्ति हरिदास के नाम पर कर गए हैं। बनबारी यावज्जीवन दो सौ रुपए के हिसाब से मासिक कृति पाएँगे। नीलकंठ तो वसीयतनामे का एक्जिक्यूटर था, उसके ऊपर यह बोझ था कि वह जितने दिन जिन्दा रहे, हालदार की संपत्ति एवं गृहस्थी का प्रबन्ध वही करे। बनवारी जान गए कि इस परिवार में उन्हें न कोई लड़का सौंपकर ही निश्चिंत हो सकता है तथा न ही संपत्ति सौंपकर। वे कुछ कर नहीं सकते सब कुछ समाप्त कर देते हैं। इस सम्बन्ध में इस परिवार के किसी भी व्यक्ति में मतभेद न था। इसलिए, वे व्यवस्था के अनुसार भोजन करके कोने के कमरे में सोएँगे, उनके लिए इसी प्रकार का विधान था।

“मैं नीलकंठ की पेंशन खाकर जिन्दा नहीं रहूँगा। यह घर छोड़कर मेरे साथ कोलकाता चलो।” उन्होंने किरण से बताया।

“मैया री, यह भी कोई बात है! यह तो तुम्हारे ही पिता की संपत्ति है और हरिदास तो तुम्हारे अपने ही पुत्र के समान है। उसके नाम जायदाद लिख दी गयी है इस पर तुम गुस्सा क्यों करते हो?”

“हाय, हाय! उसके पति का दिल कैसा कठोर है! इस दुधमुँहे बच्चे के प्रति भी उनके मन में जलन जगी है! उसके ससुर ने जो वसीयतनामा लिखा था, किरण मन-ही-मन उसका पूर्ण समर्थन करती थी। उसका दृढ़ यकीन था कि यदि जायदाद बनवारी के हाथ में पड़ जाती तो राज्य के जितने छोटे व्यक्ति थे, जितने यदु, मधु, जितने कैवर्त एवं कोलियों का दल था वह उनको ठगकर कुछ भी शेष न छोड़ता एवं हालदार वंश की यह भावी उम्मीद एक दिन बीच में ही डूब जाती। ससुर के कुल में प्रकाश करने के लिए दीपक तो घर में आ गया था, अब उसका तेल-संचय समाप्त न हो इसके लिए नीलकंठ ही तो उपयुक्त प्रहरी था।

बनवारी ने देखा, नीलकंठ अंतःपुर में आकर प्रत्येक कमरे के सारे सामान की सूची बना रहा है और जहाँ जितने संदूक-बक्स है, उनमें ताला लगा रहा है। आखिर में किरण के विश्राम कक्ष में आकर वह बनवारी के रोजाना के व्यवहार में आने वाली सारी वस्तुओं की सूची बनाने लगा।

नीलकंठ का अंतःपुर में आना-जाना था इस वजह से किरण उससे पर्दा नहीं करती थी। किरण ससुर के शोक में पल-पल में आँसू पोंछते हुए रुंधे गले से विशेष रूप से सारी वस्तुएँ समझाने लगी।

“तुम इसी पल मेरे कमरे से बाहर निकल जाओ।” बनवारी ने सिंह गर्जना करते हुए नीलकंठ से कहा।

“बड़े बाबू मेरी तो कोई गलती नहीं। मालिक के वसीयतनामे के अनुसार मुझे तो सब-कुछ जान लेना होगा। माल-असबाब सभी तो हरिदास का है।” नीलकंठ ने नम्र होकर बताया।

‘देखो ज़रा इनका हाल। हरिदास क्या पराया है। अपने पुत्र की जायदाद का उपभोग करने में शर्म कैसी और माल-असबाब आदमी के साथ जाएगा क्या! आज नहीं तो कल, बाल-बच्चे ही तो इस्तेमाल करेंगे।’ किरण ने मन-ही-मन कहा।

इस घर की जमीन बनवारी के पाँवों में काँटे के समान चुभने लगी, इस घर की दीवार मानो उसकी आँखों को जलाने लगी। उसे किस बात का दुःख है यह पूछने वाला आदमी भी इस बड़े परिवार में कोई न था।

बनवारी का मन उसी पल घर-बार सब छोड़कर बाहर चले जाने के लिए हो उठा, किंतु उसके गुस्से की ज्वाला शांत नहीं होना चाहती थी। वह चला जाए और नीलकंठ विश्राम से एकाधिपत्य करे, यह कल्पना वह सहन न कर सका। तुरन्त कोई गुरुतर अनिष्ट किए बिना उसका मन शांत नहीं हो पा रहा था। वह बोला- "देखता हूँ, नीलकंठ कैसे संपत्ति की हिफाजत करता है।"

बनवारी ने अपने पिता के कमरे में जाकर देखा, वहाँ कोई भी न था। सभी अंतःपुर के बरतन-बासन और आभूषण आदि की देखभाल करने गए थे। अत्यंत सावधान लोगों से भी सावधानी में कमी रह जाती है। नीलकंठ को यह होश न था कि मालिक का बक्स खोलकर वसीयतनामा निकालने के पश्चात बक्स में ताला नहीं लगाया गया। उस बक्स में एक बंडल में बंधी सारी मूल्यवान दलीलें थी। उन प्रमाण-पत्रों पर ही इस हालदार वंश की जायदाद भी प्रतिष्ठित थी।

बनवारी इन प्रमाण-पत्रों का कुछ भी विवरण न जानता था, लेकिन ये बड़े काम के थे और इनके अभाव में मामले-मुकदमे में कदम-कदम पर अटकना पड़ेगा यह वह समझता था। कागज-पत्र लेकर एक रूमाल में बाँधकर वह अपने बाहर के बागीचे में चंपा के नीचे बने चबूतरे पर बैठकर काफी देर तक सोचता रहा।

दूसरे दिन श्राद्ध के सम्बन्ध में बातचीत करने के लिए नीलकंठ बनवारी के पास मौजूद हुआ। नीलकंठ की देह की भंगिमा अत्यंत विनम्र थी, किंतु उसके चेहरे पर ऐसा भाव था, अथवा नहीं था, जिसे देखकर या फिर कल्पना करके बनवारी का सर्वांग जल उठा। उसे प्रतीत हुआ, नीलकंठ नम्रता द्वारा उस पर व्यंग्य कर रहा है।

"मालिक के श्राद्ध के विषय में...।" नीलकंठ बोला।

"सो में क्या जानूँ!" बनवारी उसकी बात पूरी होने से पहले ही बोल पड़ा।

"यह क्या कहते हैं! आप ही तो श्राद्धाधिकारी हैं।" नीलकंठ बोला।

"क्या कहने हैं अधिकार के! श्राद्ध का अधिकार! संसार में सिर्फ़ इतने ही के लिए मेरी आवश्यकता है, मैं और किसी काम का नहीं।" बनवारी गरज उठा- "जाओ, जाओ! मुझे

परेशान मत करो।"

नीलकंठ चला गया, मगर उसे पीछे से देखकर बनवारी को लगा कि वह हँसता हुआ गया। बनवारी को ऐसा लगा, घर के सब नौकर-चाकर इस अश्रद्धेय, परित्यक्त को लेकर आपस में हँसी-मजाक कर रहे हैं। जो लोग घर का होते हुए भी घर का नहीं होता उसके सम्मुख भाग्य द्वारा विडम्बित और कौन हो सकता है। मार्ग का भिखारी भी नहीं।

बनवारी प्रमाण-यंत्रों का बंडल उठाकर बाहर निकला। हालदार परिवार के प्रतिवेशी तथा प्रतिद्वंद्वी जमींदार थे, प्रतापपुर के बॉडूज्जे (बनर्जी) जमींदार। बनवारी ने तय किया- 'इन प्रमाण-पत्र दस्तावेजों को उनके हाथ दे दूँगा, धन-संपत्ति सब धूल में मिल जाए।'

बाहर निकलते वक्त दरिदास ने ऊपरी मंजिल से अपने सुमधुर बालक-कंठ से पुकारते हुए कहा- "ताऊजी, तुम बाहर जा रहे हो, मैं भी तुम्हारे साथ चलूँगा।"

बनवारी को लगा बच्चे के अशुभ ग्रह यह बात उससे कहलवा रहे थे। मैं तो सड़क पर निकल ही पड़ा हूँ, इसे भी अपने साथ निकालकर ले चलूँ। जाएगा, जाएगा, सब धूल में मिल जाएगा।"

बाहर बगीचे तक जाते ही बनवारी को जोरों का शोरगुल सुनाई दिया। पास ही हाट में लगी एक विधवा की झोपड़ी में आग लग गयी थी। अपने पुराने स्वभाव के अनुसार इस नजारे को देखकर बनवारी चुप न रह सका। प्रमाण-पत्रों का अपना बंडल चपा के वृक्ष के नीचे रखकर वह आग की ओर दौड़ा।

जब लौटकर आया तो देखा उसका वह कागजों का बंडल वहाँ नहीं था। तत्काल हृदय में काँटा-सा चुभा और यह बात मन में आई-'नीलकंठ से फिर मेरी हार हुई। विधवा का घर जलकर राख हो जाने में क्या नुकसान था।' उसे लगा, वह बंडल दुबारा चतुर नीलकंठ के ही हाथ में जा पहुँचा।

तूफान की प्रकार एकदम आकर वह कचहरी के कमरे में उपस्थित हुआ। नीलकंठ ने फौरन बक्स बंद करके सम्मान के साथ उठकर खड़े होकर बनवारी को नमस्कार किया। बनवारी को लगा, उस बक्स में ही उसने कागज छिपा लिए हैं। बिना कुछ कहे फौरन उस बक्स को खोलकर वह उसमें रखे कागज टटोलने लगा। उसमें हिसाब का खाता तथा उसी से सम्बंधित कागज नत्थी थे। बक्स को उल्टा करके झाड़ू दिया, मगर कुछ नहीं मिला।

"तुम चंपा के नीचे गए थे?" रुद्धप्राय: स्वर से बनवारी बोला।

"जी हाँ, गया क्यों नहीं था। देखा, आप घबराकर भाग रहे हैं, क्या बात है, यही जानने गया था।" नीलकंठ ने बताया।

"रूमाल में बंधे हुए मेरे कागज तुम्हीं ने लिए हैं।"

"जी नहीं।" नीलकंठ ने भले आदमी की प्रकार कहा।

"झूठ बोल रहे हो। तुम्हारा कुछ भला नहीं होगा, अभी लौटा दो।"

बनवारी ने झूठ-मूठ डाट-डपट की। उसकी क्या वस्तु खो गयी थी सो भी वह नहीं बता सका और उस चोरी के माल के विषय में अपना कोई जोर नहीं था। यह जानकर वह असावधान छू मन-ही-मन जैसे अपने को ही धिक्कारने लगा।

कचहरी में इस तरह पागलपन करके वह फिर चंपा के नीचे ढूँढ़ने लगा। मन-ही-मन माता की सौगन्ध लेकर उसने प्रतिज्ञा की-'जैसे भी हो मैं फिर से इन कागजों का उद्धार करके ही रहूँगा।' किस तरह उद्धार करेगा वह सोचने की उसमें शक्ति न थी, सिर्फ़ क्रुद्ध बालक के समान बार-बार जमीन पर पैर पटकते हुए बोला- "जरूर उद्धार करूँगा, अवश्य करूँगा, जरूर करूँगा।"

थककर वह वृक्ष के नीचे बैठ गया। कोई नहीं, उसका कोई नहीं था और उसका कुछ नहीं था। अब से उसको निःसंबल अपने भाग्य से और जगत से जूझना पड़ेगा। उसके लिए मान-प्रतिष्ठा, शिष्टता, प्यार, स्नेह, कुछ भी नहीं रह गया था। केवल मरने और मारने का काम बाकी था।

इस तरह मन में छटपटाते हुए अत्यंत थकावट के कारण चबूतरे पर लेटते ही उसे न जाने कब नींद आ गयी। जब जागा तो एकाएक समझ नहीं सका कि वह कहाँ है। अच्छी प्रकार सजग होकर उठकर देखा तो उसके सिरहाने हरिदास बैठा हुआ था।

"ताऊ, तुम्हारा क्या खो गया था, बताओ तो।" बनवारी को जगाते हुए हरिदास बोल पड़ा।

बनवारी स्तब्ध रह गया। वह हरिदास के इस सवाल का उत्तर न दे सका।

"यदि मैं ला दूँ तो मुझे क्या दोगे?" हरिदास ने कहा।

बनवारी को लगा, शायद और कुछ था। उसने कहा- "मेरे निकट जो कुछ है सब तुझे दे दूँगा।"

यह बात उसने मजाक में कही थी। वह जानता था, उसका कुछ नहीं था। तब हरिदास

ने अपने वस्त्रों में से बनवारी के रूमाल में लिपटा कागज का वह बंडल निकाला। इस रंगीन रूमाल के ऊपर शेर की तस्वीर बनी थी, वह तस्वीर उसके ताऊ ने उसे कई बार दिखाई थी। इस रूमाल के लिए हरिदास का विशेष लगाव था। इसी वजह से आग लगने के शोरगुल में नौकर जब बाहर दौड़ गए थे तभी बगीचे में आकर हरिदास ने चंपा के नीचे ही दूर से इस रूमाल को देखते ही पहचान लिया था।

बनवारी ने हरिदास को छाती से लगा लिया। कुछ देर पश्चात उसकी आँखों से टप-टप करके आँसू टपकने लगे। उसे याद आया, काफी दिन पहले वह अपने एक खरीदे हुए कुत्ते को दण्ड देने के लिए बार-बार उसे चाबुक मारने के लिए बाध्य हुआ था। एक दफा उसका चाबुक खो गया, कहीं मिलता ही नहीं था। जब वह चाबुक की उम्मीद छोड़ बैठा तभी देखा, वही कुत्ता कहीं से चाबुक मुँह में दबाकर मालिक के सामने बड़े मजे से पूँछ हिला रहा है। इसके पश्चात वह फिर कभी कुत्ते को चाबुक नहीं मार पाया।

"हरिदास तू क्या चाहता है, मुझे भी बता।" झटपट आँखों से आँसू पोंछकर बनवारी ने कहा।

"ताऊजी, मैं तुम्हारा वह रूमाल चाहता हूँ।" हरिदास ने बताया।

"आ हरिदास, तुझे कंधे पर चढ़ाके।" बनवारी ने कहा।

हरिदास को कंधे पर चढ़ाकर बनवारी तत्क्षण अंतःपुर में चला गया। शयनकक्ष में जाकर देखा, किरण पूरे दिन धूप में सुखाए गए कंबल को बरामदे से उठाकर कमरे में धरती पर बिछा रही थी। बनबारी के कंधे पर हरिदास को देखकर वह उद्विग्न होकर कहने लगी- "उतार दो। तुम गिरा दोगे उसे।"

"अब मुझसे नहीं डरना, मैं नहीं गिराऊँगा।" बनवारी ने किरण के चेहरे पर नजर जमाते हुए कहा।

यह कहकर उसने हरिदास को कंधे से उतारकर किरण की गोद की तरफ़ बढ़ा दिया। उसके पिता ने उन कागजों को लेकर किरण के हाथ में देकर कहा- "यह हरिदास की धन-संपत्ति के प्रमाण-पत्र हैं। संभाल कर रखना।"

"तुम्हें कहाँ मिले?" किरण ने हैरत से कहा।

"मैंने चोरी की थी।" बनवारी ने पूछा।

"यह ले बेटा, अपने ताऊ की जिस कीमती संपत्ति के प्रति तुझे लोभ हुआ है, उसे ले।"

उसके पश्चात हरिदास को छाती से लगाकर कहा।

और यह कहते हुए रूमाल उसके हाथ में थमा दिया।

उसके पश्चात फिर एक बार अच्छी तरह से किरण की तरफ़ ताककर देखा। देखा, वह पतली नहीं रह गयी है, कब मोटी हो गयी थी यह उसने लक्ष्य नहीं किया था। इसी बीच हालदार परिवार की बड़ी बहू के उपयुक्त उसका चेहरा काफी भर गया था। अब क्या होगा और अमरुशतक की कविताओं को भी दूसरी संपूर्ण संपत्ति के साथ विसर्जित कर देना ही बनवारी के लिए सही होगा।

उस रात के पश्चात बनवारी फिर नहीं दिखाई दिया। वह केवल एक पंक्ति की एक चिट्ठी लिखकर रह गया था कि वह नौकरी खोजने बाहर जा रहा है।

पिता के श्राद्ध का भी वह इन्तजार न कर सका। गाँव-भर के लोग इस बात पर उसे धिक्कारने लगे।

पोस्टमास्टर

कार्य के शुरूआती दौर में ही पोस्टमास्टर को उलापुर गाँव आना पड़ा था। आम गाँव था। एक नील-कोठी पास ही थी। इसीलिए कोठी के मालिक ने बड़ी कोशिश-सिफारिशें करके यह नया पोस्ट-ऑफ़िस खुलवाया था।

गाँव के पोस्टमास्टर कलकत्ता के थे। जल से निकलकर सूखे में डाल देने से मत ली की जो हालत होती है वैसी हालत इस बड़े गाँव में आकर इन पोस्टमास्टर साहब की हुई। एक अंधेरी आठचला (बड़ा घर) में उनका ऑफ़िस था, करीब ही काई से घिरा एक तालाब था, जिसके चारों तरफ़ जंगल था। कोठी में गुमाश्ते वगैरह जितने भी कर्मचारी थे उन्हें प्राय: फुर्सत नहीं रहती थी, न वे शिष्टजनों से मिलने के बराबर ही थे।

ख़ासतौर कलकत्ता के लड़के ठीक से मिलना-जुलना जानते। नई जगह में पहुँचकर वे या तो (बड़ा घर) अक्खड़ हो जाते हैं या फिर सुस्त तथा लजीले। इसलिए स्थानीय व्यक्तियों से उनका मेल-जोल नहीं हो पाता। इधर काम भी ज़्यादा नहीं था। कभी-कभी एक-दो कविता लिखने की कोशिश करते। उनमें इस तरह के भाव व्यक्त करते जैसे दिन-भर पेड़-पौधों का कम्पन तथा आकाश के बादल देखते-देखते बड़े सुख से बीत रहा हो। मगर अंतर्यामी जानते हैं कि यदि अलिफ लैला का कोई दैत्य आकार एक ही रात में इन डाली-कोंपलों के साथ इन सारे पेड़-पौधों को काटकर पक्का रास्ता तैयार कर देता तथा पंक्तिबद्ध बड़ी-बड़ी इमारतों के द्वारा बादलों की दृष्टि से ओझल कर देता तो इस अधमरे भले व्यक्ति के लड़के को नया जीवन मिल जाता है।

पोस्टमास्टर की बहुत कम तनख्वाह होती है। अपने हाथों बनाकर खाना पड़ता तथा गाँव की एक मातृ-पितृ हीन अनाथ बालिका उनका नाम कर देती थी। उसको थोड़ा-बहुत खाना मिल जाता! उस लड़की का नाम रतन था। उम्र बारह-तेरह वर्ष। उसके विवाह की कोई विशेष आशा नहीं दिखाई देती थी।

शाम को जब गाँव की गोशाला में कुंडलाकार धुआँ उठता, झाड़ियों में झींगुर बोलते,

दूर के गाँव में पियक्कड़ बाउलों का दल ढोल-करताल बजाकर ऊँची आवाज में गीत छेड़ देता-जब अन्दर बरामदे में अकेले बैठे-बैठे वृक्षों का कम्पन देखकर कवि मन में भी धड़कन होने लगती थी, तब कक्ष के कोने में एक टिमटिमाता हुआ दीया जलाकर पोस्टमास्टर आवाज लगाते- "रतन!"

द्वार पर बैठी रतन इस आवाज की इन्तजार करती रहती। मगर पहली आवाज पर ही भीतर न आती। कहीं से कहती, "क्या है बाबू किसलिए बुला रहे हो?"

पोस्टमास्टर- "तू क्या कर रही है?"

रतन- "बस चूल्हा जलाने ही जा रही थी, रसोईघर में।"

पोस्टमास्टर- "तेरा रसोई का कार्य पीछे हो जाएगा। पहले हुक्का भर ला।"

थोड़ी देर में अपने गाल फुलाए चिलम में फूँक मारती-मारती रतन अन्दर आती। उसके हाथ से हुक्का लेकर पोस्टमास्टर झट से पूछ बैठते- "अच्छा रतन, तुझे अपनी माँ की याद है क्या?"

बड़ी लम्बी कहानी है, बहुत-सी याद हैं, बहुत-सी बात याद भी नहीं। माँ की बनिस्वत पिता उसको ज़्यादा प्यार करते थे। पिता की उसे थोड़ी-थोड़ी याद है। उसके पिता दिन भर मेहनत करके शाम को घर वापस लौटते थे। किस्मत से उन्हीं में से दो-एक शामों की याद उसके दिल में चित्र के समान अंकित है। यही बात करते-करते धीरे-धीरे रतन पोस्टमास्टर के पास ही जमीन पर बैठ जाती। फिर उसे ख्याल आता, उसका एक भाई था। कुछ दिन पहले बरसात में एक दिन एक तालाब के किनारे दोनों ने मिलकर पेड़ की टूटी हुई टहनी की बंसी बनाकर झूठ-मूठ मछली पकड़ने का खेल खेला था। अन्य महत्वपूर्ण घटनाओं की अपेक्षा इसी बात की याद उसे ज़्यादा आती। इस तरह बातें करते-करते कभी-कभी काफी रात हो जाती थी। तब आलस के मारे पोस्टमास्टर को खाना बनाने की इच्छा न होती। सवेरे की बासी तरकारी रहती तथा रतन झटपट चूल्हा जलाकर कुछ रोटियाँ सेंक लेती। उन्हीं से दोनों के रात के खाने का काम चल जाता था। कभी-कभी शाम को उस अठपहलू झोपड़ी के एक कोने में ऑफ़िस की काठ की कुर्सी पर बैठे-बैठे पोस्टमास्टर भी अपने घर की बात छेड़ देते थे-छोटे भाई की बात, माँ तथा दीदी की बात, प्रवास में एकांत कमरे में बैठकर जिन लोगों के लिए मन कातर हो उठता उनकी बात। जो बातें उनके दिल में बार-बार उदय होती रहती, पर जो नील-कोठी के गुमाश्तों के सामने किसी भी प्रकार नहीं

उठाई जा सकती थीं, उन्हीं बातों को उस अनपढ़ नन्ही बालिका से कहते उन्हें बिलकुल हिचक न लगती थी। अंत में ऐसा हुआ कि बालिका बातचीत करते वक्त उनके घरवालों को चिरपरिचितों के समान खुद भी माँ, दादा, दीदी कहने लगी थी। यहाँ तक कि अपने नन्हें-से मन पट पर उसने उनकी काल्पनिक मूर्ति भी बना ली थी।

एक दिन बरसात की दोपहर में बादल छंट गए थे तथा हल्का-सा ताप लिए अच्छी हवा चल रही थी। धूप में नहाई घास से तथा पेड़-पौधों से एक तरह की खुशबू निकल रही थी, ऐसा लगता था मानो जमीन का उष्ण निःश्वास अंगों को छू रहा हो और न जाने कहाँ का एक जिद्दी पक्षी दोपहर-भर प्रकृति के दरबार में लगातार एक लय से अत्यन्त दयनीय स्वर में अपनी शिकायतें दुहरा रहा था। उस दिन पोस्टमास्टर के हाथ खाली थे। वर्षा से धुले लहलहाते चिकने नर्म पत्तों का पेड़ तथा धूप में चमकते पराजित वर्षा के उजियाले खण्डहर, स्तूपाकार बादल सचमुच देखने काबिल थे।

पोस्टमास्टर उन्हें देखते जाते तवा सोचते जाते कि काश इस समय यदि कोई अपना सगा अपने पास होता, मन के साथ एकांत संलग्न कोई प्यार की प्रतिमा मानव-मूर्ति होती। धीरे-धीरे उन्हें ऐसा लगने लगा मानो वह पक्षी भी बार-बार यही कह रहा हो, और मानो उस निर्जन पेड़ की छाया में डूबी दोपहर के पल्लव-मर्मर का भी ऐसा ही अर्थ हो। न तो कोई यकीन कर सकता, न जान पाता, मगर उस छोटे-से गाँव के सामान्य वेतन-भोगी उस सब-पोस्टमास्टर के दिल में छुट्टी के लंबे दिनों में गम्भीर सुनसान दोपहर में इसी तरह के भाव पैदा होते रहते।

पोस्टमास्टर ने एक लम्बी तथा गहरी साँस ली और फिर आवाज लगाई-

"रतन!"

रतन उस वक्त अमरूद के पेड़ के नीचे पैर फैलाए कच्चा अमरूद खा रही थी। वह मालिक की आवाज सुनते ही फौरन दौड़ी हुई आई और हाँफती-हाँफती बोली- "भैया जी, बुला रहे थे आप?"

पोस्टमास्टर ने कहा- "मैं तुझे थोड़ा-थोड़ा पढ़ना सिखाऊँगा।" तथा फिर दोपहर-भर उसके साथ 'छोटा अ बड़ा अ' करते रहे। इस प्रकार कुछ दिनों में संयुक्त अक्षर भी पार कर लिया था उसने।

सावन का महीना था। लगातार बारिश हो रही थी। गड्ढे, नाले, तालाब सब पानी से

भर गए थे। रात-दिन मेढक की टर्र-टर्र और बारिश की आवाज। गाँव के रास्तों में चलना-फिरना बंद हो गया था। मेला जाने के लिए नाव में चढ़कर जाना पड़ता। एक दिन सुबह से ही बादल खूब घिरे हुए थे। पोस्टमास्टर की छात्रा बड़ी देर से द्वार के पास बैठी इन्तजार में थी, मगर और दिनों की तरह जब ठीक वक्त उसकी बुलाहट न हुई तो वह खुद किताबों का बस्ता लिये धीरे-धीरे अन्दर पहुँची। देखा, अपनी खटिया पर लेटे हैं। यह सोचकर कि वे आराम कर रहे हैं, वह चुपचाप फिर बाहर जाने लगी। तभी अचानक सुनाई दिया- "रतन!"

झटपट लौटकर अन्दर जाकर उसने कहा- "भैया जी, सो रहे थे क्या?"

पोस्टमास्टर ने कातर स्वर में कहा- "तबियत ठीक नहीं है। ज़रा माथे पर हाथ रखकर तो देख मेरे?"

घोर वर्षा के वक्त प्रवास में इस प्रकार बिलकुल अकेले रहने पर रोग से पीड़ित शरीर को कुछ सेवा-पानी की इच्छा होती है। तपते दु माथे पर शंख की चूड़ियाँ पहने नाजुक हाथ याद आने लगते हैं। ऐसे मुश्किल परदेश में रोग की पीड़ा में यही सोचने की इच्छा होती है कि पास ही स्नेहमयी नारी के रूप में माता या दीदी बैठी हैं। परदेशी के दिल की यह अभिलाषा बेकार नहीं गयी। बालिका रतन बालिका न रही। उसने माता का पद ग्रहण कर लिया। वह जाकर वैद्य को बुला लाई, ठीक वक्त पर गोली खिलाई, सारी रात सिरहाने बैठी रही, अपने हाथों पथ्य तैयार किया तथा सैकड़ों बार पूछती रही- "भैया जी, कुछ आराम है क्या?"

बहुत दिनों बाद पोस्टमास्टर जब रोग-शय्या छोड़कर उठे तो उनका जिस्म कमजोर हो गया था। उन्होंने दिल में तय किया, अब और नहीं जैसे भी हो अब यहाँ से तबादला कराना ही चाहिए। अपनी अस्वस्थता का उल्लेख करते हुए उन्होंने उसी वक्त अधिकारियों के पास बदली के लिए कलकत्ता दरखास्त भेज दी।

रोगी की सेवा से छुट्टी पाकर रतन ने द्वार के बाहर फिर अपने स्वान पर कब्जा जमा लिया। मगर अब पहले की तरह उसकी बुलाहट नहीं होती थी। वह बीच-बीच में झाँककर देखती-पोस्टमास्टर बड़े ही अनमने भाव से या तो पर बैठे रहते अथवा खाट पर लेटे रहते। जिस वक्त इधर रतन की प्रतीक्षा रहती, वे अधीर होकर अपनी दरखास्त के उत्तर की इन्तजार करते रहते। द्वार के बाहर बैठी रतन ने हजारों बार अपना पुरानी पाठ दुहराया। बाद में अगर किसी दिन सहसा उसकी बुलाहट हुई तो उस दिन कहीं उसका संयुक्त अक्षरों का ज्ञान गड़बड़ न हो जाए इस बात की उसे आशंका थी। आखिर लगभग एक सप्ताह के बाद

एक दिन शाम को उसकी पुकार हुई। काँपते मन से उसने अन्दर प्रवेश किया और पूछा- "भैया जी, मुझे बुलाया था?"

पोस्टमास्टर ने कहा- "रतन, मैं कल ही चला जाऊँगा।"

रतन ने कहा- "कहाँ चले जाओगे भैया जी!"

पोस्टमास्टर- "घर चला जाऊँगा।"

रतन- "फिर कब आओगे भैया जी?"

पोस्टमास्टर- "अब कभी नहीं आऊँगा।"

रतन ने और कोई बात नहीं पूछी। पोस्टमास्टर ने खुद ही उसे बताया कि उन्होंने बदली के हेतु दरख्वास्त दी थी, पर दरखास्त नामंजूर हो गयी इसलिए वे इस्तीफा देकर घर चले जा रहे हैं। काफी देर तक दोनों में और कोई बात नहीं हुई। दीया टिमटिमाता आ जलता रहा। तथा घर के जीर्ण छप्पर को भेदकर बारिश का पानी मिट्टी के सकोरे में टप-टप करता टपकता रहा।

बहुत देर के बाद इतने धीरे-धीरे उठकर रसोईघर में रोटियाँ बनाने चली गयी। मगर आज और दिनों की भाँति उसके हाथ जल्दी-जल्दी नहीं चल रहे थे। शायद उसके मन में रह-रहकर तरह-तरह की आशंकाएँ उठ रही थीं। जब पोस्टमास्टर खाना खा चुके तथा उसने पूछा- "भैया जी, मुझे अपने घर ले चलोगे?"

पोस्टमास्टर ने हँसकर कहा- "वाह, यह कैसे हो सकता है।" किन्हीं वजहों से यह बात मुमकिन न थी, बालिका को यह समझाना उन्होंने आवश्यक नहीं समझा। रात भर जागते और ख्वाब देखते बालिका के कानों में पोस्टमास्टर के हँसी-मिश्रित स्वर गूँजते रहे, वाह, यह कैसे हो सकता है।

सुबह उठकर पोस्टमास्टर ने देखा कि उसके नहाने के हेतु पानी पहले से ही रख दिया गया है। कलकत्ता की अपनी आदत अनुरूप ही वे ताजे जल से ही नहाया करते थे। न जाने क्यों बालिका यह नहीं पूछ सकी थी कि वे सवेरे किस वक्त यात्रा करेंगे। बाद में कहीं तड़के ही आवश्यकता न पड़ जाए, यह सोचकर रतन उतनी रात में ही नदी से उनके नहाने के लिए पानी भरकर ले आई थी। स्नान पूरा होते ही रतन की पुकार हुई। रतन ने चुपचाप अन्दर प्रवेश किया तथा आदेश की इन्तजार में मौन भाव एक बार अपने मालिक की तरफ़ देखा।

मालिक ने कहा- "रतन, मेरी जगह जो मानव आएँगे मैं उन्हें कह जाऊँगा। वे मेरी ही

भाँति तेरी देखभाल करेंगे। मेरे जाने से तुझे कोई फिक्र करने की आवश्यकता नहीं है।" इसमें कोई संदेह नहीं कि ये बातें अत्यन्त स्नेहपूर्ण तथा मन से निकली थी, किन्तु नारी के हृदय को कौन समझ सकता है! रतन इसके पहले बहुत दिन तक अपने मालिक की डाँट-फटकार चुपचाप सहन कर चुकी थी, मगर इस कोमल बात को वह सहन न कर पाई, उसका नाजुक मन एकाएक उमड़ आया तथा उसने रोते-रोते कहा- "नहीं...नहीं। तुम्हें किसी से कुछ कहने की आवश्यकता नहीं है। मैं रहना नहीं चाहती।"

पोस्टमास्टर ने रतन का ऐसा सुलूक पहले कभी नहीं देखा था, इसलिए वे अवाक् रह गए।

जब नया पोस्टमास्टर आया तो उसको सारी बातें समझा देने के बाद पुराने पोस्टमास्टर चलने को तैयार हुए। चलते-चलते रतन को बुलाकर बोले- "रतन, मैं तुझे कभी कुछ न दे सका, आज जाते वक्त कुछ दिए जा रहा हूँ, इससे कुछ दिन तेरा कार्य चल जाएगा।"

तनख्वाह में जो रुपये मिले थे उनमें से राह ख़र्च के प्रति बचा लेने के बाद उन्होंने बाकी रुपये जेब से निकाले। यह देखकर रतन धूल में उनके पैरों से लिपटकर बोली- "भैयाजी, मैं तुम्हारे पैरों पड़ती हूँ, मेरे प्रति किसी को कोई फिक्र करने की ज़रूरत नहीं।" और यह कहते-कहते सुबकते हुए वह फौरन वहाँ से भाग गयी।

पुराने पोस्टमास्टर गहरी साँस लेकर हाथ में कारपेट का बैग लटकाए, काँधे पर छाता रखे थे, कुली के सिर पर नीली-सफेद धारियों से चित्रित टिन की पेटी रखवाकर धीरे-धीरे बाहर की तरफ़ चल दिए।

जब वे नौका पर सवार हो गए तथा नाव चल पड़ी, वर्षा से उमड़ी नदी धरती की छलछलाती धारा के समान चारों तरफ़ छलछल करने लगी, तब वे अपने मन में एक तीव्र वेदना अनुभव करने लगे। एक आम ग्रामीण बालिका के करुण मुख का चित्र मानो विश्व-व्यापी बड़ी तथा अनकही मर्म व्यथा प्रकट करने लगा।

एक बार बड़े जोर से उनकी इच्छा हुई कि लौट जाएँ तथा जगत को गोद से वंचित उस अनाथिनी को साथ ले आएँ। मगर तब तक पाल में हवा भर थी, वर्षा का प्रवाह और भी तेज हो गया था। गाँव को पार कर चुकने के बाद किनारे श्मशान दिखाई दे रहा था तथा नदी की धारा के साथ बढ़ते हुए मुसाफिर के उदास मन में यह सत्य उदित हो रहा था- "ज़िन्दगी में न जाने कितना वियोग है, कितना मरण है, लौटने से क्या लाभ! दुनिया

में कौन किसका है?”

मगर रतन के मन में किसी भी सच का उदय नहीं हुआ। वह उस पोस्टऑफ़िस के चारों तरफ़ चुपचाप आँसू बहाती चक्कर काटती रही। शायद अभी भी उसके मन में हल्की-सी उम्मीद जीवित थी कि हो सकता है, भैया जी लौट आएँ। उम्मीद के इसी बन्धन से बंधी वह किसी भी तरह दूर नहीं जा सकी थी।

हाय रे बुद्धिहीन मानव हृदय! तेरी भ्रांति किसी भी प्रकार नहीं मिटती। युक्ति शास्त्र का तर्क बड़ी देर बाद दिमाग में प्रवेश करता है। प्रबल-से-प्रबल प्रमाण पर भी अविश्वास करके झूठी उम्मीद को भी अपनी बाँहों में जकड़कर तू भरसक छाती से चिपकाए रहता है। अंत में एक दिन सारी नाड़ियाँ काटकर, दिल का सारा खून चूसकर वह निकल भागती है। तब होश आते ही मन किसी दूसरी भ्रांति के जाल में बंध जाने के प्रति बेचैन हो उठता है।

लल्ला बाबू की वापसी

रायचरण जब पहले-पहले नौकरी पर लगा था, तब उसकी आयु सिर्फ़ बारह साल थी। जैसोर जिले में उसका मकान था। लम्बे-लम्बे बाल, बड़ी-बड़ी आँखें और काली-चिकनी छरहरी उसकी देह थी। वह जाति का कायस्थ था, तथा उसके मालिक भी कायस्थ थे। मालिक के घर एक साल का एक बच्चा था, उसे खिलाना, नहलाना-बुलाना तथा घुमाना-फिराना, यही उसकी नौकरी थी।

उस बच्चे ने धीरे-धीरे रायचरण की गोद को छोड़कर कॉलेज में तथा अन्त में कॉलेज छोड़कर यूनिवर्सिटी में कदम रखा था। रायचरण अब भी उनके यहाँ नौकर है। अब उसका एक मालिक और बढ़ गया है, मकान में बहूजी आ गयी हैं। इसलिए अनुकूल बाबू पर रायचरण का पहले जितना हक था, उसका अधिकांश नई बहू के हाथ लग गया है।

मगर मालकिन ने जैसे रायचरण का पहले का हक कुछ घटा दिया है, वैसे ही एक नया अधिकार देकर उसकी बहुत कुछ भरपाई भी कर दी है। थोड़े ही दिन हुए, अनुकूल के एक लड़का पैदा हुआ है, तथा रायचरण ने उसे केवल अपनी कोशिश और मेहनत से अधिक अपना लिया है।

बच्चे को वह एक ऐसी उमंग के साथ झूला सुलाता है, ऐसी चालाकी से उसके दोनों हाथ पकड़कर ऊपर को उछालता है, उत्तर की कोई आशा न रखकर उससे ऐसे-ऐसे बिना उद्देश्य के प्रश्न पूछता रहता है तथा उसके मुँह के पास अपना सिर ले जाकर ऐसा हिलाया करता है कि वह नन्हा-सा आनुकौलव रायचरण को देखते ही मारे प्रसन्नता के मगन होकर झूमने-सा लगता है।

वह नन्हा-सा बच्चा जब पेट तथा घुटनों के बल चलकर चौखट पार होता तथा कोई पकड़ने आता तो खिलखिलाकर हँसता हुआ जल्दी से बिना छुपने की जगह में दुबकने की कोशिश करता था तब रायचरण उसकी असाधारण होशियारी तथा अक्ल को देखकर आश्चर्य में पड़ जाता। उसकी माँ के पास जाकर यह बड़े गर्व और अचरज के साथ कहता-

"बहूजी, तुम्हारा यह लड़का बड़ा होने पर जज होगा, पाँच हजार रुपये पाया करेगा।"

विश्व में और भी कोई मानव की सन्तान इस उस में चौखट पार करने आदि ऐसी-ऐसी होशियारी का परिचय दे सकती है, यह बात रायचरण के कयास के बाहर थी। उसका इरादा था कि केवल भावी जजों के लिए ही ऐसी बातें सम्भव हैं, दूसरों के लिए नहीं।

आखिरकार बच्चे ने जब डगमगाते हुए चलना शुरू किया, तो वह भी बड़ी हैरत की बात हो गयी, तथा जब वह माँ को 'म्मा', बुआ और 'उआ' और रायचरण को 'चन्ना' कहकर पुकारने लगा, तब तो रायचरण इस अनोखे संवाद को बड़े उत्साह से चारों ओर चर्चित करने लगा।

सबसे बड़ी आश्चर्य की बात तो यह है कि माँ को 'म्मा' कहता है, बुआ को 'उआ' कहता है, पर उसे कहता है 'चन्ना'! वास्तव में बच्चे के दिमाग में यह अक्ल आई कहाँ से, बतलाना मुश्किल है। अवश्य ही कोई ज़्यादा उम्र का आदमी ऐसी तेज अक्ल का परिचय न दे सकता था, और देने पर भी उसके 'जज' होने की आशा में सबको पूरा-पूरा सन्देह रह जाता।

कुछ दिन से रायचरण को अपने मुँह में रस्सी दबाकर घोड़ा बनना पड़ता है। पहलवान बनकर बच्चे के साथ कुश्ती भी लड़नी पड़ती है, तथा उसमें यदि वह हारकर जमीन पर नहीं गिर पड़ता तो बेचारे की मुसीबत आ जाती है।

इसी वक्त अनुकूल बाबू का पद्मा नदी के किनारे के किसी जिले में तबादला हो गया। वहाँ जाते वक्त वे अपने बच्चे के लिए कलकत्ता से एक छोटी-सी ठेलागाड़ी लेते गए थे। रायचरण सुबह-शाप दोनों वक्त नवकुमार को साटन का कुरता, सिर पर जरीदार टोपी, हाथ में सोने के कड़े तथा पैरों में लच्छे पहनाकर, उस गाड़ी में बिठाकर हवा खिलाने ले जाता।

बरसात का मौसम आया। भूखी पद्मा नदी, खेत, बाग-बगीचे तथा गाँव सबको एक-एक निवाले में निगलने लगी। चर की रेती के पेड़-पौधे सभी पानी में डूब गए। नदी के किनारे के धसकने की डरावनी आवाज तथा पानी की गरज से दसों दिशाएँ मुखरित हो उठीं। तेजी से दौड़ती हुई फेनराशि के नदी के तेज बहाव को और भी ज़्यादा भयानक कर दिया।

तीसरे पहर उस दिन बादल फिर घिर आए थे, पर बरसने की कोई आशा न थी। आज रायचरण का खामखयाली नन्हा-सा मालिक किसी भी तरह घर में नहीं रहना चाहता। वह

गाड़ी पर सवार होकर घूमने को जाने के प्रति जिद पकड़ गया। रायचरण धीरे-धीरे गाड़ी को ठेलता हुआ खेतों के नजदीक नदी के किनारे जा पहुँचा। नदी में एक भी नाव न थी, और खेत में भी कोई व्यक्ति न था। बादलों की संधों में से दिखाई दिया कि उस पार शान्त बालू रेत वाले नदी किनारे सूने समारोह के साथ सूर्य छिपने को तैयार था। उस सन्नाटे में बालक एकदम ही एक पेड़ की ओर उँगली उठाकर बोल उठा- "चन्ना, फू:!"

पास ही दलदल धरती पर एक कदम का पेड़ था, उसकी ऊँची शाखा पर कुछ फूल खिले हुए थे, उन्हीं पर बालक की लोभी दृष्टि खिंची हुई थी। तीन-चार दिन हुए, रायचरण ने दो-तीन सींकों में गूंथ-अंकर उसे एक कदम के फूलों की गाड़ी बना दी थी-उसमें रस्सी बाँधकर खींचने में बच्चे को ऐसा मजा आया कि उस दिन रायचरण को मुँह में लगाम नहीं लगानी पड़ी, घोड़े से वह एकाएक साईस के पद पर पहुँचा दिया गया था।

दलदल में से जाकर फूल लाने की रायचरण की इच्छा न हुई। उसने चट् से दूसरी तरफ़ उँगली दिखाकर कहा- "देखो, देखो, वोओ देखो, चिरैया! देखो तो उड़ गयी, आहा! आइयो री चिरैया, लल्ला बाबू को लड्डू दे जाइयो।" इस तरह लगातार बातें कर-करके बच्चे को बहलाता हुआ वह जोर-जोर से गाड़ी चलाने लगा।

पर जो लड़का बड़ा होकर जज होगा उसे इस प्रकार फुसलाने की कोशिश बेकार की बात थी, ख़ासकर उस वक्त जबकि चारों ओर उसका ध्यान आकर्षित करने वाली और कोई वस्तु ही न हो। लिहाजा रायचरण का काल्पनिक चिरैया का बहाना ज़्यादा देर न टिक सका। तब फिर रायचरण ने कहा- "तो तुम गाड़ी में बैठे रहना, अच्छा! मैं जल्दी से फूल लिए आता हूँ। खबरदार, पानी के किनारे न जाना।" यह कहता हुआ वह धोती ऊपर चढ़ाकर कदम के पेड़ की तरफ़ चल दिया।

मगर वह तो पानी के किनारे जाने को मना कर गया था, उससे बच्चे का मन कदम के फूल से हटकर उसी क्षण पानी की ओर दौड़ गया। उसने देखा कि पानी कल-कल, छल-छल करता हुआ दौड़ा जा रहा है। उसे ऐसा लगा जैसे कि शरारत करके किसी एक बड़े रायचरण के हाथ से निकलकर एक लाख नन्हा बहाव हँसता तथा कल-कल गीत गाता हुआ मना किए हुए जगह की तरफ़ तेजी से भागा जा रहा हो।

उसके इस बुरे उदाहरण से मानव-शिशु का दिल खिल उठा। वह गाड़ी से उतरकर धीरे-धीरे पानी के पास पहुँचा तथा एक लम्बे तिनके को उठाकर उसे मछली पकड़ने की बंसी बनाकर पानी में झुककर उससे मछली पकड़ने लगा। तथा नदी का नटखट पानी

फुसफुसाहट-भरी कल-कल भाषा में बार-बार उसे अपने खेल में शामिल होने के प्रति बुलाने लगा।

सहसा पानी में किसी वस्तु के गिरने की आवाज हुई। पर, बरसात में पद्मा नदी के किनारे ऐसे कितने ही अल्काज हुआ करते हैं। रायचरण ने झोली भरकर कदम के फूल तोड़े, और पेड़ से उतरकर मुस्कुराता हुआ वह गाड़ी के पास पहुँचा। वहाँ जाकर देखता है तो बच्चा गायब था। चारों ओर अच्छी तरह निगाह दौड़ाकर देखा, पर व ही भी बच्चे का चिन्ह तक न दिखाई दिया। पल-भर में रायचरण का खून सूख गया। सारी दुनिया उसे सूनी, उदास तथा धुआँकार दिखने लगी। वह अपने टूटे हुए दिल से चीख उठा- "लल्ला बाबू, लल्ला बाबू!"

मगर 'चन्ना' कहकर किसी ने जवाब नहीं दिया, शरारत करके किसी बच्चे का कंठ खिलखिला नहीं उठा। केवल पद्मा ही पहले की तरह कल-कल छल-छल करके दौड़ती रही। मानो वह कुछ जानती ही नहीं! मानो उसे विश्व की इन सब छोटी-छोटी बातें पर ध्यान देने की आवश्यकता ही नहीं।

जब शाम हुई तो बच्चे की बेचैन माँ ने चारों और आदमी दौड़ाए। लालटेन हाथ में लिए लोग नदी के तट पर पहुँचे। वहाँ देखा तो, रायचरच आँधी की हवा की तरह खेलों के चारों ओर 'लल्ला बाबू, लल्ला बाबू' चिल्लाता हुआ भटक रहा है, उसका कला बैठ गया है।

आखिर में घर लौटकर रायचरण धड़ाम से अपनी बहूजी के पैरों पर गिर पड़ा।

उससे बार-बार पूछा गया, मगर वह रो-रोकर यही कहा रहा- "कहाँ गया, कुछ भी पता नहीं लगा, माँ!"

यद्यपि सब समझ गए कि यह कार्य पद्मा नदी का ही है, फिर भी गाँव के बाहर जो बनजारे ठहरे हुए थे उन पर सन्देह हो ही गया। माँ के दिल में तो यह शक पैदा हुआ कि कहीं बच्चे को रायचरण ने ही न चुरा लिया हो! यहाँ तक कि वह उसे बुलाकर कहने लगी- "तू मेरे बच्चे को लौटा दे, तुझे कितने रुपये चाहिए, मैं दूँगी।"

सुनकर रायचरण ने केवल माथे पर हाथ दे मारा।

आखिर में मालकिन ने उसे निकाल बाहर कर दिया।

अनुकूल बाबू ने अपनी स्त्री के दिल से रायचरण के प्रति इस अन्यायपूर्ण सन्देह को

दूर करने की कोशिश की थी। उन्होंने अपनी पत्नी से पूछा- "रायचरण ऐसा जघन्य कार्य आखिर किसलिए करेगा?"

पत्नी ने कहा- "क्यों! सोने के गहने नहीं पहने था वो।"

रायचरण अपने देश को चला गया था। अब तक उसके कोई बाल-बच्चा नहीं हुआ था, और न ही होने की कोई आशा थी। मगर होनहार की बात कि उसी साल, इतनी ज़्यादा आयु में, उसकी पत्नी के एक बच्चा हुआ, तथा उसी में पत्नी की मृत्यु भी हो गयी। अपने उस बच्चे पर रायचरण को बड़ा क्रोध आया। उसे वह बैरी-सा दिखने लगा। उसने सोचा, यह छल करके लल्ला की जगह अपना अधिकार जमाने आया है। सोचने लगा, मालिक के इकलौते बेटे को पानी में बहाकर स्वयं पुत्र के सुख को व्यतीत करना उसके लिए महापाप के अलावा अन्य कुछ नहीं। यहाँ तक कि रायचरण की विधवा बहन अगर न होती, तो शायद वह बच्चा समाज की हवा में अधिक दिन साँस भी न ले सकता था।

आश्चर्य की, बात है कि उस लड़के ने भी कुछ दिन के बाद लल्ला की तरह ही चौखट पार करना आरम्भ कर दिया, और सब प्रकार की मनाहियों को न मानने में ठीक वैसी ही चतुरता दिखाने लगा! और तो क्या, उसके गले का स्वर, हँसने तथा रोने की आवाज बहुत कुछ उससे मिलती-जुलती है। किसी-किसी दिन रायचरण उसका रोना सुनता तो उसका दिल अचानक धड़क उठता, उसे ऐसा लगता कि जैसे उसका वह लल्ला भटक-भटक कर रो रहा है।

फुलना भी, रायचरण की बहन ने अपने भतीजे का नाम रखा था फुलना, बुआ को 'उआ' कहकर पुकारने लगा था। इस परिचित सम्बोधन को सुनकर एक दिन अचानक रायचरण को ख्याल आया था कि अवश्य लल्ला ही मेरे मोह को न छोड़ सकने की वजह से, मेरे घर आकर पैदा हुआ है।

इस विश्वास के अनुकूल कुछ न काटी जा सकने वाली युक्तियाँ भी थी। पहले तो, उसके चले जाने के बाद इतनी जल्दी उसका जन्म होना, दूसरे, इतने वर्षों बाद सहसा उसकी पत्नी के गर्भ में लड़का पैदा होना, यह उसकी स्त्री के गुण से हरगिज नहीं हो सकता। तीसरे, यह भी उसी प्रकार घुटनों के बल चलता है, डगमगाता हुआ घूमता-फिरता है तथा बुआ को 'उआ' कहता है। जिन लक्षणों के होने से आने वाले दिनों में जज होने की सम्भावना है, उनमें से अधिकांश गुण इसमें मौजूद हैं।

तब 'बहूजी' के दिल तोड़ देने वाले शक की बात उसे सहसा याद आ गयी, तथा बड़े आश्चर्य में आकर वह दिल-ही-दिल कहने लगा, "हाँ, हाँ, माँ के मन ने ठीक जान लिया था कि किसी ने उसके बच्चे को चोरी कर लिया है। ठीक तो है, तभी तो वह मेरे घर आकर पैदा हुआ है।" फिर, इतने दिन जो उसने बच्चे के लिए लापरवाही रखी, उसके लिए उसे बड़ा पछतावा हुआ। बच्चे को अब वह बहुत ज़्यादा चाहने लगा और प्यार करने लगा।

अब से फुलना को वह इस प्रकार पालने लगा जैसे वह किसी बड़े घराने का बच्चा हो। उसके प्रति वह साटन का कोट खरीद लाया, जरीदार टोपी भी ले आया, और अपनी पत्नी के गहने गलवाकर उसके लिए कड़े तथा लच्छे भी बनवा दिए। मुहल्ले के किसी भी लड़के के साथ वह उसे खेलने नहीं देता। रात-दिन स्वयं ही उसका साथी बनकर उससे खेलता रहता है। मुहल्ले के लड़के मौक़ा पाते ही फुलना को नवाब का नाती कहकर चिढ़ाया करते हैं। तथा गाँव के लोग भी रायचरण के ऐसे पगलाए व्यवहार पर आश्चर्य प्रकट करने लगे।

फुलना जब पढ़ने काबिल हुआ तब रायचरण अपनी जमीन वगैरह सब बेच-बाचकर उसे कलकत्ता ले गया। वहाँ बड़ी कठिनाई से एक नौकरी तलाश करके फुलना को उसने स्कूल में भर्ती करा दिया। खुद जैसे-तैसे गुजर कर लेता, मगर लड़के को अच्छा खाना, बढ़िया पोशाक तथा अच्छी शिक्षा देने में कोई कसर न रखता। मन-ही-मन कहता, "लल्ला बाबू, तुम मेरे प्रेम से मेरे घर आए हो, इसलिए तुम्हारा मैं अपमान नहीं कर सकता।"

इसी प्रकार बारह साल बीत गए। लड़का पढ़ने-लिखने में तेज और देखने में भी अच्छा तगड़ा सांवले रंग का है, केश-वेश की सजावट की तरफ़ पूरा ध्यान रखता है। कुछ आरामतलबी तथा शौकीन मिजाज का है। बाप को ठीक बाप जैसा नहीं समझता। कारण, रायचरण प्रेम करने में बाप तथा सेवा करने में नौकर जैसा बरताव करता है। इसके अलावा उसमें एक कमी भी थी, यह कि वह फुलना का बाप है, यह बात उसने सबसे छिपा रखी थी। जिस छात्रावास में फुलना रहता है, वहाँ के और सभी लड़के गंवार रायचरण की मजाक उड़ाया करते हैं, और कभी-कभी पिता की गैरहाजिरी में फुलना भी उसमें शामिल हो जाया करता है। फिर भी, ममताभरे आदत वाले भोले-भाले रायचरण को सभी लड़के बहुत प्रेम करते हैं, फुलना भी प्यार करता है, मगर उसमें पिता के प्यार की जगह अनुग्रह ही अधिक रहता है।

अब रायचरण बड़ा हो चला। उसका मालिक अब हर वक्त उसके काम-काज में दोष पकड़ता रहता है। सच में उसका बदन भी कमजोर हो चला है, काम में वह उतना ध्यान

नहीं रख सकता, बार-बार भूल जाता है। पर जो पूरी तनख्वाह देता है, वह बुढ़ापे की शिकायत कभी नहीं सुन सकता। इधर वह जो खेत-जोत बेच-बाचकर रुपये लाया था, वे भी सब खत्म हो चले थे। तथा फुलना भी आजकल अपने को कपड़े-लत्तों की कुछ तंगी महसूस करने लगा है।

सहसा एक दिन रायचरण ने कार्य से छुट्टी ले ली, तथा फुलना को कुछ रुपये देकर बोला- "लल्ला बाबू, ज़रूरी कार्य है मुझे, कुछ दिन के हेतु मैं देश जा रहा हूँ।" बस, इतना कहकर वह बारासात चल दिया। अनुकूल बाबू उस वक्त बारासात में ऑफ़िसर थे।

अनुकूल बाबू के और कोई बाल-बच्चा नहीं हुआ था। उनकी पत्नी अब भी उस बच्चे के दुःख में आँसू बहाया करती हैं।

एक दिन, शाम के वक्त अनुकूल बाबू कचहरी से लौटकर विश्राम कर रहे थे और उनकी पत्नी किसी साधु-महात्मा से औलाद की कामना से बहुत मूल्य देकर कोई जड़ी तथा आशीर्वाद खरीद रही थीं।

इतने में आँगन से आवाज आई- "जय हो बहूजी की!"

बाबू साहब बोले- "कौन है?"

रायचरण ने आकर नमस्कार किया, बोला- "मैं हूँ, रायचरण।"

बूढ़े को देखकर अनुकूल का मन पसीज गया। उसकी मौजूदा हालत के बारे में उन्होंने सैकड़ों प्रश्न पूछ डाले। तथा फिर उन्होंने रायचरण को फिर से कार्य पर बहाल करने की मर्ज़ी प्रकट की।

रायचरण ने सूखी हँसी हँसकर कहा- "मैं तो केवल बहूजी का आशीर्वाद लेने आया हूँ।"

अनुकूल बाबू उसे अपने साथ अन्दर ले गए। मगर उसकी 'बहूजी' ने प्रसन्नता से अपना इस्तकबाल नहीं किया।

मगर रायचरण ने कुछ ध्यान न देते हुए हाथ जोड़कर कहा- "बहूजी, मैंने ही तुम्हारा लड़का चुराया था। पद्मा ने नहीं चुराया और किसी ने भी नहीं चुराया, उसका चुराने वाला मैं ही हूँ, किरतघ्नी हूँ मैं, दोषी हूँ।"

अनुकूल बाबू कह उठे- "क्या कह रहा है तू! कहाँ है वह?"

"जी, मेरे ही पास है वह। मैं उसे परसों यहाँ पहुँचा दूँगा।"

इतना कहकर रायचरण चला गया।

वह रविवार का दिन था। कचहरी की छुट्टी थी। सुबह से पति-पत्नी दोनों जने बड़ी उत्सुकता से रायचरण के आने की प्रतीक्षा कर रहे थे।

करीब दस बजे फुलना को साथ लेकर रायचरण हाजिर हुआ था।

अनुकूल बाबू की लड़की ने लड़के से कुछ पूछताछ नहीं की, और न कुछ सोचा-विचारा ही, वे झट से उसे गोद में बिठाकर, सीने से चिपटाकर, मुँह चूमकर तरसे हुए नयनों से उसका चेहरा देखकर कभी रोती और कभी हँसती हुई व्याकुल हो उठी। दरअसल लड़का देखने में काफी अच्छा था। उसके पहनावे में, रहन-सहन में गरीबी का कोई लक्षण ही नहीं था। मुँह पर बेहद भला दिखने वाला, विनम्र, शर्मीला भाव देखकर अनुकूल के मन में भी अचानक प्रेम उमड़ आया। फिर भी उन्होंने मजबूती के साथ पूछा- "कोई सबूत है?"

रायचरण ने कहा- "ऐसे कार्य का सबूत क्या होगा, बाबू साहब? मैंने जो आपका लड़का चुराया था, इस बात को केवल मैं ही जानता हूँ या भगवान जानते हैं, दुनिया में तीसरा कोई नहीं जानता।"

अनुकूल ने सोच-समझकर तय किया कि लड़के को पाते ही उनकी पत्नी ने जिस बेचैनी के साथ उसे अपना लिया है, उसे देखते हुए अब सबूत माँगना कुछ मतलब नहीं रखता। जिस तरह भी बने विश्वास करना ही अच्छा है। इसके अलावा और भी एक बात है, रायचरण को ऐसा लड़का मिल भी कहाँ से सकता है? दूसरे, काफी पुराना बूढ़ा नौकर बिना वजह उन्हें धोखा देगा ही क्यों?

लड़के से भी बातचीत करने पर यही पता हुआ कि बचपन से ही वह रायचरण के साथ है, तथा अब तक उसी को वह पिता समझता आया है, किन्तु रायचरण ने कभी उसके साथ पिता के समान बर्ताव नहीं किया, बल्कि वह नौकर जैसा बरताव करता रहा है। आखिर में अनुकूल ने दिल से शक दूर करके कहा- "मगर, रायचरण, अब तू हम लोगों की परछाई भी न छू सकेगा।"

रायचरण ने हाथ जोड़कर गद्गद कंठ से कहा- "मालिक साहब, अब इस बुढ़ापे में कहाँ जाऊँगा?"

मालकिन ने कहा- "नहीं, नहीं, रहने दो। लल्ला मेरा सुखी बना रहे। इसे मैं क्षमा करती हूँ।"

मगर न्यायपरायण जज अनुकूल चन्द्र ने कहा- "इसने मेरा भयानक कसूर किया है कि इसे क्षमा नहीं किया जा सकता।"

रायचरण ने अनुकूल बाबू के पाँव पकड़कर कहा- "मैंने कुछ नहीं किया, बाबू साहब, ईश्वर ने किया है।"

अपना पाप भगवान के सिर मढ़ने की कोशिश करते देख जज साहब और भी क्रोधित हो उठे। बोले- "जिसने ऐसा धोखे का कार्य किया है, उस पर अब फिर यकीन करना सही नहीं।"

रायचरण ने पाँव छोड़कर कहा- "ऐसा मैं नहीं हूँ मालिक!"

"तो कौन है ऐसा?"

"मेरा भाग्य।"

"मगर, इस तरह की कैफियत से किसी उच्च शिक्षित तथा ख़ासकर न्यायकर्ता दंडदाता जज को भला कैसे तसल्ली मिल सकती थी।

रायचरण ने कहा- "दुनिया में मेरा और कोई भी नहीं है, मालिक!"

फुलना ने जब देखा कि वह जज का लड़का है, रायचरण ने अब तक उसे चुरा रखा था तथा अपना लड़का बताकर वह उसका अपमान करता रहा है, तब उसे भी मन-ही-मन कुछ क्रोध आया, किन्तु फिर भी उसने सहनशीलता के साथ पिता से कहा- "पिताजी, इसे क्षमा कर दो। घर में यदि नहीं रखना चाहते, तो इसके लिए कुछ तनख्वाह बाँध दो।"

इसके बारण रायचरण ने मुँह से कुछ भी न कहा। बस, एक बार अपने इकलौते बेटे का अच्छी प्रकार मुँह देखा, सबको नमस्ते किया, और फिर द्वार से बाहर निकलकर संसार के अनगिनत व्यक्तियों में जाकर मिल गया।

महीने के अन्त में अनुकूल बाबू ने जब उसके देश के पते पर कुछ रुपये भेजे तो मनीऑर्डर वापस आ गया। वहाँ मनीऑर्डर को लेने वाला कोई भी न था।

अन्तिम प्यार

आर्ट स्कूल के प्रोफेसर मनमोहन बाबू घर में बैठे हुए दोस्तों के साथ मनोरंजन कर रहे थे, ठीक उसी-वक्त योगेश बाबू कमरे में घुसे।

योगेश बाबू उत्तम श्रेणी के चित्रकार थे, उन्होंने अभी थोड़े वक्त पूर्व ही स्कूल छोड़ा था। उन्हें देखकर एक आदमी ने कहा- "योगेश बाबू! नरेन्द्र क्या कहता है, आपने सुना कुछ उसके बारे में?"

बाबू ने आराम कुर्सी पर बैठकर पहले तो एक लम्बी साँस ली, उसके पश्चात बोले- "कहता क्या है वह?"

"नरेन्द्र कहता है-बंग-प्रान्त में उसकी कोटि का कोई भी चित्रकार इस समय नहीं है।"

"सही है, अभी नया-नया लड़का है न। हम लोग तो जैसे आज तक घास छीलते रहे हैं।" झुंझलाकर योगेश बाबू ने कहा।

जो लड़का बातें कर रहा था, उसने कहा- "सिर्फ़ यही नहीं, नरेन्द्र आपको भी इज्जत की नजर से नहीं देखता।"

योगेश बाबू ने उपेक्षित भाव में कहा- "क्यों मैंने गलती की है?"

"वह कहता है आप अपने आदर्श को ध्यान में रखते हुए चित्र नहीं बनाते।"

"तो किस नजरिये से बनाता हूँ?"

"नजरिया...?"

"केवल, रुपयों के लिए।"

योगेश ने एक नेत्र बन्द करके कहा- "बेकार, ये सब बेकार की बात है।" फिर आवेश में कान के पास से अपने अस्त-व्यस्त वालों को ठीक कर काफी देर तक खामोश बैठा रहा। चीन का जो सबसे बड़ा चित्रकार हुआ है उसके बाल भी बहुत बड़े थे। यही वजह थी कि योगेश ने भी अपने स्वभाव के खिलाफ सिर पर लम्बे-लम्बे बाल रखे हुए थे। ये बाल

उनके मुख पर बिलकुल नहीं जचते थे। क्योंकि बचपन में एक बार चेचक के आक्रमण से उनके प्राण तो बच गये थे। मगर मुख बहुत कुरूप हो गया या। एक तो काला रंग, दूसरे चेचक के दाग। चेहरा देखकर अचानक यहाँ जान पड़ता था, मानो किसी ने बंदूक में छर्रे भरकर लिबलिबी दबा दी हो।

कक्ष में जो लड़के बैठे थे, योगेश बाबू को क्रोध में देखकर उनके सामने ही मुँह बन्द करके हँस रहे थे।

सहसा वह हँसी योगेश बाबू ने भी देख ली, गुस्से के स्वर में बोले-

"तुम लोग क्यों हँस रहे हो?"

एक लड़के ने चाटुकारिता से जल्दी-जल्दी कहा- "नहीं महाशय जी! आपको क्रोध आये और हम लोग हमें, यह भला कभी ऐसा हो सकता है।"

"ऊँह! मैं समझ गया, अब अधिक चालाकी की ज़रूरत नहीं। क्या तुम लोग यह कहना चाहते हो कि अब तक तुम सब दाँत निकालकर रो रहे थे? मैं ऐसा मूर्ख नहीं हूँ।" यह कहकर उन्होंने आँखें मून्द लीं।

लड़कों ने किसी तरह हँसी रोककर कहा- "चलिए यों ही सही, हम हँसते ही थे और रोते भी क्यों मगर हम नरेन्द्र के पागलपन को सोचकर हँसते थे। वह देखो मास्टर साहब के साथ नरेन्द्र भी आ रहा है।"

मास्टर साहब के साथ-साथ नरेन्द्र भी कमरे में आ गया था।

योगेश ने एक बार नरेन्द्र की तरफ़ घूमती हुई नजर से देखकर मनमोहन बाबू से कहा- "महाशय! मेरे बारे में नरेन्द्र क्या कहता है?"

मनमोहन बाबू जानते थे कि उन दोनों की लगती है। दो पाषाण जब परस्पर टकराते हैं तो आग पैदा हो ही जाती है। अतएव वह बात को संभालकर, मुस्कराते-से बोले- "योगेश बाबू नरेन्द्र क्या कहता है?"

"नरेन्द्र कहता है कि मैं रुपये के नजरिये से चित्र बनाता हूँ। मेरा कोई आदर्श नहीं है?"

मोहन बाबू ने पूछा- "क्यों नरेन्द्र?"

नरेन्द्र अब तक मौन खड़ा था, अब किसी तरह आगे आकर बोला- "हाँ कहता हूँ, मेरा यही मश्वरा भी है।"

योगेश बाबू ने मुँह बनाकर कहा- "बड़े आये राय देने वाले। छोटे मुँह बड़ी बात। अभी

कल का छोकरा और इतनी बड़ी-बड़ी बातें।"

मनमोहन बाबू ने कहा- "योगेश बाबू जाने दीजिए, नरेन्द्र अभी छोटा है, तथा बात भी छोटी-सी है। इस पर झगड़ने की क्या ज़रूरत है?"

योगेश बाबू उसी प्रकार आवेश में बोले- "बच्चा है। नरेन्द्र बच्चा है। जिसके मुँह पर इतनी बड़ी-बड़ी मूँछें हों, वह अगर बच्चा है तो बूढ़ा क्या होगा? मोहन बाबू! आप क्या कहते हैं?"

एक विद्यार्थी ने कहा- "महाशय, अभी कुछ समय पहले तो आपने उसको कल का छोकरा बताया था।"

योगेश बाबू का मुख क्रोध से लाल हो गया, बोले- "कब कहा था?"

"अभी इससे कुछ समय पहले।"

"झूठ! बिलकुल झूठ!! जिसकी इतनी बड़ी-बड़ी मूँछें हैं मैं उसे छोकरा कहूँ, नामुमकिन है। क्या तुम लोग यह कहना चाहते हो कि मैं बिलकुल मूर्ख हूँ?"

सब लड़के एक स्वर में बोले- "नहीं, महाशय! ऐसी बात हम भूलकर भी मुँह पर नहीं ला सकते।"

मनमोहन बाबू किसी तरह हँसी को रोककर बोले- "चुप-चुप! बात को घुमाओ नहीं।"

योगेश बाबू ने कहा- "हाँ नरेन्द्र! तुम यह कहते हो कि बंग-प्रान्त में तुम्हारे जैसा कोई चित्रकार नहीं है।"

नरेन्द्र ने कहा- "आपने किस तरह जाना?"

"तुम्हारे दोस्तों ने मुझसे कहा था।"

"मैं यह नहीं कहता। तब भी इतना जरूर कहूँगा कि मेरी भाँति हृदय-रक्त पीकर बंगाल में कोई चित्र नहीं बनाता।"

"इसका प्रमाण?"

नरेन्द्र ने आवेशमय स्वर में कहा- "प्रमाण की क्या आवश्यकता है? मेरा अपना यही विचार है।"

"तुम्हारा ख्याल गलत है।"

नरेन्द्र बहुत कम बोलने वाला आदमी था। उसने कोई जवाब नहीं दिया।

मनमोहन बाबू ने इस नाराजगी वाली बातचीत को बन्द करने के प्रति कहा- "नरेन्द्र इस बार प्रदर्शनी के लिए तुम चित्र बनाओगे ना?"

नरेन्द्र ने कहा- "इरादा तो है।"

"मैं देखूँगा तुम्हारा चित्र कैसा रहता है?"

नरेन्द्र ने श्रद्धाभाव से उसकी पगधूलि लेकर कहा- "जिसके गुरु आप हैं उसे क्या परेशानी? देख सबसे अच्छा रहेगा।"

योगेश बाबू ने कहा- "राम से पहले रामायण! पहले चित्र बनाओ फिर कहना।"

नरेन्द्र ने मुँह फेरकर योगेश बाबू की तरफ़ देखा, कहा कुछ भी नहीं, मगर खामोशी और उपेक्षा ने बातों से कहीं अधिक योगेश के मन को आहत किया।

मनमोहन बाबू ने कहा- "योगेश बाबू चाहे आप कुछ कहें परन्तु नरेन्द्र को अपनी आत्मिक शक्ति पर बहुत बड़ा यकीन है। मैं पक्के यकीन से कह सकता हूँ कि यह भविष्य में एक बड़ा चित्रकार होगा।"

नरेन्द्र धीरे-धीरे कक्ष से बाहर चला गया।

एक विद्यार्थी ने कहा- "प्रोफेसर साहब, नरेन्द्र में किसी हद तक विक्षिप्तता की झलक दिखाई देती है।"

मनमोहन बाबू ने कहा- "हाँ, मैं भी जानता हूँ। जो इन्सान अपने भाव अच्छी प्रकार प्रकट करने में सफल हो जाता है, उसे सर्व-साधारण किसी हद तक विक्षिप्त समझते हैं। चित्र में एक विशेष तरह का आकर्षण तथा मोहकता उत्पन्न करने की उसमें असाधारण काबलियत है। तुम्हें पता है, नरेन्द्र ने एक बार क्या किया था? मैंने देखा कि नरेन्द्र के बायें हाथ की उगली से खून का फव्वारा छूट रहा है तथा वह बिना किसी दर्द के बेटा चित्र बना रहा है। मैं तो देखकर आश्चर्यचकित रह गया। मेरे मालूम करने पर उसने जवाब दिया कि उँगली काटकर देखी कि खून का असली रंग क्या है? अजीब इंसान है। तुम लोग इसे विक्षिप्तता कह सकते हो, मगर इसी विक्षिप्तता के ही कारण तो वह एक दिन अमर कलाकार कहलायेगा।

योगेश बाबू आँख मूँद कर सोचने लगे। जैसे गुरु वैसे चेले-दोनों के दोनों बेवकूफ हैं।

नरेन्द्र सोचते-सोचते घर की तरफ़ चला-मार्ग में भीड़-भाड़ थी। कितनी ही गाड़ियाँ चली जा रही थीं, मगर इन बातों की ओर उसका ध्यान नहीं था। उसे क्या फिक्र थी?

सम्भवत: इसका भी उसे मालूम न था।

वह कुछ समय के अन्दर ही बहुत बड़ा चित्रकार हो गया, बहुत कम समय में ही वह इतना मशहूर तथा सर्वप्रिय हो गया था कि उसके ईर्ष्यालु मित्रों को अच्छा न लगा। इन्हीं ईर्ष्यालु मित्रों में योगेश बाबू भी थे। नरेन्द्र में एक ख़ास योग्यता और उसकी तूलिका में एक असाधारण शक्ति है। योगेश बाबू इसे दिल-ही-दिल में खूब समझते थे, लेकिन ऊपर से उसे मानने के प्रति तैयार न थे।

इस थोड़े वक्त में ही उसका इतनी प्रसिद्धि हासिल करने का एक ख़ास कारण भी था। वह यह कि नरेन्द्र जिस चित्र को भी बनाता था अपनी सारी काबलियत उसमें लगा देता था उसकी नजर सिर्फ़ चित्र पर रहती थी, पैसे की ओर भूलकर भी उसका ध्यान नहीं जाता था। उसके मन की महत्त्वाकांक्षा थी कि चित्र बहुत ही सुन्दर हो। उसमें अपने ढंग की ख़ास विलक्षणता हो। मूल्य चाहे कम मिले या अधिक। वह अपने विचार और भावनाओं की मधुर रूप-रेखायें अपने चित्र में देखता था। जिस वक्त चित्र चित्रित करने बैठता तो चारों तरफ़ फैली हुई असीम प्रकृति और उसकी सारी रूप-रेखायें हृदय-पट से गुम्फित कर देता। इतना ही नहीं, वह अपने वजूद से भी विस्मृत हो जाता। वह उस वक्त पागलों की भाँति दिखाई पड़ता और अपने प्राण तक न्यौछावर कर देने से भी उस वक्त सम्भवत: उसको कोई हिचक न होती। यह हालत उस वक्त की एकाग्रता की होती। हकीकत में इसी कारण उसे यह सम्मान प्राप्त हुआ। उसके स्वभाव में सादगी थी, वह तो बात सादगी से कहता, लोग उसे अभिमान तथा प्रदर्शनी से लदी हुई समझते। उसके सामने कोई कुछ न कहता मगर पीठ-पीछे लोग उसकी बुराई करने से न चूकते, सब-के-सब नरेन्द्र को संज्ञाहीन-सा पाते, वह किसी बात को कान लगाकर न सुनता, कोई पूछता कुछ तथा जवाब देता कुछ और ही। वह हमेशा ऐसा मालूम होता जैसे अभी-अभी स्वप्न देख रहा था और किसी ने सहसा उसे जगा दिया हो, उसने विवाह किया और एक लड़का भी उत्पन्न हुआ, पत्नी बहुत सुन्दर थी, मगर नरेन्द्र को गृहस्थी जीवन में किसी तरह का आकर्षण न था, तब भी उसका हृदय प्रेम का विशाल सागर था, वह हर समय इसी धुन में रहता था कि चित्रकला में प्रसिद्धि हासिल करे। यही कारण था कि लोग उसे पागल समझते थे। किसी हल्की चीज़ को यदि पानी में जबरदस्ती डुबो दो तो वह किसी तरह भी न डूबेगी, वरन् ऊपर तैरती रहेगी। ठीक यही दशा उन लोगों की होती है जो अपनी धुन के पक्के होते हैं। वे दुनियादारी के दुःख-सुख में किसी तरह डूबना नहीं जानते। उनका मन हर वक्त काम की पूर्ति में लगा

रहता है। नरेन्द्र सोचते-सोचते अपने घर के मकान के सामने आ खड़ा हुआ। उसने देखा कि दरवाजे के पास उसका चार वर्ष का बच्चा मुँह में उँगली डाले किसी गहरी चिन्ता में खड़ा है। पिता को देखते ही बच्चा दौड़ता हुआ आया तथा दोनों हाथों से नरेन्द्र को पकड़कर बोला- "बाबू जी!"

"क्या बात है बेटे?"

बच्चे ने पिता का हाथ पकड़ लिया तथा खींचते हुए कहा- "बाबूजी, देखो हमने एक मेढक मारा है जो लंगड़ा हो गया है...।"

नरेन्द्र ने कहा- "वह घर नहीं जा सकता-लंगड़ा हो गया है, कैसे जाएगा? चलो उसे गोद में उठाकर उसके घर पहुँचा दो।"

नरेन्द्र ने बच्चे को गोद में उठा लिया तथा हँसते-हँसते घर में ले गया।

एक दिन नरेन्द्र को याद आया कि इस बार की प्रदर्शनी में जैसे भी हो अपना एक चित्र भेजना चाहिए। कक्ष की दीवार पर उसके हाथ के कितने ही चित्र लगे हुए थे। कहीं प्राकृतिक मन्तर, कहीं मानव के शरीर की रूप-रेखा, कहीं सोने की तरह सरसों के खेत की हरियाली, जंगली मनमोहक दृश्यावलि तथा कहीं वे रास्ते जो छाया वाले वृक्षों के नीचे से टेढ़े-तिरछे होकर नदी के पास जा मिलते थे। धुएँ की तरह गगनचुम्बी पहाड़ों की पंक्ति, जो तेज धूप में खुद झुलसी जा रही थीं और सैकड़ों पथिक धूप से बेचैन होकर छायादार वृक्षों के समूह में शरणार्थी थे, ऐसे कितने ही दृश्य थे। दूसरी तरफ़ अनेकों पक्षियों के चित्र थे। उन सबके मनोभाव उनके मुखों से प्रकट हो रहे थे। कोई क्रोध से भरा हुआ कोई मुसीबत की हालत में तो कोई प्रसन्न मुद्रा स्थिति में।

कमरे के उत्तरीय भाग में खिड़की के सामने एक अपूर्ण चित्र लगा हुआ था, उसमें ताड़ के वृक्षों के समूह के समीप सदा मौन रहने वाली छाया के आश्रय में एक सुन्दर नवयुवती नदी के नीलवर्ण जल में स्थिर बिजली-सी शान्त खड़ी थी। उसके होठों और मुख की रेखाओं में चित्रकार ने मन की पीड़ा अंकित की थी। ऐसा मालूम होता था माना चित्र बोलना चाहता है, मगर यौवन अभी उसके बदन में पूरी तरह प्रस्फुटित नहीं हुआ है।

इन सब चित्रों में चित्रकार के इतने दिनों की आशा तथा निराशा मिली-जुली थी, मगर आज उन चित्रों की रेखाओं और रंगों ने उसे अपनी ओर आकर्षित न किया। उसके मन में बार-बार यही विचार आने लगे कि इतने दिनों उसने केवल बच्चों का खेल लिया है। सिर्फ़

कागज के टुकड़ों पर रंग पोता है। इतने दिनों से उसने जो कुछ रेखाएँ कागज पर खींची थीं, वे सब उसके मन को अपनी ओर आकर्षित न कर सकीं, क्योंकि उसके विचार पहले की अपेक्षा बहुत उच्च थे। उच्च ही नहीं बल्कि बहुत ऊँचे होकर चील की भाँति आसमान में मंडराना चाहते थे। यदि वर्षा ऋतु का सुहावना दिन हो तो क्या कोई ताकत उसे रोक सकती थी? वह उस समय जोश में आकर उड़ने की उत्सुकता में असीमित दिशाओं में उड़ जाता। फिर एक बार भी पलटकर नहीं देखता। अपनी पहली हालत पर किसी तरह भी वह सहमत नहीं था। नरेन्द्र के मन में रह-रहकर यही विचार आने लगा। भावना और लालसा की झड़ी-सी लग गयी।

उसने निश्चय कर लिया कि इस बार ऐसा चित्र बनाएगा जिससे उसका नाम अमर हो जाये। वह वास्तविकता को सबके मन में बैठा देना चाहता था कि उसकी अनुभूति बचपन की अनुभूति नहीं है।

मेज पर सिर रखकर नरेन्द्र विचारों का ताना-बाना बुनने लगा। वह क्या बनायेगा? किस विषय पर बनायेगा? मन पर आघात होने से साधारण असर पड़ता है। भावनाओं के कितने ही पूर्ण और अपूर्ण चित्र उसकी निगाहों के सामने से सिनेमा-चित्र की तरह चले गये, लेकिन किसी ने भी दम भर के प्रति उसके ध्यान को अपनी ओर आकर्षित न किया। सोचते-सोचते शाम के अँधियारे में शंख की मधुर ध्वनि ने उसको मस्त कर देने वाला गाना सुनाया। इस स्वर-लहरी से नरेन्द्र चौंककर उठ खड़ा हुआ। पश्चात उसी अँधकार में वह चिन्तन-मुद्रा में कमरे के अन्दर पागलों की तरह टहलने लगा, लेकिन सब बेकार! महान प्रयत्न करने के बाद भी कोई विचार न सूझा।

रात बहुत जा चुकी थी। अमावस्या की अँधेरी में आसमान परलोक की भाँति धुँधला प्रतीत होता था। नरेन्द्र कुछ खोया-खोया-सा पागलों की भाँति उसी तरफ़ ताकता रहा।

बाहर से रसोइये ने द्वार खटखटाकर कहा- "बाबूजी!"

चौंककर नरेन्द्र ने पूछा- "कौन है?"

"बाबूजी भोजन तैयार है, चलिये।"

झुंझलाते हुए नरेन्द्र ने कटु स्वर में कहा- "मुझे परेशान न करो। जाओ, मैं इस वक्त न खाऊँगा।"

"कुछ थोड़ा-सा।"

"मैं कहता हूँ बिलकुल नहीं।" और निराश हृदय रसोइया भारी कदमों से वापस लौट गया तथा नरेन्द्र ने अपने को चिन्तन-सागर में डुबो दिया। संसार में जिसकी प्रसिद्धि हासिल करने की लगन लग गयी हो, फिर उसको चैन कहाँ।

पूरा एक सप्ताह बीत गया। इस सप्ताह में नरेन्द्र ने अपने घर से बाहर कदम न निकाला। घर में बैठा सोचता रहता था-किसी-न-किसी मन्त्र से तो पूजा की देवी अपनी कला दिखाएगी ही।

इससे पूर्व किसी चित्र के प्रति उसे विचार-प्राप्ति में देर न लगती थी, लेकिन इस बार किसी प्रकार भी उसे कोई बात न सूझी। ज्यों-ज्यों दिन व्यतीत होते जाते थे वह निराश होता जाता था। सिर्फ़ यही क्यों? कई बार तो उसने क्रोध में आकर सिर के बाल नोंच लिये। वह अपने आपको गालियाँ देता, पृथ्वी पर पेट के बल पढ़कर बच्चों की भाँति रोया भी लेकिन सब बेकार।

प्रात:काल नरेन्द्र मौन बैठा था कि मनमोहन बाबू के द्वारपाल ने आकर उसे एक पत्र दिया। उसने उसे खोलकर देखा। प्रोफेसर साहब ने उसमें लिखा था-

"प्रिय नरेन्द्र,

प्रदर्शनी होने में अब ज़्यादा दिन बाकी नहीं हैं। एक सप्ताह के भीतर अगर चित्र न आया तो ठीक नहीं। लिखना, तुम्हारी क्या तरक्की हुई है तथा तुम्हारा चित्र कितना बन गया है?

योगेश बाबू ने चित्र चित्रित कर दिया है। मैंने देखा है, लेकिन मुझे तुमसे और भी अच्छे चित्र की उम्मीद है। तुमसे ज़्यादा प्रिय मुझे और कोई नहीं। आशीर्वाद देता हूँ, तुम अपने गुरु की प्रतिष्ठा रख सकोगे।

इसका ध्यान रखना। इस प्रदर्शनी में अगर तुम्हारा चित्र अच्छा रहा तो तुम्हारी ख्याति में कोई बाधा न रहेगी। तुम्हारी मेहनत सफल हो, यही मेरी प्रार्थना।

-मनमोहन

पत्र पढ़कर नरेन्द्र और भी बेचैन हुआ। सिर्फ़ एक सप्ताह बाकी है और अभी तक उसके दिमाग में चित्र के विषय में कोई विचार ही नहीं आया। खेद है अब वह क्या करेगा?

उसे अपने आत्मबल पर बहुत विश्वास था, पर इस वक्त वह यकीन भी जाता रहा। क्या इसी तुच्छ बल पर वह दस आदमियों में सिर उठाए फिरता रहा है?

उसने सोचा था, अमर कलाकार बन जाऊँगा, लेकिन वाह री मेरी बुरी किस्मत! अपनी अयोग्यता पर नरेन्द्र की आँखों में आँसू भर आये।

रोगी की रात जैसे आँखों में निकल जाती है उसकी वह रात वैसे ही खत्म हुई। नरेन्द्र को इसका तनिक भी मालूम न हुआ। उधर वह कई दिनों में चित्रशाला ही में सोया था। नरेन्द्र के मुख पर जागरण के चिन्ह थे। उसकी पत्नी दौड़ी-दौड़ी आई तथा शीघ्रता से उसका हाथ पकड़कर बोली- "अजी बच्चे को क्या हो गया है, ज़रा आकर देखो।"

नरेन्द्र ने पूछा- "क्या हुआ?"

पत्नी लीला हांफते हुए बोली- "शायद हैजा! इस तरह खड़े न रहो, बच्चा बिलकुल बेहोश पड़ा है।"

बहुत ही अनमने दिल से नरेन्द्र शयनकक्ष में घुसा।

बच्चा बिस्तर पर पड़ा था। पलंग के चारों तरफ़ उस भयानक रोब के चिन्ह दृष्टिगोचर हो रहे थे। लाल रंग दो घड़ी में ही पीला हो गया था। एकदम देखने से यही ज्ञात होता था जैसे बच्चा जिन्दा नहीं है। सिर्फ़ उसके वक्ष के समीप कोई वस्तु धक-धक कर रही थी, और इस क्रिया से ही ज़िन्दगी के कुछ चिन्ह दृष्टिगोचर होते थे।

वह बच्चे के सिरहाने सिर झुकाकर खड़ा हो गया।

लीला ने कहा- "इस प्रकार खड़े न रहो। जाओ, डॉक्टर को बुला लाओ।"

माँ की आवाज सुनकर बच्चे ने आँखें मलीं। भर्राई हुई आवाज में बोला- "माँ! ओ माँ!!"

"मेरे लाल! मेरी पूँजी। क्या कह रहा है?" कहते-कहते लीला ने दोनों हाथों से बच्चे को अपनी गोद से उठा लिया। माँ के गोद में सिर रखकर बच्चा फिर पड़ा रहा।

नरेन्द्र के नेत्र सजल हो गए। वह बच्चे की तरफ़ देखता रहा।

लीला ने देखते हुए प्रश्नवाचक स्वर में कहा- "अभी तक डॉक्टर को बुलाने नहीं गये तुम?"

नरेन्द्र ने दबे स्वर में कहा- "ऐं...डॉक्टर?"

पति की आवाज का अस्वाभाविक स्वर सुनकर लीला ने हैरत से कहा- "क्या?"

"कुछ नहीं।"

"जाओ, डॉक्टर को बुला लाओ।"

"अभी जाता हूँ।"

नरेन्द्र मकान से बाहर निकला।

कमरे का द्वार बन्द हुआ। लीला ने आश्चर्यचकित होकर सुना कि उसके पति ने बाहर से दरवाजे की जंजीर खींच ली और वह सोचती रही- "यह क्या?"

नरेन्द्र चित्रशाला में प्रविष्ट होकर एक कुर्सी पर बैठ गया।

दोनों हाथों से मुँह ढाँपकर वह सोचने लगा। उसकी हालत देखकर ऐसा लगता था कि वह किसी तीव्र आत्मिक पीड़ा से पीड़ित है। चारों ओर गहरे सूनेपन का राज्य था। सिर्फ़ दीवार पर लगी हुई घड़ी कभी न थकने वाली गति से टिक-टिक कर रही थी और नरेन्द्र के सीने के अन्दर उसका मन मानो उत्तर देता हुआ कह रहा था-धक धक सम्भवत: उसके भयंकर संकल्पों से परिचित होकर घड़ी और उसका मन परस्पर कानाफूसी कर रहे थे। सहसा नरेन्द्र उठ खड़ा हुआ। संज्ञाहीन हालत में कहने लगा- "क्या करूँ? ऐसा आदर्श फिर न मिलेगा, लेकिन...वह तो मेरा पुत्र है।"

वह कहते-कहते रुक गया। मौन होकर सोचने लगा। अचानक घर के अन्दर से सनसनाते हुए बाण की तरह 'हाय' की हृदयबेधक आवाज उसके कानों में पहुँची।

"मेरे लाल! तू कहाँ गया?"

जिस तरह चिल्ला टूट जाने से कमान सीधी हो जाती है, फिक्र और बेचैनी से नरेन्द्र ठीक उसी प्रकार सीधा खड़ा हो गया। उसके मुख पर लाली का चिन्ह तक न था, फिर कान लगाकर उसने आवाज सुनी, वह समझ गया कि बच्चा चल बसा। मन-ही-मन बोला- "ईश्वर! तुम ही गवाह हो, मेरी कोई गलती नहीं।"

इसके पश्चात वह अपने सिर के बालों को मुट्ठी में लेकर सोचने लगा। जैसे कुछ समय पश्चात ही मनुष्य निद्रा से चौंककर उठता है उसी तरह चौंककर जल्दी-जल्दी मेज पर से कागज, तूलिका तथा रंग आदि लेकर वह कमरे से बाहर निकल आया। शयनकक्ष के सामने एक खिड़की के करीब आकर वह अचकचाकर खड़ा हो गया। कुछ सुनाई देता है क्या? नहीं सब शान्त हैं। उस खिड़की से कमरे का आन्तरिक भाग दिखाई पड़ रहा था। झांककर आशंका में थर-थर काँपते हुए उसने देखा तो उसके सारे बदन में काँटे-से-चुभ गये। बिस्तर उलट-पुलट हो रहा था। पुत्र से खाली गोद किए माँ वहीं पड़ी तड़पती रही थी।

और इसके अलावा...माँ कमरे में पृथ्वी पर लोटते हुए, बच्चे के मृत जिस्म को दोनों हाथों से वक्षस्थल के साथ चिपकाए, बाल बिखेरे, नेत्र विस्फारित किए, बच्चे के निर्जीव होठों को बार-बार चूम रही थी।

नरेन्द्र की दोनों आँखों में जैसे किसी ने दो सलाखें घुसा दी हों, उसने होंठ चबाकर

कठिनता से खुद को संभाला और इसके साथ ही कागज पर पहली रेखा खींची। उसके सामने कमरे के अन्दर वही भयानक दृश्य उपस्थित था। संभवत: दुनिया के किसी अन्य चित्रकार ने ऐसा दृश्य सम्मुख रखकर तूलिका न उठाई होगी।

देखने में नरेन्द्र के शरीर में कोई गति न थी, लेकिन उसके मन में कितनी तड़प थी? उसे कौन समझ सकता है, वह तो पिता था।

नरेन्द्र जल्दी-जल्दी चित्र बनाने लगा। ज़िन्दगी भर चित्र बनाने में इतनी जल्दी उसने कभी न की। उसकी उँगलियाँ किसी अज्ञात शक्ति से अपूर्व ताकत हासिल कर चुकी थीं। रूपरेखा बनाते हुए उसने सुना- "बेटा, ओ बेटा! बातें करो, ज़रा एक बार तुम देख तो लो?"

नरेन्द्र ने अस्फुट स्वर में कहा- "उफ़! यह असहनीय है।" और उसके हाथ से तूलिका छूटकर धरती पर गिर पड़ी।

किन्तु उसी वक्त तूलिका उठाकर वह पुन: चित्र बनाने लगा। रह-रहकर लीला का कन्द्रन-रुदन कानों में पहुँचकर मन को छेड़ता और रक्त की गति को धीमा करता और उसके होंठ स्थिर होकर उसकी तूलिका की गति को रोक देते।

इसी तरह पल-पर-पल बीतने लगे।

मुख्य दरवाजे के अन्दर आने के लिए नौकरों ने शोर मचाना शुरू कर दिया था लेकिन नरेन्द्र मानो इस वक्त विश्व और विश्वव्यापी शोरगुल से बहरा हो चुका था।

वह कुछ भी न सुन सका। इस वक्त वह एक बार कमरे की ओर देखता और एक बार चित्र की तरफ़, बस रंग में तूलिका डुबोता और फिर कागज पर चला देता।

वह पिता था, लेकिन कमरे के अन्दर पत्नी के मन से लिपटे हुए मरे बच्चे की याद भी वह धीरे-धीरे भूलता जा रहा था।

एकदम लीला ने उसे देख लिया। दौड़ती हुई खिड़की के पास आकर दुःखित स्वर में बोली- "क्या डॉक्टर को बुलाया? ज़रा एक बार आकर देख तो लेते कि मेरा बच्चा जिन्दा है या नहीं...यह क्या? चित्र बना रहे हो?"

चौंककर नरेन्द्र ने लीला की ओर देखा। वह लड़खड़ाकर गिर रही थी।

बाहर से द्वार खटखटाने तथा बार-बार चिल्लाने पर भी जब कपाट न खुले, तो रसोइया तथा नौकर दोनों डर गये। वे अपना काम खत्म करके प्राय: संध्या समय घर चले जाते थे और प्रातःकाल कार्य करने आ जाते थे। रोजाना लीला-नरेन्द्र दोनों में से कोई-न-कोई द्वार खोल देता था, आज चिल्लाने और खटखटाने पर भी द्वार न खुला। इधर रह-रहकर लीला

की रोने की आवाज भी कानों में आ रही थी।

उन लोगों ने मुहल्ले के कुछ व्यक्तियों को बुलाया। अन्त में सबने सलाह करके द्वार तोड़ डाला।

सब आश्चर्यचकित होकर घर में घुसे। जीने से चढ़कर देखा कि दीवार का सहारा लिये, दोनों हाथ जंघाओं पर रखे नरेन्द्र सिर झुकाये हुए बैठा है।

उनके पाँव की आहट से नरेन्द्र ने चौंककर मुँह उठाया। उसकी आँखें खून की भाँति लाल थी। बाड़ी टेर बाद वह ठहाका मारकर हँसने लगा और सामने लग चित्र की तरफ़ उँगली दिखाकर बोल उठा- "डॉक्टर! डॉक्टर!! मैं अमर हो गया।"

दिन बीतते गये, प्रदर्शनी आरम्भ हो गयी।

प्रदर्शनी में देखने की कितनी ही चीजें थीं, लेकिन दर्शक एक ही चित्र पर झुक पड़ते थे। चित्र छोटा था और अधूरा भी, उसका नाम था 'अन्तिम प्यार'।

चित्र में चित्रित किया हुआ था, एक माँ बच्चे का मृत शरीर हृदय से लगाये अपने दिल के टुकड़े के चन्दा-से मुँह को बार-बार चूम रही है।

शोक और परेशानी में डूबी हुई माँ के मुख, नेत्र और शरीर में चित्रकार की तूलिका ने एक ऐसा सूक्ष्म तथा दर्दनाक चित्र चित्रित किया कि जो देखता उसी की आँखों से आँसू निकल पड़ते। चित्र की रेखाओं में इतनी अधिक सूक्ष्मता से दर्द भरा जा सकता है, यह बात इससे पहले किसी के ध्यान में न आई थी।

इस दर्शक-समूह में कितने ही चित्रकार थे। उनमें से एक ने कहा- "देखिए योगेश बाबू आप क्या कहते हैं?"

योगेश बाबू उस वक्त मौन ग्रहण किए चित्र की तरफ़ देख रहे थे, सहसा सवाल सुनकर एक आँख बन्द करके बोले- "अगर मुझे पहले मालूम होता तो मैं नरेन्द्र को अपना उस्ताद बनाता।"

दर्शकों ने धन्यवाद, साधुवाद तथा वाह-चाह की झड़ी लगा दी, लेकिन किसी को भी मालूम न हुआ कि उस सज्जन आदमी की कीमत क्या है, जिसने इस चित्र को बनाया है। किस तरह चित्रकार ने खुद को धूलि में मिलाकर खून से इस चित्र को रंगा है, उसकी यह स्थिति किसी को भी मालूम न हो सकी थी।

एक रात

मैं बचपन में सुरबाला के साथ-साथ पाठशाला जाता था, और आँख-मिचौनी भी उसके साथ खेलता था।

अक्सर मैं उसके घर जाया करता था। सुरबाला की माँ मुझे बहुत प्रेम करती थी। किसी-किसी दिन वे हम दोनों को एक साथ खड़ा करके निरख-निरखकर देखतीं तथा आपसी बातचीत में कहती- "देखो, इन दोनों की जोड़ी कितनी अच्छी लगती है।" मैं जब छोटा अवश्य था, पर उनकी इस बात के मतलब को समझने में मैंने कोई गलती की हो, ऐसा नहीं जान पड़ता। वजह, बचपन से ही मेरे दिल में यह धारणा जमकर बैठ गयी थी कि सुरबाला पर दूसरों की अपेक्षा मेरा कुछ ख़ास अधिकार है। उस विशेषाधिकार के नशे में आकर मैंने उस पर रोब तो जमाया ही है, तथा अन्याय भी किया हो तो आश्चर्य नहीं। मगर सुरबाला की ओर से इतना तो मुझे मानना ही पड़ेगा कि उसने काफी सहनशील बनकर मेरी सब प्रकार की आज्ञाओं का जितना हो सका पालन किया है, और न करने पर मैंने जो सजा दी है, उसे स्वीकार भी किया। मुहल्ले में उसके रूप की सब प्रशंसा किया करते थे, मगर मुझ जैसा आवारा और हुड़दंग लड़के की निगाह में उस सुन्दरता की कोई ख़ास कीमत नहीं थी। मैं समझता था कि सुरबाला तो केवल मेरा प्रभुत्व मानने के प्रति ही अपने बाप के घर पैदा हुई है, लिहाजा मेरे प्रति वह ख़ासतौर से उपेक्षा की वस्तु है।

मेरे पिता गाँव जमींदार चौधरियों के यहाँ नायब थे। उनकी खुशी थी कि लिखाई में मेरा हाथ सध जाने पर वे जमींदारी सरिश्ते का कार्य सिखाकर कहीं पर गुमाश्ते के कार्य पर लगा देंगे। पर मैं उनकी इस बात से मन-ही मन परेशान था। हमारे मुहल्ले का नीलरतन जैसे कलकत्ता भागकर वहाँ पढ़-लिखकर कलेक्टर साहब के नीचे नाजिर बन गया है, मेरे जीवन का लक्ष्य भी लगभग वैसा ही, मतलब बहुत ऊँचा था। यदि कलेक्टर का नाजिर न हो सका तो कम-से-कम दूसरी किसी अदालत का हेड क्लर्क तो दूँगा ही, यह मैंने दिल-ही-दिल में निश्चय कर रखा था।

मैं बचपन से ही देखता आया हूँ कि मेरे बाप उक्त अदालत-जीवियों का बहुत ज़्यादा सम्मान करते थे। तरह-तरह के उपलक्ष्यों में मछली साग-तरकारी, रुपये-पैसे आदि से उनकी अर्चना की जाती थी, वह भी मुझसे कभी छिपा नहीं था। इसलिए अदालत के छोटे-से-छोटे कर्मचारी, यहाँ तक कि सिपाही-पियादों तक को अपने दिल में मैंने खूब इज्जत का आसन दे रखा था। वास्तव में ये हमारे देश के पूज्य देवता हैं, तैंतीस कोटि के छोटे-छोटे नए-नए संस्करण। जमीन-जायदाद सम्बन्धी सिद्धि-लाभ के प्रति तो खुद सिद्धिदाता गणेश से भी इन पर लोगों का अन्दरूनी विश्वास बहुत ज़्यादा है। इसलिए पहले गणेशजी का जो-कुछ हक था, आजकल वह हक इन्हीं को मिला करता है।

मैं भी नीलरतन के उदाहरण से उल्लास में होकर एक दिन मौक़ा पाकर कलकत्ता भाग गया था। पहले गाँव के एक जान-पहचान वाले के यहाँ ठहरा था। उसके बाद धीरे-धीरे बाप से भी पढ़ाई के प्रति कुछ-कुछ मदद मिलने लगी, और पढ़ाई नियम से होने लगी।

इसके अलावा मैं सभा-समितियों में शामिल हुआ करता था। इस विषय में मैं निस्संदेह हो गया था कि देश के प्रति सहसा जान दे देने की बड़ी सख्त आवश्यकता है। किन्तु, किस प्रकार यह कठिन कार्य आसान हो सके यह मुझे नहीं मालूम था, और न ही कोई राह दिखाने वाला था।

लेकिन फिर भी मेरे उत्साह में कोई कमी नहीं थी। हम लोग गंवई-गाँव के लड़के थे। कलकत्ता के लड़कों की भाँति हम सब बातों को हँसी में उड़ाना नहीं चाहते थे, और इसीलिए शायद हमारी देशभक्ति छत मजबूत थी। हमारी सभा के संचालकगण भाषण दिया करते थे, तथा हम लोग चंदे का खाता लेकर बिना खाए-पिए यों ही धोरी-दुपहरी में घर-घर भीख माँगते फिरते थे। सड़क के किनारे खड़े होकर विज्ञापन बाँटा करते थे, सभा की जगह में जाकर बेंच-चौकी वगैरह लगाते, तथा सभापति के नाम पर यदि कोई कुछ बात कह देता तो उससे कमर कसके लड़ने को तैयार हो जाते। शहर के लड़के हमारे इन लक्षणों को देखकर हम सबको गाँव के किनारे गंवार कहने लगे।

कलकत्ता आया था कि नाजिर अथवा सरिश्तेदार बनने, पर मेजिनी गैरिबाल्डी बनने की तैयारियाँ करने लगा।

इतने में मेरे पिता तथा सुरबाला के पिता, दोनों ही एक-दूसरे से सहमत होकर सुरबाला के साथ मेरी शादी तैयारियाँ करने लगे।

मैं पन्द्रह साल की उम्र में कलकत्ता भाग आया था, और तब सुरबाला की उम्र कुल आठ वर्ष की थी। अब मैं अट्ठारह वर्ष का हूँ। पिता की राय है कि मेरी शादी की उम्र लगातार खत्म होती जा रही है, पर इधर मैंने मन-ही-मन प्रतिज्ञा कर ली थी कि आजीवन मैं शादी नहीं करूँगा तथा स्वदेश के प्रति मर मिटूँगा। पिता से मैंने कह दिया था कि पढ़ाई खत्म किए बिना मैं ब्याह नहीं करूँगा।

दो-चार माह में ही मुझे खबर मिली कि वकील रामलोचन बाबू के साथ सुरबाला की शादी हो गयी है। पतित भारत के प्रति मैं तब चन्दा वसूली के कार्य में मशगूल था, इसलिए यह खबर मुझे बेहद मामूली जान पड़ी।

मैं एंट्रेन्स पास कर चुका था और कष्ट ईयर आर्ट्स की परीक्षा देने वाला था। इतने में पिता की मौत हो गई। घर में सिर्फ़ मैं ही अकेला न था, माता और दो बहनें भी थीं। इसलिए काम-काज की टोह में घूमना पड़ा। बहुत प्रयास करने के पश्चात मुझे नोआखाली विभाग के एक स्कूल की सेकंड मास्टरी मिली।

सोचा कि अपने लायक काम मिल गया, यह भी अच्छा ही हुआ। उपदेश तथा उत्साह दे-देकर विद्यार्थी को भावी भारत का सेनापति बना दूँगा।

मैंने कार्य शुरू कर दिया। देखा कि भावी भारत की बनिस्वत वहाँ आने वाली परीक्षा की हड़बड़ी ही बहुत अधिक है। छात्रों को 'ग्रामर' तथा 'एलजबरा' के अलावा बाहर की और कोई बात समझने से हैडमास्टर साहब नाराज होते हैं और तब, दो ही माह के अन्दर मेरा उत्साह ठंडा पड़ गया। हम जैसे प्रतिभाहीन लोग घर बैठे अनेक प्रकार की कल्पनाएँ अपने दिल में किया करते हैं, किन्तु अंत में कार्यक्षेत्र में उतरने के बाद उनके कंधे पर जब हल रखा जाता है तथा पीछे पूछ मरोड़ी जाती है, तब वह सहिष्णुता के साथ सिर झुकाए हुए दिन-भर खेत जोतने का कार्य करते हैं, और उसके फल के रूप में शाम को जो भर-पेट भूसा मिल जाता है, उसी में वे सन्तुष्ट रहते हैं। फिर उनमें उछल-कूद तथा उमंग कुछ भी नहीं रह जाती।

उन दिनों स्कूल में आग लगने का बहुत संदेह था, इसलिए एक मास्टर को स्कूल में ही रहना पड़ता था। मैं घड़ा आदमी था, लिहाजा मेरे ही ऊपर बोझ आ पड़ा। स्कूल से सटा हुई एक छोटा सा घर था, उसी में मैं रहने लगा।

स्कूल कस्बे से बाहर कुछ दूरी पर था, एक बड़े तालाब के किनारे। चारों तरफ़ सुपारी,

नारियल तथा मदार के पेड़ थे-और स्कूल से बिलकुल मिले हुए दो बड़े-बड़े नीम के पेड़ थे, जिनकी छाया में स्कूल के मास्टर तथा छात्र लाभ उठाया करते थे।

एक बात का उल्लेख करना तो मैं भूल ही गया, तथा अब तक उसे मैं उल्लेख के काबिल समझता भी न था। यहाँ के सरकारी वकील रामलोचन राय का घर हमारे स्कूल के करीब ही था-और मुझे यह मालूम था कि उनकी पत्नी मेरी बचपन की सखी, सुरबाला भी रहती है।

रामलोचन बाबू के साथ मेरी जान-पहचान हो गई थी। सुरबाला के साथ मेरी बचपन की जान-पहचान थी, यह बात रामलोचन बाबू को मालूम थी अथवा नहीं, मैं निश्चित रूप से नहीं कह सकता। मैंने भी उनसे इस नए परिचय में इस सम्बन्ध में कोई बात कहना मुनासिब नहीं समझा। साथ ही यह बात भी मेरे दिल में अच्छी उदय नहीं हुई कि सुरबाला का किसी दिन ज़िन्दगी के साथ कोई विशेष सम्बन्ध था।

एक दिन छुट्टी के रोज, मैं रामलोचन बाबू के घर पर उनसे मिलने गया था। याद नहीं, किस विषय में बात चल रही थी वहाँ, शायद आज के भारत की बुरी स्थिति के सम्बन्ध में कुछ चर्चा कर रहे थे। वे इस विषय में ख़ास चिन्तित और बेचैन हों, ऐसी तो कोई बात नहीं, मगर यह विषय ऐसा है कि तम्बाकू पीते-पीते इस बारे में दो-एक घंटा बेकार की बातें करते रहो तो आनन्द में बीत जाता है।

इतने में बराबर के कमरे में से चूड़ियों की जस मीठी खनखन, और कपड़ों की खसखस और किसी के नाज़ुक पैरों की, ज़रा कुछ आहट-सी सुनाई दी। जबकि मैं अच्छी प्रकार समझ गया था कि छिड़की की खुली हुई दराज में से कुतूहलपूर्ण नेत्रों से मेरी तरफ़ देख रही है।

उसी पल दो आँखों की मुझे याद हो आई यकीन, मासूमियत तथा बचपन के प्रेम से छलकती हुई बड़ी-बड़ी आँखें थीं वे, उनमें काले-काले तारे थे तथा गहरी-सीधी नजर थी उनकी। सहसा मेरे दिन को मानो किसी ने सख्त मुट्ठी में दबाकर मसोस दिया, तथा मेरा दिल किसी अधपके फोड़े की भाँति टीस मारने लगा और किसी अनजानी वेदना से बेचैन हो उठा।

रात को कुछ तसल्ली से सोचने लगा कि ऐसा क्यों हुआ? दिल के अन्दर से जवाब मिला- "तुम्हारी यह सुरबाला कहाँ गई?"

मैंने उससे कहा- "मैंने तो उसे अपनी खुशी से छोड़ दिया है। क्या वह सदा के लिए ही बैठी रहती?"

दिल के अन्दर से किसी ने कहा- "तब जिसे इम चाहते ही पा सकते थे, अब अपना सिर दे-दे मारने पर भी तुम्हें उसे एक बार आँखों से देखने तक का हुक नहीं मिल सकता। वह बचपन की सुरबाला तुम्हारे कितने ही करीब क्यों न रह रही हो, पर अब तो उसकी चूड़ियों की झनकार सुनो, उसके जूड़े के मसाले के तेल की खुशबू का अनुमान लगाते रहो, लेकिन फिर भी बीच में एक दीवार हर हालत में खड़ी ही रहेगी।"

मैंने कहा- "रहने दो, सुरबाला मेरी कौन होती है?"

उत्तर मिला- "माना कि वह आज तुम्हारी कोई भी नहीं, मगर अब से पहले तुम्हारी वह क्या नहीं हो सकती थी?"

बात तो सही है। सुरबाला मेरी क्या नहीं हो सकती थी। सबसे बढ़कर तो अन्तरंग हो सकती थी, सबसे अधिक नजदीक और घनिष्ठ हो सकती थी, मेरे जीवन के सारे सुख-दुखों की साथिन हो सकती थी। मगर आज वह इतनी दूर है, इतनी पराई है कि मुझे उसे देखने तक की मनाही है, उससे बात करने में भी बुराई है, उसके विषय में विचार करना भी पाप है। और, एक रामलोचन नाम का अनजान आदमी अचानक न जाने कहाँ से आ धमका और सिर्फ़ दो-चार रटे-रटाये मंत्र पढ़-पढ़ाकर सुरबाला को दुनिया के तथा सभी के पास से पल-भर में झपट्टा मारकर अलग कर गया।

मानव-समाज में मैं किसी नई नीति का प्रचार करने नहीं बैठा, न मैं समाज को तोड़ने आया हूँ तथा न बन्धन तोड़ना में पसन्द ही करता हूँ। मैं तो केवल अपने मन के असली भावों को जाहिर करना चाहता हूँ। मेरे दिल में जो भाव उठा करते थे, वे क्या सभी विचार करने काबिल होते हैं? पर क्या करूँ, रामलोचन के मकान में दीवार की ओट में जो सुरबाला खड़ी थी, वह रामलोचन की अपेक्षा मेरी ही ज़्यादा थी, यह बात मेरे मन से किसी भी प्रकार दूर ही नहीं होना चाहती थी। माना कि ऐसा विचार करना बिलकुल असंगत तथा बेहद अन्याय से भरा है, पर ऐसा होना मेरे प्रति अस्वाभाविक नहीं।

मेरा दिल अब किसी काम मैं नहीं लगता। दोपहर के वक्त मैं जब क्लास के लड़के गुनगनाकर पढ़ा करते थे, बाहर जब धू-धू लू चलती रहती थी, गरम हवा जब नीम की पुष्प-मंजरियों की खुशबू बहा लाती है, तब मेरी खुशी होती है, काश मेरा भी कोई दुःख-

सुख बाँटने वाला होता। मैं कह सकता हूँ कि भारत की उन भावी आशाओं को समाज की उन होनहार सन्तानों को, स्कूल में उनकी व्याकरण की भूलें बताकर जीवन व्यतीत करने की मर्जी तो बिलकुल नहीं होती।

स्कूल की छुट्टी हो जाने पर उस सुनसान घर में अकेले मेरा दिल नहीं लगता था, और यदि इसी बीच कोई भला मानस मिलने आता तो वह भी नागवार गुजरता था। शाम के समय तालाब के किनारे सुपारी तथा नारियल के पेड़ों की अर्थहीन मर्मर की आवाज सुनते-सुनते मैं सोचने लगता कि मानव समाज एक मुश्किल का जाल है। ठीक समय पर ठीक काम करने की किसी को भी याद नहीं और उसके बाद फिर वह गलत समय पर वे-ठीक वासनाएँ लेकर तड़पता रहता है।

मुझ जैसा व्यक्ति सुरबाला का पति बनकर बुढ़ापे तक खूब सुख से रह सकता था, और मैं बनने चला था गैरिबाल्डी, तथा हुआ आखिर एक देहाती स्कूल का सेकंड मास्टर! और रामलोचन राय एक वकील है, उसके प्रति ख़ासतौर से सुरबाला का ही पति बनना कोई ख़ासज़रूरी नहीं था, ब्याह के एक पल पहले तक उसके लिए जैसी सुरबाला थी वैसी ही भवशंकरी, और वही रामलोचन आज बगैर कुछ सोचे-समझे सुरबाला के साथ शादी करके सरकारी वकील बनकर मजे से रुपये पैदा कर रहा है। जिस दिन दूध में ज़रा भी धुएँ की बदबू आती है उसी दिन सुरबाला को वह डाँट देता है तथा जिस दिन दिल खुश रहता है उस दिन सुनार को बुलवाकर सुरबाला के प्रति गहने बनने दे देता है। खूब मोटा-ताजा है, अचकन पहनता है। उसे किसी प्रकार का असन्तोष नहीं। वह तालाब के किनारे बैठकर आसमान के तारे गिन-गिनकर हाय-तौबा करते रात नहीं बिताता।

रामलोचन किसी भारी मुकदमे के कार्य से कहीं बाहर गया था। स्कूल के मकान में जैसे मैं अकेला था, उस दिन सुरबाला के घर वह खुद भी शायद वह अकेली ही थी।

याद है, उस दिन सोमवार था। सवेरे के बादल हो रहे थे सुबह के दस बजे से टप-टप मेह बरसने लगा। बादलों की स्थिति देखकर हेडमास्टर ने स्कूल की जल्दी छुट्टी कर दी। काले बदलों के टुकड़े मानो किसी एक महा-आयोजन के प्रति तमाम आकाश में दिन-भर इधर से उधर दौड़-धूप करते रहे। उसके दूसरे दिन शाम को मूसलाधार बारिश और साथ-साथ आधी भी शुरू हुई। जितनी रात बीतने लगी, वर्षा तथा आधी का वेग उतना ही बढ़ता गया। पहले पुरवैया हवा चलती रही, फिर लगातार उत्तर तथा उत्तर-पूर्व की हवा चलने लगी।

ऐसी रात में सोने का प्रयास करना बेकार है। एकदम याद उठ आयी कि आज की रात में, ऐसे आँधी-मेह में, सुरबाला घर में अकेली होगी। हमारा स्कूलवाला घर उसके घर से कहीं मजबूत है। मैंने कितनी ही बार सोचा था कि उसे मैं स्कूलवाले मकान में बुला लूँ, मैं तालाब के किनारे रात बिताऊँ। मगर किसी भी तरह मन को स्थिर न कर सका।

रात के करीब डेढ़-दो बजे होंगे अचानक बाढ़ आने का अल्फाज सुनाई दिया, मानो समुद्र दौड़ा आ रहा हो। मैं घर से बाहर निकल पड़ा तथा सुरबाला के घर की तरफ़ चल पड़ा। रास्ते में तालाब की मेड थी। वहाँ तक पहुँचने में घुटनों तक पानी पड़ा था। मैंने मेड के ऊपर चढ़कर देखा तो वहाँ एक और लहर आ खड़ी हुई है। हमारे तालाब की मेड का काफी हिस्सा लगभग ग्यारह हाथ ऊँचा होगा।

मेड पर जिस समय मैं चढ़ने लगा, ठीक उसी वक्त दूसरी तरफ़ से एक और आदमी चढ़ा। वह व्यक्ति कौन था यह मेरी सम्पूर्ण अन्तरात्मा ने जान लिया, इसमें मुझे ज़रा भी सन्देह नहीं।

शेष सब-कुछ पानी में डूब चुका था, सिर्फ़ हम ही दोनों जने उस पाँच-छ: हाथ के द्वीप में आकर खड़े हो गए थे।

तब भयानक प्रलय का वक्त था, आकाश में तारों का भी उजाला न था, विश्व के सारे दीप बुझ चुके थे, तब एक-आध बात कर लेने में भी कोई नुकसान नहीं था, पर एक बात किसी के मुँह से नहीं निकली। किसी ने कुशल तक न पूछा।

हम दोनों उनने केवल अँधेरे की ओर देखते रहे। तब भी पाँवों के नीचें से घोर काले रंग का मतवाला मृत्यु का सोता रजता हुआ बहता रहा।

आज सारी दुनिया को छोड़कर सुरबाला मेरे पास आकर खड़ी हुई है। आज मेरे अलावा सुरबाला का इस संसार में और कोई भी नहीं। एक दिन बचपन की वह सुरबाला न जाने किस जन्मान्तर से, किस पुराने रहस्यभरे अँधेरे से बहकर इस सूरज और चाँद से रोशन लोगों से भरी हुई जमीन पर मेरे पास आ लगी थी, और आन, कितने दिनों बाद, उसी लोगों से भरी उजली जमीन को छोड़कर इस भयानक सुनसान प्रलय के अँधेरे में वह अकेली मेरे ही नजदीक आ खड़ी हुई है। जन्म के स्रोत ने जिस नई कली को मेरे पास ला छोड़ा था, अब मौत-स्रोत उसी खिले फूल को मेरे ही पास ले आया है। अब केबल एक और लहर आते ही पृथ्वी के इस टुकड़े से, बिछोह के इस डंठल से टूटकर हम दोनों एक हो जाएंगे।

वह लहर न आवे! अपने पति, पुत्र, धन परिवार को लेकर सुरबाला युगों तक खुशी से रहे। मैंने इसी एक रात में महाप्रलय के तट पर खड़े-खड़े असीम आनन्द का मजा पा लिया है।

रात करीब खत्म हो गई, आँधी रुक गई, पानी घट गया। सुरबाला बगैर कुछ बोले-चाले चुपचाप घर की तरफ़ चल दी! और मैं भी उससे बिना कुछ कहे-सुने चुपके से अपने घर लौट आया।

सोचने लगा, मैं नाजिर भी न हुआ, सरिश्तेदार भी न हुआ, गैरिबाल्डी भी न हो सका-मैं एक टूटे-फूटे स्कूल का सेकंड मास्टर हूँ। मेरे इस सारे जीवन में केवल पल भर के लिए एक अनन्त रात का उदय हुआ था, मेरी आयु के सम्पूर्ण दिनों में सिर्फ़ यही एक रात मेरी इस मामूली ज़िन्दगी की अकेली चरम सार्थकता है।

सजा

दुखीराम रूइ तथा छिदाम रूइ दोनों भाई जब सुबह के समय हाथ में हंसिया लेकर मजदूरी करने बाहर निकले तब उन दोनों की पत्नियों में लड़ाई-झगड़ा मचा हुआ था, मगर प्रकृति के अन्याय नानाविध रोजाना कलरव के समान इस कलह-कोलाहल का भी सारे मुहल्ले के लोगों को अभ्यास हो गया था। तीव्र कंठ स्वर सुनते ही लोग एक-दूसरे से कहते- "वह देखो, छिड़ गई जंग।" अर्थात् जैसी उम्मीद की जा रही थी ठीक वैसा ही हुआ, आज भी स्वाभाविक नियम में किसी तरह की कमी नहीं आई। प्रातःकाल पूर्व दिशा में सूर्य के निकलने पर जैसे कोई उसके निकलने की वजह नहीं पूछता, वैसे ही इन कोरियों के घर में दोनों देवरानी जेठानी में जब कोई हों-हल्ला होने लगता तब उसकी वजह जानने के लिए किसी के भी मन में किसी तरह की जिज्ञासा पैदा नहीं होती।

इसमें शक नहीं कि यह कलह-कोलाहल पड़ोसियों की बनिस्वत दोनों पतियों को ही अधिक स्पर्श करता, लेकिन वे इसमें किसी प्रकार की नहीं मानते थे। वे दोनों भाई मानो इस विशाल विश्व-पथ पर किसी इक्के में जा रहे हों। अपने दोनों ओर किंग के दो पहियों की लगातार घड़-घड़ खड़-खड़ को उन्होंने जीवन-रथ सफर के विधि-विहित नियमों में ही मान लिया हो।

बल्कि जिस दिन घर में कोई शोर न होता, तो चारों ओर सन्नाटा छाया रहता, उस दिन उन्हें किसी आसन्न अनैसर्गिक उपद्रव का शक होने लगता। कोई भी उस दिन हिसाब करके यह नहीं बता सकता कि कब क्या हो जाएगा।

हमारी कहानी की घटना जिस दिन आरम्भ हुई उस दिन शाम के कुछ पहले दोनों भाई जब मजदूरी करके थके हुए घर लौटे तो उन्होंने देखा कि खामोशी से घर सांय-सांय कर रहा है।

बाहर भी बहुत गर्मी से भरी उमस थी। दोपहर के वक्त बारिश की जोरदार बौछार हो चुकी थी। अब भी चारों तरफ़ मेघ छाए थे। हवा का नामो-निशान न था। वर्षा के दिनों में घर

के चारों तरफ़ के जंगल और झाड़-झंखाड़ बहुत बढ़ गये थे वहाँ से और पार के जलमग्न खेतों से भीगी वनस्पतियों की सघन गंध-वाष्प अटल प्राचीर के समान चारों तरफ़ डटी हुई थी। गोशाला के पीछे वाले गड्ढे में मेंढक टर्रा रहे थे तथा झिल्ली-रव से संध्या का निस्तब्ध आकाश एकदम परिपूर्ण था।

थोड़ी दूर पर बरसात की पद्म नवीन मेघों की छाया में बड़ा भयंकर रूप ग्रहण किए वह रही थी। अनाज के खेतों का ज़्यादातर हिस्सा बहकर बस्ती के पास आ पहुँचा था। यही नहीं, टूटे किनारे के पास दो-चार आम तथा कटहल के पेड़ों के तने पानी में बहते दिखाई दे रहे थे, मानो उनके निस्सहाय हाथों की फैली हुई अंगुलियाँ शून्य में किसी अंतिम अवलंब को अपनी मुट्ठी में कसकर पकड़ने का प्रयास कर रही हों।

दुखीराम तथा छिदाम उस दिन जमींदार की कचहरी में कार्य करने गए थे। उस नदी के किनारे की भूमि में जलिधान पक गया था। वर्षा में नदी के किनारे डूब जानें के पहले ही धान काट लेने के प्रति बस्ती-भर के निर्धन लोग या तो अपने खेत में या फिर मजदूरी पर पाट काटने में लगे हुए थे, बस सिर्फ़ इन दोनों भाइयों को कचहरी का सिपाही आकर जबर्दस्ती पकड़ ले गया था। कचहरी के छप्पर को भेदकर जगह-जगह से पानी चू रहा था-उसी की मरम्मत में और कुछ टट्टर तैयार करने में वे दिन-भर लगे रहे थे। घर नहीं आ सके, कचहरी में ही कुछ खाना-पीना कर लिया था। बीच-बीच में बारिश में भीगना पड़ा था-अच्छी मजदूरी तो मिली ही नहीं, उसके बदले में जो अनुचित कड़वी बातें सुननी पड़ी, वे उनकी मजदूरी से बहुत ज़्यादा थीं।

रास्ते के कीचड़ तथा पानी को पार करके शाम के वक्त घर लौटकर दोनों भाइयों ने देखा, देवरानी चंदरा धरती पर अंचल छिपाए चुपचाप लेटी हुई है। आज के मेघाच्छन्न दिन के समान वह भी मध्याह्न में प्रचुर आँसुओं-बारिश करने के कारण साँझ होते-होते थककर अत्यंत घुटी-घुटी हो गयी थी, तथा जेठानी राधा मुँह भारी किए ओसारे में बैठी थी, उसका डेढ़ साल का छोटा बच्चा सो रहा था। दोनों भाइयों ने अंदर पहुँचकर देखा, बच्चा नंगा आँगन के एक कोने में लेटा सीधा पड़ा सो रहा था।

भूखे दुखीराम ने और देर न करके कहा- "भात दे!"

बारूद के बोरे में जैसे आग की चिनगारी गिर पड़ी हो, जेठानी क्षणभर में तीव्र आसमान भेदी स्वर में चीख पड़ी- "भात कहाँ है जो भात दूँ। तू क्या चावल दे गया था? मैं क्या खुद कमाई करके लाती?"

सारे दिन की थकावट तथा लांछना के बाद अन्तहीन निरानंद अँधेरा घर, प्रज्वलित क्षुधानल, गृहिणी के रूक्ष वचन, विशेषकर आख़िरी वाक्य में निहित कुत्सित श्लेष दुखीराम को एकाएक कैसे असह्य हो उठा! उसने गुस्सयारे व्याघ्र के सामने गंभीर गर्जन करते हुए कहा- "क्या कहा?" और दूसरे पल उसने हंसिया उठाकर आव देखा न ताव, झट से स्त्री के सिर पर दे मारा। राधा रानी देवरानी के गोद के पास गिर पड़ी तथा उसके प्राण निकलने में पल-भर की भी देर न हुई।

खून से सने कपड़ों में चंदरा- "अरे, यह क्या किया रे!" कहकर चिल्ला उठी। छिदाम ने उसका मुँह भींच दिया। दुखीराम हंसिया फेंककर हाथों में मुँह ढके हतबुद्धि के समान धरती पर बैठ गया। बच्चा जाग पड़ा और डर से चीखकर रोने लगा।

बाहर उस समय पूर्ण रूप से शांति थी। ग्वाल-बाल गाएँ चराकर गाँव की ओर लौट रहे थे। उस पार के चर में नए पके धान काटने गए हुए लोग पाँच-पाँच, सात-सात के दल में एक-एक छोटी नौका करके पार लौटकर परिश्रम के पुरस्कार-रूप दो-चार मुट्ठी धान सिर पर प्रति अवसर सभी अपने-अपने घर आ पहुँचे थे।

चक्रवर्ती-परिवार के रामलोचन काका गाँव के डाकघर में चिट्ठी छोड़कर घर लौटकर चुपचाप निश्चिंत भाव से हुक्का पी रहे थे। उन्हें एकदम याद आया, उनके अपने कोरी आसामी दुखी पर लगान के बहुत-से रुपये बाकी हैं, आज उसने कुछ अंश चुकाने का वायदा किया था। इस समय तक वे घर लौट आए होंगे, यह सोचकर वे कंधे पर चादर डालकर छाता लेकर बाहर निकल पड़े।

कोरियों के घर में घुसते ही उनका शरीर ठण्डा पड़ गया। देखा, घर में दीया नहीं जलाया गया था। अँधेरे ओसारे में दो-चार अँधेरी मूर्तियाँ अस्पष्ट दिख रही थीं। रह-रहकर ओसारे के एक कोने में से रोने की अस्फुट आवाज फूट रही थी-तथा बच्चा ज्यों ही 'माँ-माँ' पुकारता हुआ रोने का प्रयास करता था, छिदाम उसका मुँह दबा देता था। कुछ डर कर रामलोचन ने पूछा- "दुखी, घर में है क्या?"

अब तक दुखी पत्थर की मूर्ति के समान खामोश बैठा था। उसका नाम लेकर पुकारते ही वह अबोध बालक के समान फूट-फूटकर रोने लगा।

छिदाम फौरन ओसारे से आँगन में उतरकर चक्रवर्ती के पास आ गया। चक्रवर्ती ने पूछा, "औरतें शायद झगड़ा कर बैठी हैं? आज तो दिन भर चिल्लपों सुनी है।"

अभी तक किंकर्त्तव्यविमूढ़ छिदाम कुछ भी नहीं सोच पाया था। अनेक तरह की असंभव कल्पनाएँ उसके दिमाग में उठ रही थी। अन्त में उसने फैसला किया कि रात थोड़ी ज़्यादा हो जाने पर मृत शरीर को कहीं गायब कर देगा। इस बीच चक्रबर्ती आ उपस्थित होंगे, यह उसके ध्यान में भी न आया था। चटपट कोई जवाब न सूझा। कह बैठा, हाँ, आज लड़ाई-झगड़ा हो गया था।

ओसारे की तरफ़ बढ़ने की कोशिश करते हुए चक्रवर्ती बोले- "लेकिन उसके लिए रोता क्यों है रे दुखी!"

छिदाम को लगा, अब खैर नहीं, हठात् कह बैठा- "झगड़े में छोटी बहू ने बड़ी बहू के सिर में हंसिया दे मारा था।"

मौजूदा परेशानी को छोड़कर और कोई बिपदा भी हो सकती है, यह बात सहज ही दिल में नहीं आती। उस वक्त छिदाम सोच रहा था, कठोर सच के हाथ में किस तरह रक्षा होगी।

झूठ उसकी भी अपेक्षा ज़्यादा खतरनाक हो सकता है इसका उसे ज्ञान न था। रामलोचन का सवाल सुनते ही उसके दिमाग में फौरन जवाब सूझा वह उसने उसी क्षण कह डाला।

रामलोचन ने चौंककर कहा- "ऐं क्या कहा! मरी तो नहीं?"

छिदाम ने कहा- "मर गई है।" तथा यह कहते हुए उसने चक्रवर्ती के पाँव पकड़ लिए।

चक्रवर्ती को भागने का रास्ता न मिला। सोचा- "रामनाम! शाम के वक्त यह कैसी परेशानी में पड़ गया। अदालत में गवाही देते-देते प्राण ही निकल जाएँगे।" यह छिदाम ने किसी भी प्रकार उनके पैर न छोड़े और बोला- "पण्डितजी महाराज, अब अपनी बहू को बचाने के लिए क्या उपाय करूँ?"

मामलों-मुकदमों में परामर्श देने के प्रति रामलोचन सारे गाँव के प्रधानमंत्री थे। थोड़ा सोचकर बोले- "देख, इसका तरीका है। तू इसी वक्त दौड़कर थाने जा-और कह कि तेरे बड़े भाई दुखी ने शाम के वक्त घर लौटकर भात माँगा था, भात तैयार न था इसलिए औरत के सिर पर हंसिया दे मारा है। मैं निश्चित रूप से कहता हूँ, यह बात कहने से छोकरी बच जायेगी।"

छिदाम का गला सूख गया। उठकर बोला- "पण्डितजी, बहू चली गई तो बहू तो फिर मिल जाएगी, मगर भाई को फाँसी होने पर भाई तो फिर नहीं मिलेगा।" लेकिन जब उसने

अपनी लड़की के नाम दोषारोपण किया था तब ये सारी बातें नहीं सोची थीं। जल्दी में एक कार्य कर डाला तथा अलक्षित भाव से दिल अपने पक्ष में युक्ति तथा सान्त्वना इकट्ठी कर रहा था।

चक्रवर्ती को यह भी बात युक्ति-संगत मालूम हुई। वे बोले- "तब जो घटित हुआ है, वही कहो, सब तरफ़ से रक्षा करना मुश्किल है।"

यह कहकर रामलोचन अविलंब चले गये तथा देखते-देखते गाँव में शोर मच गया कि कोरियों के घर में चंदरा ने क्रोध में आकर अपनी जेठानी के सिर पर हंसिया दे मारा है।

बाँध टूट जाने पर जैसे जल का रेला आता है इसी तरह हुंकार करती हुई पुलिस गाँव में आ पहुँची, अपराधी तथा निरपराधी सभी बड़े चिन्तित हो उठे।

छिदाम ने सोचा, 'जो रास्ता बनाया है अब तो हमें उसी पर चलना पड़ेगा।' उसने चक्रवर्ती के सामने अपनी जबान से एक बात कह दी है, वह बात सारे गाँव में फैल गई है, अब फिर कोई नई बात फैलने से क्या जाने और क्या हो जाए-वह कुछ भी न सोच सका। सोचा-'किसी प्रकार उस बात को रखते हुए उसके साथ और पाँच बातें जोड़कर लड़की को बचाने के अलावा और कोई रास्ता नहीं है।'

छिदाम ने अपनी लड़की चंदरा से अपने ऊपर अपराध ले लेने की प्रार्थना की। उस पर जैसे वज्रपात हुआ। छिदाम ने आश्वासन देते हुए उससे कहा- "जो कह रहा हूँ, वही कर, तुझे कोई भय नहीं है, हम तुझे बचा लेंगे।"

आश्वासन तो दे दिया, मगर गला सूख गया और मुँह का रंग सफेद पड़ गया।

चंदरा की उम्र सत्रह-अट्ठारह से ज़्यादा न थी। मुँह इष्ट-पुष्ट गोल था, मंझला कद, गठी हुई देह, स्वस्थ सबल अंग-प्रत्यंगों में एक ऐसा सौष्ठव था कि चलने-फिरने में, हिलने-डुलने में जिस्म को कहीं मानो कोई रुकावट ही मालूम नहीं होती थी। किसी नई बनी नाव के समान खूब छोटी एवं सुडौल वह अत्यन्त सहज भाव से चलती थी तथा कहीं कोई गाँठ ढीली नहीं हुई थी। संसार के सभी विषयों के प्रति उसको एक कौतुक और कौतूहल था, मुहल्ले में गप-शप करना उसे बहुत भाता और कमर पर घड़ा रखकर घाट आते-आते अपनी दो उंगलियों से घूंघट को ज़रा-सा ढककर दो उज्ज्वल चंचल घनी काली आँखों से रास्ते में जो कुछ भी देखने काबिल होता तब देखती चलती। बड़ी बहू ठीक इससे उल्टी थी, अत्यन्त अस्त-व्यस्त ढीली-ढाली तथा अव्यवस्थित। सिर पर पल्ला, गोद का बच्चा,

घर-गृहस्थी का कार्य वह कुछ भी नहीं संभाल पाती थी। हाथ में कोई ख़ास कार्य भी नहीं था, तो भी उसे मानो कभी फुर्सत नहीं मिल पाती थी। छोटी देवरानी उससे कुछ ज़्यादा बात नहीं करती थी, मीठे स्वर में दो-एक चुभती बात कह देती और वह हाय-हाय करती, क्रोध से लाल-पीली होकर बकती-झकती रहती और सारे मुहल्ले को अस्थिर कर देती।

पति-पत्नी के इन दो जोड़ी की आदत में एक आश्चर्यजनक मेल था। दुखीराम कुछ वृहदाकार व्यक्ति था-खूब चौड़े हाथ, छोटी नाक, आँखें दो जैसे इस दृश्यमान संसार को अच्छी प्रकार न समझती हों, न इससे किसी तरह का प्रश्न करना चाहती हों। ऐसा निरीह भीषण, सबल किन्तु निरुपाय आदमी अति दुर्लभ है।

और छिदाम को मानो किसी ने बड़े प्रयास से किसी चमकीले काले पत्थर से तराशकर गढ़ा हो। उसके अंग सुघड़ गये थे, अनुपात में कहीं भी लेशमात्र भी कमी नहीं थी। जिस्म के हर एक अंग में बल और नैपुण्य-मिश्रित पूर्णता दिखती थी। नदी के ऊँचे कगार से कूद पड़े, लग्गी लेकर नौका ठेले, बाँस के पेड़ पर चढ़कर छाँट-छाँट कर उसकी शाखाएँ काट लाए, सभी कार्यों में उसकी एक अद्भुत निपुणता, एक सहज शोभा प्रकट होती थी। बड़े-बड़े काले बालों को तेल डालकर संवारे रहता था, जो कंधे तक लटकते रहते थे-वेशभूषा और सजावट में कुछ विलक्षण सावधानी दिखती थी। दूसरे ग्राम-वधुओं की खूबसूरती के लिए यद्यपि उसकी नजर उदासीन न थी, और उसकी आँखों को वह मनोरम लगे उसकी उसे बहुत चाह थी, तो भी छिदाम अपनी युवा पत्नी को कुछ ख़ास प्यार करता था। एक अन्य वजह से भी दोनों में बंधन मजबूत था। छिदाम सोचता-'चंदरा जिस तरह की चटुल चंचल स्वभाव की स्त्री है, उसका पूरा यकीन नहीं किया जा सकता।' और चंदरा सोचती, 'मेरे पति की निगाहें चारों तरफ़ रहती हैं, उनको ज़रा मजबूती से न बाँधने पर किसी भी दिन हाथ से छूट जाने में कोई बाधा नहीं है।'

इस घटना के कुछ समय पहले से पति-पत्नी में बड़ी भारी खींच-तान चल रही थी। चंदरा ने देखा कि उसका पति बीच-बीच में कार्य का बहाना करके दूर चला जाता, यहाँ तक कि दो-एक दिन बिताकर आता तथा कुछ भी कमाकर न लाता। बुरे लक्षण देखकर वह भी कुछ अधिक करने लगी। जब कभी भी घाट पर चली जाती, मुहल्ले में घूम आती तथा लौटकर काशी मजूमदार के मंझले लड़के की काफी चर्चा करती।

छिदाम के दिन तथा रातों में किसी ने जैसे जहर घोल दिया हो। काम-काज में कभी भी पल-भर के लिए भी हृदय शांत नहीं रह पाता था। एक दिन आकर उसने भाभी को खूब

फटकारा। वह हाथ हिलाकर गर्जते हुए मरे हुए पिता को सम्बोधित करती हुई बोली- "वह औरत तो तूफान से भी ज़्यादा तेज है उसे भला मैं संभालूँगी! मैं जानती हूँ कि वह एक-न-एक दिन सभी कुछ बर्बाद करके रहेगी।"

पास की कोठरी से आकर चंदरा ने धीरे-धीरे कहा- "क्यों दीदी, तुम्हें किस बात का भय है? बस देवरानी-जेठानी दोनों में वाक्-युद्ध छिड़ गया था।

आँखें लाल करके बोला- "अब अगर कभी मन सुना कि तू अकेली घाट पर गई तो तेरी हड्डी-पसली तोड़कर रख दूँगा।"

चंदरा बोली- "तब तो छाती में ठंडक पड़ जाएगी।" तथा यह कहकर उसी क्षण वह बाहर जाने को तैयार हो गयी।

छिदाम ने झटककर उसके बाल पकड़े तथा उसे खींचकर कोठरी में बंद करके बाहर से द्वार बंद कर दिया।

शाम को कार्य पर से लौटकर जब उसने देखा, कोठरी खुली हुई है, घर में कोई नहीं है। चंदरा वहाँ तीन गाँव पार करके सीधी अपने मामा के घर जा धमकी थी। छिदाम वहाँ से बहुत कोशिश करके अनेक मिन्नतों के बाद उसे घर लौटा लाया, लेकिन इस बार उसने हार मान ली। उसने समझ लिया, जिस तरह अंजली-भर पारे को मुट्ठी में जोर से दबाए रखना मुश्किल है, वैसे ही इस मुट्ठी-भर स्त्री को भी जोर से पकड़कर रखना है-वह मानो दसों उंगलियों की छेदों पे से बाहर निकल पड़ती है। फिर कोई जबर्दस्ती नहीं की, लेकिन उसके दिन बड़ी अशांति से कटने लगे। उस चंचल युवती के प्रति उसका चिर-शंकित प्यार एक तीव्र वेदना के समान विषम दुःखदायी हो गया। यहाँ तक कि कभी-कभी उसके दिल में आता था कि अगर वह मर जाये तो वह बेफिक्र होकर कुछ शांति पा सकता है।

मनुष्य की जितनी जलन मनुष्य पर होती है उतनी यम पर नहीं।

तभी तो घर में यह विपद् घटी थी।

चंदरा से जब उसके पति ने खून मान लेने को कहा तो वह चकित होकर देखती रह गयी। उसकी काली आँखें आग के समान नीरव भाव से अपने प्यारे को दग्ध करने लगीं। उसका सारा तन-मन मानो धीरे-धीरे संकुचित होकर अपने पति राक्षस के हाथों से छूटने का प्रयास करने लगा। उसकी संपूर्ण अंतरात्मा बिलकुल मुँह फेरकर खड़ी हो गयी थी।

छिदाम ने आश्वासन दिया- "तुम्हारे लिए भय की कोई बात नहीं।" इतना कहकर वह

पुलिस तथा मजिस्ट्रेट के सामने क्या कहना होगा यह बार-बार सिखाने लगा। चंदरा ने यह सारी लंबी कहानी ज़रा भी नहीं सुनी थी। वह तो बस काठ की मूर्ति बनी जड़वत बैठी रही।

सभी कार्यों में दुखीराम पूरी तौर से छिदाम के ऊपर निर्भर रहता था। छिदाम ने जब चंदरा के ऊपर दोषारोपण करने को कहा तो दुखी बोला- "तो फिर बहू का क्या होगा?"

छिदाम ने कहा- "उसको मैं बचा लूँगा।" वृहत्काय दुखीराम बेफिक्र हो गया।

छिदाम ने अपनी लड़की को हवाला दिया था कि- "तू कहना, जेठानी मुझे हंसिया लेकर मारने आई थी, मैं उसको कटार लेकर रोकने गई, फिर मालूम नहीं न जाने वह कैसे लग गई।" यह सब रामलोचन की सूझ-समझ थी। इसको नजर में रखकर जो-जो अलंकार और प्रमाण देने की पड़ी थी उसने वह भी विस्तारपूर्वक छिदाम को सिखा दिया था।

पुलिस ओकर जाँच-पड़ताल करने लगी। चंदरा ने ही अपनी मेटानी का वन किया है, गाँव के सभी लोगों के दिल में यह धारणा पूरी प्रकार मस्तिष्क में बैठ गयी। सारे गवाहों द्वारा भी यही प्रमाणित हुआ। पुलिस ने जब चंदरा से पूछा, तो उसने कहा- "हाँ, मैंने खून किया है उसका।"

"खून क्यों किया है?"

"वह मुझे अच्छी नहीं लगती थी इसीलिए।"

"कोई झगड़ा हुआ था क्या?"

"नहीं तो।"

"वह तुम्हें पहले मारने आई थी क्या?"

"नहीं तो।"

"तुम्हारे ऊपर कोई जुल्म किया था उसने क्या?"

"नहीं तो।"

इस तरह के जवाब सुनकर सभी दंग रह गए।

छिदाम तो बिलकुल व्याकुल हो उठा। उसने कहा- "यह सही बात नहीं बता रही है। बड़ी बहू ने पहले...।"

दारोगा ने उसे कड़ी फटकार लगाकर रोक दिया था। अन्त में उसके काफी जिरह करने पर बार-बार वही एक जवाब मिला। बड़ी बहू की तरफ़ से किसी भी तरह का आक्रमण चंदरा ने किसी भी प्रकार स्वीकार नहीं किया।

ऐसी अदम्य औरत भी नहीं मिलती। एकदम प्राणपण से फाँसी के तख्ते पर चढ़ने के प्रति तुली थी, किसी भी प्रकार उसको घेरकर रखना सम्भव नहीं था। यह कैसी खतरनाक जिद थी। चंदरा मन-ही-मन पति से कह रही थी, 'मैं तुम्हें छोड़कर अपने इन नवयौवन को लेकर फाँसी के तख्ते को वरण कर रही हूँ-मेरे इस जीवन का आख़िरी अंधन अब उसी के साथ है।'

बंदिनी होकर वह निरीह सामान्य चंचल विनोद-प्रिय ग्राम-वधू चंदरा कलंक की छाप लेकर अपने जाने-पहचाने ग्राम के रास्ते से रथतला से, बीच हाट के घाट के किनारे से, मजूमदारों के घर के सामने से, पोस्ट ऑफ़िस तथा पाठशाला के पास से, समस्त परिचित आदमियों के नेत्रों से सामने से गुजरती सदा के लिए घर छोड़कर चली गई। लड़कों का एक दल पीछे-पीछे चला जा रहा था तथा गाँव की औरतें, उसकी सखी-सहेलियाँ कोई घूँघट में से, कोई द्वार की ओट से, कोई पेड़ की आड़ में खड़ी होकर पुलिस द्वारा चालित चंदरा को देखकर लज्जा, नफ़रत और भय से रोमाँचित हो उठीं।

डिप्टी मजिस्ट्रेट के सामने भी चंदरा ने अपना जुर्म स्वीकार कर लिया। और बड़ी बहू ने खून के समय उसके प्रति किसी तरह जुल्म अथवा हमला किया था, यह जाहिर नहीं होने दिया।

लेकिन उस दिन छिदाम साक्ष्य-स्थल पर आते ही एकाएक रो पड़ा तथा हाथ जोड़कर बोला- "दुहाई है हुजूर की, मेरी लड़की का कोई दोष नहीं है।" हाकिम डाँट लगाकर उसके उच्छ्वास को ठंडा करके उससे प्रश्न करने लगे। वह एक-एक करके सच्ची घटना बताने लगा।

हाकिम ने उसकी बातों पर विश्वास नहीं किया, क्योंकि प्रधान विश्वस्त प्रतिष्ठित गवाह रामलोचन ने कहा- "खून के थोड़ी देर बाद ही मैं घटना स्थल पर पहुँचा था। साक्षी छिदाम ने मेरे सामने सब कुछ स्वीकार करके मेरे पाँव पकड़ कर कहा था-'बहू का कैसे उद्धार करूँ, मुझे कोई तरकीब बताइए।' मैंने भला-बुरा कुछ नहीं कहा। मौजूदा गवाह ने मुझसे कहा था, 'मैं यदि कहूँ कि मेरे बड़े भाई को माँगने पर भात नहीं मिला इसलिए उसने क्रोध की झोंक में पत्नी को मार डाला, तो क्या वह बच जाएगी?' मैंने कहा-'खबरदार हरामजादे, अदालत में एक शब्द भी झूठ मत बोलना-इनसे बड़ा महापाप और कोई नहीं।' इत्यादि।"

रामलोचन ने पहले तो चंदरा को बचाने के प्रति बहुत-सी बातों की कल्पना की थी, लेकिन जब उसने देखा कि चंदरा खुद अड़कर खड़ी हो गई है तो सोचा-'अरे, अरे बाप

रे बाप, अन्त में क्या झूठी गवाही में झंझट में फँसना पड़ेगा। जितना जानता हूँ, उतना ही कहना ठीक है।' यही सोचकर रामलोचन ने वही कहा, जो वह जानता था। बल्कि उससे भी कुछ ज़्यादा कहने में उसने कुछ कसर न छोड़ी।

डिप्टी मजिस्ट्रेट ने मामला सेशन के हवाले कर दिया।

इस बीच में खेती-बाड़ी, हाट-बाजार, हास्य-रुदन-व्यक्ति के सभी कार्य चलते रहे। और पिछले सालों की प्रकार धान के नवीन खेतों में श्रावण की अविरल वृष्टि-धारा बरसने लगी।

खूनी तथा गवाह को लेकर पुलिस अदालत में हाजिर हुई। सामने बैठे जज की कचहरी में बहुत से व्यक्ति अपने-अपने मुकदमे की इन्तजार करते हुए बैठे थे। रसोईघर के पिछवाड़े में एक गड्ढे के एक ख़ास भाग को लेकर कलकत्ता के एक वकील आए थे तथा उस प्रसंग में वादी के पक्ष की ओर से उनतालीस गवाह आए हुए थे। सैकड़ों आदमी अपने-अपने पाई-पाई के हिसाब की बाल की खाल निकालने वाली विवेचना करने के प्रति बेचैन होकर आए थे। उनकी धारणा थी कि विश्व में अभी तक उससे बड़ी और कोई घटना कभी नहीं हुई है। छिदाम खिड़की से हर दिन के इस अत्यंत व्यस्ततापूर्ण संसार की तरफ़ अपलक दृष्टि से देखता रहा है। उसे सारी बातें सपने के समान लग रही हैं। अहाते के विशाल बरगद के पेड़ पर एक कोयल गा रही है, उसके प्रति किसी तरह की कानून-अदालत नहीं।

चंदरा ने जज के सामने कहा- "अजी साहब, एक बात को बार-बार कितनी बार कहूँ।"

जज साहब ने समझते हुए उससे कहा- "जो अपराध तुम स्वीकार कर रही हो, उसकी सजा क्या है, तथा तुम क्या जानती हो?"

चंदरा ने जज से कहा- "नहीं।"

जज साहब ने कहा- "उसकी सजा फाँसी है।"

चंदरा ने कहा- "अजी साहब, मैं तुम्हारे पाँव पड़ती हूँ, वही सजा दे दो न! तुम लोगों की जो इच्छा हो करो, मैं तो अब और सहन कर सकती।"

जब छिदाम को अदालत में लाया गया, चैटरा ने अपना मुँह फेर लिया। जज ने कहा- "गवाह की तरफ़ देखकर बोलो, यह तुम्हारा कौन लगता है?"

दोनों हाथों से मुँह ढाँपकर चंदरा बोली- "वह मेरा पति लगता है।"

सवाल हुआ- "वह तुम्हें प्यार नहीं करता है क्या?"

जवाब- "नहीं, बड़ा प्यार करता है।"

सवाल- "तुम उसे प्यार नहीं करतीं?"

जवाब- "खूब करती हूँ मैं भी।"

जब छिदाम से पूछा तो छिदाम ने कहा- "यह खून मैंने किया है।"

सवाल- "क्यों?"

छिदाम- "भात माँगा था, बड़ी बहू ने भात नहीं दिया।"

दुखीराम गवाही देने के लिए आते हुए बेहोश होकर गिर पड़ा। बेहोशी टूटने पर उसने जवाब दिया- "साहब, खून मैंने किया है।"

"मगर क्यों?"

"भात माँगा था, भात नहीं दिया।"

विस्तृत जिरह करके तथा अन्यान्य साक्ष्य सुनकर जज साहब को यह बात स्पष्ट समझ में आ गई कि घर की महिला को फाँसी के अपमान से बचाने के प्रति दोनों भाई अपराध क्यों कबूल कर रहे हैं, लेकिन चंदरा पुलिस से लेकर सेशन अदालत तक बराबर एक ही बात कहती चली आ रही है, उसकी बात में ज़रा भी हेर-फेर नहीं हुआ है। दो वकीलों ने स्वेच्छापूर्वक आगे आकर उसको प्राण-दंड से बचाने के प्रति बहुत कोशिश की, लेकिन आखिर में हार माननी पड़ी।

जिस दिन नन्ही-सी आयु में एक काली-कलूटी छोटी-सी बालिका अपना गोल-मटोल चेहरा लिए खेलने की गुड़िया पटककर अपने बाप के घर ससुराल आई थी, उस दिन रात के शुभलग्न के समय आज की इस बात की कल्पना कौन कर सकता था। उसका पिता मरते वक्त यह कहकर निश्चित हो गया था- "चलो, अपनी बेटी तो ठिकाने लग गई।"

जेलखाने में फाँसी के पहले दयालु सिविल सर्जन ने चंदरा से पूछा- "किसी से मिलना चाहती हो?"

चंदरा ने कहा- "बस एक बार अपनी माँ से मिलना चाहती हूँ।"

डॉक्टर ने कहा- "तुम्हारा पति तुम्हें देखना चाहता है, क्या उसे यहाँ बुलवा लूँ?"

चंदरा ने कहा- "मरने दो उस को।"

धन की भेंट

गुस्से में भरकर वृन्दावन कुण्डू अपने पिता के समीप आकर कहने लगा- "इसी वक्त मैं आपसे विदा होना चाहता हूँ।"

उसके पिता जगन्नाथ कुण्दरू ने क्रोध तथा नफ़रतभरे नजरिये से देखते हुए कहा- "अभागे! कृतघ्न मैंने जितना भी रुपया तेरे पालन-पोषण पर ख़र्च किया है, उसे चुका कर ही ऐसी धमकी देना।"

जिस तरह का खान-पान जगन्नाथ के घर चला करता था, ऐसे खाने पर कुछ ज़्यादा धन ख़र्च न होता था। भारत के प्राचीन ऋषि मितव्ययता के लिए ऐसी ही चीजों का प्रबन्ध कर लिया करते थे। जगन्नाथ के बर्ताव से मालूम होता था कि वह इस विषय में उन ऋषियों ही के आदर्शों पर चलाना पसन्द करता था अपनी औलाद को। यद्यपि वह पूर्णरूप से इस आदर्श को निवाहने में असमर्थ था। इसकी वजह कुछ यह समझी जा सकती है कि जिस संसार में उसका रहन-सहन था वह अपने पुराने आदर्शों को शरीर के साथ मिलाये रखने के विषय में प्रकृति की उत्तेजना तीव्र तथा युक्तियुक्त-संगत थी।

जब तक वृन्दावन अविवाहित था, उनका निर्वाह जैसे-तैसे चलता रहा, लेकिन विवाह के बाद उसने हद से बाहर इस उत्तम और सुन्दर आदर्श को, जो उसके महामना पिता ने बनाकर रखा था, छोड़ना आरम्भ कर दिया। ऐसा मालूम होता था कि सांसारिक सुख-ऐश्वर्य के सम्बन्ध में उसके ख्याल आध्यात्मिकता से शारीरिकता की ओर बदल रहे हैं और खाने-पीने की न्यूनता से उसे भूख-प्यास, सर्दी-गर्मी आदि जो परेशानियाँ भी सामने आती रहीं, उसने उन्हें सहना पसन्द न करके दुनिया के साधारण व्यक्तियों के अचिरण का अनुकरण करना शुरू कर दिया।

जब में वृन्दावन न अपने पिता के निर्मित उच्च आदर्श का बलिदान किया, तभी से पिता तथा पुत्र में झगड़ा आरम्भ से गया। इस कलह ने चरम सीमा का रूप उस समय धारण किया, जब वृन्दावन की पत्नी ज़्यादा बीमार हुई और उसकी चिकित्सा के लिए

एक कविराज बुलाया गया। यहाँ तक का व्यवहार भी माफ करने के योग्य था, किन्तु जब वैद्यराज ने रोगी के लिए अधिक रुपयों की दवाई का निर्णय किया, तो जगन्नाथ ने समझ लिया कि वैद्यराज अयोग्य है, और वैद्यक के नियमों से बिलकुल अन्जान। बस उसने उसी वक्त उनको घर से बाहर निकलवा दिया। वृन्दावन ने पहले तो पिता से काफी अनुनय-विनय की कि दवाई जारी रहे-फिर झगड़ा भी किया, लेकिन पिता के कान पर जूं तक न रेंगी। अन्त में जब पत्नी स्वर्ग सिधार गई तो वृन्दावन का क्रोध अधिक बढ़ गया तथा उसने अपने पिता को उसका प्राण-घातक ठहराया।

जगन्नाथ ने स्वभावानुसार उसको समझने की बहुत कोशिश की और कहा- "तुम कैसी नासमझी की बातें करते हो? क्या लोग विभिन्न तरह की औषधि खाकर नहीं मरते, अगर मूल्यवान औषधियाँ ही मनुष्य को जीवित रख सकतीं तो बड़े-बड़े राजा-महाराजा क्यों मरते? इससे पहले तुम्हारी माँ तथा दादी मर चुकी हैं, बहू मर गई तो क्या हुआ? समय आने पर हरएक को इस दुनिया से जाना पड़ता है।"

वृन्दावन अगर इस तरह दुखी और सचेत होकर वास्तविक परिणाम पर पहुँचने में योग्य न होता तो सम्भव था कि वह इन बातों से कुछ सान्त्वना हासिल कर लेता। इससे पहले मरने के वक्त उसकी माँ और दीदी ने दवाई न पी थी, और औषधि सेवन न करने का यह रिवाज बहुत पहले से इस खानदान में चला आया है। नई पौध का चरित्र इतना बिगड़ चुका हे कि वह तरीक़े पर मरना भी पसन्द नहीं करती।

जिस युग की चर्चा हम कर रहे हैं, उन दिनों अंग्रेज भारत में नये-नये आये थे, मगर उस वक्त भी इस देश के बड़े-बूढ़े अपनी-अपनी औलाद की आदत की खिलाफतपन के ढंग पर आश्चर्य तथा विकलता प्रकट किया करते और आखिर में जब उनकी एक न चलती तो अपने मुँह में लगे हुए हुक्कों से सान्त्वना हासिल करने की कोशिश करते। वास्तविकता यह है कि जिस वक्त मामला चरम-सीमा को पहुँच गया तो वृन्दावन से न रहा गया तथा उसने आवेश और विकलता के साथ अपने पिता से कहा- "मैं जाता हूँ।"

पिता ने उसे दृढ़ देखकर उसी वक्त आज्ञा दे दी।

उन्होंने घोषणा करते समय कह दिया- "चाहे देवता मेरे तरीक़े को गौ-हत्या के समान क्यों न समझें, मैं सौगन्ध खाकर कहता हूँ कि तुम्हें अपनी धन-दौलत में से एक कौड़ी भी नहीं दूँगा।"

"अगर मैं तुम्हारी एक पाई तक को भी हाथ लगाऊँ तो उस आदमी से भी नीच होऊँगा जो अपनी माँ को बुरे भाव से देखता है।" वृन्दावन के मुँह से क्रोध में निकल गया।

गाँव के निवासियों ने अपने जैसे विचारों के लम्बे-चौड़े वाद-विवाद के बाद उस छोटे-से परिवर्तनभरे झगड़े को संतोषपूर्वक देखा। जगन्नाथ ने चूँकि अपने बेटे को अपनी सम्पत्ति से वंचित कर दिया था, अत: प्रत्येक आदमी उसे सान्त्वना देने का प्रयास कर रहा था। वे सब इस विषय में सहमत थे कि सिर्फ़ पत्नी की खातिर पिता के साथ झगड़ा करने का दृश्य इस नये युग में ही देखा जा सकता हे। इसके सम्बन्ध में वे खुद जो कारण बताते थे वे भी बहुत असंगत थे। उनका कहना था कि अगर किसी की पत्नी मर जाये तो बड़ी सरलता से दूसरी हासिल कर सकता है, पिता मर जाये तो विश्व भर की धन-दौलत के बदले में भी उसे हासिल नहीं किया जा सकता।

इस बात में संदेह नहीं कि उनका उपदेश हर तरह से ठीक था, किन्तु हमें संदेह है कि दूसरा पिता हासिल करने की पीड़ा उस पथ-भ्रष्ट बेटे को कहा तक प्रभावित कर सकती थी। इसके खिलाफ हमारा विचार यह है कि ऐसा मौक़ा आता तो वह उसे ईश्वरीय अनुकम्पा में सम्मिलित समझता।

वृन्दावन के अलग होने का दुःख उसके पिता जगन्नाथ को ज़रा भी महसूस न हुआ था। इसके कुछ विशेष कारण थे। एक तो यह कि उसके जाने से घर का ख़र्च कम हो गया, दूसरे मन से एक भारी फिक्र दूर हो गई, हर समय उसे इस बात का भय रहता था कि मेरा बेटा मुझे जहर देकर न मार दे। जब कभी वह अपना थोड़ा-सा भोजन करने बैठता तो यही विचार उसे परेशान कर देता कि इसमें जहर न मिला हुआ हो? यही चिन्ता किसी हद तक वृन्दावन की पत्नी का स्वर्गवास हो जाने पर दूर हो गई थी, मगर अब वह बिलकुल ही न रही।

जिस तरह घने अँधियारे बादलों में चमकीली बिजली तथा भयंकर तूफानी समुद्र में बहुमूल्य रत्न विद्यमान रहते हैं, उसी तरह बूढ़े जगन्नाथ के कठोर हृदय में भी एक कमजोरी बाकी थी। वृन्दावन जाते वक्त अपने साथ चारवर्षीय पुत्र गोकुलचन्द को भी ले गया था। चूँकि उसकी खुराक तथा वस्त्रों का ख़र्च बहुत कम था, इसलिए जगन्नाथ को उससे बहुत प्यार था। जाते वक्त जब वृन्दावन उसे अपने साथ ले गया तो सबसे पहले दुःख तथा पछतावे की अपेक्षा उसने अपने दिल में हिसाब लगाना शुरू किया कि इन दोनों के चले जाने से ख़र्च में कितनी कमी हो जाएगी। इस बचत की सालाना रकम कहाँ तक पहुँचेगी

और इस बचत को अगर किसी रकम का सूद समझा जाए तो उसका मूलधन कितना हो सकेगा?

जब तक गोकुलचन्द घर में था वह अपनी चंचलता से जगन्नाथ का ध्यान अपनी तरफ़ आकर्षित रखता था, लेकिन उसके चले जाने पर कुछ दिनों में ही बूढ़े को ऐसा अनुभव होने लगा कि धर काटने को दौड़ता है। इससे पहले जिस वक्त जगन्नाथ पूजा-पाठ में तल्लीन होता तो गोकुलचन्द उसे छेड़ा करता। भोजन करते वक्त उसके आगे से रोटी या चावल उठाकर भाग जाता और खुद खा लेता और जब वह आय-व्यय लिखने बैठता तो उसकी दवात लेकर दौड़ जाता, मगर अब उसके चले जाने पर ये सब बातें भी दूर हो गईं। ज़िन्दगी के रोजाना का क्रियाकर्म उसे भार अनुभव होने लगा। उसे ऐसा मालूम होता था कि इस तरह का विश्राम भविष्य में संसार में ही सहन किया जा सकता है। जब कभी वह गोकुल की चंचलता को याद करता तो रजाइयों में उसके हाथ में छेदों या दरी पर कलम-दवात से उसके बनाए हुए भद्दे चित्रों को देखता तो उसका मन मारे कष्ट के व्याकुल हो जाता। जगन्नाथ को अपने सोने के कमरे में एक कोने के भीतर पड़ी हुई पुरानी धोती के टुकड़े दिखाई पड़े, तो एकदम उसके नेत्रों से आँसू वह निकले। वह धोती थी जिसे गोकुल ने दो साल के थोड़े वक्त में फाड़ दिया था, तो जगन्नाथ ने उसे झिड़का और बुरा-भला कहा था। मगर अब उसने इन टुकड़ों को उठाकर बड़ी सावधानी से अपने सन्दूक में रख लिया और इसकी शपथ खा ली कि अगर गोकुल उसके जीते-जी फिर कभी वापस आ गया तो चाहे वह हर वर्ष एक धोती फाड़े, वह उससे कभी नाराज न होगा।

लेकिन गोकुल को न वापस आना था, न आया। गरीब जगन्नाथ दिन-प्रतिदिन बूढ़ा होता जा रहा था और उसको खाली घर अधिक-से-अधिक डरावना लगने लगा था।

अन्त में दशा यहाँ तक पहुँची कि वह सन्तोष से घर में बैठ भी न पाता। मध्याह्न वक्त जब गाँव के सब लोग अपने-अपने घरों में सोए होते तो जगन्नाथ नारियल हाथ में लिये गलियों में घूमता दिखाई देता। गाँव के लड़के जब कभी उसे अपनी तरफ़ आता देखते तो खेल छोड़कर दूर जा खड़े होते और इस तरह पय-पंक्ति गाने लगते जिसमें एक स्थानीय कवि ने वृद्ध जगन्नाथ की मितव्ययी आदत की प्रशंसा की थी। कोई आदमी डर के मारे उसका वास्तविक नाम इस भय से जबान पर न लाता कि कहीं उसे उस रोज अन्न-जल हासिल न हो। अत: लोगों ने उसके अनेक प्रकार के नाम रख रखे थे। वृद्ध उसे जगन्नाथ कहा करते थे, लेकिन मालूम नहीं छोटे लड़के उसे चिड़ियल क्यों कहते थे। सम्भव है,

इसका कारण यह हो सकता है कि उसकी त्वचा शुष्क तथा शरीर रक्तहीन दिखाई देता था। इन्हीं वजहों से वह प्रेत आत्माओं के जैसा समझा जाने लगा।

एक दिन दोपहर बाद जब जगन्नाथ स्वभावानुसार गाँव की गलियों में आम के छतनारे पेड़ों के नीचे अपना नारियल हाथ में लिये घूम रहा था। उसने देखा कि लड़का जो देखने में अजनबी मालूम होता था, गाँव के लड़कों का सरदार बना हुआ है तथा उन्हें कोई नई शरारत समझा रहा है। उसके महान चरित्र तथा उसकी कुशाग्र बुद्धि से प्रभावित होकर सब लड़कों ने इस बात का नियम कर लिया था कि प्रत्येक कार्य में उसकी आज्ञानुसार आचरण करेंगे। दूसरे लड़कों की भाँति वह बूढ़े जगन्नाथ को अपनी तरफ़ आता देखकर डर से भागा नहीं, बल्कि उसके समीप जाकर चादर झाड़ने लगा। उसी वक्त चादर में से एक जीवित छिपकली निकलकर बूढ़े के शरीर पर गिरी और उसकी पीठ की ओर से नीचे उतरकर वन की तरफ़ भाग गई। डर से वृद्ध के हाथ-पाँव काँपने लगे। यह देखकर सब लड़के बहुत खुश हुए और प्रसन्नता से उच्च स्वर में बेहूदा नारे लगाने लगे। वृद्ध जगन्नाथ बड़बड़ाता और गालियाँ देता हुआ बहुत दूर निकल गया, किन्तु वह अंगोछा जो प्राय: उनके कंधों पर पड़ा रहता था, अचानक गायब हो गया तथा दूसरे ही क्षण वह उस अपरिचित लड़के के सिर पर बंधी हुई पगड़ी के रूप में दिखाई देने लगा।

लड़के की तरफ़ से इस तरह की चेष्टा देखकर जगन्नाथ पहले तो कुछ चिन्तित हुआ, फिर वह गाँव की रोजाना की कठोरता को इस तरह पराजित होते देखकर प्रसन्न भी हुआ। काफी दिनों से लड़के उसकी छाया ही देखकर दूर भाग जाया करते थे तथा उसे उनसे बोलने तथा बातचीत करने का अवसर भी न मिलता था। अपरिचित लड़का इस शरारत के बाद दूर भाग गया था, किन्तु बहुत-से वचन और सान्त्वना देने के वाद। वह उस वृद्ध के नजदीक आया। फिर दोनों में निम्न बात होने लगीं-

"बेटी, तुम्हारा क्या नाम है?"

"मेरा नाम नितईपाल है।"

"तुम्हारा घर कहाँ है?"

"मैं नहीं बताऊँगा अपना घर।"

"तुम क्यों नहीं बतलाओगे

"क्योंकि मैं घर से भागकर यहाँ आया हूँ।"

“घर से भागे क्यों थे?”

“मेरा पिता मुझे स्कूल जाने को कहता था इसीलिए।”

जगन्नाथ के मन में विचार आया, ऐसे होनहार लड़के को स्कूल भेजना कैसी व्यर्थ की बात है? वह कैसा लड़के के भविष्य के परिणाम की तरफ़ आँखें बंद रखने वाला पिता होगा, जो इसे स्कूल भेजना चाहता है।”

थोड़ी ही देर बाद वह कहने लगा- “अच्छा क्या तुम मेरे घर रहना पसन्द करोगे?” लड़के ने जवाब दिया- “क्यों नहीं।”

उसी दिन से वह लड़का उसके घर रहने लगा। उसे घर में प्रवेश करते हुए इतना भी डर न हुआ, जितना अँधेरे में किसी पेड़ के नीचे जाने से हो सकता है। इतना ही नहीं, बल्कि उसने अपने कपड़े और भोजन के विषय में ऐसे निर्भयतापूर्ण ढंग से प्रश्न करने शुरू किये जैसे वह उस घर में वर्षों से परिवार का अंग रहा हो। यदि कोई बस्तु उसकी मनपसन्द न होती तो वह जगन्नाथ से झगड़ा आरम्भ कर देता। जगन्नाथ अपने बेटे को तो डरा-धमका भी लेता, लेकिन उसे बस में लाना आसान न था। उसे उसकी हर एक बात माननी पड़ती।

गाँव के लोग आश्चर्य में थे कि जगन्नाथ ने नितईपाल को क्यों इस तरह सिर पर चढ़ा रखा है। यह सर्वविदित था कि वृद्ध कुछ दिन नहीं तो कुछ सप्ताह का मेहमान है। और वे इस बात को सोचकर बहुत चिन्तित होते थे कि उसके स्वर्ग सिधारने पर उसकी सम्पत्ति का अधिकारी यही लड़का होगा। वे सब इस बात पर लड़के से जलने लगे थे। उन्होंने यह भी फैसला कर लिया था कि उसे नुकसान पहुँचाने की कोशिश करेंगे, लेकिन जगन्नाथ उसकी ऐसी निगरानी रखता था जैसे वह उसकी रीढ़ की हड्डी हो।

कभी-कभी लड़का धमकी देकर कहता- “मैं अपने धर चला जाऊँगा।” ऐसे मौके पर वृद्ध लोभ-लालच का जाल बिछाकर कहता- “मैं अपनी सारी दौलत तुमको ही दे दूँगा।” लड़का हर तरह से कम आयु का था, तब भी इस वचन के महत्व को बाखूबी समझता था।

गाँव वालों से और कुछ न हो सकता तो उन्होंने उस लड़के के बाप के सम्बन्ध में जाँच शुरू की। उनको यह सोचकर बहुत दुःख होता था कि उसके माता-पिता उसकी याद में दुखी होंगे। लड़का बड़ा ही चंचल है, जो उन्हें इस तरह छोड़कर भाग आया। वे इसे हजार-हजार गालियाँ देते होंगे। लेकिन ये सब बातें वे जिस आवेश में करते थे इससे साफ पता होता था कि वे न्याय नहीं ईर्ष्या से काम ले रहे हैं।

वृद्ध को एक दिन किसी बटोही की जबानी ज्ञात हुआ कि दामोदर पाल अपने बेटे की खोज में पास के गाँवों तथा कस्बों में फिर रहा है, और कुछ ही वक्त में वह इस गाँव में आने वाला हैं। नितई ने जब यह बात सुनी तो सहज भाव से उसके मन के प्रेम में आवेश आया। वह उद्विग्नता की स्थिति में धन-दौलत छोड़कर अपने पिता के पास जाने को तैयार हो गया। जगन्नाथ उसे रोकने के लिए हरएक सम्भव ढंग से कोशिश करता था। अत: उसने कहा- "तुम अपने पिता के पास जाओगे तो वह तुम्हें पीटेगा, मैं तुम्हें एक ऐसे स्थान पर छिपा दूँगा कि किसी को भी तुम्हारा पता न मिल सकेगा, यहाँ तक कि गाँव वाले भी पता न कर सकेंगे।"

इस बात से लड़के के मन में आश्चर्य उत्पन्न हुआ तथा कहने लगा- "बाबा! मुझे कहाँ छिपाओगे? भला वह जगह तो तुम भी दिखा दो।"

जगन्नाथ ने जवाब दिया- "यदि वह स्थान मैं इस समय दिखा दूँ तो लोगों को खबर हो जाएगी, रात हो जाने दो।" सभी बच्चों में आश्चर्यजनक जगह की उत्कट लालसा होती है, नितई भी उसी प्रकार यह बात सुनकर खुश हुआ। उसने अपने हृदय में विचारा कि जब मेरे पिता मेरी खोज करने के बाद वापस चले जायेंगे तो मैं दौड़ लगाकर लड़की के साथ उस जगह पर आँखमिचौनी खेला करूँगा तथा कोई मालूम न कर सकेगा कि मैं कहाँ छिपा हूँ-वास्तव में उस वक्त बड़ा आनन्द आयेगा। पिताजी पूरा गाँव छान मरेंगे तथा मुझे कहीं न पा सकेंगे, बड़ी दिल्लगी होगी।

दोपहर बाद के वक्त जगन्नाथ लड़के को कुछ समय के लिए घर में बंद करके कहीं चला गया। उसके वापस आने पर नितई ने उससे इतने सवाल किए कि वह परेशान हो गया।

अन्त में जब रात हुई तो नितई कहने लगा- "बाबा, अब तो यह जगह मुझे दिखा दो।"

जगन्नाथ ने जबाब दिया- "अभी रात नहीं हुई।"

इसके कुछ वक्त बाद लड़के ने फिर कहा- "बाबा, अब रात बहुत हो गई है, अब तो चलो।"

जगन्नाथ ने धीरे से कहा- "अभी गाँव के मानव सोए नहीं हैं।"

फिर नितई एक क्षण के लिए रुका और बोला- "बाबा! इस समय तो सब लोग सो गये हैं, आओ अब चलें।"

रात बहुत बीत चुकी थी। गरीब लड़का इतनी देर तक कभी न जागा था, इसलिए उसको जागे रहने में बड़ी कठिनाई पड़ रही थी। अन्त में आधी रात के वक्त जगन्नाथ लड़के की बाँ पकड़कर खाली गाँव की अँधेरी गलियों से रास्ता टटोलता बाहर निकला। सब दिशाएँ सूनी थीं, चारों ओर सूनापन था, कभी-कभी कोई कुत्ता भौंकने लगता तो और भी उसके साथ मिलकर भौंकना शुरू कर देते। इसके अलावा कहीं-कहीं उसके पैरों आहट से कोई पक्षी वृक्ष की टहनी से पंख फड़फड़ाता हुआ उड़ जाता। नितई डर से काँप रहा था लेकिन जगन्नाथ ने उसका हाथ मजबूती से पकड़ा हुआ था। कई खेतों से होकर आखिर में ये लोग जंगल में घुस गए। यहाँ एक पुराना मन्दिर खड़ा हुआ था। जिसमें कभी भी देवता की मूर्ति दिखाई न पड़ती थी।

नितई ने उसे देखकर निराशाभरे स्वर में कहा- "बस, सही स्थान था?"

यह स्थान उसकी सभी कल्पनाओं से भिन्न था, क्योंकि उसमें कोई आश्चर्य की बात न थी। जब से वह घर से भागा था अनेक वार ऐसे खंडहर मन्दिरों में रातें बिता दुका था। इतना होने पर भी आँखमिचौनी खेलने के लिए यह जगह सुन्दर थी; अर्थात् ऐसी कि उसके साथ खेलने वाले लड़के यहाँ उसकी खोज न कर सकते थे।

जगन्नाथ ने फर्श के मध्य से एक पत्थर की शिला उठाई। उसके नीचे आश्चर्यचकित लड़के को एक तहखाना दिखाई दिया, जिसमें एक धीमा-सा दीप जल रहा था। डर और आश्चर्य से दोनों बातें उसके मन पर जमी हुई थी। अन्दर एक बाँस की सीढ़ी खड़ी थी। जगन्नाथ नीचे उतरा तथा नितई भी उसके पीछे-पीछे हो लिया।

नीचे उतरकर लड़के ने इधर-उधर देखा तो उसे चारों तरफ़ पीतल के टोकने पड़े हुए दिखाई दिए। उसके बीच में एक आसन बिछा हुआ था तथा सामने थोड़ा सिन्दूर, घिसा हुआ चंदन, कुछ जंगली फूल तथा पूजा की बची सामग्री रखी हुई थी। लड़के ने अपनी जिज्ञासा पूर्ति के प्रति उस टोकनों में से कुछ के अन्दर हाथ डाला और जब बाहर हाथ निकालकर देखा तो मालूम हुआ कि उनमें रुपये तथा सोने की मोहरें भरी हैं। इतने में वृद्ध जगन्नाथ ने नितई से कहा- "नितई, मैंने कहा था न कि मैं अपनी सारी दौलत तुम्हें दे दूँगा, मेरे पास कोई ज़्यादा धन है, किन्तु जो कुछ भी है वह इन पीतल के टोकनों में भरा है तथा यह सब मैं आज तुम्हारे हवाले करना चाहता हूँ।"

नितई प्रसन्नता की अधिकता के मारे उछल पड़ा और बोला- "सच! क्या तुम इसमें से एक रुपया भी अपने पास न रखोगे?"

वृद्ध ने ज़वाब दिया- "अगर मैं इसमें से कुछ लूँ तो ईश्वर करे मेरा वह हाथ कोढ़ी हो जाए-लेकिन यह धन मैं तुम्हें एक शर्त पर देता हूँ। यदि कभी मेरा पोता गोकुलचन्द या उसका भी पोता या परपोता या उसकी सन्तान में से कोई भी इस रास्ते से होकर जाये तो लिए ज़रूरी होगा कि यह सारी सम्पत्ति उसको सौंप दो।"

लड़के ने थोड़ा ध्यान से सोचा और पक्के इरादे के साथ सोचा कि बूढ़ा पागल हो गया है। फिर कहने लगा- "बस, तो इस जगह पर बैठ जाओ।"

"मगर क्यों?"

"तुम्हारी पूजा की जाएगी इसीलिए।"

लड़के ने हैरत से पूछा- "यही रीति है क्या?"

वृद्ध ने जवाब दिया- "हाँ, यही रीति है।"

लड़का उछलकर फौरन आसन पर बैठ गया। वृद्ध जगन्नाथ ने उसके माथे पर चन्दन लगाया, भौहों के बीच सिन्दूर की बिन्दी लगा दी, जंगली फूलों का हार उनके गले में डाला तथा कुछ मन्त्र उच्चारण करने लगा।

बेचारा नितई देवता की तरह आसन पर बैठा-बैठा बोर हो गया, क्योंकि उसकी पलकें नींद से भारी हो रही थीं। अन्त में उसने घबराकर कहा- "बाबा!"

लेकिन जगन्नाथ उत्तर दिए बिना ही मंत्रों का उच्चारण करता रहा।

आखिर में उसके मंत्रों का सिलसिला समाप्त हुआ और जगन्नाथ ने बड़ी मुश्किल से एक टोकने को खींचकर लड़के के सम्मुख रखा तथा ये शब्द विवशता से उसके मुँह से कहलवाये- "मैं ईमानदारी से प्रतिज्ञा करता हूँ कि इस सारी धन-सम्पत्ति को गोकुलचन्द कुण्डू के बेटे, पोते, परपोते अथवा उसकी संतान के किसी आदमी को जो इसका हकीकतन और योग्य उत्तराधिकारी होगा, दे दूँगा।"

कई बार शब्दों के कहने में भोले लड़के की चेतना जाती रही तथा कण्ठ सूखने लगा।

जैसे-तैसे यह रीति खत्म हुई, गुफा की हवा दीपक के धुएँ तथा उन दोनों के साँस की वजह से बुरी मालूम होने लगी। नितई को अपना कण्ठ मिट्टी की प्रकार सूखा तथा हाथ-पैर जलते हुए अनुभव हो रहे थे। बेचारे का दम छुरा जा रहा था।

धीरे-धीरे दीपक की रोशनी मद्धिम होती जा रही थी। यहाँ तक कि दीपक आख़िरी झोंका खाकर बुझ गया। इसके बाद अँधेरा फैल गया। नितई को ऐसा लगा कि वृद्ध जल्दी-

जल्दी सीढ़ी से ऊपर चढ़ रहा है। उसने घबराकर पूछा- "बाबा, तुम कहाँ जा रहे हो?"

जगन्नाथ ने लगातार ऊपर की तरफ़ चढ़ते हुए उत्तर दिया- "मैं अब जाता हूँ, तुम यहाँ रहो, यहाँ तुम्हें कोई न ढूँढ़ सकेगा। वृन्दावन के बेटे तथा जगन्नाथ के पोते गोकुलचन्द का नाम याद रखना।"

इसके बाद उसने ऊपर जाकर सीढ़ी खींच ली। लड़के ने अवरुद्ध तथा दयनीय स्वर में कहा- "मैं अब अपने पिता के पास जाना चाहता हूँ, यहाँ मुझे भय लगता है।"

जगन्नाथ ने उसकी परवाह न करते हुए गुफा के मुँह पर पत्थर की शिला रख दी। इसके बाद दोनों जंघाओं को मोड़कर झुका तथा अपने कान पत्थर के पास लगाकर सुनने लगा। अन्दर से आवाज आई, "बाबा जी!" फिर किसी भारी चीज़ के फर्श पर गिरने की आवाज सुनाई दी तथा इसके बाद गहरी खामोशी छा गई।

बूढ़े जगन्नाथ ने इस तरह अपना धन उसको सौंपकर जल्दी-जल्दी पत्थर के ऊपर मिट्टी डालनी आरम्भ कर दी। उस पर उसने टूटी-फूटी ईंट और चूना रख दिया तथा फिर मिट्टी बिछाकर उसमें जंगली घास तथा बूटियों की जड़ें खड़ी कर दीं।

रात सम्भवत: खत्म हो चुकी थी, लेकिन वह उस जगह से हटकर घर न जा सका, रह-रहकर अपना कान पृथ्वी पर लगाता और आवाज सुनने की कोशिश करता। ऐसा मालूम होता था कि अब भी उस गुफा के भीतर या पृथ्वी की असीम गहराइयों में से एक वेदनायुक्त क्रन्दन सुनाई दे रहा है। उसे ऐसा भान होता था कि रात में आसमान पर सिर्फ़ वही एक आवाज छाई हुई है और विश्व के सब आदमी उस आवाज से जागकर बिस्तरों में बैठे उसे सुनने का प्रयत्न कर रहे हैं।

पागल वृद्ध जोश में आकर ज़्यादा मिट्टी डाले जाता पा। वह चाहता था कि उस आवाज को दबा दे, मगर इस पर भी रहा-रहकर वह आवाज उसके कानों में आ रही थी- "बाबाजी! हाय बाबाजी।"

उसने पूरी शक्ति से धरती पर पाँव मारकर चीखते हुए कहा- "चुप रहो, लोग तुम्हारी आवाज सुन लेंगे।"

फिर भी उसे मालूम हुआ कि 'हाय बाबाजी! हाय बापू!' की आवाजें रह-रहकर सुनाई दे रही थी।

इतने में सूरज निकल आया तथा जगन्नाथ कुण्डू मन्दिर को छोड़कर खेतों की तरफ़

आ गया।

वहाँ भी किसी ने उसके पीछे से आवाज दी- "बापू,!" घबराहट की स्थिति में जगन्नाथ ने पीछे फिरकर देखा तो उसका लड़का वृन्दावन था।

वृन्दावन कहने लगा- "मुझे मालूम हुआ है कि मेरा लड़का आपके घर में छिपा हुआ है, उसे मुझे दे दो।"

यह सुनकर वृद्ध के नेत्र चौड़े हो गए, मुँह खुला-का-खुला रह गया तथा उसने मुड़कर पूछा- "क्या कहा? तुम्हारा लड़का

वृन्दावन ने कहा- "हाँ, मेरा लड़का गोकुल, अब उसका नाम नितईपाल है और मैंने अपना नाम बदलकर दामोदर पाल प्रसिद्ध कर रखा था क्योंकि तुम्हारी मनहूसी तथा कंजूसी की बात चारों तरफ़ज़्यादा फैल चुकी थी कि मजबूर होकर मुझे अपना वास्तविक नाम बदलना पड़ा। वरना मुमकिन यह था कि लोग हमारा नाम लेने से भी सकुचाते।"

वृद्ध ने धीरे से अपने दोनों हाथ सिर के ऊपर उठाए। उसकी उँगलियाँ इस तरह काँपने लगी, मानो वह हवा में किसी अदृश्य चीज़ के पकड़ने की कोशिश कर रही हों। फिर वह अचेत होकर पृथ्वी पर गिर पड़ा। जब उसे चेत आ तो वह अपने बेटे की बाँह पकड़कर उसे लगभग घसीटता हुआ पुराने मंदिर के समीप ले गया तथा पूछने लगा- "तुम्हें इसके भीतर से रोने की आवाज सुनाई देती है क्या?"

वृन्दावन ने जवाब दिया- "नहीं।"

वृद्ध ने कहा- "ध्यान से सुनो, कोई आवाज अन्दर से 'बाबाजी! बाबाजी!' कहती सुनाई नहीं देती क्या?"

वृन्दावन ने फिर कान लगाकर जवाब दिया- "नहीं।"

इससे बूढ़े जगन्नाथ की परेशानी किसी सीमा तक दूर हो गई, साथ ही उसके दिमाग ने भी उसे जवाब दे दिया।

उस दिन के बाद उसकी स्थिति किसी सीमा तक दूर हो गई, साथ ही उसके दिमाग ने भी उसे जवाब दे दिया।

लोग उसके पागलपन पर हँसने लगते।

इसके लगभग चार साल पश्चात जगन्नाथ मृत्यु-शैया पर पड़ा हुआ था। विश्व का प्रकाश धीरे-धीरे उसकी आँखों के सामने से दूर होता जा रहा था तथा साँस अधिक कष्ट

से आने लगी थी। सहसा वह विक्षिप्त अवस्था में उठकर बैठ गया। उसने अपने दोनों हाथ ऊपर को उठा लिये तथा हवा में इस तरह चलाने लगा जैसे किसी चीज़ को टटोल रहा हो और कहने लगा- "मेरी सीढ़ी किसने उठा ली?"

उस खतरनाक बन्दीगृह में से, जहाँ न देखने को रोशनी तथा न साँस लेने के लिए वायु थी, बाहर निकलने के लिए सीढ़ी न पाकर वह फिर अपनी मृत्यु-रोया पर गिर पड़ा तथा जहाँ संसार की स्थायी आँख-मिचौनी के खेल में कोई छिपने वाला पाया नहीं गया, वह उस श्रेणी में खो गया।

कवि का हृदय

भगवान विष्णु चाँदनी रात में बैठे हुए दिल-ही-दिल गुनगुना रहे थे-

"मैं विचार किया करता था कि मनुष्य सृष्टि का सबसे सुन्दर निर्माण है, किन्तु मेरा विचार गलत साबित हुआ। कमल के उस फूल को, जो हवा के झोंकों से हिलता है, मैं देख रहा हूँ कि वह पूरा जीव-मात्र से कितना अधिक पाक और सुन्दर है। उसकी पंखुड़ियाँ अभी-अभी रोशनी से खिली हैं। वह ऐसा आकर्षक है कि मैं अपनी दृष्टि उस पर से नहीं हटा सकता। हाँ मनुष्यों में इसके समान कोई चीज़ विद्यमान नहीं।"

विष्णु भगवान ने एक ठंडी साँस खींची। फिर एक पल के पश्चात सोचने लगे- "आखिर किस तरह मुझको अपनी शक्ति से एक नया अस्तित्व पैदा करना चाहिए, जो मनुष्य में ऐसा हो जैसा कि फूलों में कमल है। जो आकाश और पृथ्वी दोनों के लिए सुख तथा खुशी का कारण बने। ऐ कमल! तू सुन्दर युवती के रूप में बदल जा और मेरे सम्मुख खड़ा हो।"

पानी में एक हल्की-सी लहर पैदा हुई, जैसे कृष्णा चिड़िया के पंखों से प्रकट होती है। रात अधिक प्रकाशमान हो गई। चन्द्रमा पूरी रोशनी के साथ चमकने लगा, परन्तु कुछ समय पश्चात अचानक सब खामोश रह गये, जादू पूरा हो गया। भगवान के सम्मुख कमल मानवी-रूप में खड़ा था।

उसका ऐसा खूबसूरत रूप था कि स्वयं देवता को भी देखकर आश्चर्य हुआ। उस को सम्बोधित करके विष्णु भगवान ने कहा- "तुम इसके पहले तालाब का फूल थीं, अब मेरी कल्पना का फूल हो, बातचीत करो।"

सुन्दर युवती ने बहुत धीरे-धीरे से बोलना आरम्भ किया। उसका स्वर ठीक ऐसा था जैसे कमल की पंखुड़ियाँ सुबह वायु के झोंकों से बज उठती हैं।

"महाराज, आपने मुझको मानवी-रूप में परिवर्तित किया है, कहिए अब आप मुझे किस स्थान में रहने की अनुमति देते हैं। महाराज, पहले मैं फूल थी तो वायु के थपेड़ों से

डरा करती थी और अपनी पंखुड़ियाँ बंद कर लेती थी। मैं बारिश और आँधी से भय मानती थी, बिजली और उसकी कड़क से मेरे हृदय को डर लगता था, मैं सूर्य की जलाने वाली किरणों से डरा करती थी, आपने मुझको कमल से इस हाल में बदला है अत: मेरी पहले-सी प्रकृति है। मैं पृथ्वी से और जो कुछ उस पर विद्यमान है, उससे भयभीत होती है,। फिर आज्ञा दीजिए मुझे कहाँ रहना चाहिए।"

विष्णु ने तारों की तरफ़ दृष्टि की, एक क्षण तक कुछ सोचा, उसके बाद पूछा- "क्या तुम नागराज के शिखरों पर निवास करना चाहती हो?"

"नहीं महाराज, वहाँ बर्फ है तथा मैं ठण्ड से डरती हूँ।"

"अच्छा, मैं तालाब की तह के अन्दर तुम्हारे लिए शीशे का महल बनवा दूँगा।"

"जल की गहराइयों में साँप और भयावने जानवर रहते हैं इसलिए मुझे डर लगता है।"

"तो क्या तुमको सुनसान उजाड़ जगह रुचिकर है?"

"नहीं महाराज, जंगल की तूफानी समीर और दामिनी की भयावनी कड़क को मैं किस तरह सहन कर सकती हूँ।"

"तो फिर तुम्हारे लिए कौन-सा स्थान निश्चित किया जाए? हाँ, अजन्ता की गुफाओं में साधु रहते हैं, क्या तुम सबसे अलग किसी गुफा में निवास करना चाहती हो?"

"महाराज, वह काफी अँधेरा है, मुझे डर लगता है।"

भगवान विष्णु घुटने के नीचे हाथ रखकर एक पत्थर के ऊपर बैठ गये और उनके सामने विचारमग्न हो गये। अब भी वह स्त्री सहमी हुई खड़ी थी।

बहुत देर के पश्चात न ऊषा-किरण की रोशनी ने पूर्व दिशा में आसमान को प्रकाशित किया, जब तालाब का जल, ताड़ के पेड़ और हरे बाँस सुनहरे हो गये, गुलाबी, बगुले, नीले सारस और सफेद हंस मिलकर पानी पर और मोर जंगल में कूकने लगे तो उसके साथ ही वीणा की मस्त कर देने बाली लय से मिली-जुली प्रेमगान सुनाई देना आरम्भ हुआ। भगवान अब तक दुनिया की फिक्र में संलग्न थे, अब चौंके और कहा- "देखो! कवि बाल्मीकि सूर्य को प्रणाम कर रहा है।"

कुछ समय बाद बे केसरिया पर्दे जो चाँदनी को ढके हुए थे उठ गये और सरोवर के करीब कवि बाल्मीकि प्रकट हुए। मनुष्य के रूप में बदले हुए कमल के फूल को देखकर उन्होंने वाद्य यंत्र बन्द कर दिया। वीणा उनके हाथों से गिर गई, दोनों हाथ जंघाओं पर जा

लगे। वह खड़े-के-खड़े रह गये। जैसे चारों तरफ़ किंकर्त्तव्यविमूढ़ थे।

भगवान ने पूछा- "बाल्मीकि, क्या बात है, चुप क्यों हो गये?"

बाल्मीकि बोले- "महाराज, आज मैंने प्रेम का पाठ पड़ा है।" बस इससे ज़्यादा कुछ नहीं कह सके।

विष्णु भगवान का मुँह अचानक चमक उठा। उन्होंने कहा- "सुन्दर कामिनी! तुझको तेरे लायक स्थान मिल गया। जा कवि के हृदय में निवास कर।"

भगवान ने वाल्मीकि के दिल को शीशे के समान निर्मल बना दिया था। वह सुन्दरी अपनी निर्वाचित जगह में प्रविष्ट हो रही थी, लेकिन जैसे ही उसने वाल्मीकि के हृदय की गहराई को मापा, उसका मुख पीला पड़ गया और उस पर डर छा गया।

देवता को अचम्भा हुआ।

बोले- "क्या कवि के दिल में भी रहने से डरती हो?"

"महाराज, आपने मुझे किस स्थान पर रहने की आज्ञा दी है। मुझको तो उस एक ही क्षय में नागराज के शिखर, अजीब जानवरों से भरी हुई जल की असीम गहराई और अजन्ता की अँधेरी गुफाएँ आदि सब कुछ दृष्टिगोचर होता है। इसलिए महाराज मैं डरती हूँ।"

यह सुनकर विष्णु भगवान मुस्कुराये और कहने लगे- "मनुष्य के रूप में परिवर्तित सुमन रख। यदि कवि के दिल में बर्फ है तो तुम बसन्त ऋतु की उष्ण हवा का झोंका बन जाओगी, जो हिम को भी पिघला देगा। अगर उसमें जल की गहराई है तो तुम उस गहराई में मोती बन जाओगी। यदि खाली जंगल है तो तुम उसमें सुख और शांति के बीज बो दोगी। यदि अजंता की गुफा है तो तुम उसके अँधेरे में सूरज की किरण बनकर चमकोगी।"

कवि ने इस बीच में बोलने की शक्ति पा ली थी। उसकी ओर देखते ही भगवान विष्णु ने इतना कहा- "जाओ, यह चीज़ तुम्हें देता हूँ, इसे लो, सुखी रहो तथा खुश रहो।"

❑